DANGER MORTEL

Ann Aguirre

Traduit de l'anglais
par Elsa Ganem

Éditions Dream Land

Publié aux États-Unis sous le titre *Mortal danger* par Macmillan.
Couverture : © Macmillan

ISBN : 978-2-37740-000-3
Code Hachette : 53 6348 7

Collection dirigée par Christian English & Frédéric Thibaud
Catalogues et manuscrits : editions-dreamland.com

Dépôt légal : juin 2017

Pour les survivants :
Ce qui ne nous tue pas
nous rend plus fort.

1

VEILLÉE FUNÈBRE

J'étais censée mourir à cinq heures cinquante-sept du matin.

En tout cas, c'est ce que j'avais planifié depuis des mois. Je m'étais d'abord renseignée sur les meilleurs moyens de le faire, puis j'avais appris les signaux d'alarme pour m'assurer de n'en révéler aucun. Les gens qui veulent être sauvés abandonnent leurs possessions et font leurs adieux. J'avais dépassé ce stade depuis longtemps ; je voulais juste que tout s'arrête.

Il n'y avait pas de lumière au bout de ce tunnel.

Alors deux jours après la fin de l'année scolaire, j'avais quitté la maison pour ce qui devait être la dernière fois. Je n'avais laissé aucun message d'explication. Selon moi, ça ne permettait jamais de tourner la page et donnait un sentiment de culpabilité aux survivants. Je préférais laisser mes parents croire que je souffrais d'une maladie mentale non diagnostiquée plutôt qu'ils sachent qu'ils auraient peut-être pu me sauver ; ce fardeau aurait pu mener mes parents à leur fin après moi, et ce n'était pas ce que je voulais. Je ne voulais qu'une seule fin.

J'avais marché jusqu'à la station de métro que j'empruntais régulièrement pour faire les courses ou aller à l'école.

J'avais eu largement le temps de changer d'avis, mais j'avais fait toutes les recherches de façon très méticuleuse. J'avais envisagé toutes sortes de méthodes et avais finalement choisi l'eau parce que ce serait propre et rapide. Je détestais l'idée de laisser quelque chose à nettoyer à mes parents. À cette heure de la nuit – ou du matin, selon le point de vue –, la ville était relativement calme. *Et tant mieux*. J'étais descendue à North Station et avais parcouru le dernier kilomètre en traînant les pieds.

Les sauteurs adoraient cet endroit, mais si vous choisissiez le mauvais moment, quelqu'un risquait de vous remarquer, d'appeler les autorités. Au final, je me serais retrouvée dans une rue bondée de conducteurs énervés : route barrée, véhicules de police… et tout le tintouin médiatique. J'étais assez maligne pour saisir ma chance ; en fait, j'avais étudié les options les plus efficaces et comparé les moments auxquels les morts survenaient le plus souvent. Contrainte par les horaires des transports en commun, j'étais arrivée un peu plus tard que la majorité de ceux qui étaient morts ici, mais je pouvais encore faire le grand saut.

À cette heure, il n'y avait pas beaucoup de circulation. Le pont était immense, mais je n'avais pas besoin de le parcourir en entier. L'obscurité avant l'aube projetait des ombres sur les pylônes en métal. Je faisais face à mon destin. Je ne ressentais rien de particulier. Pas de joie, mais pas de tristesse non plus.

Ces trois dernières années avaient été les pires de ma vie. J'avais regardé des vidéos pleines de bons sentiments du genre « Ça s'arrangera », mais je n'étais pas assez forte pour supporter une année supplémentaire quand il n'y avait aucune garantie que le lycée se passerait mieux. Les blagues incessantes, le harcèlement constant… si c'était tout ce à quoi je pouvais m'attendre, alors j'étais prête à mourir. Je ne savais pas pourquoi on me détestait autant à l'école. À ma connaissance, je n'avais jamais rien fait d'autre qu'exister, mais cela suffisait. À la Blackbriar Academy, une école privée hors de prix que payaient mes parents en pensant qu'elle me garantirait un brillant avenir, il ne fallait pas être moche, bizarre ou différente. J'étais tout ça à la fois. Et pas comme dans les films où la geek lâche ses cheveux et remplace ses grosses lunettes par des lentilles de contact pour devenir soudainement une nana super sexy.

Quand j'étais petite, cela ne me dérangeait pas. Mais plus j'avais grandi, plus les gamins étaient devenus méchants, surtout ceux qui étaient beaux. Pour se mêler à leur foule, il fallait avoir une certaine apparence et l'argent était important. Les enseignants cédaient à tout ce que leur disait la bande des Intouchables et la plupart des adultes avaient assez de cruauté cachée en eux pour croire que quelqu'un comme moi le méritait, que si je faisais des efforts, je pourrais arrêter de bégayer, me faire opérer le nez, me teindre les cheveux et m'inscrire dans une salle de sport. Donc clairement, c'était ma faute si je préférais lire qu'essayer de m'élever au niveau des personnes que je détestais.

Avec les années, les gamineries avaient empiré. Ils m'avaient volé mes vêtements dans mon casier de sport si bien que j'avais dû aller en cours en jogging puant la transpiration. Pas un jour passait sans qu'ils ne fassent quelque chose, ne serait-ce qu'un simple coup de pied, une bousculade ou une parole qui faisait aussi mal qu'un coup de couteau. Je me disais que je pouvais y survivre ; je citais Nietzsche dans ma tête et faisais semblant d'être une héroïne courageuse. Mais même si les persécutions m'avaient endurcie, ce n'était pas suffisant. Quatre mois plus tôt, à la veille des vacances d'hiver, elles m'avaient brisée.

Je repoussais ce souvenir comme la bile que je ravalais quotidiennement. Ce qu'il y avait de pire, c'était la honte, comme si j'avais fait quelque chose pour mériter ça. Être intelligente et laide n'était pas une raison suffisante pour ce qu'ils m'infligeaient. Rien ne le justifiait. C'est là que j'avais élaboré le plan B. Je n'avais pas d'amis. Je ne manquerais à personne. Au mieux, mes parents, clichés des professeurs d'université, estimeraient que j'avais gâché mon potentiel. Parfois, je me disais qu'ils m'avaient eue pour réaliser une expérience sociologique. Quand ils retrouveraient mon corps, ils plaqueraient un gros tampon « ÉCHEC » sur mon dossier.

Le ciel était gris nacré et le brouillard flottait au-dessus de la rivière. Je rassemblai mon courage en prenant une profonde inspiration. J'étais passée avec un air amusé devant un panneau disant : « Déprimé ? Appelez-nous », accompagné d'un numéro de téléphone. Je l'avais ignoré, tout comme un gros tas de crottes de pigeon, puis continuai jusqu'à ce que je sois assez loin pour que l'eau me noie rapidement, à condition que l'impact de la chute ne me tue pas sur le coup. Maintenant, il ne me restait plus qu'à enjamber tranquillement le garde-fou et me lancer.

Fin.

J'eus soudain l'impression qu'un tesson de verre cranté s'enfonçait dans ma poitrine ; des larmes me brûlèrent les yeux. Pourquoi personne ne me remarquait ? Pourquoi personne ne faisait rien ? Peut-être que j'étais comme les autres âmes perdues après tout. Je voulais sentir une main sur mon épaule, que quelqu'un m'arrête. Tremblante, je posai un pied sur la glissière de sécurité et laissai pendre ma jambe. Adossée au métal, je voyais la rivière sombre s'étendre devant moi comme si elle menait aux enfers. Pour moi, c'était le cas. Mes muscles se contractèrent, mais je n'avais pas besoin de sauter. Tout ce que j'avais à faire, c'était me pencher au-dessus du vide. Il y aurait quelques secondes de chute libre, puis je heurterais l'eau. Si la chute ne me tuait pas, les pierres dans mes poches le feraient.

J'avais prévu toutes les éventualités.

Je fis un pas en avant.

Une main sur mon épaule m'arrêta. Ce simple contact me transmit une chaleur qui me choqua presque à mort.

Je n'arrivais pas à me souvenir de la dernière fois que quelqu'un m'avait touchée, sauf pour me faire mal. Mes parents n'étaient pas du genre à faire des câlins. Tant que j'avais des A, ils se fichaient un peu de ce qui m'arrivait. Ils disaient qu'ils m'apprenaient à me débrouiller seule. J'avais plutôt le sentiment qu'ils m'apprenaient à me détruire seule.

Mission accomplie.

Je me retournai, m'attendant à voir un employé docile, impatient de commencer sa journée de boulot et prêt à gâcher mes plans soigneusement élaborés. Dans ce cas, je devrais parler rapidement pour éviter que la police ne soit impliquée et que je sois enfermée dans un hôpital psychiatrique. Ils me mettraient sous surveillance et me garderaient trois jours au cas où je ferais une rechute et éprouve de nouveau le besoin de mettre fin à mes jours. J'avais préparé un mensonge : j'expliquerais que je faisais des recherches sur le suicide pour rendre une dissertation de sociologie plus intéressante. Mais le type qui avait interrompu ma fuite m'avait aussi volé toute capacité de penser de manière cohérente. Sa main resta sur mon épaule, me maintenant sur place, mais il ne dit rien.

Moi non plus.

Je ne pouvais pas parler.

Il avait le genre de visage qu'on voit dans les magazines, sculpté et photoshopé à la perfection. Des pommettes saillantes surmontaient sur une mâchoire virile et une bouche appelant aux baisers. Son menton était fin, juste comme il faut. Il avait un long nez aquilin et des yeux vert jade avec une forme féline. Son visage était… obsédant, troublant même. Sa crinière noire coupée en dégradé prenait des teintes cuivrées sous la lumière des lampadaires. Dans une minute ou deux, quelqu'un nous verrait. Même si la circulation était fluide, elle n'était pas inexistante, et un conducteur inquiet finirait par s'arrêter ou appeler les secours. Je voyais mon champ des possibles se restreindre.

— Quoi ? finis-je par dire sans bégayer.

— Tu n'as pas à faire ça. Il y a d'autres options.

Je n'essayai pas de raconter des histoires. Son regard doré franc me donnait l'impression que ce serait une perte de temps. Une partie de moi pensait que j'avais déjà sauté et qu'il faisait partie de ma vie après ma mort. Ou peut-être que j'étais sous respirateur après avoir été repêchée dans la rivière, et cet homme apparaissait donc dans une sorte de rêve comateux. J'avais lu des études dans lesquelles les médecins affirmaient que les gens faisaient des rêves incroyablement pénétrants pendant la catatonie.

— Ah ouais ? Comme quoi ?

Je m'attendais à ce qu'il parle de thérapie. De séances de groupe. De médicaments. N'importe quoi pour que je dégage de ce pont. À cet instant, seule la force de ses biceps me retenait de me jeter en arrière. Enfin, ça… et la curiosité.

— Tu peux me laisser t'aider.

— Je ne vois pas comment ce serait possible.

Mon ton était triste et en dévoila plus que je ne l'aurais voulu.

Je n'avais pas l'intention de parler de mes problèmes à un inconnu, même s'il était très beau. En fait, ce charme me donnait encore moins confiance en lui. Les gens beaux ne me traitaient correctement que lorsqu'ils préparaient quelque chose d'horrible. Avec du recul, j'aurais dû être sur mes gardes ce jour-là, mais j'étais si fatiguée, et je voulais tellement croire qu'ils avaient l'intention d'arrêter de me harceler. J'étais prête à accepter leurs excuses et aller de l'avant. *Tout le monde peut mûrir, non ?*

— Voilà le marché. On va boire un verre et je te ferai une proposition. Si ce que tu entends ne te plaît pas, je te raccompagnerai jusqu'ici et cette fois, je ne t'arrêterai pas. Je ferai même obstacle à quiconque tentera de te dissuader.

— Pourquoi devrais-je te suivre ? Tu pourrais être un meurtrier cinglé.

— De toute façon, tu avais l'intention de te tuer.

— J'allais le faire rapidement. Ce qui n'est peut-être pas ton cas. Être suicidaire ne signifie pas être stupide.

Il éclata de rire.

— Tu vois, c'est pour ça que je ne suis pas venu en voiture. Je savais que tu ne voudrais pas monter dedans.

Bizarre. On aurait dit que nous étions de vieux amis, mais je me serais souvenue de quelqu'un comme lui.

— Tu as tout à fait raison.

— Tu peux marcher deux mètres derrière moi si tu préfères.

Je n'étais pas sûre que ce soit le cas, mais avec son aide, je repassai par-dessus la barrière. Son argument tenait la route et j'étais curieuse. Qu'avais-je à perdre ? Il allait peut-être essayer de me faire entrer dans une secte. Nerveuse et prudente, je traînais les pieds derrière lui, les yeux rivés sur son dos pendant tout le trajet. J'étais prête à mettre fin à mes jours selon ma méthode, pas à me retrouver dans un trou. Ce serait clairement pire. Je frissonnai en me demandant si c'était une bonne idée. Mais la curiosité m'empêcha de faire demi-tour.

Je le suivis pour quitter le pont et, dans ce sens, le trajet me parut plus long ; les pierres dans mes poches pesaient de plus en plus lourd à chaque pas. Finalement, nous atteignîmes la rue avant de passer devant un grand nombre de restaurants fermés, principalement italiens. Il s'arrêta devant un *dinner* ouvert vingt-quatre heures sur vingt-quatre qui s'appelait le Cuppa Joe. En devanture, il y avait un mug géant dont les contours étaient soulignés par un néon rouge. À l'intérieur, une horloge en néon bleu et rose tinta, émettant une espèce de bourdonnement grave que j'entendis à peine. D'après la position des aiguilles, il était six heures cinq et j'avais raté ma *deadline*.

Deux serveuses portaient une tenue en polyester au summum du chic, pendant que des vieilles dames étaient assises un café à la main, des traces de rouges à lèvres sur le bord des tasses et le maquillage remplissant leurs rides. Il y avait aussi des couples de personnes âgées ; les hommes en pantalon écossais et ceinture blanche, les femmes en robe chemisier. Tout le monde dans ce restaurant avait une allure étrange. Il aurait pu s'agir d'acteurs sur un plateau de tournage, auxquels le réalisateur d'un autre monde aurait dit : « Vous êtes dans un *dinner* en 1955 ». Je comptais aussi trop de clients pour cette heure. Et puis il y avait dans l'atmosphère une certaine impatience, comme s'ils attendaient tous notre arrivée. J'écartai cette idée en me disant que ce n'était qu'un symptôme de l'aspect complètement surréaliste qu'avait pris cette journée.

Le samaritain sexy s'assit près de la fenêtre si bien que la lumière rouge de la tasse de café géante éclairait la table par à-coups. Je pris place en face de lui et joignis les mains comme à un entretien d'admission à l'université. Il me sourit. Sous les lumières fluorescentes, il était encore plus agréable à regarder qu'il ne l'était sur le pont.

Mais cela ne me plaisait pas.

— Alors c'est là que tu appelles les flics ? Tu as su m'attirer jusqu'ici avec douceur. Bravo.

À ma grande surprise, ces paroles sortirent de ma bouche sans problème. En sa compagnie, je n'étais pas du tout nerveuse, principalement parce que je soupçonnais à moitié qu'il était le fruit de mon imagination.

— Non, c'est là que je me présente. Je m'appelle Kian.

D'accord, je ne m'attendais pas à ça.

— Edie.

Diminutif d'Edith, qui était ma grand-tante maternelle. Personne n'utilisait mon surnom, sauf moi… dans ma tête. À l'école, ils m'appelaient la Kramée.

— Je sais qui tu es.

Je retins mon souffle.

— Quoi ?

— Je ne suis pas tombé sur toi par accident.

Avant que je n'aie le temps de répondre, Kian fit signe à la serveuse et commanda du café.

Elle me jeta un coup d'œil interrogateur. *C'est quoi ce bordel ?* De toute façon, vu que j'allais mourir après cette conversation…

— Je vais prendre un milk-shake à la fraise.

— Hal, cria la serveuse. Prépare un milk-shake.

Un bruit affirmatif surgit du fond et la femme passa derrière le comptoir pour verser du café à Kian. Elle le servit avec un sucrier et un petit pot de crème.

— Vous le prenez bien comme ça, non ?

Il lui sourit.

— Bonne mémoire, Shirl.

— C'est comme ça que j'ai les meilleurs pourboires, dit-elle en lui faisant un clin d'œil avant de passer à la table suivante.

Je reprends le fil de la conversation tandis qu'il remue la crème et le sucre dans son café.

— Explique-moi comment tu as su qui j'étais et comment me trouver. Ça fait un peu pervers et je suis tentée de m'enfuir dès que j'aurai fini mon milk-shake.

— Alors je dois présenter mes arguments, dit-il doucement. Le malheur laisse une marque sur le monde, Edie. Comme toutes les émotions fortes. La rage, la frayeur, l'amour, le désir… ce sont des forces puissantes.

— OK. Qu'est-ce que ça a à voir avec moi ?

— Ta souffrance a attiré mon attention il y a des mois de cela. Je suis désolé d'avoir mis autant de temps à agir, mais je dois respecter certaines règles. Je devais attendre que tu atteignes le point de rupture avant de pouvoir te proposer un marché.

— Si c'est là que tu me proposes une combine en or contre mon âme, je ne suis pas intéressée.

Il me lança un sourire éclatant. Un petit frisson de chaleur me parcourut parce qu'il semblait apprécier ma repartie.

— Rien d'aussi définitif.

— Je suis tout ouïe, dis-je tandis que la serveuse m'apportait mon verre contenant un vrai milk-shake avec des tortillons de crème fouettée et une cerise bien rouge posée au sommet ; il était presque trop joli pour être bu.

Je le remuai délibérément avec ma paille, gâchant sa beauté, et aspirai une énorme gorgée.

Délicieux.

— Quand des humains au potentiel exceptionnel atteignent le point de rupture, ce que nous appelons l'extremis, nous pouvons intervenir.

Je m'étouffai.

— Des humains. Et toi, tu es *quoi*, exactement ?

Maintenant, j'étais convaincue que c'était l'introduction du piège le plus spectaculaire de tous les temps. Je tendis le cou pour chercher Cameron, Brittany, Jen, Alison ou la mascotte des *cheerleaders*, Davina. Elle avait trop de mélanine pour les standards de l'équipe de Blackbriar, alors ils la cachaient dans un costume de lion la moitié de l'année scolaire et quand elle en sortait, c'était pour faire des courses pour les Intouchables, qui la traitaient plus comme un sous-fifre qu'une amie. Je ne vis personne de l'école, mais cela ne voulait pas dire qu'ils n'étaient pas dans la chambre de l'un d'entre eux, morts de rire devant leur écran connecté à la webcam de ce mec. Tout ça finirait probablement sur YouTube.

Comme la première vidéo.

Kian secoua la tête.

— Je ne peux pas répondre à cette question à moins que nous arrivions à un accord.

— Venons-en aux faits, dis-je, lasse. Je ne sais pas comment ils te paient, si tu es un comédien en galère, ou quoi, mais ça ne m'intéresse pas. Ce n'est même pas la blague la plus méchante qu'ils aient mise en place. Ils regardent, là ?

— Edie…

— Attends, l'interrompis-je. Je te parie que tu ne seras payé que si je joue le jeu jusqu'au bout. Dis-m'en plus sur ce pacte génial. Je peux l'avoir pour quatre versements de neuf dollars quatre-vingt-quinze ?

Il ne répondit pas. Au lieu de cela, il se pencha sur la table et prit ma main. *Et maintenant, l'engagement par morsure*, me dis-je.

Puis le monde disparut, comme quand on appuyait sur le bouton « avance rapide » d'un vieux magnétoscope. Je me souvenais de ceux qu'il y avait en primaire, l'école pas chère que je fréquentais avant que mes parents soient publiés, remplissent leur premier brevet et puissent payer une prépa super chère. En une fraction de seconde, le restaurant avait tout simplement disparu.

Une violente bourrasque plaqua mes cheveux contre mon visage. Mes lunettes se couvrirent de givre et ma peau de chair de poule à cause de l'air glacial. Une montagne se tenait devant moi, rocheuse et sauvage. Si je faisais quatre pas en avant, je tomberais de la falaise. Le vertige me fit tourner la tête et je me cramponnai au bras de Kian, incapable de dire un mot. Ça ressemblait au Tibet… ou en tout cas, aux photos que j'en avais vu. J'avais toujours voulu y aller… m'agenouiller dans un lieu saint avec les moines terrés dans le silence. Pouvait-il savoir ça de moi ? Je ne voyais aucun signe de civilisation, juste des arbres, la roche et les étoiles. Le froid me pénétrait ; j'étais habillée pour la fin du printemps à Boston, pas avec une tenue de sherpa. Le choc me paralysa quelques secondes.

Mon Dieu, je devais avoir perdu la tête. « Hello, le rêve comateux, tout va bien ? Voyons voir jusqu'où tu vas comme ça. Mais s'il y a une chance infime que ce soit réel, murmurai-je, arrête. Arrête tout ça. »

En un claquement de doigts, nous étions de retour au Cuppa Joe. J'avais l'impression d'avoir des glaçons à la place des mains. Les siennes, qui tenaient toujours les miennes, transmettaient la même chaleur que j'avais remarquée quand il m'avait touché l'épaule. Je regardai tout autour de nous en me demandant si quelqu'un avait remarqué quelque chose. Les autres clients ne montraient aucun signe d'anomalie, mais les gens ne font pas ça. Disparaître et se matérialiser, comme si quelqu'un nous téléportait dans un vaisseau.

Mais peut-être que là était la clé. Les *gens* ne font pas ça. Kian avait dit de moi que j'étais un humain exceptionnel, sous-entendant que ce n'était pas son cas. Le profond scepticisme qui m'habitait était mort au sommet de la montagne. Je retirai mes mains et pris plusieurs grandes respirations pour essayer de calmer mon cœur qui battait à tout rompre.

— Comment ça se fait que personne ne bronche ? C'était un truc digne de *Star Trek*.

— C'est chez nous, dit-il. Ça appartient à la compagnie. Je ne peux pas t'en dire plus pour le moment.

— Eh bien, ce petit tour s'inscrit assez haut sur l'échelle du « elle va me prendre au sérieux maintenant ».

— En général, je n'y ai pas recours aussi tôt dans la conversation, admit-il.

Mon milk-shake était toujours sur la table, en train de se transformer en une bouillie rose pâle.

— Désolée de t'avoir interrompu. Tu parlais d'extremis ?

Il acquiesça.

— C'est quand un humain est sur le point de mourir.

Bizarrement, ça me réconforta.

— Alors j'allais réussir.

Kian ne semblait pas aussi réjoui.

— Oui. Dans un sens, tu es déjà partie, Edie. Si ton destin n'était pas actuellement dans les limbes, je ne serais pas autorisé à te parler. Il y a un moment pivot juste avant la mort, où l'on peut conclure un marché. Je suis autorisé à te proposer trois faveurs maintenant en échange de trois faveurs plus tard.

— Je ne comprends pas. Quel genre de… faveurs ?

— N'importe quoi, répondit-il.

— *N'importe quoi ?*

D'après mon ton, il était évident que j'imaginais des choses plus importantes et plus impossibles que des billets pour Tahiti.

— Ma capacité à changer ta vie est seulement limitée par ton imagination.

— Mais ensuite, tu me demanderas n'importe quoi, fis-je remarquer. Trois fois. Et si ce n'est pas quelque chose que je peux te donner ?

— Les faveurs demandées en retour seront toujours à ta portée. C'est comme ça que ça marche.

— Mais il n'y a pas de limite à ce que tu pourrais demander... ni quand. Ça pourrait être terrible. Ou illégal.

Je me souvenais trop bien de la nouvelle *La Patte de singe* ; c'est ça le problème quand on est passionnée de lecture. Quelqu'un qui aurait passé moins de temps le nez dans les livres aurait certainement déjà signé sur les pointillés.

— Tu étais prête à t'enlever la vie, dit Kian. Mais es-tu assez courageuse pour la changer ?

— Tu ne m'as pas répondu. Qu'est-ce que tu es ?

— Comment cela pourrait-il t'aider à prendre une décision ? Si je suis un démon, il y a peu de chances que je l'admette, alors je pourrais dire n'importe quoi. Comment saurais-tu si je dis la vérité ?

Il marquait un point. Je lui jetai un regard mauvais et sirotai mon verre, pendant que les dangers et conséquences éventuels tournaient dans ma tête. Puisque j'avais accepté le fait que je n'avais pas d'avenir, envisager tout ce qui pouvait mal tourner ne me semblait pas si effrayant. Si ma vie implosait dans vingt ans, quand il faudrait payer la note, est-ce que ça ne valait pas le coup d'être heureuse avant ? Cela faisait si longtemps que je n'avais pas ri que je ne me souvenais pas de la sensation que ça faisait de marcher sans cet horrible poids sur la poitrine.

— Admettons que j'accepte ta proposition. Y a-t-il une limite dans le temps pour utiliser mes faveurs ?

Je vis dans ses yeux pétillants qu'il était content. Kian pencha la tête.

— La première doit être utilisée dans l'année. Le reste avant cinq ans.

— Pour éviter que les gens aient ce qu'ils veulent avec la première, puis gardent les autres jusqu'à leur mort, vous empêchant ainsi de leur demander quoi que ce soit en échange.

— Exactement. Les faveurs en retour peuvent être demandées n'importe quand après l'accomplissement de notre part du marché.

— Alors on peut nous demander le remboursement n'importe quand. Tu parles d'une épée de Damoclès.

— C'est l'impression qu'ont certains. D'autres vivent l'instant présent sans s'inquiéter de l'avenir.

J'enfonçai la paille au fond de mon verre en me mordillant la lèvre inférieure.

— Ça a l'air plutôt diabolique comme ça. J'espère que tu le sais.

— J'en suis conscient.

Sa voix était empreinte de peine et je me demandai ce qui pouvait rendre triste quelqu'un comme *lui*.

— Peux-tu me parler des personnes pour qui tu travailles ?

— Pour le moment, non.

J'aurais aimé glaner quelques informations avant de prendre une décision, mais sa réponse sous-entendait qu'il ne pourrait répondre à mes questions qu'après que j'aurais accepté les clauses du contrat. Cela semblait louche ; cela ne pouvait pas être honnête si mes bienfaiteurs préféraient se cacher dans l'ombre. Une chose était sûre à propos de cette situation : la curiosité avait supplanté mon désespoir dans le palmarès de mes émotions.

— Tu as dit que tu t'adressais aux humains exceptionnels. Pourquoi moi ?

J'étais intelligente, mais pas au point d'éradiquer le cancer.

— Si je te disais pourquoi nous voulons te sauver, cela pourrait perturber ta chronologie.

— Tu veux dire que si j'apprends que je vais résoudre le problème de la fusion froide, je risquerais de ne pas le faire. Je pourrais décider d'élever des lapins à la place.

— Tu détestes les lapins, dit gentiment Kian.

— Ouais.

C'était vrai... depuis que l'un d'entre eux m'avait mordue en primaire. Mais c'était vraiment bizarre qu'il le sache.

— Voilà le marché. À toi de choisir, Edie.

À partir de cet instant, je sentis que mon avenir était entre mes mains.

— Puis-je avoir un peu de temps pour y réfléchir ?

— Non. Désolé.

— Ça revient à sauter de toute façon. Tu peux me ramener sur le pont... sauf que cette fois tu ne m'arrêteras pas. Est-ce que ce sera comme si nous n'étions jamais venus ici ni allés sur la montagne ?

— Oui.

Je souris. Pour quelqu'un comme moi, une seule réponse était envisageable.

2

LA MAISON GAGNE TOUJOURS

— J'accepte. Clairement, ma vie est nulle. Si ce n'était pas le cas, nous ne serions pas ici.

Kian sourit en poussant un petit soupir de soulagement comme s'il était sincèrement concerné et qu'il était content de ne pas avoir à me ramener sur le pont. Il était plus probable que ce soit parce qu'il travaillait à la commission. La vie m'avait rendue cynique et j'attendais toujours que le couperet tombe.

Il glissa la main dans sa poche et en sortit une pièce d'argent étincelante. À première vue, cela aurait pu être une pièce de vingt-cinq cents ; elle avait la même taille. Mais il y avait un symbole que je ne pouvais pas identifier gravé sur une face ; il ressemblait plus à un kanji qu'à n'importe quelle langue occidentale que j'avais déjà vue, et pourtant, je ne pensais pas qu'il était japonais. Kian la retourna, révélant un signe infini.

— Tends-moi ton poignet.

— Pourquoi ?

— Recevoir la marque officialise le pacte.

— Ça va faire mal ?

— Oui. Mais c'est rapide.

J'appréciai son honnêteté. Je soufflai malgré moi tandis

que je tendais la main droite vers lui. Ses doigts étaient chauds et assurés quand il exposa ma paume, puis il remonta ma manche. Comme promis, cela brûla comme une flamme quand le métal toucha ma peau. Une lueur apparut, un peu comme un photocopieur, et une douleur intense irradia. Il pressa la pièce contre mon poignet jusqu'à ce que ce soit presque insupportable. Je me mordis la lèvre en clignant des yeux pour retenir mes larmes. Juste quand je pensais me mettre à hurler, la sensation s'apaisa.

— Terminé ? demanda-t-il en observant mon visage.

— C'est à moi que tu poses la question ?

— Quand ça ne fait plus mal, je peux éloigner le jeton.

Avec un air soulagé, il le retira et j'étudiai la marque sur mon bras. Mes parents flipperaient s'ils voyaient ça : la marque ressemblait à un tatouage. Bizarrement, il n'y avait plus aucune douleur et la peau n'avait pas l'air rouge ou irritée, comme je l'avais vu sur les gens qui arrivaient à l'école avec un nouveau tatouage.

— Aucun soin particulier n'est requis, dit Kian. Mais j'ai peur que nous n'en ayons pas fini. J'ai besoin de ton autre bras ?

— L'autre symbole ?

Il acquiesça.

— Le signe infini indique que tu acceptes le pacte. Tu as besoin de l'autre marque pour indiquer ton affiliation.

— Je ne sais absolument pas ce que ça veut dire.

— Cela dit d'une certaine façon que tu es un bien ou que tu fais partie de l'équipe.

— Alors le montrer pourrait aussi bien m'aider que me faire du mal, selon qui le voit ?

Cette histoire devenait de plus en plus compliquée à chaque seconde.

— Oui.

— Suis-je autorisée à les cacher avec des brassards ou des bracelets ?

— Bien sûr. Tu ne peux simplement pas les modifier avec de l'encre normale ou les effacer avec un traitement au laser.

— Je ne peux pas ou je n'y suis pas autorisée ?

Il y avait une légère différence substantielle.

— Ce n'est pas physiquement possible avec la technologie existante.

— De toute façon, c'est le dernier de mes soucis.

Je soupirai faiblement avant de rassembler mon courage pour lui tendre mon bras gauche en espérant apprendre ce que voulait dire ce kanji.

Cette fois, j'étais mieux préparée à la douleur fulgurante. Les larmes montèrent et coulèrent malgré tous mes efforts pour les contenir, mais je n'émis aucun son pendant qu'il me marquait. Enfin, la pièce redevint du métal froid plutôt que de la lave en fusion et je fis un signe de tête à Kian. Il éloigna le jeton et le rangea dans sa poche.

— On a presque terminé. Je peux voir ton téléphone portable ?

— Oui.

Il était dans ma poche de devant. Mes parents insistaient pour que je le garde sur moi parce que nous communiquions essentiellement par texto. Je les soupçonnais de l'utiliser comme système de repérage pour me traquer au cas où je disparaisse. *Presque réussi.* Je m'imaginai flottant dans les eaux noires comme Ophélie, sauf que je ne laisserais pas un joli cadavre pâle avec des fleurs dans les cheveux.

— Voilà.

Je l'attrapai et le lui passai sur la table. Je l'observai entrer son nom et son numéro.

— Quand tu seras prête à faire ta première demande, appelle-moi.

— Vraiment ? dis-je en haussant les sourcils.

— Tu t'attendais à autre chose ?

— Eh bien, après le truc de la montagne…

— Je pourrais apparaître au hasard pour te demander « Alors ? Tu es prête ? », mais je me suis dit que cela pourrait te surprendre. Et te faire peur.

Prise au dépourvu, je ris doucement.

— Tu as raison.

— Et tu as un joli sourire.

Je grimaçai.

— Ne fais pas ça. Tu as déjà obtenu mon accord pour le pacte.

— Je ne m'excuserai pas, dit Kian, mais j'arrêterai si ça te met mal à l'aise.

— Ça me fait juste penser que tu ne racontes que des bêtises.

Prenant mes propos pour le signe qu'il était temps de remballer, il demanda la note à la serveuse et quand elle l'apporta, il déposa quelques billets.

— On y va.

Je me précipitai vers la porte, détestant cet instant de vulnérabilité où le reste du monde pouvait me fixer. Par la force de l'habitude, je penchai les épaules en avant et baissai la tête. Des cheveux de la couleur des souris des champs tombèrent en avant pour cacher mon visage. Je me sentis mieux quand j'émergeai dans la lumière du petit matin. Kian retint la porte qui se refermait, puis se retrouva près de moi, inondé de la chaleur et des couleurs saumon et vermillon qui réchauffaient le matin, des couleurs que je ne portais jamais mais qui lui allaient très bien.

— Est-ce que tu vas…

J'hésitai à continuer ma phrase en me tordant les mains.

Il arqua un sourcil, amusé.

— Pardon ?

J'essayai de claquer des doigts.

— Tu sais. « Presto ! Nous voilà à la maison ».

— Est-ce ta première faveur ? demanda Kian en penchant la tête.

C'est là que je remarquai comme il était grand : il devait faire plus d'un mètre quatre-vingts, avec une carrure mince. Ses muscles étaient compacts, ce que j'avais rarement remarqué chez les garçons avant. Admirer des mecs avec qui je ne sortirais jamais me donnait l'impression d'être une mendiante, le nez contre la vitrine d'une boulangerie, dans l'espoir vain de goûter les mets délicieux qu'elle n'aurait jamais le droit de toucher. Kian était de ce genre de beauté interdite, pas pour moi. Jamais pour moi.

Je repoussai ce sentiment de mon mieux.

— Absolument pas. Les gens sont vraiment aussi idiots ?

— Pas ceux que je sauve, dit-il doucement.

C'était ridicule, mais ça me fit du bien. Cette chaleur. Être intelligente n'avait jamais eu l'importance que cela aurait dû, cela ne me rendait jamais heureuse. Cela me permettait juste de remarquer à quel point je n'entrais pas dans les moules. Je pouvais passer des heures sur des équations, mais je ne savais pas quoi dire à des gens de mon âge. En même temps, ce n'était pas comme si les snobs de mon école m'en avaient donné l'occasion. Je n'aurais pas dû me soucier de ce qu'ils pensaient, mais une partie de moi, sombre et rongée par la colère, mourait d'envie de prendre sa revanche. Je m'imaginais, belle et cool, parcourant les couloirs pendant que les mecs qui m'avaient traitée de tous les noms me fixeraient en sachant qu'ils ne m'auraient jamais. Kian pourrait rendre cette image réelle.

Je sortis de mes pensées quand je remarquai que nous étions arrivés à North Station.

— Et si j'étais prête, maintenant ?

— Tu sais ce que tu veux ? demanda-t-il sur un ton surpris.

Kian marcha devant jusqu'au croisement. Manifestement, il prévoyait de m'accompagner jusqu'à chez moi.

Cette matinée avait été incroyablement bizarre.

Certaines personnes pourraient penser que c'était une requête superficielle, mais elles ne comprendraient pas *pourquoi* je le voulais. Pas simplement pour savoir, pour une fois, ce que ça faisait d'être quelqu'un de beau. Non, une fois que j'entrerais dans le cercle d'or, je le démantèlerais brique par brique. Un sourire acéré m'échappa et je me fichais de ce que pouvait penser Kian. À partir de cet instant, j'avais un but… et *la stratégie* était mon point fort.

J'acquiesçai.

— Le temps que nous arrivions chez moi, j'aurai trouvé la formule.

— Laisse-moi deviner : tu as peur que la faveur se retourne contre toi.

Il poussa un léger soupir, visiblement las.

— Je suppose que tu y as souvent droit ?

— Assez souvent.

C'était un peu étrange d'être *ordinaire*. Prévisible. À l'école, j'étais la cinglée. Personne ne me parlait de peur d'attraper une sorte de lèpre sociale. Les deux dernières années, je mangeais dans les toilettes, ce qui était dégoûtant et insalubre, mais c'était toujours mieux que la cafétéria, entourée de sièges vides, pendant que les trouducs de l'équipe de crosse me jetaient des cornichons dans le dos.

— Je n'ai pas à m'en soucier ?

Il haussa les épaules.

— Tu peux. Mais je ferai remarquer que si je ne te rends pas heureuse, si je rends ta vie encore pire, au point que tu retournes sur le pont, nous n'aurons pas de faveurs de ta part.

Cela semblait logique, mais rien n'aurait pu me préparer à l'étrangeté de cette journée.

— N'y a-t-il pas un codicille qui empêche un humain de se tuer tant qu'il vous doit des faveurs ?

— Vous gardez votre libre arbitre, dit Kian. Même sous l'égide de la compagnie.

Ce qui signifie, probablement, que c'était arrivé. Mes épaules se contractèrent sous l'effet de la confusion et du doute. Trop tard pour les remords typiques de l'acheteur.

Même si je voulais croire que Kian savait ce qu'il faisait et qu'il était honnête avec moi, je n'étais pas de nature à faire confiance, surtout aux belles personnes. Pourtant, j'étais toujours vivante, ce qui dépassait déjà mes attentes pour cette journée.

Nous montâmes dans le train en silence, et le temps de plusieurs arrêts, j'élaborais ma requête. Finalement, tandis que nous approchions Saint Mary's Street, je décidai que la simplicité serait la meilleure option. Je pris une profonde inspiration et suivis Kian pour descendre du train. Le quartier n'était pas calme, même à cette heure. Des étudiants riaient alors qu'ils rentraient chez eux en titubant après une nuit festive. J'habitais un *no man's land* juste après les limites de Fenway. Si je plissais les yeux, je pouvais apercevoir comment l'autre moitié vivait, à un pâté de maisons de là, dans la zone de Brookline. Cet endroit était un mélange étrange d'étudiants fauchés et de riches professionnels du milieu médical, mais on pouvait généralement deviner qui vivait où, juste en voyant comment les immeubles avaient été rénovés. Le bâtiment de grès brun dans lequel je vivais n'était pas en parfait état, même si ses résidents s'efforçaient de le rendre plus joli en décorant leurs fenêtres.

Je réalisai tardivement que Kian attendait d'entendre ma première requête.

— Je veux être belle sans perdre aucune de mes aptitudes. Pas de limite dans le temps, pas de regard attendri, *pas* de surprises.

Il afficha son sourire éclatant.

— Trop facile.

— Pour toi, peut-être.

Une pensée me frappa, et je le regardai, les yeux écarquillés.

— À moins que tu aies souhaité la même chose, il y a combien de temps ?

— Tu crois vraiment que j'ai fait ça ?

Ses traits étaient marqués, mais trop symétriques pour

être naturels. Tout était bien aligné, conférant une to exotique à sa perfection. Je n'avais pas réussi à mett doigt sur ce qui me dérangeait chez lui jusque-là.

— Totalement. Je miserais ma vie là-dessus.

— Tu balanceras ça à la moindre provocation, c'est ça ?

— Ce n'est pas une réponse. Admets-le, tu n'es pas né comme ça.

Pas étonnant qu'il ait été si gentil avec moi. Sous les plumes du cygne se cachait un vilain petit canard. Du coup, je l'appréciais encore plus. Mais même s'il avait été à ma place, peut-être qu'il n'avait pas connu la méchanceté naturelle dont j'avais été victime à l'école.

— Tu as raison, dit-il avec douceur.

— Ce qui veut dire que tu as été dans ma situation. C'est ça ?

Il respira profondément, visiblement surpris.

— Les gens n'en viennent généralement pas à cette conclusion aussi vite.

Je l'imaginai sur le point de mettre fin à ses jours, et un frisson me parcourut. Je voulais le toucher… et cela ne me ressemblait pas du tout. Pourtant, mes doigts se replièrent à cette idée. Des questions assaillaient mon cerveau, mais nous ne nous connaissions pas assez pour que je lui demande ce qui allait alors si mal dans sa vie pour qu'il veuille y mettre fin. Le voir ainsi me donna de l'espoir. Un jour, je pourrais laisser ce malheur derrière moi, hein ? Au final, je repenserais à cet instant en étant reconnaissante que Kian m'ait retenue de commettre mon erreur fatale. Cela répondait aussi à ma question concernant ses origines. Il n'était peut-être plus humain, mais il l'avait été, avant. Cela présageait des trucs effrayants pour mon avenir. Pourtant, si je programmais bien mes faveurs, je pourrais profiter de la vie avant de commencer à être au service de Méphistophélès, ou qui que soient les personnes pour qui Kian travaillait. Si je n'avais pas été sous le choc, j'aurais été plus inquiète.

— Cela veut dire que tu as survécu aux trois faveurs et au remboursement.

— Il y a une limite à ce que je suis autorisé à te dire, Edie.

— C'est comme une société secrète. Et je n'ai accès qu'à ce qui est disponible pour les initiés de mon niveau.

— Tu es bien trop maligne pour ton bien. Tu es sûre que c'est ce que tu veux ?

— Affirmatif.

À l'instant où je prononçai ceci, mon poignet brûla, alors je posai l'autre main dessus et eus bien du mal à me retenir de crier. Une ligne noire apparut au-dessus du signe infini. C'était super flippant ; c'était comme si l'encre se déplaçait toute seule à l'intérieur de ma peau. Je soupirai tandis que la brûlure disparaissait, touchant mon poignet comme si je pouvais effacer la marque, mais elle était froide et sèche.

— Désolé, j'aurais dû te prévenir. C'est un décompte. Quand tu auras trois lignes…

— Cela veut dire qu'on a utilisé toutes ses faveurs. Compris. Je peux voir tes poignets ?

Il me les tendit sans protester, et je vis qu'il avait un kanji similaire au mien sur le bras gauche, et un signe infini surmonté de trois lignes sur le droit. Je fronçai les sourcils.

— Pourquoi celui-ci est-il un peu différent du mien ?

— C'est pas l'heure, chérie.

J'étais contente de l'entendre citer *Doctor Who*. J'entrai dans l'immeuble le sourire aux lèvres et montai les marches vers notre appartement en traînant.

— Tu n'es pas sérieux, dis-je par-dessus mon épaule.

— À quel propos ?

— Sur le fait de ne pas pouvoir répondre. Tu as dit que tu ne pouvais pas tant que je n'avais pas signé sur les pointillés. Eh bien, c'est fait. Alors crache le morceau.

— En fait, je plaisantais. Les symboles sont modifiés selon une variété de facteurs, comme la faction représentée. Cette ligne ici, dit-il en la pointant du doigt, représente Raoul.

— Qui est-ce ?

— Le type qui m'a proposé le pacte.

Pendant quelques secondes, j'étudiai mon propre poignet, puis le sien.

— Quelle partie de la marque te représente ?

— Je suis la ligne courbée qui traverse ces deux-là.

Il passa son doigt sur l'arc sur son poignet gauche.

— Ah.

Comme c'était la seule différence, le reste du personnage devait être lié à la faction que représentait Kian. *Je comprends tout à fait.* J'essayai de ne pas rougir en demandant :

— Tu veux entrer ?

Il n'y avait aucun risque à l'inviter. La veille, mes parents étaient partis à un symposium, un truc qui avait un rapport avec la théorie des cordes. C'était l'une des raisons pour lesquelles j'avais choisi ce jour. Mes parents ne rentreraient pas avant la fin de journée, pas de risque qu'ils remarquent mon absence avant qu'il ne soit trop tard.

Il acquiesça.

— Nous avons des plans à établir.

C'est comme de la musique à mes oreilles. L'appartement était petit, encombré de livres. Il n'y avait pas de téléviseur ; j'avais réussi à convaincre mes parents que j'avais besoin d'un ordinateur portable pour faire mes devoirs et des recherches. Je regardais aussi des séries sur Internet, mais ça, ils ne le savaient pas. Je les soupçonnais de croire que j'étais trop sérieuse pour aimer les divertissements bêtifiants, mais parfois, j'avais vraiment besoin de me plonger dans le monde de quelqu'un d'autre quand le mien devenait insupportable.

Le vieux canapé défoncé en tweed marron trônait au milieu du salon. Kian ne sembla pas y porter attention quand il s'y installa d'un côté. Je m'assis de l'autre, en espérant que je n'avais pas l'air aussi nerveuse que je l'étais.

— Tu vas devoir partir pour l'été, annonça-t-il.

Il balança ça comme un pavé dans la mare.

— *Quoi ?*

— Réfléchis. Tes parents se poseront des questions sur tes changements s'ils arrivent en une nuit. Il nous faut monter un cadre crédible.

— Alors je vais aller à un camp de changement de look ? Ou une institution suisse pour jeunes filles ? Je ne pense pas que mes parents seront partants.

Kian secoua la tête.

— C'est pour ça que nous devons inventer une histoire qui correspondra au public. Je parie qu'ils adoreraient apprendre que tu as été acceptée dans un programme scientifique d'été, où tu approfondirais tes connaissances et validerais tes unités pour l'université en même temps.

— Oui, dis-je, surprise. Ils seraient fous de joie.

— Pour les vrais changements, je peux m'en occuper en quelques heures. Mais tu dois partir ou tes parents se demanderont comment c'est possible.

— Et dans un campus, j'aurai l'occasion de m'entraîner à être… la nouvelle moi.

— Exactement. C'est une situation sans risque pour un coup d'essai. Quand tu retourneras à Blackbriar, tu auras confiance en toi et seras prête à leur donner une leçon.

J'avais lu des tonnes de livres de psychologie. En théorie, je savais que la confiance faisait des merveilles quand il s'agissait des relations aux autres. Cela ne voulait pas dire que je pourrais y arriver. J'avais passé des heures à douter de ma valeur à tous les niveaux, sauf pour mon cerveau.

Mais Kian pourrait me stimuler…

Je mis ceci de côté, troublée par sa perspicacité.

— Tu étais au courant pour les lapins… tu sais que je vais à Blackbriar. À quel point me connais-tu, exactement ?

Il ne répondit pas et ne m'adressa qu'un regard calme qui était tout ce dont j'avais besoin. Je me dis que ça faisait partie de son boulot et que je ne devrais pas flipper. Il y avait probablement une centaine d'autres filles moches dans son téléphone, attribué par un quelconque bureau des ressources surnaturelles.

Alors je posai une autre question.

— Tu penses vraiment que je peux y arriver ?

— Les connards de Blackbriar ne comprendront pas ce qu'il leur arrivera.

Pendant un instant, un éclair de cruauté illumina ses yeux de jade, qui ressemblaient encore plus à ceux d'un chat à la lumière du matin.

— On dirait presque que c'est… personnel. As-tu des comptes à régler là-bas, toi aussi ?

— Non, répondit-il rapidement. Bien sûr que non. Je veux juste les voir vivre ce qui va venir, après ce qu'ils t'ont fait.

Naturellement, il compatissait avec moi. S'il avait été un geek, un marginal ou un inadapté avant d'obtenir ses faveurs, il devait en porter des cicatrices invisibles. Les tyrans le méritaient bien. La question ne se posait même pas. Je ne leur avais rien fait.

Pour le moment.

Mais je ne lui avais pas dit ce que je prévoyais de faire.

— Comment sais-tu que je ne veux pas simplement être belle ?

Il baissa la tête et détourna le regard.

— J'ai vu ton expression quand tu l'as demandé. Je l'ai déjà vue auparavant. Et il n'y a rien de simple là-dedans.

Il avait raison sur ce point. La bande des Intouchables avait fait naître en moi un cocktail puissant de haine, de colère, de honte et un désir bouillant de justice. Peut-être que quelqu'un comme moi ne pouvait pas y parvenir à Blackbriar, mais la nouvelle Edie, si.

Je tapotai l'accoudoir du canapé, les sourcils froncés.

— Revenons au programme d'été. Ils demandent une inscription pour ce genre de trucs, et généralement avec des recommandations. Je ne vois pas comment je pourrais être acceptée. On est déjà…

— Tu as bien vu ce que je pouvais faire tout à l'heure, m'interrompit Kian en riant doucement. Tu as accepté le fait que je pouvais transformer ton allure. Et maintenant, tu doutes de ma capacité à mettre ton nom sur une liste ?

Je me sentis rougir et baissai la tête. Mes lunettes glissèrent au bout de mon nez.

— Quand tu le présentes comme ça… attends, cela ne compte pas comme une deuxième faveur, n'est-ce pas ?

— Non. Tu ne demandes pas à assister à ce programme scientifique, alors ce n'est qu'un service complémentaire, moyen le plus expéditif pour accéder à ta requête avec le minimum de perturbations pour ta vie.

— Et ça, c'est aussi important pour tes patrons, je suppose ?

Il acquiesça.

— Si tes parents ont des soupçons, cela complique la situation. Ils préfèrent ne pas conclure de marché avec les mineurs, mais l'extremis arrive à tout le monde.

Toutes ces révélations qui s'accumulaient me faisaient tourner la tête. La torpeur me menaçait. Je m'occuperais de ça plus tard.

Kian poursuivit :

— Je me chargerai de l'inscription et des commodités de transport. Il ne te reste plus qu'à convaincre tes parents.

Il avait son portable à la main et le tapota pour regarder quelque chose.

— La session que j'ai en tête commence dans trois jours.

Si tôt. Je ne savais pas si j'étais prête, mais l'excitation me faisait vibrer, supplantant l'état de choc. Il y avait trois quarts de terreur et une part d'impatience, ce qui était de toute façon mieux que l'appréhension et l'abattement qui m'accompagnaient depuis les vacances d'hiver.

— Je m'occupe d'eux, promis-je. Tu m'envoies par message les horaires du vol ?

Des étincelles dorées apparurent dans ses yeux verts quand il me sourit. Je partageai son amusement un peu à contrecœur parce qu'il était contagieux. Quand Kian riait, il était… plus qu'adorable. Mais il ne m'expliqua pas ce qui était drôle.

Je soupirai.

— Qu'est-ce que j'ai dit encore ?

— Je trouve mignon que tu penses que je vais te réserver une place dans un avion.

Je me souvins tardivement du voyage instantané au sommet de la montagne.

— Comme c'est lié à ma faveur, tu peux me téléporter ?

— Tu es vraiment une fille intelligente, se moqua-t-il gentiment.

— C'est ça, oui.

— Je reviens te chercher dans deux jours, Edie. Ne sois pas trop chargée. De toute façon, tu auras besoin d'une nouvelle garde-robe avant qu'on ait fini.

— Et ça fait partie du marché ? demandai-je, fascinée.

— Bien sûr. Les vêtements ont un impact sur la perception de la beauté.

— Chouette.

J'avais toujours détesté le shopping, mais ce serait peut-être différent si j'aimais me regarder dans un miroir.

— Tu es comme Marraine la bonne fée, mais au masculin.

Une violente colère surgit avant que Kian puisse la retenir.

— Ne me traite pas de *fée*. C'est risqué. Dangereux même.

Houlà. Mais qu'est-ce qu'il lui prend ?

— Je ne voulais pas…

— Les ailes, la poussière étincelante, l'espièglerie. Puck, Obéron, Titania, Tír na nog, la terre sous la colline. Ce sera tout ?

— Euh, ouais.

— Si tu prononces le nom de certaines choses, elles apparaîtront. Et elles ne repartiront pas.

Cela semblait super flippant, et ça me faisait penser à un

sorcier maître des forces du mal et sans nez. Cela me donna un frisson.

— C'est noté.

— Désolé, je ne voulais pas être désagréable.

— Pas grave. J'ai compris. Ne pas appeler ceux-dont-on-ne-prononce-pas-le-nom.

Je repensai à son éclat de rage et me demandai s'il avait eu une mauvaise expérience avec des trucs qui n'étaient pas repartis, mais comme pour sa tentative de suicide, je ne le connaissais pas assez bien pour lui poser la question.

Peut-être un jour.

— Je devrais y aller.

Kian semblait gêné, troublé par son accès de colère.

Je le fixai.

— Est-ce que tu... vis quelque part ?

Il paraissait avoir à peu près mon âge — environ dix-huit ans — mais il devait être plus vieux. De combien d'années, cela dépendait de ses deuxième et troisième faveurs. Et s'il avait demandé la jeunesse éternelle ? Il pourrait avoir cent ans. Ridicule. Il ne parlait pas comme un grabataire, mais s'il fréquentait souvent des jeunes, il pouvait rester dans le vent. Même s'il était super sexy, je ne pouvais pas passer outre une telle différence d'âge. En même temps, ce n'était pas comme s'il voulait que je le fasse.

— Oui. Je vis... quelque part.

J'entendis comme un léger sarcasme dans sa voix. S'il était vraiment extraordinaire à mes yeux, pour lui, je devais passer pour une tache dans un boulot sans intérêt où il expliquait les règles aux nouveaux clients et était agacé quand ils ne pigeaient pas du premier coup.

Ce qui ne voulait pas dire que je tolérerais un mauvais comportement, même de la part du type qui m'avait fait descendre du pont.

— Bye, Kian. On se voit dans deux jours.

Après son départ, je me rendis dans ma chambre et retirai

ma veste. Des années auparavant, j'avais recouvert mes murs de posters de scientifiques célèbres comme Mme Curie et Albert Einstein. Celui où Einstein tirait la langue me rappelait que les génies devaient toujours garder le sens de l'humour. J'étais consciente que cela ne ressemblait pas à une chambre d'adolescente. Mon bureau était trop bien rangé, organisé par type de fournitures, et la pièce maîtresse était certainement l'imprimante multifonctions branchée à mon ordinateur portable.

Si j'avais eu des amis à inviter ici, ils se seraient moqués de tout, comme des livres par terre, près de mon lit par exemple. J'en lisais toujours quatre à la fois et seulement un était un roman. En ce moment, il y avait une biographie de Lise Meitner, un exemplaire d'*Une brève histoire du temps* qui recouvrait à moitié un recueil de pièces de théâtre de Samuel Beckett. En bas de la pile se trouvait un roman de science-fiction, trop aride pour retenir durablement mon attention.

Sur mon bureau, j'avais encore la maquette d'ADN que j'avais construite en cours de biologie. J'avais eu un A+. D'autres indices de ma geekerie parsemaient ma chambre : ordinateur portable, bourse remplie de dés, réplique du vaisseau *Enterprise*, un TARDIS qui s'éclairait quand on mettait une pièce dans la fente et des figurines à moitié peintes. Il y avait peut-être des tonnes de personnes comme moi dans le monde, mais d'après ce que j'en savais, elles n'allaient pas à Blackbriar. Ou si c'était le cas, elles cachaient ces signes mieux que moi.

Je sortis les cailloux de mes poches et les posai dans une caisse dans mon placard. En mode automatique, j'enfilai mon pyjama et me brossai les dents. Je ne m'attendais pas à réussir à dormir, et pourtant le sommeil m'appela rapidement et je ne fis pas de rêve. Enfin, rien dont je me souvienne, mais quand je me réveillai, j'étais étrangement raide et courbaturée, comme si l'expérience m'avait transformée de l'intérieur. Je levai les bras au-dessus de ma tête et remarquai que les marques étaient toujours sur mes poignets. Pourtant, j'avais un sentiment étrange de superstition, comme si j'étais en train d'halluciner.

Rêve comateux ? Morte vivante ? Si c'était le cas, c'était la vie après la mort la plus flippante qui soit.

Je me redressai sur mes genoux et refrénai une vague d'hystérie en fixant mes marques dans le miroir à l'arrière de ma porte : poignet gauche, marque de propriété qui ressemblait à un kanji ; poignet droit, signe infini avec une barre au-dessus. Le reflet les montrait à l'envers, comme elles devaient l'être. À part ces symboles et un numéro dans ma liste de contacts, je n'avais aucune preuve de l'existence de Kian. Je roulai pour sortir de mon lit et courus jusqu'à mon téléphone qui était branché à mon ordinateur en train de charger. Mes mains tremblaient tandis que je parcourais mon répertoire jusqu'à la lettre K.

Il faut que tu y sois. Je ne suis pas folle. Non.

Quand je le trouvai, je poussai un soupir de soulagement. *Kian. Et son numéro*. Je fermai les yeux et respirai de manière entrecoupée. Même si je n'avais aucune idée de comment c'était possible, il m'avait transportée au sommet d'une montagne au Tibet, puis ramenée comme si de rien n'était. Je ne le comprenais peut-être pas, mais…

C'est réel. C'est arrivé. Il va revenir.

À moins que je sois en train de rêver, sous traitement dans une cellule psychiatrique, pendant que les docteurs écrivaient des trucs sur mon dossier comme « Ne réagit pas à la réalité », « S'agite quand les sédatifs ne font plus effet ». Bizarrement, cette éventualité rendait mon évolution plus facile, comme faire un numéro de funambule sans filet en étant seulement sûre que je ne me blesserais pas si je tombais.

Rassurée, je pris une douche et m'habillai, puis rassemblai une quantité impressionnante de fausse documentation en utilisant mon ordinateur, Internet, Photoshop et mon excellente imprimante. Je me sentis légèrement coupable parce que mes parents n'étudieraient pas très attentivement ces papiers. Pourquoi ? Ils me faisaient confiance. Mais cette partie du plan dépendait d'un solide argumentaire de vente et je devais prouver que j'avais gagné une bourse pour le programme scientifique d'été d'une université.

Juste avant que je quitte ma chambre, j'enfilai un sweat pour cacher mes poignets même s'il faisait assez chaud pour utiliser la climatisation, si on l'avait eue. Comme il était plus de midi, mes parents étaient levés. La tournée des conférences lors de laquelle ils présenteraient leurs recherches à leurs collègues commencerait bientôt. À partir de l'âge de douze ans, j'avais voyagé avec eux parce qu'ils se fichaient de me laisser dans une chambre d'hôtel pendant qu'ils faisaient leurs trucs, mais quand j'étais plus jeune, j'allais chez la grand-tante Edith, qui me donna son prénom et me faisait promener son loulou de Poméranie.

— Bonjour, Edith, dit Papa en levant les yeux de son journal avec un sourire absent pour me regarder au-dessus de ses lunettes.

Il ne s'était pas bien rasé, du coup, il avait des poils grisonnants par-ci par-là. Ça lui arrivait souvent.

Ma mère émit un bruit pour saluer mon existence, mais elle ne s'arrêta pas de griffonner un bloc-notes jaune. Des bols de porridge à moitié mangés se figeaient au milieu de la table, même s'ils étaient probablement rentrés assez tard pour prendre un vrai repas, mais c'était l'une des excentricités de ma mère. Elle vouait un culte à l'avoine concassée.

Que le spectacle commence. Je posai mes papiers sur la table et tirai une chaise. En me joignant à eux, je faisais quelque chose de bizarre qui méritait qu'ils prennent une pause.

Ma mère leva les yeux.

— Oui ?

Tu n'auras qu'une occasion. Profites-en.

— Je n'étais pas sûre que ça marche, alors je ne voulais pas vous faire une fausse joie... mais j'ai été acceptée au programme scientifique d'été. Avec une prise en charge complète.

Je résumai rapidement les avantages des objectifs scolaires, des crédits universitaires et de m'occuper le cerveau pendant tout l'été. Mes parents semblaient penser que si je ne l'utilisais pas pendant deux mois, ce truc se liquéfierait et coulerait par mes oreilles. Ils avaient sans doute présumé que je les aurais suivis partout pendant tout l'été, comme d'habitude. Mais comme ils ne payaient jamais de deuxième chambre, peut-être qu'ils seraient contents d'avoir un peu d'intimité.

Beurk.

Mon père m'adressa un regard interrogateur.

— Tu ne nous avais pas dit que tu avais posé ta candidature.

— La compétition est rude. J'avais peur que vous soyez déçus si je n'étais pas prise.

— Mais tu l'as été... et avec une bourse couvrant tous les frais. Félicitations, chérie.

Maman se pencha vers moi et faillit me prendre dans ses bras. Mais elle se ravisa et se contenta d'une tape maladroite sur l'épaule.

— Quand est-ce que ça commence ?

— Dans quelques jours. Je sais que ça fait court, mais...

— En fait, nous étions inquiets quant au fait que tu allais rester souvent seule cet été, même en voyageant avec nous. Tu n'aurais pas pu assister à tous ces congrès, dit Papa.

Et Maman ajouta :

— Nous avions caressé l'idée que tu restes à la maison et cherches un petit boulot, mais nous ne serons pas souvent sur Boston pendant les deux prochains mois.

— Je n'étais pas très partant, admit Papa.

— Tu ne me fais pas confiance ? dis-je en faisant semblant d'être blessée.

— C'est en les autres que je n'ai pas confiance, affirma-t-il sur un ton revêche.

— Alors je peux y aller ?

Ils échangèrent un regard qui leur permit de transmettre des informations de cerveau à cerveau avant d'en arriver à un consensus comme le font les Borgs.

— Bien sûr, dit-il. C'est une opportunité géniale, et nous sommes fiers que tu en aies pris l'initiative.

— Merci.

Son compliment me fit grimacer parce que, bien sûr, mes projets n'étaient pas des plus brillants. J'avais abandonné. Laissé les connards gagner. Cette idée se logea dans ma tête ; ça n'allait pas. Peu importe ce qu'il s'était passé, j'aurais dû me battre. Je n'aurais jamais dû me laisser avoir le sentiment que le pont représentait mon meilleur espoir.

Plus jamais, me fis-je la promesse.

J'étais déjà meilleure. Plus forte. Avec un but en vue, je pourrais supporter n'importe quoi.

— Étant donné notre planning de conférences, c'est la meilleure solution pour nous tous. Je suis excitée pour toi. Faut-il qu'on te prenne des billets d'avion ? demanda Maman.

— Non, tout est organisé. Cela fait partie de la prise en charge.

Elle rayonnait.

— Tu as vraiment dû les impressionner.

En tout cas, j'ai impressionné quelqu'un. Dommage que je ne sache pas grand-chose des personnes pour qui travaillait Kian, mais il avait l'air de s'en être sorti indemne. Pour moi, c'était un bon point.

Papa tendit le bras pour me caresser la main.

— Ce n'est un secret pour personne que tu étais malheureuse à l'école, et je suis soulagé de voir que tu as des projets pour l'avenir. Tu ne seras pas toujours entourée de crétins et d'hommes des cavernes.

Waouh. Je ressentis un peu de honte. Je n'avais pas réalisé qu'ils avaient remarqué ma détresse. En même temps, je passais le plus clair de mon temps dans ma chambre. Mes parents étaient aussi bizarres que moi, et je ne trouvais pas de réconfort en leur compagnie.

Maman acquiesça.

— Pour les gens comme nous, l'université, c'est un nouveau monde. C'est super, pas seulement pour les cours, mais cet été, tu auras un aperçu de ce que te réserve le futur. C'est tellement mieux que le lycée.

Encore plus de culpabilité, parce que j'avais l'intention d'abandonner leur phylum de geeks dès que j'en avais eu l'occasion. *Pour d'excellentes raisons*, me disais-je. *Pour donner aux Beaux un aperçu du traitement qu'ils réservent aux autres*. Je pénétrerais les lignes des ennemis, puis les briserais un à un.

— Bravo pour avoir remporté les faveurs du comité de sélection, dit Papa. Cela fera excellente impression sur les dossiers d'inscription cet automne.

Il n'a pas idée à quel point.

Je souris à mes parents.

— Je sais. Je suis ravie qu'ils m'aient choisie.

3

COMME SVENGALI

Le matin de mon départ, mes parents voulurent me voir partir. Papa me sourit, visiblement content de ce qu'il allait me suggérer.

— Nous allons prendre le train ensemble, petit-déjeuner à l'aéroport, puis nous nous dirons au revoir au poste de sécurité.

Mince. Voilà un problème que je n'avais pas prévu.

— Ça va prendre au moins une heure. Vous n'avez pas des notes à préparer pour vos présentations, des valises à faire ou autre ?

Ma mère fronça les sourcils.

— On dirait que ça te gêne qu'on vienne t'encourager et te souhaiter « bonne chance ». Et si tu avais des problèmes sur le trajet ?

Sérieux ?

— Tout ira bien, deux trains et une navette.

Heureusement, j'avais regardé le trajet pour me couvrir.

— Et je n'ai pas grand-chose à porter, ajoutai-je.

Ils me regardèrent tous les deux avec un air renfrogné et, avec cette longue pause, je commençais à craindre que la situation devienne indéfendable. Cela n'amuserait certainement pas Kian que je perde la moitié de la matinée à aller à l'aéroport pour prendre le petit déjeuner. Une fois qu'ils seraient partis, je pourrais probablement l'appeler et lui demander de me rejoindre là-bas, mais que ferais-je s'ils voulaient me voir franchir les barrières de sécurité ? Je commençais à transpirer.

— Sérieusement, ça ira, murmurai-je. Il faut que je sois indépendante, non ?

Finalement, Papa soupira.

— Si tu es sûre de toi. On a juste l'impression que ça arrive trop tôt.

— Sois prudente, intervint Maman avant de réciter la liste des choses dont je devais me méfier. Et envoie-nous un message pour nous dire que tu es bien arrivée. Rappelle-toi, nous serons en voyage cet été, mais nous aurons nos portables si tu as besoin de quoi que ce soit.

— Promis… et je n'oublierai pas. Je souhaite que cet été soit productif.

Ils me firent chacun un câlin raide et maladroit qui ressemblait plus à des coups de pouce dans le dos, puis Papa me glissa un peu d'argent dans les mains avant de me laisser partir. Tandis que j'arrivais sur la rue, mon téléphone vibra. Après avoir lu le message, je parcourus deux pâtés de maisons comme cela m'était demandé et retrouvai Kian au coin de la rue.

— Tu n'as pas rencontré de problème ? demanda-t-il.

— Pas trop. Je sais comment m'y prendre avec mes parents.

À peu près.

— Bien. Par ici.

Il quitta la rue principale pour une ruelle, un petit espace entre deux bâtiments en brique. Au bout, il y avait une benne à ordures verte et quelques cartons. Si ça n'avait pas été une belle matinée ensoleillée, j'aurais flippé sérieusement et reconsidéré ma décision. Une petite voix me murmura que, de toute façon, rien de tout cela n'était réel, alors autant apprécier cette aventure, comme l'un de ces rêves qui semblaient super vrais et qui vous épataient quand vous finissiez par vous réveiller.

— Cachons-nous.

La chaleur de ses doigts quand il prit ma main m'empêcha de parler. Je me cramponnai à Kian, en espérant qu'il prenne ça pour de l'appréhension. Je mourrais de honte s'il savait ne serait-ce que le fait que j'appréciais lui tenir la main.

Il ne dit rien, mais après que nous eûmes contourné la benne, il nous téléporta. Je m'attendais à atterrir sur le campus, mais le monde réapparut dans un petit chalet élégant. D'après la vue par la fenêtre, il se trouvait en haut d'une montagne avec une rivière qui coulait pas loin, mais c'était bien différent du précipice où il m'avait amenée la fois précédente.

— Où sommes-nous ? demandai-je en lui lâchant la main et faisant un pas en arrière.

— Détends-toi. J'ai besoin d'un endroit calme pour travailler sur toi. Dès que tu seras satisfaite, nous continuerons notre route vers la fac.

— D'accord.

Il ne pouvait pas changer mon visage dans un *dinner*, même s'il appartenait à la compagnie. Bien que je ne sache pas vraiment ce que cela voulait dire.

— Mais sérieusement, où sommes-nous ?

Il haussa les épaules avec un petit air penaud.

— Chez moi, dans le Colorado. Un avantage du métier, c'est que je peux vivre où je veux, même si je travaille à Boston.

— Tu n'as pas un bureau ? dis-je pour plaisanter.

— Si, mais…

Il ne finit pas sa phrase et me lança un regard intense.

Secrètement, j'étais contente qu'il m'ait amenée chez lui. Un chalet éclairé aux néons réprimerait mes illusions quant au fait que ça puisse être autre chose que du boulot pour lui. Ce devait donc être la procédure standard et je n'avais aucune raison de me faire des films. J'aurais adoré fourrer mon nez dans les recoins de ces pièces vides dans l'espoir de découvrir ses secrets, mais cela aurait été malpoli, et il avait du boulot. Il indiqua le canapé d'un signe de tête en sortant une étrange paire de gants lustrés avec des extrémités texturées à chaque doigt.

— Mets-toi à l'aise. Ça risque de prendre un certain temps.

Ouais, il avait beaucoup de boulot. Dépitée, je me traînai jusqu'au canapé, les épaules voûtées. Il s'assit près de moi en prenant une expression plus douce. Mince, je ne voulais pas qu'il se sente désolé pour moi, même s'il savait ce que je ressentais.

— Hé, ce n'est pas ta faute. Et je le pensais quand je t'ai dit que tu avais un joli sourire. Le plus important, c'est que tu es quelqu'un de bien. Je vais juste faire correspondre l'apparence extérieure à ce qu'il se passe par là.

Il me toucha le cou et une chaleur apaisante m'envahit.

Immédiatement, je me sentis plus calme… et méfiante à l'égard de ce changement.

— Qu'est-ce que tu as fait ?

— J'ai utilisé une impulsion électrique pour stimuler ton hypothalamus, mais je ne peux pas appliquer le genre de changements que tu as demandés sans te faire un peu mal. Ce sera moins douloureux si tu n'es pas hyper tendue.

— On parle de quel genre de douleur ?

Je soufflai lentement pour rassembler mes esprits.

— Et pourquoi ne peux-tu pas le faire sans douleur ? Ou alors, assomme-moi ?

— Normalement, on donne un sédatif, mais je ne suis pas anesthésiste. Cette procédure comporte peu de risques, mais donner des cachets… Eh bien, ce n'est pas mon truc. Tu pourrais être allergique, ou cela pourrait ne pas marcher sur toi comme c'est censé le faire.

Présenté comme ça, je compris son point de vue. Cela se rapprochait assez d'un acte de chirurgie esthétique sans autorisation pour m'effrayer. Je respirai profondément en me demandant si je devais renoncer. Mais c'était trop tard ; la barre était déjà visible sur le symbole infini. Dans ce pacte, c'était ni repris, ni échangé.

— Je supporterai.

— Concentrons-nous sur ce que tu veux. À quoi voudrais-tu ressembler ?

— Tu peux me donner l'apparence de quelqu'un d'autre ?

— Bien sûr. Mais c'est mieux si je t'optimise. Les gens ont tendance à suivre des modifications cosmétiques mineures pendant l'été, comme perdre du poids ou s'inscrire dans une salle de sport. Ils rempliront les trous tant que tu n'as pas un visage entièrement nouveau.

— Alors j'adorerais être la meilleure version de moi possible.

— OK, commençons par tes yeux. Je peux changer leur couleur ou les rendre plus brillants, ainsi que corriger ta vue.

— Et les gens penseront que je porte des lentilles ou que j'ai fait de la chirurgie laser.

— C'est ça.

— Pour leur couleur, ça va, non ?

Ce n'était pas comme si je passais des heures à contempler mes iris.

— Oui, ils sont jolis, comme des topazes traversées par le soleil. C'est juste qu'on ne les voit pas bien derrière tes lunettes.

Je sentis la chaleur me monter aux joues.

— Tu n'es pas obligé de dire des trucs comme ça.

— Tu penses que tu es moche parce que les gens à l'école t'ont donné cette impression, mais tu as une bonne base. Tu seras époustouflante quand nous aurons fini… et sans avoir recours à tant de modifications que tu ne le crois.

— Alors, vas-y.

Il arqua un sourcil.

— Tu ne veux pas me donner des indications.

Je redressai les épaules et pris une profonde inspiration pour essayer de retrouver mon calme. Même si je soupçonnais à moitié que j'étais en train de rêver, penser au pouvoir que je lui donnais était terrifiant.

— C'est toi l'expert. Je veux juste la meilleure version de moi-même. Je te fais confiance.

Je vis de la douceur et de la surprise sur son visage.

— Les gens n'ont pas confiance, habituellement. Je ne suis qu'un moyen d'arriver à leurs fins.

— Comme le génie de la lampe ?

Il effleura très légèrement ma joue, comme si elle était en porcelaine.

— Quelque chose comme ça.

— Allez, c'est parti, dis-je en baissant les yeux.

— Une dernière question... quel est ton type de corps idéal ?

Je n'avais jamais réfléchi à ça, principalement parce que je préférais croire que mon apparence n'avait pas d'importance, ou en tout cas, pour les gens pour qui je comptais. La beauté est dans les yeux de celui qui regarde, non ? Alors toute ma vie, j'avais attendu le jour où quelqu'un penserait que j'étais bien telle que j'étais, mais maintenant, je sacrifiais ce potentiel pour mon plan. Le stress me noua l'estomac.

— Une morphologie mince et en forme de huit, je suppose. J'ai toujours envié les filles qui étaient magnifiques dans n'importe quoi.

Avec une grande tendresse, il posa ses mains gantées sur mon visage. La chaleur monta rapidement à un niveau insupportable et je dus étouffer mes hurlements. Comme il me l'avait fait entendre, c'était comme de la chirurgie sans anesthésie. Les larmes coulaient de mes yeux tandis qu'il passait ses doigts pour modeler mes pommettes, ma mâchoire, mes lèvres et mes sourcils. Quand ses pouces caressèrent mes paupières, ma vue se troubla et je perdis connaissance.

Bien plus tard, je me réveillai... et mes vêtements ne m'allaient plus. Mes muscles brûlaient fortement comme si je m'étais entraînée pour un marathon. Je levai un bras fin et harmonieux et m'en émerveillai. Ce fut là que je remarquai que je ne portais pas mes lunettes. Et le monde était aussi net que du cristal.

— Kian ?

J'entendis ses pas dans les escaliers avant de le voir.

— Comment te sens-tu ?

— Pas trop mal, à vrai dire. Y a-t-il une salle de bains où je pourrais…

— Par ici.

Il débordait d'une étrange énergie que je n'arrivais pas à interpréter, jusqu'à ce que je réalise qu'il était *nerveux*. Il voulait que j'approuve son travail.

— J'ai laissé quelques trucs pour toi sur le panier.

Je dus tenir mon pantalon avec une main plaquée sur la taille pour éviter qu'il ne tombe. J'avançai en minaudant jusqu'à la salle de bains et fermai la porte avec l'impression flippante que j'étais folle. Ou que je rêvais. *Et non. Tu as été choisie*. Avec une exultation vibrante, je me tournai vers le miroir pour rencontrer mon nouveau moi.

Je restai bouche bée.

Je *ne connaissais pas* la fille dans le miroir. Je veux dire, elle avait quelques trucs en commun avec la personne que j'avais été, mais c'était comme si quelqu'un avait retiré toutes mes imperfections sous Photoshop. Les doigts tremblants, je touchai mes pommettes. Il y avait tant de minutie et de raffinement dans ces changements. Les meilleurs chirurgiens esthétiques n'auraient pas pu faire ce que Kian avait fait avec ses doigts. De mon petit nez droit à ma bouche légèrement plus pulpeuse ou à mon menton pointu, j'étais la meilleure version possible de moi-même. Il ne s'était pas arrêté à mon visage. Une couleur délicate me monta aux joues tandis que je m'étudiais en l'imaginant en train de modeler mon corps comme de l'argile. Il n'avait pas eu d'autre choix que de m'étudier dans les moindres détails pour faire le boulot correctement, et il s'avérait que cela ne m'avait même pas réveillée. *Ce n'est que du travail pour lui*, me disais-je. *Oublie*. Mes cheveux étaient toujours longs, mais n'étaient plus mousseux et marron. J'avais désormais une jolie teinte cuivrée, avec des mèches dorées et rouges qui leur donnaient une magnifique brillance. Je fis l'expérience de secouer la tête et ils s'écartèrent de mon cou avec une sorte d'intention séductrice. Bien que je n'en eusse pas.

Mais il m'en fallait. Kian tapa à la porte de la salle de bains.

— Tu vas bien ? demanda-t-il sur un ton angoissé. Si tu n'aimes pas ce que tu vois, je peux apporter des modifications. Ça fera mal, bien sûr, mais…

— Relax, dis-je. Tu as fait du bon boulot.

— Merci.

— Laisse-moi m'habiller, d'accord ?

— Bien sûr.

J'entendis ses pas s'éloigner.

Je m'approchai de la pile de vêtements posée soigneusement sur le panier en osier. Quand je trouvai des culottes et des soutiens-gorge en dessous, je faillis mourir d'embarras. Je n'en avais jamais porté d'aussi mignons. Je choisis un boxer à rayures blanches, roses et noires avec un soutien-gorge assorti, puis enfilai mes nouveaux sous-vêtements. Je ne savais pas comment j'allais pouvoir faire face à Kian en sachant qu'il m'avait acheté des sous-vêtements, mais bon sang, c'était carrément mon Svengali, alors peut-être que ça n'avait pas d'importance. Nous étions au-delà de tout ça. Je l'entendis bouger de l'autre côté de la porte ; on aurait dit qu'il faisait les cent pas.

Eh bien ! Il est vraiment stressé.

Je me plaçai face à mon reflet. De la courbe gracieuse de mes épaules à mon ventre plat et harmonieux, le miroir montrait un corps que je ne reconnaissais pas et la transformation était frappante, effrayante même. Une perte de poids normale aurait pu me permettre de m'habituer à être plus mince par paliers, mais là, je devais m'y faire d'un seul coup.

Il me faudrait quelque temps pour assimiler ma nouvelle silhouette. Selon les standards sociétaux, on me qualifierait définitivement comme jolie, mais j'avais le sentiment de regarder une étrangère, quelqu'un à qui j'avais volé le corps. Je me retournai volontairement. Il y avait deux jeans, un ordinaire et l'autre déchiré et taché. Même si je n'avais jamais porté quelque chose dans ce style, je le sortis de la pile et vérifiai la taille.

— OK, fis-je avec un soupir sceptique.

En même temps, mon ancien pantalon ne m'allait plus, alors autant essayer. Je le remontai facilement sur mes cuisses et mes hanches et le boutonnai. Il était moulant, mais il m'allait. *Impossible*. Je fus prise d'euphorie tandis que je fouillais dans les hauts. Je choisis un T-shirt moulant noir avec des caractères japonais et un point rose au milieu du motif. Cette fois, je ne regardai pas la taille avant de le mettre. Je me regardai alors dans le miroir de plain-pied au dos de la porte de la salle de bains.

Incroyable.

Je pris une profonde inspiration et ouvris la porte avant de perdre mon sang-froid. Kian s'immobilisa, stoppé dans son élan pour aller dans la pièce principale. Son regard me parcourut de la tête aux pieds, puis il m'adressa un signe de tête approbateur.

— Évidemment, je te trouve superbe, sinon, j'aurais continué à bosser. Mais le plus important, c'est ce que tu en penses, toi.

— C'est parfait. Je n'aurais pas pu dire « c'est ça que je veux », mais tu as su.

— Je suis doué pour percevoir le potentiel, dit-il calmement. Tu as mal quelque part.

— Un peu. Mais rien de dramatique.

— Il pourrait y avoir un peu de sang, mais rien d'inquiétant. C'est le résultat des modifications internes que j'ai dû opérer.

Je me figeai.

— Du sang ? Euh… Où ça ?

— Il m'est arrivé de saigner quand je me brossais les dents après ça, parfois. Et… en allant aux… Enfin tu vois.

Aux toilettes ? Oh mon Dieu. Mes parents m'enverraient aussitôt à l'hôpital.

— Tu jures que ce n'est pas un signe d'hémorragie ou autre ?

— Non, j'en suis sûr. C'est juste une réaction au procédé. Cela se calmera au fur et à mesure que ton corps s'adaptera à la transformation.

— D'accord. Tu ne m'as pas menti jusqu'ici, même si « un peu douloureux » était clairement un euphémisme. J'ai eu l'impression que tout mon visage était en feu.

— Mais ça valait le coup, non ?

Je passai mes mains sur mes flancs et fus ravie de voir ses yeux verts suivre le mouvement.

— Définitivement.

— Je suis content que tu te sois évanouie. C'est vraiment atroce pour les gens qui ont une grande tolérance à la douleur. Ils hurlent pendant toute l'opération.

— C'est pour ça que tu les amènes ici au milieu de nulle part.

À ma grande surprise, Kian secoua la tête.

— Je n'ai jamais amené de clients ici, Edie. Il y a une salle insonorisée au quartier général pour ce genre de choses.

— Mais… Moi, je suis ici.

Il baissa la tête. Les mèches cuivrées dans ses cheveux se détachèrent des noires, leur donnant une teinte dorée dans la lumière du matin. Ses cils épais cachaient ses yeux verts dévastateurs, mais il était plus facile pour moi d'ignorer sa beauté en sachant qu'il avait enfreint les règles pour moi. Je pouvais le regarder et le voir. Selon certains points de vue, je pouvais presque imaginer à quoi il ressemblait avant que quelqu'un ne pose ses doigts brûlants sur son visage et ne corrige ses défauts. Cette image le rendit bien plus humain, l'éloignant de l'être divin qui m'avait arrachée du pont. Je préférais le voir comme une personne, pas un dieu.

Son silence n'était pas une réponse.

— Kian. Si ce n'est pas le protocole, pourquoi suis-je ici ?

— J'avais peur que les gens au quartier général te fassent flipper.

À sa façon de détourner son regard du mien, je sus que ce n'était pas entièrement la vérité.

— Foutaises.

Cette fois, il me regarda dans les yeux.

— Je voulais passer plus de temps avec toi.

— C'est autorisé ?

— Pas vraiment.

Il passa nerveusement sa main dans ses cheveux.

— Oublie ça, tu veux bien ? Et avant que tu ne poses la question : non, je n'ai rien fait de bizarre à ton corps quand tu étais inconsciente.

— Je n'allais pas le demander.

J'aurais des courbatures à différents endroits s'il l'avait fait, et même si mes muscles étaient brûlants, il n'y avait aucune douleur.

— Alors allons-y.

— Attends.

Je m'approchai de lui et posai une main sur son bras.

— Est-ce que tu veux dire que tu m'aimes bien ? Normalement. Sans rapport avec les marchés, les pactes ou les faveurs ?

Il haussa les épaules.

— Ça n'a pas d'importance. Il y a des règles.

— La réponse est importante pour moi.

— Même si ça n'a aucune importance pour nous, oui. Et c'était déjà le cas avant.

Il y avait une certaine amertume dans sa voix, son expression, et je ne compris pas pourquoi. Il avait souhaité *la même chose*. Pourquoi cela semblait-il important à ses yeux de me transformer en mieux ?

— Personne ne m'aimait avant, dis-je. Alors merci.

Il ignora ma gratitude. Peut-être que je n'en aurais pas voulu non plus. J'essayai de me mettre à sa place. Qu'aurais-je ressenti envers les personnes que j'avais rencontrées et qui étaient tellement mal qu'elles étaient prêtes à mourir avant que j'intervienne ? *Ce ne serait pas sage de s'attacher à quelqu'un comme ça*, me dis-je. Et encore pire quand vous aviez été cette personne. *Pas étonnant qu'il se mette en retrait en minimisant l'erreur de faire preuve d'autant de favoritisme*. Quelles que soient ses intentions, j'appréciais qu'il ne m'ait pas conduite au quartier général. L'intuition me disait que je n'étais pas prête à être jetée dans le grand bain, d'autant plus que je n'étais pas une très bonne nageuse.

Je sortis mon portable pour regarder l'heure, la comparai à celle qu'il était sur la Côte Est et décidai que cela faisait assez longtemps pour faire croire que mon avion avait atterri. J'envoyai le message « Saine et sauve sur le plancher des vaches. Merci de m'avoir laissée partir. »

Ma mère répondit : « Nous sommes fiers de toi. Amuse-toi bien, Edith. »

En silence, Kian vida mon sac à dos et le remplit avec les articles qu'il avait achetés.

— Il y a une carte cadeau dans la poche de devant. Tu auras le temps d'acheter d'autres vêtements avant le début des cours.

— Oh.

J'essayai de ne pas paraître déçue.

— Tu as dit que nous y irions ensemble.

— Ouais, à ce propos, ce n'est pas une bonne idée. Tu n'as pas besoin de moi.

Mais je veux que tu sois là. Je ne le dis pas à haute voix. Au fond de moi, je savais que c'était une mauvaise idée de m'attacher à lui. C'était comme une assistante sociale, enfin presque.

— D'accord, merci. J'irai m'inscrire, déposer mon sac dans la résidence, puis faire du shopping.

Je n'arrivais pas à croire que je venais de prononcer ces mots volontairement.

— Tu es prête ?

Je voyais à son expression qu'il s'était fermé et était prêt à poursuivre sa tâche.

— Ouais.

Il n'y eut rien de personnel dans sa main posée sur la mienne, juste un lien requis pour me téléporter dans la dernière partie de notre aventure. Nous apparûmes dans un coin tranquille de ce qui devait être la cour. Un enchevêtrement de branches éclairait l'herbe d'une lumière filtrée. Kian me lâcha et s'écarta du feuillage.

Il pointa une direction du doigt avec un ton efficace.

— L'enregistrement se fait dans ce bâtiment. Vas-y et ils s'occuperont de toi.

— Je peux t'appeler si j'ai besoin de toi ?

— Bien sûr, répondit-il gentiment. Mais ça ne sera pas le cas. Il va falloir que tu t'habitues à ta nouvelle apparence et que tu développes ton assurance pour démolir les crétins de Blackbriar à l'automne.

Il avait raison. Si je l'appelais constamment, ce n'était pas de la confiance en soi ; les livres de psychologie appelleraient ça de la co-dépendance. Pour dissimuler ma nervosité, je plaisantai :

— C'est aussi pour empêcher mes parents d'avoir une crise cardiaque. J'espère que l'été sera assez long pour qu'ils croient…

— Ne t'inquiète pas, dit-il, légèrement radouci. Les parents veulent toujours croire que leurs enfants sont beaux. Cela ne semblera pas si difficile quand le moment sera venu, je te le promets.

— Alors je te crois.

— Je te contacterai avant la fin du programme.

— Tu as intérêt à venir, dis-je en essayant de prendre un ton enjoué. Tu as mon billet pour le trajet de retour.

— Je ne te laisserai jamais tomber quand tu auras besoin de moi, Edie.

Son ton parut particulièrement sombre pour une belle journée d'été, comme s'il voyait de tristes choses au loin et moi au milieu.

— Encore une chose avant que tu partes.

Je n'arrivais pas à croire que je le faisais, mais les mots ne voulaient pas s'arrêter. Ils venaient d'une intime conviction.

— Quoi ?

— Embrasse-moi.

Je me foutais des règles. Une fille n'a qu'une seule première fois et je me doutais qu'il ne me faudrait pas longtemps pour trouver quelqu'un qui voudrait être le premier. Mais je méritais mieux que ça pour un premier baiser. Ce devait être Kian – qui avait dit qu'il m'aimait bien un peu plus tôt – même s'il n'y était pas autorisé. Je voulais croire qu'il ne pouvait pas franchir ce point.

— C'est une très mauvaise idée, murmura-t-il.

— Si tu ne veux pas…

En réponse, il se rapprocha si bien que je pus sentir le parfum de son savon, une touche d'agrume, et l'odeur chaude et ensoleillée de sa peau. Il m'enivrait. Kian emmêla ses doigts dans mes cheveux et m'attira vers lui avec juste assez d'hésitation pour me faire penser qu'il était nerveux. Cela m'aida de mon côté, même si j'avais toujours du mal à respirer. Son autre main se posa sur ma hanche. Je ne savais pas où mettre mes bras, si je devais me presser contre lui, rester immobile ou… *Oh mon Dieu. Quelle bonne idée de lui avoir demandé ça.*

Je me serais ridiculisée avec n'importe qui.

— Les yeux fermés, souffla-t-il à mon oreille.

Je les fermai et inclinai la tête en arrière. Je sentis le plaisir vibrer partout où il me touchait. Puis Kian effleura mes lèvres avec les siennes et le monde s'arrêta de tourner.

Pendant cet instant, je ne connaissais plus que sa chaleur, les battements de son cœur. Sa bouche avait un goût sucré, comme du thé chai à la cannelle, et je me redressai sur la pointe des pieds contre lui pour enfoncer mes mains dans ses cheveux. Ce n'était pas un baiser anodin… non, c'était bien plus que ça. Il me tint contre lui et il n'y eut plus que lui. Ses mains me brûlaient à travers le coton fin de mon T-shirt tandis qu'elles caressaient mon dos. Pour quelqu'un qui n'avait jamais été embrassé, c'était comme apprendre à nager en étant jetée d'un bateau au beau milieu de l'océan.

Je n'arrivais pas à réfléchir. À respirer. Sa proximité agissait sur moi comme une drogue, j'étais accro, j'en voulais plus. Pour toujours. Finalement, je remarquai les sifflements dans la cour. Une chaleur violente me monta aux joues tandis que je m'écartais de lui.

— Pour que tu te souviennes de moi.

Il y avait dans sa voix une sorte de douleur grave et adorable, comme si cet instant signifiait quelque chose pour lui, comme s'il craignait que je l'oublie.

Comme si c'était possible.

— On se revoit dans six semaines.

— D'accord. À quelle heure ?

— Disons huit heures, heure de la Côte Ouest.

J'acquiesçai.

— Merci pour tout.

Ses yeux de jade me parcoururent de la tête aux pieds, comme s'il me gravait dans sa mémoire. Puis il fit un pas en arrière. Le feuillage cacha sa disparition, mais l'air crépita après son départ, comme un vent chargé d'électricité après une tempête.

Il me manquait déjà.

4

UN POINT À TEMPS

En allant de l'avant, je contrôlerais tout cet été, je prendrais ma vie en main tout comme je l'avais fait en demandant à Kian de m'offrir mon premier baiser. Cette résolution me permit de me sentir mieux à l'idée d'arriver dans un programme universitaire avec une préparation minimale.

Tu peux le faire.

Tandis que j'avançais vers la bannière d'inscription rouge et blanche, une fille se joignit à moi. Elle semblait… nerveuse, se mordant la lèvre avec ses dents de devant démesurées. Sa bouche était crevassée et ses cheveux ternes avaient besoin d'une coupe. Avant ce matin, elle se serait certainement trouvée trop cool pour être vue avec moi. En tout cas, c'était ce que j'avais pu vivre dans le passé ; même les solitaires et les parias préféraient ne pas risquer d'être victimes de ma contagion sociale parce que traîner avec moi ne valait pas le coup de risquer les représailles de la bande des Intouchables. Mais peut-être que mon expérience à Blackbriar ne se répéterait pas ici ; cette fille n'avait aucun moyen de savoir que j'avais été une paria.

— C'était ton petit copain ? osa-t-elle me demander, comme si je risquais de la gifler pour m'avoir adressé la parole.

À Blackbriar, cette tentative de lien aurait été vouée à l'échec, un véritable faux pas. Les gens qui me ressemblaient ne fréquentaient pas ceux qui lui ressemblaient à elle. Mais ici, dans un programme de science, cela ne comptait pas… et je ne repousserais jamais quelqu'un comme ils l'avaient fait avec moi.

— Non. C'est juste un mec.

Cela ressemblait au genre de trucs que la nouvelle Edie dirait.

Celui qui m'a sauvé la vie.

Qui m'aimait déjà, avant.

— Vraiment ?

— Nous ne nous connaissons pas depuis très longtemps.

Surprenant, mais vrai.

Ses yeux s'écarquillèrent.

— Mais vous vous êtes embrassés.

Je ne sais pas pourquoi, mais je haussai les épaules.

— Simple curiosité.

Manifestement, elle ne sut pas quoi dire à ça.

— Waouh.

— Tu participes au programme de science ?

Je présumais qu'il valait mieux changer de sujet parce qu'il y avait pas mal de trucs que je ne pouvais pas dire concernant Kian. Mince, je ne connaissais même pas son nom de famille.

— Oui. Je suppose que tu es étudiante ici ?

Je secouai la tête.

— Je vais m'inscrire aussi.

— Je n'aurais jamais cru.

Elle afficha une expression incrédule presque comique, et si j'étais née avec cette version de mon visage et mon cerveau, j'aurais trouvé son incrédulité vexante. Ce doit être pénible pour les filles jolies et intelligentes de ne pas être prises au sérieux.

— Pourquoi ? me risquai-je à demander à voix haute.

— C'est… C'est juste que tu n'as pas le style, bégaya-t-elle.

Je fus prise d'un élan de compassion. Quelques heures auparavant, j'avais la vie de cette fille. Probablement en pire.

— Eh oui. Les apparences peuvent être trompeuses. Je m'appelle Edie.

Je remarquai que je n'avais pas bégayé une seule fois. Apparemment, les psychologues comportementaux avaient raison ; j'avais un bégaiement psychogénique, exacerbé par le stress, l'angoisse mentale et l'anxiété. Jusqu'ici, je n'avais ressenti aucune crainte du ridicule et il m'était facile de parler.

— Viola. Vi, se corrigea-t-elle aussitôt.

Je devinai qu'elle ne voulait pas être connue comme la fille que les parents avaient baptisée comme le travesti de *La Nuit des rois*. Elle aurait probablement été surprise d'apprendre que je connaissais cette pièce. J'avais vu toutes ses versions cinématographiques dont celle avec Channing Tatum et Amanda Bynes. C'était le dernier film que j'avais adoré avec elle.

— Tu viens de loin ? demandai-je.

— Je suis originaire de l'Ohio, répondit-elle avant de poursuivre. C'est cool d'avoir rencontré quelqu'un de sympa dès le premier jour. Venir toute seule me faisait un peu peur. Aucun de mes amis n'a été pris.

Au moins, tu en as, pensai-je.

Je fis la queue derrière un type qui ne pouvait pas s'empêcher de jouer sur son smartphone. Tout le monde à Blackbriar en avait un, mais mon portable était basique et bon marché, juste suffisant pour pouvoir envoyer des messages à mes parents. Même s'ils ne l'avaient jamais vraiment dit, ils ne voyaient pas l'intérêt de m'acheter un téléphone hors de prix alors que je n'avais personne à appeler.

Vi resta derrière moi, agitée jusqu'à ce que je me retourne pour la regarder. Elle se mit à rougir.

— Désolée. Je suis juste nerveuse à l'idée de rencontrer autant de nouvelles personnes.

— Moi aussi.

Mais je ne le montrais pas.

— Vraiment ? Tu as l'air d'avoir tellement confiance en toi.

Comme je ne l'avais jamais vue avant cet été, je pouvais être honnête.

— Ce n'est qu'une façade.

La file avança assez rapidement. Il y avait cinq personnes pour nous renseigner et elles s'étaient partagé l'alphabet. Je me dirigeai vers le type chargé des K, invitant Viola à me suivre. C'était probablement un volontaire de la fac. Il avait des cheveux châtains légèrement roux et un million de taches de rousseur.

— Nom ? demanda-t-il.

— Edie Kramer.

Il était impossible que Kian m'ait inscrite sous un nom que je détestais.

Il fit descendre son doigt sur la liste.

— Ah, te voilà. Eh bien ! Tu as eu de la chance.

— Ah bon ?

— Ouais, tu es passée entre les mailles du filet. Nous avons eu une annulation de dernière minute.

— Qu'est-il arrivé à celui qui m'a laissé une place ? demandai-je, traversée par un frisson à glacer le sang.

Je me demandai si Kian avait fait quelque chose à celui que je remplaçais. Même s'il avait promis qu'il ne rendrait pas *ma* vie pire, il n'avait rien dit à propos de celle des autres. *La Patte de singe* me revint à l'esprit et me troubla. Toute situation trop belle pour être vraie avait un côté sombre, alors il fallait que je découvre le revers… et vite.

— Je ne sais pas.

— Vraiment ? Il n'y a pas de note dans mon dossier ?

Je tentai de lui adresser un sourire charmeur, mais je me

sentais vraiment nulle. J'avais l'estomac noué. Dans le passé, je n'avais jamais essayé d'user de mes charmes pour obtenir quelque chose ; mon charisme n'aurait eu aucune chance.

Il hésita, puis tourna quelques pages.

— On dirait qu'il a eu un accident et s'est cassé la jambe ou un truc dans le genre. Quand il a annulé, ils t'ont choisie dans la liste d'attente.

— Certaines personnes prennent toute la chance pour eux, dit Vi.

Cela ne m'arrivait pas avant.

— Merci pour l'info.

— De rien. Alors voici ton dossier d'inscription et les clés de ta chambre. Tu auras besoin de la première pour la porte de la résidence et l'autre pour ta chambre. Le numéro de la chambre qui t'est attribué se trouve dans la petite enveloppe blanche. Il faudra aussi que tu rencontres ta déléguée d'internat avant la fin de la journée. Elle te parlera des règles et du couvre-feu.

— Je me demandais si je pourrais partager ma chambre avec mon amie, Vi, dis-je en essayant de me parer d'un sourire persuasif pour la deuxième fois.

Ça ne peut pas être aussi facile que ça pour les gens beaux.

— Les chambres sont déjà assignées, répondit-il.

Une règle que je ne peux pas contourner ? L'ancienne moi aurait accepté sa réponse, mais si je voulais être admise dans la bande des Intouchables, je devais leur ressembler. Alors j'imaginai ce que Brittany ou Allison aurait fait. Pour avoir un espoir de les battre, je devais d'abord maîtriser leurs armes de destruction massive.

Alors je le regardai dans les yeux, ouvris les miens plus grand et me penchai en avant.

— Mais je n'ai appris qu'il y a deux secondes que Vi était ici.

Ce qui était totalement vrai, puisque nous venions de nous rencontrer.

— S'il te plaît, tu ne peux pas faire une petite exception ?

Il flancha manifestement.

— Laisse-moi regarder les listes. Si vos colocataires respectives ne sont pas encore arrivées, je peux échanger les noms. Il n'y aurait pas de mal à ça.

— On croise les doigts, murmurai-je à Vi, qui semblait étonnée et contente.

Quelques minutes plus tard, il revint avec le dossier d'inscription de Vi.

— Elles ne sont pas encore là, alors elles pourront partager la même chambre quand elles arriveront.

— Trop cool, dis-je. Merci.

Tandis qu'un sentiment de victoire m'envahissait, j'eus aussi l'impression d'avoir besoin de prendre une douche. *Ces filles n'ont-elles pas d'âme ?* Je ne savais pas si je pourrais faire ça longtemps, mais cela semblait être une deuxième nature pour elle. Elles considéraient leurs capacités à contrôler les autres comme un accessoire, comme un grand sac à main ou une jolie paire de chaussures.

Vi prit son enveloppe tandis que je me dirigeais vers la cour.

— Je n'arrive pas à croire que ça ait marché !

— Je n'étais pas sûre que ça aille.

Surtout vu mon manque d'expérience en matière de manipulation. Mais j'en avais été témoin assez souvent. Le mimétisme n'était pas difficile apparemment.

— Trop bien. On dirait qu'on est au quatrième étage.

— Allons voir la déléguée d'internat pour se débarrasser de ça.

— Bonne idée.

Je traversai la cour couverte d'herbe verte et d'arbres majestueux pour atteindre un grand bâtiment de brique. Deux doubles portes donnaient sur ce qui me rappela un hall d'hôtel avec une réception rudimentaire et quelques chaises miteuses. Une étudiante travaillait derrière le comptoir, répondant aux questions et expliquant comment fonctionnait le courrier. Je montai alors les quatre étages, curieuse de voir comment réagirait mon nouveau corps. Je n'étais pas du tout essoufflée une fois en haut, ce qui signifiait qu'il me faudrait faire de l'exercice pour garder la forme, et j'étais curieuse de savoir si j'apprécierais ça en partant de cette base au lieu de ce que j'étais avant.

Notre déléguée d'internat devait bien avoir vingt et un ans, des cheveux blonds bouclés et de belles dents. On aurait dit une surfeuse et elle avait l'air décontractée, ce qui était de bon augure. Pour elle, récapituler les règles impliquait de nous distribuer un polycopié. Elle termina son court baratin avec un grand sourire.

— Si vous décidez d'enfreindre les règles, soyez malignes. Ne vous faites pas prendre.

Quand elle vit l'expression de Vi, son sourire s'élargit.

— Hé, j'avais encore seize ans il n'y a pas si longtemps. Je ne vais pas prétendre que je ne me souviens pas comment c'était.

Tandis que nous nous dirigions vers notre chambre, Vi bondissait d'excitation.

— Je n'ai jamais été aussi libre. Mes parents…

Elle secoua la tête, les mots lui manquant pour exprimer leur sévérité.

— Ça va être le meilleur été que j'aie jamais passé.

— J'espère.

J'ouvris notre porte et découvris un espace simple disposé en Z, qui offrait de l'intimité pour chaque lit. Au milieu, il y avait un bureau double et en face, nous avions une commode avec des tiroirs de chaque côté. Près de mon lit, j'avais un placard, et derrière la porte, il y avait un lavabo pour faire notre toilette. Et c'était tout. Les murs en béton avaient été peints en bleu pâle ; le sol était en carreaux gris industriels, mouchetés de blanc avec quelques taches intéressantes. Je posai mon sac à dos sur le lit, ce qui attira l'attention de Vi.

— C'est tout ce que tu as apporté ? demanda-t-elle.

J'acquiesçai en sortant de la poche de devant la carte que j'avais reçue en cadeau.

— Mes parents se sont dit que ça me plairait d'acheter mes affaires ici, un peu comme un cadeau d'anniversaire en retard.

— Oh mon Dieu, c'est trop cool. Tes parents n'ont rien à voir avec les miens.

Je parie qu'ils sont exactement *comme les tiens.* Mais ce n'était qu'un petit mensonge ; quel mal pourrait-il faire ? C'était plus simple que d'expliquer qu'un mec sexy qui m'avait sauvé la vie m'avait donné cinq cents dollars pour les dépenser comme je le voulais. Je sortis mon ordinateur et le branchai au réseau de l'université. Quelques minutes plus tard, j'avais les coordonnées du centre commercial le plus proche.

— Tu veux venir ?

— Faire du shopping ?

Elle jeta un coup d'œil à son jean ample et fronça le nez.

— Ce n'est pas franchement mon truc.

— On pourra aussi trouver une librairie et un Best Buy.

Je *connaissais* cette fille. J'étais encore elle ce matin. L'ancienne Edie n'allait jamais acheter des vêtements de son propre gré. Elle laissait sa mère lui trouver des fringues et les déposer dans sa chambre. Elle portait tout ce qui lui passait sous la main et essayait de ne pas penser à son apparence. Elle évitait les miroirs et gardait les cheveux longs pour qu'ils cachent son visage. Quand elle marchait dans la rue, elle regardait ses pieds pour ne pas voir le mépris sur les visages des passants quand leurs yeux passaient sur elle. Cette Edie était morte sur le pont. J'avais la liberté d'être quelqu'un d'autre maintenant, celle que je voulais. Cette sensation était géniale mais terrifiante. Si je me trompais, je ne pourrais m'en prendre à personne d'autre qu'à moi-même.

— Si tu présentes la chose comme ça, dit Vi avec le sourire.

— Cool. Il y a une soirée de rencontre ce soir à vingt heures. On rentrera avant.

Son sourire s'effaça.

— Je ne sais pas si je vais y aller. Je ne suis pas là pour me faire des amis.

— Ça, c'est le discours de tes parents. On est ici pour apprendre, mais on peut aussi s'amuser. C'est pour ça que je suis venue.

Cela marchait mieux que la véritable explication, qu'aucune personne sensée ne croirait.

Vi me lança un regard entendu.

— Mais ce n'est pas la raison que tu as donnée à la maison, je parie.

— Bien sûr que non. Il faut savoir gérer l'unité parentale. Tant qu'on peut ménager une cohérence rationnelle avec leurs motivations internes, on peut y aller.

— Je vais beaucoup apprendre de toi.

— Peut-être.

Je me dirigeai vers la porte en haussant légèrement les épaules.

Le centre commercial que j'avais trouvé se situait dans le centre-ville et était une sorte d'endroit rénové ultrachic avec de petites boutiques, beaucoup de fleurs et des cours au style espagnol. Il y avait de grands magasins, bien sûr, comme Macy's et Nordstrom, mais je ne comptais pas faire mes achats là-bas. Au lieu de cela, j'entrai dans de plus petites boutiques moins chères. Quelques jeans et des T-shirts ne devraient pas revenir trop cher. Je n'étais pas encore assez sûre de mon sens de la mode pour dépasser ces paramètres. Au fond de moi, je regrettais que Kian ait refusé de m'accompagner. Il avait très bon goût, était cool et élégant, et j'étais persuadée qu'il aurait pu m'habiller à la perfection. D'ailleurs, c'était peut-être pour ça qu'il ne voulait pas le faire. Il m'avait déjà rendue belle. Une aide supplémentaire lui aurait peut-être donné le sentiment troublant de me posséder. Je n'aurais probablement pas dû lui demander de m'embrasser.

Mais je ne le regrettais pas.

Vi était une partenaire de shopping réservée. Elle n'avait aucun avis sur ce que j'essayais, mais je surpris un air mélancolique dans ses yeux une ou deux fois. J'avais envie de lui exprimer ma compréhension, mais personne ne voulait qu'une nouvelle connaissance ne s'immisce dans ses affaires intimes. Je n'arrangerais rien non plus en disant que j'avais aussi été comme ça avant une transformation radicale. Alors je me contentai d'une remarque légère sur ce que j'avais l'intention de prendre.

À la fin de notre virée, j'avais dépensé quatre cents dollars en vêtements et cosmétiques et quarante dans une petite valise pour tout transporter. J'avais aussi l'argent que mon père m'avait donné ; il me restait donc moins de cent billets pour le reste de l'été. Cela devrait suffire pour quelques divertissements. Sur le programme, j'avais vu que nous serions occupés à observer différentes constellations avec un télescope de toute façon. Je n'allais donc pas sortir tous les soirs.

Vi et moi prîmes un rapide repas dans l'aire de restauration, puis je tins ma promesse pour passer dans la librairie la plus proche. Je parcourus les rayons pendant une heure, mais n'achetai qu'un seul livre : *Le Négociateur intelligent : que dire, que faire et comment obtenir ce que vous voulez... à tous les coups*. Cet achat confirmait officiellement mes intentions. Cet été, j'allais faire mes preuves.

Ma nouvelle colocataire acheta un tas de livres de science-fiction et de fantasy. Je les avais tous lus, sauf un. Je touchai le deuxième livre de sa pile.

— C'est le meilleur, celui-là.

— Je le lirai en premier.

Puisqu'il était déjà plus de dix-neuf heures, nous

retournâmes au campus. Vi devint silencieuse tandis que nous approchions de l'internat ; je devinais qu'elle aurait préféré éviter la soirée de rencontre. Je me demandais bien comment elle avait trouvé le cran de m'adresser la parole ce matin. Mais je comprenais totalement qu'une nouvelle personne était bien moins intimidante que toute une salle. Mon estomac se noua lui aussi à cette idée, mais je devais maîtriser ma peur comme si c'était une équation différentielle.

Dans notre chambre, je ne me changeai pas. Je me brossai les cheveux et les dents, mis un peu de maquillage comme me l'avait expliqué la fille du magasin. Pas beaucoup. Je n'avais pas assez confiance pour me risquer à des méthodes avancées, et heureusement, le visage que Kian m'avait donné n'en avait pas besoin. *Ton* visage, me rappela une petite voix.

— Prête ? demandai-je.

Elle posa son livre avec un léger soupir.

— Pas vraiment. Mais je suppose que je ferais mieux d'y aller un peu. Si c'est vraiment atroce, je pourrai toujours remonter pour lire.

— Allez viens, ce sera amusant.

Au troisième étage, la réunion battait déjà son plein. Certains gamins avaient l'air de geeks, d'autres étaient plus normaux. Quelques-uns étaient même sexy. Je parcourus la foule des yeux et vis comment elle s'était décomposée. Les cracks en techno comparaient leurs jouets. Les astronomes se tenaient près des fenêtres. Quelques mathématiciens gribouillaient sur des serviettes en papier. Il y avait de la musique en fond, douce et inoffensive, et les organisateurs avaient sorti diverses boissons en canettes et des cookies. Rien de transcendant, mais le but était que les nouveaux inscrits établissent un premier contact.

Avant que je puisse décider par où commencer, un Japonais avec d'impressionnants cheveux noirs en pic avec les extrémités blondes m'aborda. Il désigna mon T-shirt.

— Vraiment ?

Je haussai un sourcil et attendis en essayant de prendre un air mystérieux, parce que je n'avais aucune idée de ce qui était écrit sur mon haut. Je l'avais juste trouvé sympa. Et il m'allait bien.

Il demanda de but en blanc :

— Tu cherches un petit ami japonais ?

Mince. C'était donc ça ?

Je lui adressai un petit sourire, en priant pour ne pas rougir parce que je me sentais vraiment idiote. *Kian m'a donné ça pour me faire une blague ?*

— Pourquoi ? Tu es intéressé ?

— Peut-être.

Il afficha un sourire qui disait qu'il avait un peu plus confiance en lui que la plupart des mecs ici.

— Je suis Ryuuto. Mais Ryu, ça suffit.

— Je suis Edie. Et voici Vi.

Je fis un pas sur le côté pour qu'il puisse la voir puisqu'elle se cachait derrière moi. Elle me donna un coup de coude pour me montrer qu'elle n'appréciait pas cette attention.

Et elle dit d'une voix aiguë :

— Enchantée de te connaître.

Allez, Vi. Tu peux faire mieux que ça.

Mais Ryu ne faisait pas attention à nous. Il agita le doigt pour demander à quelqu'un de venir ; un garçon aux cheveux blond foncé. Avec ses lunettes à monture dorée, il avait l'air intelligent… et mignon.

— Voici mon colocataire, Seth. Seth, Edie et Vi.

— On peut faire confiance à Ryu pour repérer les filles illico.

Seth avait le contact facile, mais il était trahi par l'éclat dans ses yeux. C'était le seul indice dévoilant qu'il n'était pas totalement détendu.

— Nous ne sommes pas les seules filles ici, fis-je remarquer.

Le blond sourit.

— Les seules qui accepteront de nous parler ?

— Bien vu, admit Ryu. Mais je me suis dit que le T-shirt était un signe.

J'étudiai Seth.

— Programmeur ?

Il acquiesça.

— Qu'est-ce qui m'a trahi ? Mais je m'intéresse à presque toutes les sciences exactes. Je n'ai pas encore pu me décider pour une matière.

— Pourquoi se précipiter ?

Ryu donna un petit coup de coude à son coloc.

— Et si nous allions chercher à boire ?

Tandis qu'ils s'éloignaient, Vi prit une profonde inspiration couverte par la musique.

— Je n'arrive pas à croire que ce soit vrai. Des garçons sont venus vers toi juste comme ça ?

Ça n'était jamais arrivé avant.

— C'est le T-shirt. Idéal pour briser la glace.

Et peut-être que c'est pour ça que Kian l'a acheté.

Elle secoua la tête.

— C'est parce que tu es superbe. Moi, je ne peux pas faire ça !

— Détends-toi, chuchotai-je. Ils reviennent.

C'était complètement nouveau pour moi aussi, mais je pouvais apprendre. Il le fallait. Ryu revint avec les verres et Seth des cookies. Nous trouvâmes quatre chaises dans un coin pour pouvoir nous rafraîchir. Vi n'avait pas adressé un mot aux garçons, et je devinais à sa tête qu'elle craquait pour Seth. Peut-être qu'on pourrait faire en sorte qu'il se passe quelque chose avant la fin de la session.

— Tu as commandé ton T-shirt sur ThinkGeek, non ? me demanda Ryu.

J'acquiesçai, principalement parce que je ne savais pas du tout où l'avait eu Kian. Heureusement, je connaissais bien ce site. J'y avais déjà fait des achats.

— J'adore ThinkGeek, intervint Seth. J'adorerais avoir leur panoplie d'espion.

— Pour pouvoir observer les filles plus facilement ? fit remarquer Ryu avec un grand sourire.

— La ferme !

Il fallait que je fasse entrer Vi dans la conversation. Je me penchai vers elle.

— Et toi ? Tu as déjà passé une commande chez TG ?

Elle me jeta un regard noir, mais répondit :

— Ouais, un chargeur solaire portable.

Immédiatement, les deux garçons se tournèrent vers elle en s'intéressant aux spécificités de l'article et demandant s'il était assez puissant pour un ordinateur portable ou juste pour un iPod. Elle répondit à leurs questions avec un soulagement évident ; c'était un sujet dont elle était capable de discuter. Bizarrement, sa tension diminua et la mienne disparut parce que je voyais que je n'avais rien à craindre.

Vi avait raison ; cela allait être le meilleur des étés.

5

L'ÉTÉ INVINCIBLE

Avec le temps, ces mots s'avérèrent prophétiques. Les semaines passèrent rapidement, combinant travail et amusement de la meilleure des façons. Nous formâmes un groupe inséparable, et en fait, Ryu devint mon petit ami. Mon premier, même si je doutais qu'il me croie. Comme il rentrait à Tokyo à la fin de la session, nous avions tous les deux compris que c'était un amour de vacances.

La journée, nous avions des cours d'astronomie, de physique, de calcul et de programmation. Le soir, nous nous retrouvions et prenions des photos d'un astéroïde proche au télescope, puis Seth développait un logiciel pour déterminer son orbite autour du soleil. Deux fois par semaine, nous avions droit à des conférences données par des invités ; ma préférée fut celle d'un professeur de physique qui avait beaucoup d'humour, et j'avais adoré la séance de Questions/Réponses qui avait suivi. Les assistants nous faisaient travailler dur, mais nous avions quand même le temps de voir les autres. Au début, Vi avait du mal, mais je n'arrêtais pas de l'entraîner avec moi, et finalement, elle se détendit assez pour plaisanter avec les garçons.

Jour après jour, il était de plus en plus facile de reconnaître le visage dans le miroir comme étant le mien, même si je n'étais toujours pas habituée à mon nouveau corps, même après une semaine. Je m'attendais toujours à ce que mes jambes soient plus grosses ou que mon pantalon ne m'aille pas quand je l'enfilais. Mais je faisais attention à ce que je mangeais et pris l'habitude d'aller courir le matin avec Seth. Pourtant, il n'avait pas le style d'un athlète, encore un signe que je ne devrais pas juger les gens à leur apparence. Peut-être que si mes parents avaient été plus sportifs et moins érudits, les activités physiques auraient été aussi importantes pour moi que les occupations intellectuelles.

— Joli parcours, dit Seth ralentissant progressivement.

Il m'apprenait comment me maintenir en forme sans s'en rendre compte.

— Le plus long que j'aie jamais fait.

— Ah ouais ? On devrait aller nous doucher. Ils nous amènent au Labo de propulsion de la Nasa aujourd'hui.

Je n'eus pas besoin d'une deuxième injonction pour courir jusqu'à ma chambre, où Vi était en train de lire.

— Dis-moi que Seth était super sexy.

— Je vais faire mieux que ça.

Avec un grand sourire, je lui montrai la photo que j'avais prise discrètement avec le mauvais appareil de mon téléphone.

— Bon sang, que j'aime être ici. Le temps est toujours magnifique, c'est trop beau et…

— Seth, finis-je en attrapant ma trousse de toilette.

Vi me jeta un oreiller qui atterrit par terre tandis que je m'enfuyais. Après une douche rapide, il me fallait encore manger un morceau avant l'excursion. Un coup d'œil à mon téléphone m'indiqua que j'avais trente minutes pour me préparer et trouver à manger. Heureusement, en revenant dans la chambre, je trouvai sur le bureau un sandwich que Vi m'avait préparé.

— Tu ne sais pas à quel point ça me fait plaisir, dis-je.

— C'est tout le contraire. Tu n'avais aucune raison d'être

aussi gentille avec moi le jour de notre arrivée. J'essaie de te remercier et te prouver que je sais être une bonne amie.

— Tu es la meilleure.

Je la serrai contre moi avec un bras tandis que je mangeais.

— Hé, tu vas mettre des miettes dans mes cheveux !

— Peu importe, Seth t'épouillera comme un bonobo, dis-je pour la taquiner.

Vi fit semblant de faire la moue, mais elle ne put cacher son sourire très longtemps. J'avais remarqué comment les yeux de Seth la suivaient et comme il semblait s'égayer quand elle arrivait. Il avait tout de suite apprécié comment elle arrivait à participer aux conversations sur la technologie, s'intéressant à toutes les dernières tendances robotiques. Certaines choses étaient plus sexy que de superbes cheveux ou des jeans moulants.

Mon ancienne vie, ainsi que mes problèmes à Blackbriar, me semblaient être un rêve, ou plutôt un cauchemar. Même si je me souvenais de ma détresse et de mon désespoir, j'étais heureuse. Peut-être qu'il était trop tôt pour dire que j'étais guérie et je me sentirais probablement mal dès que je verrais les visages de la bande des Intouchables, mais pour le moment, le changement de décor et mes premiers vrais amis me convenaient très bien. Même si la vie était imparfaite, elle méritait d'être vécue, chaque minute, chaque seconde, et je me battrais pour garder cette nouvelle ténacité, une fois rentrée chez moi. J'appris que j'avais un sens de l'humour bizarre, mais les gens m'aimaient quand même… ou peut-être à cause de lui. J'avais passé ma vie à faire des blagues dans ma tête en me demandant si quelqu'un d'autre que moi en rirait.

Eh bien oui.

Quant à Ryu, ça me plaisait de faire partie de quelque chose. Je n'étais pas follement amoureuse de lui, mais c'était un mec super : gentil, intelligent, drôle et charmant. C'était sympa de m'asseoir à ses côtés pour regarder les étoiles, pendant que Vi et Seth chuchotaient près de nous. La première fois, il l'avait rendue nerveuse quand il avait passé son bras autour d'elle, mais je l'avais calmée en lui adressant un sourire avant de me tourner vers Ryu qui me regardait avec un sourire idiot sur le visage.

— Tu agis comme si tu n'avais jamais vu deux personnes tomber amoureuses l'une de l'autre.

— Pas d'aussi près, dis-je.

Non. Je doutais qu'il m'aurait cru si je lui avais dit que tout ce que je faisais, c'était par rapport à ce que j'avais lu dans les livres et pas à mon expérience personnelle. Cette vérité ne correspondait pas à ma nouvelle apparence, même si j'y étais plus habituée. Alors Ryu ne me connaîtrait jamais vraiment, et cela me rendait un peu triste.

— Ils sont plutôt mignons, admit-il.

— Tu connaissais Seth avant le programme d'été ?

— Seulement virtuellement. On discutait sur plusieurs forums.

À son ton, il n'avait pas besoin de me dire lesquels.

Je pouvais deviner.

— C'est cool.

— Hé, ça te dérange si je prends une photo de nous deux, pour te montrer à mes potes quand je rentrerai chez moi ?

Sa question me fit un étrange pincement au cœur.

Avant, il n'aurait jamais voulu faire ça, même s'il m'avait appréciée. Quelle impression cela faisait d'être agréable à regarder ? C'était bizarre et légèrement dérangeant, pas parce que je ne pensais pas être jolie maintenant, mais parce que je ne l'étais pas avant, et que j'étais toujours la même personne à l'intérieur.

— Bien sûr.

Il n'aurait pas été juste de lui balancer mon ambivalence sans qu'il connaisse le contexte. C'était probablement une demande normale et quelque chose qu'il voyait comme un compliment. Je me penchai sagement, inclinant la tête contre la sienne, et souris. Le flash m'aveugla quelques secondes, et quand j'étudiai la fille sur la photo avec Ryu, je n'eus pas l'impression que c'était moi, mais plutôt comme si quelqu'un avait transféré ma conscience dans son corps.

— On est super. Ça te dérange si je la poste avec mon changement de statut ?

— Vas-y.

Occupé à taper sur son téléphone, il rata le moment où Seth se pencha et embrassa Vi pour la première fois. Leurs nez se touchèrent de manière maladroite et mignonne et je détournai le regard en rougissant. Ils pensaient probablement que j'étais trop occupée avec Ryu pour les remarquer. Je l'aimais bien mais… il était raisonnable. Aucun risque que je craque pour lui.

— Et voilà.

Avant qu'il ne puisse faire plus que me serrer dans ses bras et m'embrasser sur la joue, l'instructeur nous appela et nous invita à rejoindre notre prochain cours.

Peut-être parce que nous n'étions que trente-six, aucun groupe ne se forma et personne ne fut mis à l'écart. Ça, c'était pour l'aspect social. En ce qui concernait les cours, j'appris une tonne de choses. Le temps du programme, nous étions allés au Labo de propulsion, au campus Caltech et à l'observatoire Griffith. Parmi ces excursions, ma préférée fut la dernière. Il y avait quelque chose de libératoire à être entourée de personnes qui partageaient mes intérêts. Personne ne trouva que j'étais bizarre de m'intéresser aux étoiles, même si je ne voulais pas en faire mon métier. Je les trouvais juste fascinantes, alors je profitai du temps que je passai sous le dôme à travailler sur le projet de détermination d'orbite.

Les semaines passèrent et je sortis de ce programme plus forte et plus assurée. *Kian sera fier*, me disais-je en mettant ma toute dernière lessive sur ce campus dans le sèche-linge. Si je n'étais pas encore complètement habituée à mon nouveau moi, j'étais devenue assez douée pour faire semblant. *Cela devrait suffire.*

Le dernier soir dans notre chambre, Vi était allongée sur son lit, le regard dans le vague.

— Seth et moi allons rester en contact. J'ai son Facebook, son Snapchat, son WhatsApp et d'autres trucs. Il vit dans l'Illinois, donc il ne sera qu'à trois heures de chez moi.

Je marquai une pause assez longue pour suggérer :

— Vous pourriez vous retrouver à mi-chemin.

Elle se redressa, tout excitée, alla sur Internet et trouva la ville qui se trouvait exactement à une heure et demie de l'un comme de l'autre.

— Oh mon Dieu, je n'arrive pas à croire que je n'y avais pas pensé. Ça pourrait très bien marcher. Je veux dire, on ne se verrait qu'une fois par semaine, mais ça vaudrait le coup.

— Il t'aime vraiment.

Et c'était tellement bien de voir que tous les mecs n'étaient pas des salauds. Seth comme Ryu étaient des personnes bien, pour qui la personnalité d'une fille comptait plus que son apparence. Mais je ne pouvais m'empêcher d'avoir un minuscule doute concernant Ryu en considérant le fait que Seth avait craqué pour Vi sans qu'elle ait besoin d'une transformation complète.

Elle m'adressa un regard tenace.

— Ryu t'aime aussi. Dommage qu'il vive si loin.

— Ouais, je ne ferai pas le voyage jusqu'à Tokyo.

Vi revint sur sa remarque en riant.

— Je suppose que non. Je ne connais même pas le décalage horaire.

J'avais été assez curieuse pour regarder, mais nous nous étions mis d'accord sur le fait que même si nous pourrions nous envoyer des mails, ça ne serait pas comme si nous étions en couple. Nous serions tous les deux libres de sortir avec d'autres personnes, ce qui était essentiel pour la prochaine étape de mon plan. J'étais impatiente de voir

Cameron Dean… et pas parce que j'aimais en secret le type qui avait été si cruel avec moi. Je n'avais aucun sentiment positif envers lui. Cet automne à Blackbriar, je serais la fille qui détruirait la bande. Et je savais qui je viserais en premier.

Cameron avait été le plus méchant des garçons, me prenant pour cible avec tout un tas de cochonneries. C'était lui qui m'avait volé mes vêtements. Il avait aussi versé du ketchup sur mon pantalon, ce qui m'avait valu un défilé incessant de plaisanteries sur les ragnagnas. Et puis, bien sûr, il y avait la pire des farces, celle qui m'avait brisée, mais je ne voulais pas y penser pour le moment. Je ressortirais progressivement ces couches de honte innombrables.

Vi est ici et elle m'aime beaucoup. Ici et maintenant. Elle ne sait rien de tout ça, Dieu merci. Même si cela ne changerait sûrement rien, mais j'avais besoin d'une ardoise propre, sans moquerie ni humiliation. Pendant que j'étranglais les démons de ma mémoire, Vi appela Seth pour lui proposer mon idée et ils firent des projets pendant une heure. Je ris quand je l'entendis se disputer avec lui sur l'endroit où ils devraient se retrouver, parce que cela deviendrait alors « leur » endroit, qu'il fallait bien y réfléchir et que ça ne pouvait certainement pas être un Burger King choisi au hasard. C'était cette fille qui n'était pas capable de parler à un garçon quelques semaines avant, et j'étais heureuse d'avoir joué un rôle dans le fait que sa vie était un peu meilleure que quand je l'avais rencontrée. À part ça, elle n'avait pas changé. Elle n'était pas plus jolie. Mais elle avait davantage confiance en elle, ce qui lui avait permis de trouver un petit ami. Les gens qui écrivent des articles pour dire que la confiance en soi est un aimant puissant savent visiblement ce qu'il en est.

— Qu'est-ce qu'il y a d'amusant ? demanda-t-elle après avoir raccroché.

— Toi.

Je lui expliquai pourquoi en continuant de rire.

Elle me balança un oreiller ; cette habitude allait me manquer.

— Mais tu n'as pas tort. C'est plutôt cool de ne plus avoir peur. Tu sais quoi ? Les mecs sont juste des personnes. Certains m'apprécieront et d'autres non. C'est la vie.

— Tu es d'une sagesse étonnante pour ton âge, jeune Padawan.

— Peut-être. Allez, je vais me brosser les dents. Et toi, tu devrais appeler Ryu.

Vi rassembla ses affaires de toilette dans sa trousse et j'allais prendre mon téléphone quand il se mit à sonner. Apparemment, Seth avait dit exactement la même chose à Ryu.

— Salut, toi, dit-il.

— Coucou.

Une boule se logea dans ma gorge. J'aimais discuter avec Ryu, rire avec lui, ses bras autour de mes épaules un soir d'été pendant que nous prenions des notes sur les phénomènes astronomiques.

— Vi t'a fait la leçon ?

Je ris doucement.

— Ouais. Ils ne comprennent pas que notre situation est différente de la leur. La distance sera pénible, mais supportable pour eux.

— Mais ça n'a pas de sens pour nous, fit-il remarquer.

— Je savais que ce T-shirt était une bonne idée.

Je me demandai vaguement pourquoi Kian l'avait acheté.

— Tu comptes le porter à nouveau ?

Même s'il essayait de le cacher, je devinais qu'il ne le voulait pas.

Si je remettais ce T-shirt, il deviendrait une sorte d'objet fétiche, comme si j'étais obsédée par les Japonais, et je n'avais pas l'intention de déprécier ce que nous avions vécu.

— Non, dis-je. Il a été efficace. Mais je dois être honnête. Ce T-shirt était un cadeau. Je ne savais pas du tout ce que voulaient dire les inscriptions. Mais je ne voulais pas que tu penses que j'étais une idiote.

Il éclata de rire.

— Je sais. Tu me l'as caché, mais j'ai deviné. Pendant les trente premières secondes, tu as fait une tête genre « WTF ? », poursuivit Ryu. Et bien sûr que tu n'es pas une idiote. Tu nous en as bouché un coin en physique. Tu es vraiment au top sur tous les plans.

Ce n'était pas le cas, avant que Kian ne pose ses mains sur moi. Mon pouls s'accéléra à l'idée de le revoir. *Vilaines hormones. Arrêtez ça tout de suite.* C'était probablement juste une combinaison de différents facteurs qui me mettait dans cet état. Il m'avait sauvée et avait changé ma vie. Comment aurais-je pu ne pas ressentir quelque chose pour lui ? Ça me passerait.

— Je t'enverrai des mails, dis-je doucement. Avec le décalage horaire, ce sera difficile de Skyper.

— Cool. Et qui sait où nous irons à la fac.

— Tu envisages de venir aux États-Unis ?

— Ouais. La famille de ma mère vit à Sacramento.

Je savais que son père était japonais et sa mère américaine. Elle avait été mutée à l'étranger par sa compagnie, avait rencontré son père, était tombée amoureuse et était restée là-bas. Comme je ne m'attendais pas à être encore vivante, je n'avais pas fait de projet pour l'université. Une vague de remords déferla sur moi ; j'avais menti effrontément quand mes parents m'avaient posé des questions, et comme ils me faisaient confiance, ils n'avaient pas demandé à voir mes notes. Pourquoi l'auraient-ils fait ? Je ne les avais jamais dupés, pour autant qu'ils le sachent, et je ne m'attirais jamais de problèmes. J'étais intelligente ; j'avais leurs gènes et je rapportais toujours des A à la maison. Alors quand j'avais de bons résultats et acceptais une marque d'approbation, ils commandaient une pizza.

Heureusement, j'avais encore du temps pour éviter le naufrage des cours à distance.

— Il faut que je repasse le test d'aptitude, murmurai-je.

Mensonge. Je ne l'avais jamais passé. J'avais dit à mes parents que je m'étais inscrite, mais au lieu de cela, j'étais allée au cinéma et avais mangé des pop-corn toute la journée. Occupés par leurs recherches, les étudiants et les propositions de thèses, ils m'avaient laissée m'occuper de ces démarches parce que cela m'apprenait l'autonomie. Ainsi, je ne serais pas en entrant à la faculté et ne finirais pas noyée dans mon propre vomi parce que je n'aurais jamais pris ma vie en main. En écoutant Vi parler de ses parents, j'en étais venue à comprendre que les miens n'étaient pas insensibles ; c'était juste qu'ils ne réalisaient pas l'impact que pouvait avoir sur moi leur approche non interventionniste. Ce qu'ils pensaient être un témoignage de confiance passait pour moi comme de l'indifférence, même si des ados avec des parents omniprésents auraient adoré avoir la liberté que je considérais comme acquise. C'était fou comme j'avais appris… et changé… en seulement cinq petites semaines.

Il me fixa en haussant les sourcils.

— Ça m'étonne.

— C'était un mauvais jour.

— Je suis sûr que tu vas tout casser la prochaine fois, dit Ryu.

— De toute façon, je te tiendrai informé des universités où j'envisage de poser mes candidatures.

Il semblait déjà plus enjoué.

— Pareil. Même si nous ne ressortons pas ensemble, ce serait sympa de se voir.

Je souris.

— Oui. Bon voyage, Ryu.

— Au revoir, Edie.

Avant qu'il ne puisse ajouter autre chose, s'il en avait l'intention, je reposai le téléphone et il ne se remit pas à sonner.

J'étais contente qu'il sache s'arrêter. Quelques minutes plus tard, Vi entra, les joues roses.

Je haussai un sourcil en constatant qu'elle avait visiblement vécu un baiser mémorable.

— Tu t'es faufilée pour voir Seth ? J'espère que Barbie ne t'a pas surprise.

— Non. Je suis un ninja.

Elle ne put pas dire cela en restant sérieuse, ou peut-être que sortir avec Seth lui avait donné ce sourire qui restait plaqué sur son visage en permanence.

— Ne laisse pas traîner des étoiles métalliques où je risquerais de marcher dessus demain matin.

— Tu pars tôt toi aussi ? J'ai demandé à mes parents de changer mon billet. Je vais à Chicago avec Seth, puis je prendrai une correspondance et lui prendra le bus.

— Chouette. J'essaierai de ne pas te réveiller en partant.

— Alors il vaut mieux que je fasse ça tant que je le peux.

Vi se jeta sur moi et me serra dans ses bras.

— Au fait, j'ai beaucoup parlé de toi à mes amies. Elles espèrent que tu passeras me voir pour qu'elles puissent te rencontrer.

— J'essaierai.

J'étais sûre que les copines de Vi étaient cool et sympas.

Je pourrais m'en inspirer à l'avenir.

Avant de me mettre au lit, je rangeai toutes mes affaires dans ma valise et fis en sorte que tout soit prêt pour mon départ. Je m'endormis en pensant à Kian et me demandant s'il aurait changé, si ce serait bizarre entre nous, après notre baiser. L'alarme de mon téléphone sonna à sept heures et Vi ne bougea pas. J'attrapai mes vêtements et sortis discrètement avec mes affaires de toilette. Après avoir pris ma douche, je me séchai et m'habillai dans la salle de bains, puis retournai dans la chambre pour récupérer mes sacs. Un dernier coup d'œil pour vérifier que je n'avais rien oublié, et je sortis d'ici pour la dernière fois.

Mon téléphone indiquait qu'il était sept heures quarante-six, mais je n'avais pas le temps de prendre un petit déjeuner ; cela n'avait pas d'importance puisque je serais à la maison en dix secondes. Je retrouvai l'endroit où il m'avait laissée et m'introduisis dans la cathédrale de feuilles paisible. En tout cas, c'était l'impression que cela me donnait avec le soleil qui passait à travers les feuilles en rayons verts. C'était silencieux et sacré, à l'inverse de l'autre côté.

À huit heures précises, Kian apparut. Je m'étais convaincue qu'il ne pouvait pas être comme dans mes souvenirs.

Mais si.

6

LE FOYER SE TROUVE LÀ OÙ LE CŒUR A MAL

Ses cheveux noirs tombaient sur un œil. Dans la pénombre du bosquet, les mèches cuivrées étaient atténuées. Mais son visage conservait cette beauté obsédante qui me faisait mal à la poitrine, comme si c'était trop dur de le regarder directement. Je me demandai s'il ne s'en lassait jamais ; s'il en avait fait le souhait étant jeune et aurait aimé maintenant être un peu plus ordinaire. Sinon, comment pouvait-il être sûr que ce n'était pas toujours son visage que les gens voulaient et pas la personne qu'il était à l'intérieur ? Ou alors, il s'en fichait. Que savais-je de lui après tout ?

Kian ne fit aucune allusion au baiser, ce baiser hyper sensuel qui avait changé ma vie et dont le souvenir me faisait me demander pourquoi il ne recommençait pas tout de suite.

— Le programme t'a plu ?

— C'était génial. J'ai beaucoup appris. Je me suis fait de nouveaux amis.

— Et tu t'es habituée au nouveau toi ?

C'était ça, le but.

— Je crois, oui. Cela me semble un peu plus naturel maintenant.

Je n'étais toujours pas habituée à la manière dont me

regardaient les garçons, ou comment ils proposaient de m'aider à faire des choses que j'étais capable de faire toute seule.

— Alors je te ramène chez toi.

La déception me serra le cœur.

— J'ai quelques questions.

Ah bon ? Vraiment ? Mon cerveau fut surpris de l'entendre. Mais je ne pouvais pas le laisser me déposer comme ça. Je ne l'avais pas vu depuis des semaines ; je ne le reverrais pas jusqu'à ce que je sois prête à lui demander ma prochaine faveur, et je ne savais pas du tout quand ce serait.

— À propos du pacte ? demanda-t-il sur un ton neutre.

— Bien sûr.

— Tu as pris ton petit déjeuner ?

Je secouai la tête.

— Allons-y alors.

À ma grande surprise, il sortit du feuillage.

Je le suivis.

— Mais ça concerne notre affaire, tu ne peux pas nous transporter quelque part ?

— Je pourrais, mais toute dépense est surveillée. Je préfère ne pas prendre le risque de gaspiller ma dose mensuelle de pouvoir quand il y a des endroits convenables où manger pas loin.

— Ce n'est pas toi qui tires les bagages, marmonnai-je.

— Maintenant, si.

Il attrapa ma valise à roulettes et mon sac à dos avant que je ne puisse protester.

— C'est tout ce que tu as acheté ?

— Ouais. Je suis une fille simple.

— Non.

Je le mesurai du regard.

— Comme si tu me connaissais.

— Tu ne penses pas qu'on étudie une personne avant qu'elle n'atteigne l'extremis, Edie ? Je sais exactement qui tu es… et ce que tu as traversé.

Un frisson me parcourut. Je ne savais pas trop quel sentiment cela me procurait. Celui d'être exposée, certainement, mais il y avait aussi une certaine chaleur. Avec Kian, je n'avais pas à faire semblant de ne pas être une nana complètement déboussolée avec un tas de plans de vengeance en tête. Il comprenait. Et je n'aurais jamais à vivre un moment comme celui que j'ai eu avec Ryu, quand j'avais réalisé que je lui cachais mes mauvais côtés.

— D'accord, je retire. Merci de porter mes affaires.

— Edie ?

Avant de me retourner, je reconnus cette voix. Ryu se trouvait à une dizaine de mètres, l'air choqué. Kian et moi ne nous touchions pas, mais il portait mes bagages de manière assez déterminée.

— Juste une seconde, dis-je à Kian.

Je courus vers Ryu.

— Qu'est-ce qu'il y a ?

— Qui est-ce ?

Je me sentis aussitôt très mal à l'aise et me mis à agiter nerveusement les pieds. Je sentais le regard de Kian peser sur mon dos, mais il m'était impossible d'expliquer à Ryu sa présence de manière compréhensible. Notre histoire aurait dû se terminer hier soir, quand nous nous étions dit au revoir, mais je comprenais ce qu'il ressentait. Un truc dans le genre « Bon sang, un jour et elle est déjà passée à autre chose… Elle n'était pas du tout attachée en fait ». Je ne voulais pas le quitter avec cette impression.

En respirant profondément, je pus me calmer, extérieurement en tout cas. À l'intérieur, je me cognais la tête contre un mur.

— Kian est venu me chercher. Tu veux le rencontrer ?

Ryu intégra cette information et se détendit.

— Je ne vais pas tarder à me rendre à l'aéroport, mais j'ai une minute.

— Tu veux prendre le petit déjeuner avec nous ?

— Je n'ai pas le temps… mais merci.

Il souriait. Soulagé, même s'il ne voulait pas que je le sache.

Même en prenant en compte cet été, j'avais quand même passé plus de temps dans ma vie à regarder les gens qu'à leur parler. Ma survie à l'école avait reposé sur ma capacité à analyser correctement les situations et savoir quand m'échapper. Je le guidai jusqu'à Kian qui attendait, une main sur la poignée de ma valise. Son visage était neutre ; son attitude me rappelait la neige et la Suisse. Pourtant, il fit un signe comme si tout cela était normal.

— Ryu, Kian.

Ils échangèrent une sorte de check. Nous discutâmes un instant ; Kian n'était pas malpoli, juste… réservé. Je n'arrivais pas à le décrypter, et Ryu ne sembla rien remarquer. Puis le taxi de Ryu s'arrêta au bord du trottoir. Il se pencha pour me dire au revoir en m'embrassant… et il n'eut pas besoin de poser la question. Je donnai à ma réponse juste assez de chaleur pour le rendre heureux et il monta avec la promesse que je le contacterais.

— Un petit copain d'été ? devina Kian, tandis que le taxi s'éloignait.

— Oui. J'avais besoin de sortir avec un mec avant de m'attaquer au chef de meute débile de Blackbriar.

— Bien vu.

— D'ailleurs, pourquoi m'as-tu donné ce T-shirt ?

Je ne pensai pas qu'il prétendrait ne pas savoir de quoi je voulais parler.

Il pencha la tête en arrière et regarda les feuilles vertes entremêlées au-dessus de nos têtes.

— C'est mon patron qui me l'a demandé.

— T'a-t-il dit pourquoi ?

— Il a dit que cela te mettrait sur la bonne voie.

— Quel mystère. J'étais censée rencontrer Ryu ?

Si je croyais la moitié de ces histoires, cela pourrait me rendre folle en peu de temps.

— Pourquoi ton boss se soucierait des personnes avec qui je sors ?

Il avait le regard vide.

— Il y a un café un peu plus loin sur cette rue, ça te va ?

Il vient de changer radicalement de sujet. Il ne veut pas en parler. C'était stupide, mais une étincelle brilla en moi, remplissant mes veines d'une chaleur indescriptible. Même si je savais très bien que Kian voulait rester concentré sur le côté professionnel, moi peut-être pas.

— Oui, parfait.

Le café Chez Jeannine était plus joli qu'un McDo, mais les prix restaient raisonnables, ce qui était logique puisqu'ils servaient le genre de choses que les étudiants ivres adoraient manger et pouvaient se permettre. Le soleil brillait et le ciel était bleu azur. J'appréciais la promenade, même si elle se fit en silence. J'aimais l'activité physique plus qu'avant. Les courses avec Seth, trois fois par semaine, m'en avaient donné le goût, et je continuerais après mon retour à la maison. Sur le trajet, je me demandai pourquoi l'employeur de Kian pouvait bien se soucier de ma vie sociale.

Kian ne reparla pas avant que nous soyons assis dans un box.

— Tu as dit que tu avais des questions ?

— Exact. Es-tu sur la liste des gens avec qui ton boss veut que je sorte ?

Relève-toi et tire-toi de là. Mais ce n'était pas comme si je m'exposais totalement. Je pouvais très bien lui demander ça par simple curiosité.

Mais non.

— Là, tout de suite ? Non. Ensuite ?

Je réfléchis vite.

— Tu as dit que je devais utiliser les deux dernières faveurs avant cinq ans. Est-ce la seule condition ? Doit-il y avoir un intervalle de temps entre elles ou puis-je demander les deux en même temps ?

— Avant cinq ans. C'est tout.

Son regard de jade et d'ambre se fit plus net.

— Tu veux que je croie que c'est la raison pour laquelle tu voulais retarder ton retour ? Tu aurais pu me demander ça sur le seuil de la porte ? Tu as dit que tu avais des questions, au pluriel.

As-tu repensé à notre baiser ? T'ai-je manqué ? Mais ces questions n'avaient pas de rapport avec notre pacte, comme je l'avais prétendu, et je n'étais pas assez audacieuse. Il me faudrait plus qu'un programme d'été pour me donner ce genre d'assurance.

Par chance, j'avais un autre souci.

— Le type à qui j'ai pris la place s'est cassé la jambe. As-tu quelque chose à voir avec ça ?

Kian ne le nia pas.

— J'ai dit à Wedderburn que j'avais besoin que tu sois prise, que ça faisait partie de ta faveur. C'est lui qui s'est occupé du reste.

Mince. Alors c'est son boss qui l'a fait. C'est quelque peu... inquiétant.

— Il se fiche du mal qui peut être fait ?

— La définition du mal selon Wedderburn est différente de la nôtre. « La jambe sera guérie en six semaines », et pour lui, le temps n'existe pas.

Je devinais que Kian citait son employeur.

— Si tu veux savoir si j'étais au courant, non, ajouta-t-il. Il ne partage jamais ses plans avec moi avant qu'il ne soit trop tard pour que je puisse y faire quoi que ce soit.

Il a l'air vraiment triste. Je me demande avec combien d'entre nous il jongle. Je sentis le malaise me picoter le dos et ternir cette belle matinée ensoleillée. Alors je changeai de sujet.

— Une dernière chose, je m'inquiète au sujet du plan de

remboursement… c'est tellement vague que ça me stresse. Peux-tu me raconter comment ça s'est passé pour toi ?

Il réfléchit, comme s'il parcourait un livret de règles dans sa tête.

— En fait, je peux, tant que je ne te donne pas de détails sur autre chose.

— Alors raconte-moi, s'il te plaît.

Avant qu'il puisse commencer, la serveuse revint. Je commandai des œufs brouillés tandis que Kian choisit des pancakes à la myrtille avec un supplément de crème fouettée. Ce qui me fit me demander s'il avait demandé la capacité de manger tout ce qu'il voulait sans prendre de poids. *Était-ce possible ?*

Une fois que la serveuse fut partie, il murmura :

— OK. Bon, j'avais quinze ans quand j'ai atteint l'extremis. Et j'ai utilisé toutes mes faveurs en une année.

Je perçus un léger regret dans ses paroles.

— Pourquoi si vite ?

Son silence m'indiquait qu'il n'avait pas l'intention de me le dire. *Très bien.* Bon sang que j'aurais aimé savoir pourquoi il était si malheureux. Ce n'était pas équitable ; il savait tout sur moi. Mais bon, nous n'étions pas amis. Nous n'avions aucune relation à part le pacte qui nous liait.

Je fis dévier la conversation.

— Tu as l'air si jeune, ils n'ont pas dû mettre longtemps avant de demander à être payés.

— Est-ce que tu me demandes mon âge ? demanda-t-il, amusé.

— Ça n'a pas d'importance.

Sauf pour satisfaire ma curiosité… et visiblement, il n'en avait pas l'intention.

— Je ne suis pas supposé partager des informations personnelles.

— Je parie que tu n'étais pas supposé m'embrasser non plus.

Je levai aussitôt les yeux, incapable de croire que j'avais dit ça à voix haute.

— Si quelqu'un avait été là à ce moment, on m'aurait retiré ton dossier, dit-il doucement. Et… réprimandé pour mauvaise conduite.

Je ne le voulais pas.

— Je suis désolée. Alors pourquoi tu l'as fait ?

— Tu sais pourquoi.

Je n'en étais pas assez sûre pour m'aventurer sur cette voie, indépendamment de ce que j'espérais.

— Peux-tu me parler de ton… comment on dit ? Ton recruteur ? Maître ?

— On nous appelle des liaisons. Et cela dépend de ce que tu veux savoir.

— Son nom, comment vous vous êtes rencontrés. Ce genre de choses.

— Il s'appelait Raoul, et nous nous sommes rencontrés à la cabane de pêche de mon oncle.

À sa tête, cette réponse flirtait avec les limites de ce qu'il était autorisé à me dire. Cela ne m'encouragea pas à lui poser d'autres questions sur ce qui s'était passé ce jour-là.

— Tu l'aimais bien ?

Léger sourire.

— Je ne lui ai pas demandé de m'embrasser, si c'est là que tu veux en venir.

— Es-tu toujours en contact avec lui ?

Son sourire s'effaça.

— Non.

— À quoi ressemblait-il ?

— Tu as vu *Highlander* ?

C'était une question rhétorique ; je voyais bien qu'il savait que je l'avais vu des centaines de fois et possédais la version longue en DVD. Mais j'acquiesçai tout de même.

— Ramirez. Il ressemblait à Ramirez.

Je visualisai un type rude avec des cheveux argentés et une

barbe poivre et sel, tapant sur l'épaule de Kian en lui disant de s'arrêter de pleurnicher.

— Ça devait être… épique.

— Un peu, oui.

— Pas étonnant que tu aies accepté le marché.

Notre petit déjeuner arriva. Nous mangeâmes en silence pendant que je cherchais dans ma tête une faille pour qu'il passe la journée avec moi… sans dépenser une autre faveur. Je n'étais pas si bête que ça.

— Comme la plupart des gens, dit-il sur un ton neutre.

— Quelle est la faveur la plus courante ?

— L'argent.

— J'aurais dû m'en douter. Et si j'avais besoin de ton aide pour chercher une éventuelle requête qui me serait inaccessible ? Serait-ce autorisé ?

Il braqua longuement son regard sur moi.

— Edie… Ne te précipite pas pour les deux autres faveurs. Sérieusement.

Qu'essaies-tu de me dire avec ces yeux ? Je soutins son regard, incapable d'avoir accès à des fonctions logiques supérieures. Quand il se remit à manger, j'eus le sentiment d'avoir été libérée d'un sortilège. *Kian jette des sorts de sex-appeal niveau cinquante. Je n'ai pas réussi à lui échapper quand c'était mon tour.*

— D'accord, dis-je à voix basse.

— Mais…

Il hésita, comme s'il réfléchissait à ce qu'il était sur le point de dire.

— Mais si tu as besoin d'aide pour quelque chose relatif au contrat, je serai là. Ça fait partie de mon boulot.

— Ça pourrait prendre toute la journée, fis-je remarquer.

Je vis « C'est une mauvaise idée » trembler sur le bout de sa langue ; mais il se contenta de dire :

— Je n'ai rien de prévu.

— Tu as d'autres clients ?

— Jamais plus de cinq à la fois.

Je rangeai ça avec le petit stock d'informations que j'avais glané. Alors il y avait quatre personnes qui, comme moi, avaient été sauvées in extremis par Kian. Je me demandai combien de requêtes elles avaient émises, quel âge elles avaient, à quelle fréquence il les voyait et s'il en avait déjà embrassé. Il était probable qu'il y ait une clause de confidentialité ; il semblait contraint par toutes sortes de règles.

— Tout à l'heure, tu as parlé de surveillance ? Quand…

— Je ne sais pas, me coupa-t-il. Et c'est un peu l'idée. Cela me pousse à rester honnête et concentré sur mes tâches.

— Est-ce que c'est comme quand tu appelles ton fournisseur d'accès et qu'ils te disent que ton appel pourrait être enregistré pour ta protection et afin de fournir un service de meilleure qualité ?

— Plus ou moins.

C'était frustrant. Je voulais apprendre à le connaître, mais il avait déjà dit qu'il n'avait pas le droit de partager des informations personnelles. Je ne voulais pas lui attirer des problèmes, ou pire, que mon cas lui soit retiré. Cela signifierait que je ne le reverrais plus jamais. Et il devait penser la même chose, sinon, il ne coopérerait pas, surtout en sachant que je représentais une erreur.

— Si j'abuse, dis-le. Je n'insisterai pas.

Je l'ai fait une fois. Je ne recommencerai pas.

— Ce n'est pas ça, dit-il doucement.

Son regard descendit vers sa montre qui ne ressemblait à aucune autre que j'avais déjà vue. Le cadran était en cristal et il y avait une multitude de boutons sur le côté. Vu son regard lourd de sens, je devinais que j'étais censée réagir, alors j'étudiai la montre, mais aucune réponse immédiate me vint à l'esprit. Je cherchai un papier et un stylo dans mon sac à dos. Je ne savais pas quelle forme pouvait prendre la surveillance ; il y avait un type dans mon quartier qui était convaincu que le gouvernement pouvait écouter l'espace via les satellites.

J'écrivis :

Quel est le rapport entre ta montre et la manière dont ils te surveillent ?

Kian se pencha, lut, puis répondit :

Elle enregistre tout. Ils peuvent l'utiliser pour écouter, quand ils le veulent. Elle enregistre aussi mon utilisation du pouvoir, et il y a des comptables qui calculent mon rendement en fonction des faveurs que j'accorde.

Cela semblait horrible.

Tu peux la retirer ?

Le visage triste, il secoua la tête, puis il me demanda avec un signe discret de cacher le papier avant qu'un curieux ne s'y intéresse. Nous étions restés silencieux pendant trop longtemps. Plus tôt, il avait mentionné son quartier général, mais affirmé qu'il ne voulait pas m'y conduire parce que cela aurait pu me faire peur. Je commençais à comprendre pourquoi. Les personnes indéfinies pour lesquelles Kian travaillait… avec leur pouvoir incroyable et leur contrôle oppressif… donnaient l'impression qu'elles n'accordaient pas d'indemnité de séparation, à moins que ce soit celle de votre tête et votre cou.

Je réalisai que je le mettais peut-être en danger avec mon harcèlement, et cela m'ébranla. Alors je terminai en posant des questions anodines sur le pacte. Le soulagement et le regret se livraient bataille sur son visage. Des vœux futiles illuminaient ses yeux tandis qu'il réglait l'addition. Profondément partagée, je sortis du box.

— Tu peux me ramener chez moi. Mes questions n'ont pas pris autant de temps que je le pensais. Et j'ai besoin de réfléchir avant de demander ma prochaine faveur.

— Tu es sûre ? demanda-t-il.

S'il était prêt à prendre le risque d'être pris en train d'enfreindre les règles, ce n'était pas mon cas. J'acquiesçai.

— Merci pour le petit déjeuner.

Kian sortit du restaurant le premier, et comme la fois précédente, il trouva une alcôve calme pour me prendre la main. Le monde tourna, comme si nous allions trop vite pour que je puisse le voir, et j'eus la même sensation de vélocité dans mon estomac, avant de réapparaître dans une allée à quelques pâtés de maisons de mon appartement. Il portait toujours mes affaires, alors je tendis le bras pour les récupérer. Je ne voulais pas lâcher sa main parce que je ne savais pas quand je le reverrais, mais je me forçai à déplier les doigts.

Il glissa un papier dans la paume de ma main, mais ne confirma pas son geste verbalement.

— Tu peux t'occuper de tes affaires à partir d'ici ? demanda-t-il sur un ton poli, professionnel.

— Oui.

— Alors à bientôt.

Ses au revoir étaient médiocres et neutres, mais ses yeux disaient tout autre chose.

Ou alors, c'était juste ce que je voulais voir.

Arrête, me dis-je. *Tu as eu ce baiser, et c'est tout. Tu as de la chance qu'il ne se soit pas fait prendre.*

Je fis deux pas et quand je regardai par-dessus mon épaule, il était déjà parti. Ce n'était pas plus mal ; j'avais du pain sur la planche. Les cours recommençaient dans dix jours. Il fallait que j'achète de nouveaux uniformes et des fournitures… puis je m'immobilisai parce que je ne pouvais pas me raconter des histoires plus longtemps. Je devais lire le message qu'il avait écrit.

Ne fais confiance à personne, sauf moi. Je te contacte bientôt.

Peut-être essayait-il de m'inciter à formuler une autre faveur ? Une protection contre ses patrons psychotiques peut-être ? Je n'étais pas entièrement certaine de devoir faire confiance à Kian non plus, en dépit de sa beauté et de son côté torturé. Il valait mieux être prudente.

Je devais maintenant faire des projets pour la vie que je ne m'attendais pas à avoir et qui arrivait avec l'automne. Mais ce n'était pas donné à tous les jeunes de recevoir une main courante magique. Tandis que je marchais vers notre immeuble, je me demandais si je ne pourrais pas faire du bénévolat pour un service téléphonique ou un truc dans le genre pour partager mes expériences avec des gens qui n'avaient pas cette chance. Je devais probablement avoir dix-huit ans ou faire une formation spéciale, alors je remis cette idée à plus tard. Je pourrais trouver le temps pendant ma première année d'université pour me rattraper.

La nervosité remontait de mon ventre au fur et à mesure que j'approchais de la maison. Je n'avais parlé à mes parents que deux fois pendant l'été, et nous nous étions échangé quelques mails et textos. Pour préserver mon indépendance, ils avaient élaboré un code pour s'assurer que c'était moi à la fin de mes messages. Ainsi, ils n'avaient pas à craindre que je me sois fait kidnapper et que mon ravisseur utilisait mon téléphone. Mes parents regardaient peut-être trop *Esprits criminels*, mais ce système fonctionnait sans trop de conversations téléphoniques, et il était plus facile pour eux de répondre sur les routes. La dernière fois que j'avais eu de leurs nouvelles, ils disaient qu'ils seraient de retour quelques jours avant moi.

Je me demande comment ils vont réagir à la nouvelle moi.

Ils seraient surpris… pour de nombreuses raisons. Je me dis que ça ne m'aiderait pas d'y penser à l'avance, alors je montai les étages jusqu'à l'appartement. Après avoir respiré profondément, je sortis mes clés et ouvris la porte. Ils n'étaient pas dans la pièce principale, donc ils avaient dû s'endormir… et traînaient devant leur porridge dans la cuisine.

— Je suis rentrée ! hélai-je.

Mes deux parents apparurent dans l'encadrement de la porte de la cuisine, puis ils s'arrêtèrent net. Leurs visages reflétaient un état de choc… et dans le cas de mon père, cela se transforma rapidement en horreur.

— Edith… ?

— Comment s'est passé votre été ? demandai-je en faisant comme si je n'avais pas remarqué leurs réactions.

— Chargé.

Mon père dressa la liste des conférences, et c'était plutôt ahurissant. Ils semblaient avoir parcouru un paquet de kilomètres en quelques semaines. Si j'avais été à la maison, j'aurais eu de la chance si j'avais réussi à les voir une fois en deux mois.

Mes parents s'échangèrent leur regard entendu habituel, puis ma mère dit :

— Tu es bien jolie, chérie.

— Merci. Ma coloc était une sorte de fana de sport et elle m'a fait faire des exercices avec elle.

Je mentis en adressant des excuses mentales à Vi.

— On est aussi passées dans un salon de beauté.

De tels résultats ne pouvaient pas venir simplement d'un régime estival ou d'une coupe et une coloration, mais mes parents, qui ne s'intéressaient pas du tout à l'apparence physique, ne le savaient pas. Ils réfléchirent quelques secondes en murmurant des paroles de soutien et d'approbation incohérentes. C'était plutôt mignon de les voir ne pas savoir comment réagir ; à l'évidence, ils n'en avaient jamais discuté, vu qu'ils m'avaient élevée dans l'idée d'être un bourreau de travail.

— Eh bien, tant que tu es heureuse, finit par déclarer mon père comme si je m'étais fait faire un tatouage ou avais coloré mes cheveux en fuchsia. Comment était ce programme de science ?

Je voyais bien qu'ils étaient tous les deux impatients de revenir à un sujet familier, alors je leur parlai des cours et de ce que j'avais appris, ce qui leur permit de se détendre. Au moins, avoir de beaux cheveux n'avait pas altéré mon cerveau. Après avoir terminé mon résumé, j'affirmai :

— Je vais aller défaire mes bagages, si ça ne vous dérange pas. Puis je vais devoir faire quelques courses avant la rentrée.

En voyant leurs expressions inquiètes, j'ajoutai :

— Juste des uniformes. Et les fournitures habituelles.

Il me faudrait encore porter la jupe en tissu écossais vert et bleu marine, le chemisier blanc et la veste de blazer bleu marine qui faisaient partie du code vestimentaire de Blackbriar. Mais il y avait des astuces pour rendre cette tenue plus stylée et si vous faisiez partie des beaux, les profs vous laissaient commettre de petites infractions comme porter trop de bijoux ou de maquillage, remonter sa jupe, avoir des babies à semelles compensées, ce genre de trucs. La plupart des nanas populaires donnaient l'impression de sortir d'un clip avec des écolières cinglées. Je n'avais qu'un peu plus d'une semaine pour me faire un nouveau look sans les copier.

— Bien sûr, dit ma mère. Je vais te donner ma carte bancaire.

J'acquiesçai.

— Après que j'aurai rangé mes affaires, d'accord ?

— Tu as l'air en forme malgré l'avion, fit remarquer mon père.

Ils étaient intelligents. Si je me ratais, ils commenceraient à se poser des questions et je ne pouvais pas me le permettre.

— Ouais, j'ai pris le vol de nuit et j'ai dormi tout le trajet.

— Le seul vrai moyen de voyager.

Avant qu'ils ne puissent me poser d'autres questions, j'attrapai mes sacs et me précipitai vers ma chambre. Une fois la porte fermée, je me sentis plus en sécurité. Heureusement, nous n'étions pas très proches, sinon, ils se seraient demandé pourquoi j'étais aussi pressée de déguerpir. Mais je passais toujours beaucoup de temps seule dans ma chambre, donc il n'y avait pas de changement sur ce point.

Tout d'abord, je fis ce que je leur avais dit, puis j'envoyai de brefs mails à Vi et Ryu. Je n'attendais pas de réponse immédiate puisqu'ils allaient retourner à leur vie, mais je les considérais comme mes seuls véritables amis, ce qui était plutôt triste. Mais au moins, j'en avais maintenant. Le simple fait de savoir qu'ils existaient, et qu'ils m'appréciaient, m'aidait à me préparer pour le tour de force qui m'attendait. Cela pouvait donner l'impression que j'allais mettre deux revolvers à ma ceinture et provoquer Dean Cameron en duel à midi tapant. La vérité était bien plus sournoise.

Pendant le reste de la journée, je passai du temps sur Internet à apprendre différentes façons de me coiffer, des méthodes pour appliquer du fard à paupières, de l'eyeliner, de l'autobronzant et d'autres produits dont je n'avais qu'entendu vaguement parler avant cet été. C'était des choses que ma mère ne m'avait jamais apprises ; en fait, je la soupçonnais de ne même pas les connaître elle-même. Si je lui avais posé la question, j'étais presque sûre que j'aurais eu droit à un cours sur les dangers de la vanité, sur les valeurs du féminisme, mais je ne faisais pas cela strictement pour les apparences. Non, c'était un déguisement pour ma couverture à Blackbriar. Pour que je puisse infiltrer leur petit cercle fermé, les Beaux devaient penser que j'avais assez changé pour devenir l'une des leurs. D'où le camouflage. J'avais toujours été un bourreau de travail dans le milieu scolaire, maintenant, il était temps d'appliquer ce trait de caractère à ma vie sociale.

Ma mère tapa à la porte vers vingt et une heures. Elle attendit que je la lui ouvre avant de parler.

— Tu as dit que tu avais besoin de faire des courses avant la rentrée ?

— Je me suis dit que j'y irai demain.

— Tu veux que je t'accompagne ?

Son ton indiquait qu'elle aurait préféré être convoquée comme jurée, mais qu'elle avait l'impression qu'elle devait me le proposer.

— Non, c'est bon.

— Alors voici la carte. Garde les reçus, s'il te plaît.

C'était typique de Maman ; elle tenait toujours à ce que les chiffres entrent bien dans les colonnes. Elle devait rendre ses étudiants complètement fous.

Dieu seul savait ce qu'elle aurait dit si je lui avais confié la véritable explication de ma transformation. On essaie de deviner ? Elle aurait pensé que j'avais pris une pilule très dangereuse et complètement illégale pour perdre du poids et m'aurait envoyée en centre de désintox. Et là-bas, je n'aurais pas pu atteindre le seul but pour lequel je m'étais préparée cet été… faire payer Cameron Dean, ainsi que le reste des salopards de la bande des Intouchables.

Alors je lui souris et cela dut éveiller ses soupçons. Elle hésita à ma porte.

— Tu veux parler de… quelque chose ?

Je prétendis avoir mal compris la question.

— Non, j'ai déjà fixé mon cursus. J'ai choisi calcul renforcé, physique, littérature, histoire mondiale, introduction au japonais, photographie et science de l'informatique.

— Ça me semble être un programme équilibré. Bonne nuit.

Elle sortit, certainement en étant fière d'avoir élevé une fille aussi rationnelle et organisée. La vérité l'aurait dévastée, et Papa aussi à vrai dire. Mon ordinateur me signala que j'avais un mail. Cela ne pouvait être que Ryu ou Vi, puisqu'il n'y avait personne d'autre.

Tu es déjà rentrée ? J'avais oublié la durée du vol jusqu'à Boston.
Bref, je suis rentrée. Ma mère m'a accueillie avec la pire des fêtes de bienvenue. Il y avait de la gelée. Tu as dit que tu allais à Blackbriar, c'est ça ? Je parie que tes vrais amis t'ont manqué, mais je suis heureuse de t'avoir rencontrée.
À bientôt !
Vi.

— Mes vrais amis ? répétai-je à voix haute.

OK. Dans un mois ou deux, il y aurait peut-être des gens qui prétendraient m'apprécier, qui voudraient me connaître, mais ils ne seront qu'un moyen d'arriver à mes fins. La bande des Intouchables n'avait aucune idée de l'Armageddon qui l'attendait.

7

DU SANG DANS L'EAU

Le matin, j'achevais ma phase de préparation et partis affronter le monde. Au fond de moi, j'étais un peu mal à l'aise dans mes nouveaux vêtements, même si je les avais portés tout l'été. Une partie de moi voulait toujours laisser tomber mes cheveux devant mon visage et voûter les épaules en marchant plus vite comme si cela pouvait empêcher les gens de me regarder et de me juger. Il me fallut toute l'assurance acquise au programme d'été pour sortir de l'immeuble. Notre voisin du dessous me sourit tandis qu'il montait les quatre marches à l'entrée du perron ; M. Lewis était connu pour son excentricité, mais je crus qu'il allait lever son chapeau. Je me ressaisis et me dirigeai vers la station de métro.

Il fallait d'abord que je m'arrête à Blackbriar ; le magasin d'uniformes du lycée était ouvert aujourd'hui et aucun de mes vêtements de l'année dernière ne m'allait encore. Mon estomac se noua quand je descendis les marches, utilisai ma carte d'abonnement et montai dans un wagon qui était aussi bondé qu'il l'aurait été quelques heures plus tôt. Et pourtant, je m'éloignais du centre-ville.

Blackbriar se trouvait à Auburndale. L'école faisait la taille d'une petite université privée, « un terrain luxuriant et champêtre où le programme est… » et d'autres bêtises dans le genre à propos du respect et de la diversité, mais ce qui était sûr, c'était qu'il y avait beaucoup de visages blancs à Blackbriar. Cela allait de pair avec le country club qui n'était pas loin, et les frais de scolarité annuels.

Mes parents vivaient relativement près de l'université sans payer les prix pratiqués à Beacon Hill ou Back Bay. Ce qui nous situait à vingt minutes de l'école en métro et le trajet à pied à partir de la station n'était pas trop pénible, sauf quand il pleuvait ou neigeait. Ces jours-là, je pouvais compter sur un petit con pour m'éclabousser en me dépassant avec sa voiture de sport hors de prix, payée avec l'argent de son papa. Comme mes parents étaient professeurs à l'université, j'avais une bonne couverture santé et d'excellentes ressources académiques, mais pas de voiture. Leur brevet rapportait assez pour que je reste à Blackbriar, mais mes parents ne roulaient pas sur l'or, contrairement à la majorité des élèves de l'école. Ils avaient des résidences secondaires sur l'île de Martha's Vineyard et prenaient un jet pour se rendre en Europe pendant les vacances d'hiver.

Moi, je vis en appartement et prends le métro.

Pour la première fois de ma vie, j'eus des problèmes dans le métro. En fait, la laideur était comme une cape d'invisibilité. Les gens prétendaient ne pas me voir ou si je les surprenais en train de me regarder, ils détournaient le regard. Parfois, il m'arrivait d'entendre des blagues dites à voix basse ou des insultes qu'on me lançait, mais j'y étais quasiment insensible. Mais aujourd'hui, deux types d'une fraternité avaient joué des coudes pour avoir la place près de moi, et celui qui avait gagné s'immisça aussitôt dans mon espace, si bien que je dus toucher son genou avec le mien ou resserrer les jambes. *Le bon vieux concours de celui qui a la plus grosse.*

J'étais censée le regarder, je pense, ou reconnaître sa présence d'une manière ou d'une autre, mais au lieu de cela, je restai assise en silence pendant tout le trajet malgré plusieurs tentatives pour attirer mon attention. Apparemment, cela méritait que je reçoive un « espèce de salope » en descendant du wagon.

Passe ton chemin, crétin. Je ne suis pas intéressée.

Je considérais l'achat des uniformes comme un galop d'essai pour ainsi dire. La plupart des étudiants qui seraient là aujourd'hui seraient les étudiants de première année ou ceux qui avaient pris ou perdu du poids pendant l'été, mais cela m'aiderait à évaluer les réactions des gens. Je pariais que la plupart ne me reconnaîtraient pas. Comme je portais des Converse, un short et un débardeur, je courus de la station aux grilles d'entrée, principalement pour voir combien de temps cela me prenait.

Six minutes.

Le portail en fer forgé noir était ouvert, invitant les élèves anciens et nouveaux à pénétrer dans le monde magique de l'enseignement. Pendant l'année scolaire, des gardes seraient postés ici parce que des enfants de politiciens, dignitaires et cadres fréquentaient Blackbriar. À l'heure de sortie, l'impasse serait remplie de SUV noirs et de gardes du corps venus récupérer les rejetons de moins de seize ans de personnes importantes. Je suivis l'allée pavée qui donnait sur le bâtiment de brique aux moulures blanches et colonnes coloniales assorties.

C'était amusant de voir comme mon enfer personnel pouvait paraître si charmant.

Le bâtiment principal abritait les bureaux administratifs, la bibliothèque, l'auditorium et quelques salles de classe pour les première année. Les pelouses vertes coupées au cordeau étaient traversées par des chemins de pierre qui reliaient les différents départements, chacun construit selon un type architectural propre. Le complexe sportif, aussi connu sous le nom Puantorium, était bâti dans un style que j'appellerais Renaissance grecque, avec des façades en pierre blanche, des piliers et un dôme au-dessus de la piscine.

Le campus était si étendu qu'on avait parfois du mal à arriver en cours à l'heure, et c'était encore pire quand des petites brutes vous coinçaient. *Même si les profs ne se souciaient pas de savoir* pourquoi *j'étais en retard*. Je passai la porte d'entrée et parcourus la salle du regard pour voir s'il y avait du changement. Comme nous étions mi-août, le hall était pratiquement vide, à l'exception de quelques nouveaux étudiants à l'air terrifié. Je comprenais leur réaction ; Blackbriar était super intimidant, et il leur faudrait probablement une semaine pour se souvenir de la localisation de toutes leurs salles de classe. La plupart des bâtiments portaient le nom des bienfaiteurs de l'école, ce qui rendait la tâche encore plus ardue.

Des étudiants volontaires vendaient les uniformes au magasin de l'école, où l'on pouvait acheter toutes sortes de bêtises à l'effigie de l'établissement : stylos, carnets, classeurs, vestes, T-shirts, chapeaux, ainsi que la tenue requise. Je me figeai quelques secondes quand je reconnus Cameron Dean, en train de traficoter les articles loin en face de moi. Cet atroce sentiment d'humiliation passé m'envahit jusqu'à ce que j'aie l'impression que j'allais être malade.

Retiens-toi. Sinon, tu vas gâcher ta deuxième chance. Reste calme. Cela pourrait jouer à ton avantage. S'il fait passer le mot à ton propos, cela rendrait le premier jour de cours plus simple.

Alors je pris une grande inspiration, puis deux, et pensai à Kian. Son visage apparut devant moi dans ma tête et m'apaisa. Et ce ne fut pas le fait qu'il était sexy qui me frappa ; mais le fait qu'il m'avait appréciée avant. *En tout cas, c'est ce qu'il avait dit.*

Cameron avait des cheveux châtains et des yeux bleus étincelants, la quintessence de l'Américain. Il avait même un joli sourire, avec des fossettes, bien que je ne l'aie jamais vu auparavant. Mais à la minute où je m'approchai du comptoir, il se mit en mode « ultra Brit », même s'il sortait avec

Brittany King, première reine des abeilles, depuis presque deux ans.

— Tu dois être nouvelle, dit-il.

Je secouai la tête en posant ma liste de vêtements requis sur le comptoir devant lui. J'éprouvais un plaisir ridicule en lui disant :

— Raté. Je ne suis pas venue pour papoter avec les employés. Peux-tu t'occuper de ma commande, s'il te plaît ?

Son sourire s'effaça, comme s'il n'arrivait pas à comprendre que je ne sois pas tombée immédiatement sous son charme.

— En fait, je ne travaille pas ici. J'aide l'association des parents d'élèves parce que je suis un mec bien.

— Trop bien pour travailler honnêtement, c'est ça ?

Ma bouche afficha un sourire méprisant.

— Pourquoi cela ne me surprend-il pas ?

— Tu as un problème avec moi ? demanda-t-il.

Tu vas trop loin, m'avisai-je.

— Je remarque juste que tu ne m'as toujours pas donné mes uniformes.

Je marquai une pause en inclinant la tête.

— Attends, tu as cru que j'étais sérieuse ? Tu n'as pas le sens de l'humour ?

J'avais entendu les gens dire des trucs cruels et impardonnables toute ma vie, généralement à moi, pour les retourner contre moi et faire penser que c'était moi le problème. *Tu vas pleurer, la Kramée ? Tu ne supportes pas une petite blague ? Pourquoi ne rends-tu pas service au monde en te suicidant ?*

Et c'était ce que j'avais failli faire. Les paroles haineuses avaient le pouvoir de s'immiscer sous la peau, jusqu'à ce qu'elles deviennent un écho insupportable dans votre tête. Mais je ne les entendais plus.

— C'est bon, dit-il en allant chercher mes vêtements dans les différentes piles.

Puis Cameron utilisa une calculatrice pour faire le total d'une facture que j'aurais pu faire de tête. C'était assez difficile de ne pas me moquer de lui, mais je parvins à me retenir. J'avais été assez froide pour cette fois. Même si j'aurais préféré embrasser avec la langue un tuyau d'échappement, je devais maintenant le convaincre que je ne trouvais pas que c'était une créature dégoûtante directement sortie de la soupe primordiale.

Je devrais peut-être partir pour éviter une scène.

Quand je lui tendis la carte de crédit, il marqua une pause.

— Mildred Kramer ?

— C'est la carte de ma mère, expliquai-je même si j'étais à peu près sûre que ce n'était pas pour ça qu'il faisait la tête du type qui avait mal à force de trop réfléchir.

— J'avais deviné. Tu n'as pas une tête à t'appeler Mildred.

— Elle sait que je l'ai, si c'est ce qui t'inquiète.

Allez, fais le lien, génie.

— Non, ce n'est pas ça. Il y avait une fille qui s'appelait Kramer ici l'année dernière.

— Oh ? fis-je sur un ton neutre. C'est un nom commun.

— Je suppose, oui. Tu es en première année ?

Je secouai la tête. Si je n'étais pas aussi déterminée à le faire payer, je pourrais presque me sentir désolée pour Cameron, parce qu'il n'avait pas assez de puissance cérébrale pour allumer la moindre guirlande de Noël.

— Dernière cette année. Je suis surprise que tu ne te souviennes pas de moi. Pourtant, tu me portais une attention toute particulière.

— La Kramée ? cracha-t-il. Je veux dire… Edith ?

— Mes amis m'appellent Edie, dis-je froidement.

De toute façon, il ne pourrait pas les compter.

— Putain de merde. Qu'est-ce que tu as foutu cet été ?

Je me contentai de sourire.

— Tu penses que tu pourrais passer cette carte plutôt que la taper contre le comptoir ? J'ai encore besoin d'aller acheter mes fournitures scolaires ?

Je voulais surtout m'éloigner de lui avant de me mettre à

trembler ou d'éclater en sanglots. En me souvenant de ce qu'il m'avait fait, et comme ça n'avait absolument pas l'air de le déranger, je me sentais comprimée et avais du mal à respirer. La honte remonta violemment jusqu'à ce qu'elle me serre la gorge comme un collier en cuir clouté pour chien. Je parvins à me maintenir droite avec une volonté de fer et forçai mes lèvres à afficher un sourire pour faire croire que je n'étais pas au bord de l'évanouissement.

— Ouais. Désolé.

Et voilà qu'il devenait maladroit et gêné.

Je ne sais comment, mais je gardai mon calme jusqu'à ce qu'il me donne le ticket à signer. J'étais désignée comme utilisatrice autorisée sur la carte de ma mère, alors je fis un gribouillage sur le papier et le lui rendis. En échange, il me tendit mon sac d'uniformes. *Il faut encore que je trouve comment gérer ce genre de trucs sans donner l'impression que c'est une épreuve.*

— À bientôt, lançai-je.

Je sortis du magasin avec une démarche gracieuse, puis je me mis presque à courir pour atteindre les toilettes, où j'appuyai la tête contre le mur, tremblante. Lentement, l'envie de vomir passa, mais avant que je me redresse, une fille entra. Je la reconnus : c'était Jennifer Bishop, membre périphérique de la bande des Intouchables. Elle n'était pas aussi populaire que Brittany ou Allison, mais comme c'était quand même l'une des leurs, je ne pouvais pas lui faire confiance. Jennifer avait les cheveux et les yeux noirs ; on aurait dit qu'elle avait des origines thaïes, même si son nom de famille ne l'indiquait pas.

— Tu vas bien ? demanda-t-elle.

— Ouais, c'est juste que je n'ai pas pris de petit déjeuner. J'ai un peu la tête qui tourne.

Je me baissai pour me passer un peu d'eau fraîche sur le visage, puis réalisai trop tard que la plupart des filles ne feraient pas ça parce que cela gâcherait leur maquillage.

En me regardant dans le miroir, je vis qu'en effet, j'avais fait baver mon eyeliner. Avec un léger soupir, j'attrapai une serviette en papier et fis ce que je pus pour corriger les dégâts. Maintenant, je comprenais pourquoi les filles de la bande des Intouchables transportaient avec elle un véritable salon de beauté. Apparemment, j'avais encore des choses à apprendre.

— Tu peux prendre le mien si tu veux.

Elle se faisait des retouches, mais l'idée de risquer d'avoir des yeux roses suffit à me faire secouer la tête.

— Merci, mais je vais rentrer chez moi de toute façon.

— Tu t'appelles Edith, c'est ça ?

Je fus sincèrement surprise.

— Edie. Nous nous sommes déjà rencontrées ?

— Non, mais je sais qui tu es.

Après ce que Cameron avait fait, c'était probablement le cas de tout le monde à l'école, sans parler des cinq mille vues sur YouTube.

— Je ne vois pas ce que je pourrais dire d'autre, à part que je suis mémorable.

— J'hésiterais à dire ça, mais… je me suis inquiétée pour toi à la fin de l'année dernière. Mais tu es superbe maintenant. Je suppose que les vacances d'été t'ont permis de réaliser certaines choses ?

— Ouais.

Plus que tu ne le crois.

— Je veux juste que tu saches que je n'avais rien à voir avec ce qui s'est passé. Et je suis vraiment désolée.

Je n'avais jamais entendu Jennifer dire ce genre de choses.

— J'ai survécu. Je ne sais pas ce que ça vaut, mais je sais que ce n'était pas ton idée. À plus.

Elle avait l'air peinée tandis que je passais devant elle, mais je ne voulais pas m'intéresser à sa crise de conscience. Pour ma santé mentale, il fallait que je m'éloigne de Blackbriar et mobilise mes forces pour la rentrée la semaine prochaine.

Sac en main, je sortis du bâtiment principal au petit trot et me dirigeai vers le portail. Des mecs montraient qu'ils m'avaient remarquée en sifflant, mais je ne me sentis pas jolie ou spéciale pour autant. Je me sentis même pire en sachant que ce qui comptait, ce n'était pas qui j'étais, mais à quoi je ressemblais.

Finalement, je rassemblai assez de courage pour me rendre à la station de métro. En ville, j'achetai mes fournitures, et quand je rentrai à la maison, mes parents étaient tous les deux sortis. C'était normal. Depuis mes treize ans, j'avais passé la majeure partie du temps seule. J'aurais aimé que mes parents aient évalué l'ambiance sociale de Blackbriar en plus de la qualité des cours, mais ce genre de trucs ne leur venait même pas à l'esprit. Ils voyaient le lycée comme un obstacle à traverser sur le chemin vers la vie adulte, et je devrais ignorer les gens qui se moquaient de moi. J'avais essayé d'en parler à ma mère une fois, et elle m'avait raconté une longue histoire m'expliquant que la situation était bien pire pour elle quand elle était jeune et que je devrais être reconnaissante d'être aussi privilégiée. Cela marqua la fin de ma tentative de lui faire comprendre à quel point les choses allaient mal.

Maintenant, c'est trop tard.

Toute la semaine, j'échangeai des mails avec Vi, et moins souvent avec Ryu. J'avais l'impression qu'il était assez populaire au Japon. Cela m'aurait rendue triste si je pensais qu'il était vraiment attaché à moi, mais ses courts messages ne parlaient que de la rentrée. Le matin, j'allais courir, principalement parce que c'était le seul genre d'exercices que je pouvais faire avec les vêtements et les chaussures que j'avais déjà. Si mes parents trouvaient bizarre que je sois debout à sept heures tous les jours et que j'aille courir dans les rues de la ville, ni ma mère ni mon père ne dirent un mot. Mon nouvel intérêt pour le sport venait en partie d'un désir de conserver le corps pour lequel j'avais vendu mon âme – avec un peu de chance, pas littéralement – et aussi parce que j'avais besoin de brûler mon énergie due au stress.

La veille de la rentrée, je discutai avec Vi sur Skype.

— Alors ? Comment va Boston ? me demanda-t-elle en prenant un mauvais accent citadin.

— Ça n'a pas changé, alors ça va. Comment ça se passe entre toi et Seth ?

Vi passa quinze minutes sur le fait qu'il était vraiment génial et qu'ils prévoyaient de se voir le week-end suivant. Je n'aurais probablement pas dû poser la question, si je ne voulais pas une longue réponse détaillée. En cours de route, je décrochai de la conversation.

Quand je repris, elle était en train de dire :

— De toute façon, sa mère dit qu'il ne peut pas prendre la voiture pour venir me voir tous les week-ends, et ils se sont sérieusement disputés, mais finalement, ils ont trouvé un compromis, alors on se verra un week-end sur deux, et il paie une partie de l'assurance de la voiture.

— Ça me paraît juste.

Elle acquiesça.

— En plus, cela nous donne l'occasion de s'assurer qu'on ne décroche pas à l'école. Quand je ne le verrai pas, je me rattraperai sur mes projets et les crédits supplémentaires.

Seuls les membres de la sphère geek disaient « crédits supplémentaires » sans une marque de mépris ou un rire moqueur, mais j'avais toujours aimé apprendre ce que les professeurs nous proposaient pour nous mettre au défi. Parfois, c'était idiot, pas du tout difficile, mais cela prouvait que vous aviez envie d'essayer. Comme je n'avais aucune vie sociale, j'avais toujours environ cent points de plus qu'un A+.

— Alors, conclut Vi, je voulais juste te souhaiter une super rentrée.

— À toi aussi.

Elle marqua une pause.

— Est-ce que tu m'as écoutée ? On ne commence pas avant la semaine prochaine.

Oups. Il semblait que je n'étais pas douée pour écouter, et j'avais raté quelques éléments qui ne concernaient pas Seth, mais je m'améliorerais avec de l'entraînement. À part lors du programme d'été, j'avais plus d'expérience pour me cacher des gens que pour leur parler.

— Je m'ennuie, avoua-t-elle.

— Moi aussi.

L'attente commençait à me paraître longue. Je n'arrêtais pas de regarder mon téléphone pour voir si Kian m'avait envoyé un message, mais rien pour le moment. Quand la mission serait lancée, ce serait un soulagement.

Peu de temps après, Vi se déconnecta et je me préparai à me coucher. L'un des avantages de sortir, c'était que je souffrais moins d'insomnie. Malgré toutes mes peurs pour le lendemain, je plongeais rapidement dans un sommeil sans rêve. Mon réveil sonna trop tôt, mais je sortis du lit et me pliai au régime que j'avais mis en place depuis une semaine.

Au final, je décidai de me rendre à l'école en lycéenne classique. Je ne porterais pas de chaussettes hautes et ne nouerais pas mon chemisier à la seconde où les profs détourneraient le regard. Au lieu de cela, je portais mon uniforme presque comme il devait l'être : des chaussettes bleues qui montaient jusqu'au genou, des babies sages, deux boutons de chemisier ouverts et la jupe légèrement roulée à la taille pour qu'elle soit un peu plus courte que ce qui était strictement autorisé. Mais j'avais vu des filles oser bien plus. Je remontai mes cheveux en un chignon flou sexy d'où des boucles s'échappaient. Ce look à l'air naturel me prit presque une demi-heure, et même plus avec le maquillage. Mais au final, ça valait le coup.

Enfin, je ressemblais à l'unc de ces belles personnes, quelqu'un qu'on aurait pu voir traverser le hall avec la bande des Intouchables. Je pris un fruit et un yaourt au petit déjeuner, me brossai les dents et dis au revoir à mes parents qui se réveillaient à peine. Ils étaient plutôt du genre oiseaux de nuit, mais pas dans le genre fêtards ; ils veillaient tard le soir pour regarder des documentaires ou lire des articles dans les magazines scientifiques en sirotant d'innombrables tasses de thé.

— Tu veux du porridge ? demanda ma mère.

— Non, c'est bon. J'ai déjà mangé. À plus !

Il était temps de passer du projet et aux préparatifs à la revanche et à la pénitence. Quand j'en aurais fini avec Blackbriar, il y aurait du sang dans l'eau.

8

LES REQUINS FONT DES RONDS

Quand j'entrai dans le Hall DeWitt, où tous les cours de langues, arts et littérature étaient enseignés, les gens me fixaient tandis que je marchais. Avant, cela aurait voulu dire que la bande des Intouchables m'avait collé quelque chose dans le dos ou avait fait circuler une nouvelle rumeur. Cette fois, cela représentait une tout autre attention, mais pas plus facile à supporter, pour différentes raisons. Kian savait probablement l'impression que ça faisait, et peut-être avait-il voulu me mettre en garde.

Un mec chuchota :

— C'est qui ça ?

— La nouvelle Edie Kramer, version améliorée.

— Bordel de merde.

— Je sais. Comment peut-on faire ça en un été ?

Une fille dont je ne connaissais pas le nom s'introduisit dans la conversation avec un « J'ai entendu dire qu'elle avait fait de la chirurgie esthétique. Lipo, nez, lifting, et… »

— Tu ne te doutes pas à quel point je m'en fous, dit le type. Comme si tu étais née avec ce nez, Tara.

Je sentis ses yeux sur moi tandis que j'entrais dans la classe de mon premier cours. J'avais les jambes en gelée, mais les discussions finirent par cesser. Je pus alors me lancer vers mon but. Jennifer Bishop pourrait représenter une ouverture puisqu'elle avait exprimé ce qui ressemblait à des regrets sincères quant à ce que la bande des Intouchables m'avait fait subir.

Je choisis de m'asseoir au milieu de la salle. Le premier rang vous étiquetait comme un intello et le fond indiquait que vous aviez l'intention de dormir ou d'envoyer des messages en douce. Comme j'essayais de me réinventer, j'évitais ces deux classifications. *Ces gens ne savent rien de toi. Tu es un mystère.* Au moins, j'espérais qu'il y aurait une sorte d'aura mystique autour de moi, et je ne comptais rien lâcher. La classe se remplit et le professeur entra juste avant la sonnerie. Je ne le reconnus pas, ce qui signifiait qu'il était nouveau. Je me demandai qui était parti à la retraite ou avait trouvé une autre place pour libérer celle-là.

Les filles furent soudainement très attentives parce que ce prof ne devait pas avoir plus de vingt-cinq ans, et il était aussi sexy qu'un enseignant pouvait l'être. Ce que je veux dire par là, c'est qu'il avait une veste en velours côtelé avec des pièces aux coudes, mais ça passait principalement parce qu'il l'avait assortie à des bottes, un jean délavé et une chemise à rayures. Il avait une mâchoire marquée, de belles pommettes et des cheveux noirs qui donnaient l'impression qu'il les avait ébouriffés en suivant une inspiration littéraire. J'étais presque certaine qu'il lui avait fallu un temps conséquent, ainsi que des produits capillaires chers pour atteindre ce niveau de « je me fiche de ma coiffure ». Tout autour de moi, les filles poussèrent un doux soupir collectif et ses yeux noisette se plissèrent, amusés.

Il écrivit sur le tableau : « M. Love ».

Et un mec dit :

— Sérieux ? C'est votre vrai nom ?

— Je suis conscient de cette ironie et les surnoms n'ont pas toujours été faciles à supporter.

Accent anglais. La population féminine de Blackbriar

n'avait aucune chance d'échapper à une hécatombe ce semestre. Entre son physique et son air légèrement timide, il représentait de la Kryptonite pour les filles. Même si je remarquais son charme évident, il ne me rendait pas rêveuse comme toutes les autres. Cela signifiait probablement que j'étais brisée.

Il barra le nom sur le tableau et ajouta :

— Vous pouvez m'appeler Colin. Comme vous avez dû le deviner, je viens de Londres, et je suis impatient de partager ma passion pour la grande littérature avec vous. Maintenant, j'aimerais qu'on fasse le tour de la classe et que vous énonciez votre nom ainsi qu'un fait intéressant vous concernant. Nous allons commencer par la droite.

Je n'écoutai pas vraiment les présentations, même si je roulai des yeux quand une fille déclara qu'elle s'appelait Nicole et qu'elle pouvait nouer une queue de cerise avec sa langue. Le garçon à côté d'elle dit : « Appelle-moi », mais M. Love interrompit la conversation.

Ce fut bientôt mon tour.

— Je m'appelle Edie Kramer, et…

J'ai bien peur d'avoir conclu un pacte avec le diable.

— … je peux donner le nombre Pi jusqu'à cent chiffres après la virgule.

— Impressionnant. Et vous, jeune homme ?

J'appréciai qu'il porte rapidement son attention sur le garçon devant moi. Même si je devrais m'y habituer si je voulais vraiment infiltrer la bande des Intouchables, je détestais être regardée.

Finalement, j'appris toutes sortes de détails triviaux à propos du reste de la classe, puis Colin commença vraiment le cours. C'était un bon professeur, qui exposa clairement ses attentes, comment il évaluerait nos résultats, combien nous devrions lire de livres et rédiger d'essais, ainsi que ses méthodes d'examen. Ce n'était pas le pire premier cours que j'avais eu, et de loin.

Le reste de la matinée fut inégal. Certains de mes profs étaient les mêmes que l'année dernière, mais ils furent tous assez polis pour faire comme si je n'étais pas une nouvelle personne. Quand ce fut l'heure de la pause, j'avais mal aux épaules à cause de la tension. Je dus faire preuve de courage pour entrer dans la cafétéria plutôt que de me cacher dans les toilettes. Ça sentait délicieusement bon, principalement parce que nous avions des chefs et pas des cantinières. Il y avait une grande variété de plats, mais mon estomac était bien trop brouillé pour supporter autre chose qu'une salade et un yaourt. Si je continuais ce régime digne des nanas obsédées par leur poids, je finirais encore plus mince, et cela ne faisait pas partie de mes objectifs.

Quand je sortis de la queue, je faillis rentrer dans Jennifer. Ce jour-là, elle avait les cheveux lâchés et raides, et ils avaient une belle brillance bleutée. Entre ça et sa peau parfaite, elle était bien plus jolie que Brittany ou Allison. Si la popularité n'était basée que sur le physique, Jennifer aurait régné sur l'école. Comme elle semblait avoir un cœur, cela aurait été une bonne chose.

— Je voulais te dire que j'avais apprécié tes excuses… et je les accepte. Alors merci.

Tandis que je m'apprêtais à passer devant elle, elle dit :

— Je ne sais pas si je serais capable de pardonner aussi facilement.

Ce n'est pas mon cas. C'est un long processus.

Je ne pouvais pas effacer tout ce qui s'était passé trop vite.

— Oui, je me doute. Mais ce n'était pas toi qui montais tous ces plans. Je veux dire, tu aurais pu les arrêter, mais je suppose… que c'est difficile de se faire entendre quand tous ses amis sont impliqués.

Cela me paraissait être le bon équilibre entre reproche et colère étouffée. Elle hocha la tête.

— Cela n'efface pas ma faute. J'aurais pu aller voir le directeur ou un prof. Je regrette de ne pas l'avoir fait.

Moi aussi.

— Bon, j'y vais. À plus.

Les mots semblèrent lui échapper.

— Si tu veux, on pourrait manger ensemble.

— Avec moi, devant tout le monde ? Je ne pense pas que ce soit une bonne idée.

En plus, je n'étais pas sûre de pouvoir avaler une seule bouchée à la même table que Cameron Dean. J'avais besoin de temps pour m'habituer à cette nouvelle dynamique et pour renforcer ma résolution.

— On n'est pas obligées de manger avec eux. Il y a plein de tables.

— Tu es sûre qu'ils n'auront pas l'impression que tu te vends à l'ennemi ? demandai-je.

Elle haussa les épaules.

— C'est la moindre des choses que je puisse faire pour me faire pardonner. Ils peuvent se passer de moi. C'est juste que… je ne veux pas que tu manges toute seule.

J'étais certaine de pouvoir m'asseoir à n'importe quelle table aujourd'hui sans être chassée avec des torches et des fourches, mais Jennifer semblait avoir besoin de faire passer sa culpabilité. Qu'on n'aille pas dire que je refusais d'aider une fille à laver sa conscience. Si me voir comme un projet sur la pitié lui permettait de se sentir mieux, cela ne me dérangeait pas.

— D'accord, allons nous asseoir près de la fenêtre.

Où tout le monde pourrait voir que Jennifer avait préféré mon camp plutôt que celui de la bande des Intouchables.

Intéressant.

Je n'avais mangé que quelques bouchées quand une ombre tomba sur la table. En levant les yeux, j'identifiai Allison Vega : cheveux châtains avec des mèches cuivrées, peau hâlée, yeux verts, jolies formes. Il sc disait que sa famille avait des liens avec le cartel. Mais ce n'était probablement que des commérages de WASP. Les riches Blancs avaient tendance à penser qu'il n'y avait qu'un moyen de gagner de l'argent pour une famille colombienne.

— Tu es perdue, Jen ? demanda Allison.

Elle secoua la tête.

— Non, ça va. Merci.

Tous ceux qui se trouvaient dans la cafétéria étaient bloqués sur cette discussion, alors je passai à l'offensive. La confrontation n'était pas quelque chose de naturel pour moi, mais j'avais étudié leurs techniques pendant les trois dernières années. *Je suis une actrice méthodique.*

— Salut, Alli-chérie. Tu as l'air en forme. Tu as arrêté de te soûler et dégueuler pendant l'été ? dis-je assez fort pour que pas mal de personnes m'entendent.

— Va te faire voir, dit-elle avec le sourire.

— Ce serait super si tu pouvais t'en aller. Je discute avec Jen. Merci.

Mon ton était poli et accompagné du sourire faux que j'avais si souvent vu sur Allison et Brittany.

Allison se figea quelques secondes, manifestement incapable de trouver une réponse, puis elle pivota et rejoint le cercle des Intouchables. Les gens aux tables alentour ricanèrent ; apparemment, ils aimaient voir Allison expédiée avec ses propres armes. Cela procurait une satisfaction évidente.

— Peut-être que je n'ai pas besoin de m'inquiéter pour toi, après tout, dit Jen. Tu as changé.

Je souris légèrement.

— J'en suis consciente.

Après ça, mon yaourt et ma salade descendirent mieux, puisque j'avais passé le premier obstacle. Les gens savaient que je n'étais plus cette victime perpétuelle que j'étais l'année précédente, et les choses allaient être plus simples. Je n'avais pas de stratégie précise pour l'infiltration, mais se lier d'amitié avec Jen était un bon début. À force d'observer d'autres personnes essayer en vain, j'avais compris que je ne devais pas donner le sentiment que je tenais à les impressionner. Ils se moquaient ouvertement de ceux qui faisaient trop d'efforts pour les séduire et c'était la raison pour laquelle Davina n'était pas membre à part entière après trois ans à tourner autour d'eux.

Le reste de la journée se passa sans incident. Je m'asseyais à mes cours, écoutais et prenais des notes, tandis que les cancans couraient autour de moi. Je m'attendais à ce que ce soit comme ça pendant un jour ou deux, mais ils finiraient par se lasser de spéculer sur comment j'avais fait pour changer autant. Je faisais semblant de ne pas entendre les murmures ; après des années d'entraînement, c'était facile, et en plus, maintenant, ils disaient des choses gentilles.

Crétins.

Après l'école, je soupirai devant le type qui s'arrêta devant mon casier pour essayer de me poser une question concernant le cours de littérature. Comme Colin n'avait pas encore donné de devoirs, c'était un plan stupide pour essayer d'apprendre à mieux me connaître. Je le fixai jusqu'à ce qu'il bégaye et abandonne. Pour la première fois, je crus comprendre pourquoi Allison et Brittany agissaient comme elles le faisaient. Je ne pouvais pas nier l'impression de puissance qui accompagnait un simple regard.

Mais je ne veux pas être comme elles pour de vrai.

Alors je me forçai à sourire.

— Je dois y aller. On discutera peut-être un autre jour.

— Bien sûr, dit-il, semblant soulagé.

Puis je me faufilai devant lui pour rejoindre la foule vers la sortie. Mon sac à dos était plein de livres puisque mon dévouement pour le travail scolaire n'avait pas changé. Dehors, le temps était ensoleillé avec juste quelques nuages, mais l'humidité faisait friser mes cheveux. Je me frayai un chemin dans la masse d'élèves qui se dirigeaient vers leurs voitures et passai le portail où tous les gardes du corps et véhicules noirs attendaient. Puis je m'arrêtai net. Kian était de l'autre côté de la rue, appuyé contre le mur d'un immeuble de bureaux. Quand il m'aperçut, il se redressa, vérifia la circulation et traversa. Cela ne faisait que deux semaines, mais j'avais l'impression de ne pas l'avoir vu depuis une éternité. Aujourd'hui, il était vêtu de noir, mais ça lui allait bien et ne lui donnait pas l'air d'un emo. Il afficha un léger sourire quand il arriva de mon côté. À ma grande surprise, il se pencha pour effleurer mes lèvres avec les siennes comme le ferait un mec à sa petite amie de longue date. Comme cela ne s'appliquait pas à nous, je m'immobilisai jusqu'à ce que j'entende des filles derrière nous dire combien il était sexy, assez fort pour que ça puisse parvenir jusqu'à mes oreilles.

— Qu'est-ce que tu fais ici ? chuchotai-je.

— Je me suis dit que ce serait sympa de venir te voir après ton premier jour de cours.

Sa réponse débordait de bonne volonté et d'innocence, mais… et les règles qui nous empêchaient de nous fréquenter alors ? Quoi qu'il se soit passé, ses yeux me suppliaient de jouer le jeu.

— C'est une super surprise.

Je me mis sur la pointe des pieds pour le serrer dans mes bras et murmurer :

— Qu'est-ce qui se passe ?

— Plus tard, souffla-t-il à mon oreille.

D'accord, c'était extrêmement gênant. Appuyée contre lui, je compris que la raison pour laquelle Colin Love et d'autres mecs super sexy n'agitaient pas mon radar hormonal, c'était certainement parce que j'étais déjà sur Kian. Ce serait… fâcheux.

— C'est ton petit copain, Edie ?

Allison Vega se tenait derrière moi, avec son faux sourire amical, mais après notre échange de midi, je savais que je pouvais m'attendre à avoir des problèmes.

— Oui, dit Kian avant que je ne puisse répondre. J'ai eu la chance de la rencontrer cet été.

— Oh ?

Allison imprégna cette unique syllabe d'une dose insultante de scepticisme.

Il m'adressa un regard brûlant.

— Normalement, je ne sors pas avec des lycéennes, mais Edie est différente.

C'est une façon modérée de le dire.

— Alors tu es… à l'université ? devina-t-elle.

Kian acquiesça.

— Bon, on est pressés. Mais bonne chance pour…

Il marqua une pause pour laisser ses yeux la parcourir, puis haussa les épaules avant de finir :

— … tout.

Je me retins de rire. Quand il me prit la main, je m'efforçai de ne pas réagir, comme si nous faisions ça tous les jours, alors qu'en fait, nous ne l'avions fait que quand il nous avait téléportés quelque part. Je le laissai me guider vers la station de métro, mais il me surprit en s'arrêtant devant une Mustang rouge garée derrière toutes les voitures de ville et les SUV noirs, telle une tache de sang sur les ailes d'un corbeau.

— Si on veut les impressionner, il faut y aller franco, affirma-t-il.

Il m'ouvrit la portière, et je vis Allison et Brittany qui nous regardaient près du portail. La première avait l'air furieuse et l'autre perplexe. Avec un air insouciant, je montai dans la voiture. Il se pencha sur mes genoux, ouvrit la boîte à gants et en sortit une petite boîte en métal. Après l'avoir ouverte, il plongea ses doigts dans un gel transparent et l'étala sur l'encadrement de la vitre. Kian inclina la tête pour m'indiquer que je devrais en faire de même. Tandis que je m'appliquais, perplexe, il s'occupait des pare-brise avant et arrière. Puis il fit démarrer la voiture et fit doucement demi-tour dans l'impasse avant de se diriger vers la ville.

— On peut parler librement maintenant. L'effet dure environ vingt minutes.

— Qu'est-ce qui se passe ?

— Les circonstances ont changé. Tu es mon unique dossier désormais.

— Et tu n'es pas supposé me le dire.

Voilà pourquoi nous avions insonorisé la voiture avec du gel silicone. *Bon sang, que ma vie est bizarre.*

— Laisse-moi deviner, continuai-je, tu es censé m'ensorceler, pour une raison ou une autre.

— Je regrette que tu sois mêlée à ça, Edie, mais puisque l'alternative est que tu sois morte, je ne peux pas le souhaiter non plus.

— Les souhaits font partie du problème, je dirais. Cette voiture est à toi ?

Il soupira.

— Pourquoi es-tu si intelligente ?

— Bon, résume la situation si le temps est limité.

— Normalement, je gère cinq cas en même temps. J'accorde les faveurs demandées et réponds aux questions quand c'est autorisé. Mais mon patron m'a convoqué dans son bureau aujourd'hui. Voilà, il veut qu'on grille tes deux dernières faveurs aussi vite que possible. Il ne m'a pas dit pourquoi.

Je hochai la tête en l'écoutant.

— On m'a demandé de gagner ta confiance, me rapprocher de toi par tous les moyens nécessaires.

— Ce que tu pourrais être en train de faire actuellement, en mettant soi-disant cartes sur table. Un peu comme un double coup de bluff. Tu me livres assez de vérités pour que je te pense de mon côté pendant que tu me manipules à tes propres fins.

— C'est possible, admit-il. Wedderburn a suggéré que je te dise que je suis trop accro pour rester loin de toi, et que je me fiche des règles.

— J'aurais pu avaler ça, dis-je calmement.

Je dus faire un effort pour cacher l'humiliation que je ressentais à l'idée qu'il fasse semblant de me trouver irrésistible.

— Explique-moi l'insonorisation. Pourquoi croiront-ils que tu les as tenus à l'écart ?

— Pour gagner ta confiance, répondit-il calmement. J'ai prétendu suivre la suggestion de Wedderburn de te courir après. Il ne sait pas que je mets cartes sur table.

— C'est pour ça que tu as dit à Allison que tu étais mon copain ? Au cas où ton patron entende.

— En partie, admit-il. Mais aussi parce que j'ai pensé que ça pourrait t'aider.

— Hein ?

Kian s'expliqua :

— Les mecs croiront que tu es une garce si tu les repousses tous sans leur donner de raison. Si tu as un petit copain qui va à la fac, cela arrange ta situation.

C'était vrai.

— Et si je voulais sortir avec quelqu'un à l'école ?

— C'est le cas ?

— Non. J'étais juste curieuse d'entendre ce que tu dirais.

— Suis-je censé être honnête ?

— Je préférerais que tu le sois.

— Alors… Je ne veux pas que tu sortes avec quelqu'un d'autre. J'ai détesté entendre que tu étais sortie avec Ryu. De ton point de vue, je ne te connais pas depuis assez longtemps pour ressentir ça, mais…

— Tu m'observes depuis longtemps.

Ses mains serrèrent le volant.

— Je sais l'impression que ça donne.

— J'ai lu un roman où un tueur à gages est supposé assassiner une femme, mais il finit par tomber amoureux d'elle et se contente de la regarder.

Peut-être que c'était idiot ; je ne savais pas trop comment j'étais censée réagir.

— Je vois le rapport, marmonna-t-il. Quoi qu'il en soit, les filles te considéreront moins comme une menace si elles ne jouent pas sur le même terrain que toi pour les mecs.

C'était difficile pour moi d'imaginer que quelqu'un puisse me voir comme une séductrice potentielle, mais c'était peut-être parce qu'au fond de moi, j'étais toujours Edie la fana de science, juste avec un emballage plus joli.

— Ce qui fait qu'elles devraient être plus enclines à m'accepter. Bien vu. Cela fait-il partie de ta stratégie pour que j'utilise mes faveurs plus vite ?

— Ostensiblement, oui. Plus il te faudra de temps pour assouvir ta vengeance à Blackbriar, plus il faudra attendre longtemps avant que tu commences à vouloir autre chose.

— Est-ce que tu as une idée de la raison pour laquelle ils veulent que je dépense mes deux derniers vœux ?

Kian hésita, osant à peine me lancer un regard, mais ce qu'il vit sembla le troubler.

— Wedderburn ne me l'a pas dit, mais j'ai fait quelques recherches de mon côté. J'ai vu ton dossier.

Malgré le soleil, je sentis mon sang se glacer.

— Et qu'est-ce qu'il disait ?

— Tu dois comprendre que les choses sont encodées par département chez Wedderburn, Mawer & Graf. Donc je n'ai pas compris tout ce que j'ai vu.

— C'est le nom de la compagnie pour laquelle tu travailles ? On dirait un cabinet d'avocats.

— Ouais. Et pour une bonne raison. Ils connaissent tous les moyens de s'en sortir après un meurtre.

Kian m'adressa un regard sombre.

— Tu n'inspires pas confiance, là, bredouillai-je.

Il l'ignora.

— D'après ce que j'ai pu interpréter, quoi que tu sois destinée à faire, cela arrive assez tôt dans ta vie.

— Alors ils ont besoin que j'utilise mes faveurs pour pouvoir m'avoir avant d'avoir atteint ce mystérieux objectif.

Pour ce qui était des théories de conspiration les plus folles, c'était sensé, mais la logique n'avait pas joué un rôle très important dans ma vie depuis que j'avais suivi

Kian pour descendre du pont. Puis un petit murmure résonna dans ma tête : *Tu es morte, tu rêves, tu délires.* Or, je ne pouvais me fier qu'à cette réalité, même si elle paraissait très difficile à croire.

— Exactement. S'ils te doivent toujours des faveurs quand tu atteindras ce moment clé, ils perdront l'avantage tactique.

— Mais… pour que tes patrons soient sûrs de tout ça, ils doivent être capables de voir l'avenir. De quoi parlons-nous ? De boules de cristal ? De cartes de tarot ?

Si je donnais l'impression de délirer, c'était parce que ça me faisait flipper. Toute cette discussion sur une mystérieuse conspiration me donnait envie de hurler, mais la rationalité posée était mon point fort. Cela ne paraissait pas être le moment opportun pour changer de paradigme fonctionnel.

— Ils ne s'investiraient pas autant s'ils n'avaient que des indices incertains, répondit-il.

— Alors quoi ? Ils voyagent dans le temps ?

— Tu as accepté la translocation, mais le voyage transtemporel, c'est trop ?

Je le fixai.

— Tu es sérieux.

— Ma montre ne possède pas cette fonction, mais ceux qui ont plus d'ancienneté ont droit à ce privilège. Encore une ou deux promotions et je pourrai y prétendre.

— Et ça veut dire ?

— Aller faire un tour dans le futur pour vérifier qu'une réalisation prévue est aussi importante que l'organisation l'a prédite.

— Ça a l'air cool.

La fana de science que j'étais était carrément captivée par l'idée de faire un bond en avant pour s'assurer qu'une théorie corresponde à la réalité. Une fois l'excitation initiale retombée, l'idée qu'une organisation louche puisse apparaître dans le futur et évaluer les gens comme s'ils étaient du bétail dont la valeur pourrait monter ou descendre selon des changements capricieux… je ne pus m'empêcher de trouver ça sinistre. Mon enthousiasme disparut.

Pris dans ses explications, Kian ne sembla pas le remarquer.

— En fait, il y a un département des recrues qui récupère la technologie que nous utilisons pour accorder des faveurs comme celle que tu m'as demandée. Dans les trois prochains siècles, il y aura des innovations remarquables en matière de procédures cosmétiques… au point qu'un individu moyen pourra se donner un nouveau nez lui-même.

— Va comprendre. Et le problème de la pollution a-t-il été résolu ? demandai-je avant de secouer la tête et ajouter. Peu importe. Je suis consciente qu'on s'écarte du sujet.

Il m'adressa un demi-sourire.

— Le bon côté, c'est que je vais pouvoir passer plus de temps avec toi. Tant que Wedderburn pense que je t'incite à demander une autre faveur, il ne fera pas trop attention au fait que nous sommes ensemble.

— Et tu peux affirmer que tu travailles avec moi.

— Exactement.

— Et que se passera-t-il s'il découvre que tu fais semblant ?

Kian hésita.

— Ne t'inquiète pas pour ça.

— Foutaises.

— Ce ne sera pas beau à voir, dit-il calmement. Mais je me débrouillerai.

À ce moment-là, le gel sur les rebords des vitres se mit à fumer légèrement. Je pris cela comme le signal que notre moment intime arrivait à sa fin.

— Alors tu me raccompagnes chez moi ?

— Je pensais t'emmener dîner, à moins que tu aies d'autres projets.

Qui que soit ce Wedderburn, il pouvait nous entendre. Alors j'offris une réponse simple.

— On peut passer à mon appartement d'abord ?

9

LA DANSE DES OMBRES

Mes parents n'étaient pas encore rentrés de la faculté, alors je laissai Kian attendre dans le séjour pendant que je retirais mon uniforme pour enfiler un jean et un T-shirt. Je lâchai mes cheveux, consciente que j'essayais de minimiser l'importance de mon apparence. Je détestais l'idée qu'il puisse me regarder et voir sa création et pas moi. S'il était honnête, il prenait un gros risque en prétendant s'intéresser à moi avec des arrière-pensées tout en me donnant des informations top secrètes. Cela me tracassait de ne pas savoir ce qui pouvait exactement lui arriver s'ils l'attrapaient. Mais il pouvait aussi jouer double jeu en faisant exactement ce qu'il avait suggéré dans la voiture. Je n'avais aucun moyen de le savoir. Mais techniquement, c'était mon premier rendez-vous. C'était cliché, mais j'étais excitée, même s'il était possible qu'il fasse ça juste pour faire plaisir à son patron.

J'envoyai un message à mes parents qui seraient probablement étonnés que j'aie des projets impliquant d'autres êtres humains, puis je sortis rejoindre Kian.

— Prête.

— Allons-y.

Je le suivis jusqu'à sa voiture et nous roulâmes un moment en silence.

— Tu réalises que cette Mustang te hisse au top du top ? Les filles vont me rendre folle à force de me poser des questions sur toi demain.

— C'est un problème ?

— Seulement parce que je ne saurai pas quoi répondre.

Kian pencha la tête et je dus faire preuve d'un immense self-control pour ne pas écarter la mèche de cheveux qui tombait sur son visage.

— Ce qui signifie que je peux être tout ce que tu veux.

— Ça me semble dangereux. Comment me souviendrai-je des mensonges que j'aurai racontés ?

— Tu peux les noter. À moins que tu préfères connaître la vérité ?

Il se gara sur un petit parking derrière un restaurant italien avec des nappes à carreaux rouges et blancs visibles à travers les fenêtres encadrées de guirlandes lumineuses. À l'intérieur, ils semblaient essayer de donner l'impression qu'on se trouvait en Toscane, avec des murs texturés et du bois foncé. L'hôtesse nous accompagna jusqu'à un box et nous laissa avec les menus ; je ne pus m'empêcher de remarquer qu'elle regarda Kian comme si c'était un éclair au chocolat.

J'attendis qu'elle soit hors de portée de voix pour répondre.

— Si tu me le permets, je préférerais connaître la vérité.

L'éclat approbateur dans ses yeux m'indiqua qu'il savait que je jouais devant un public potentiel.

— Tu es vraiment un cas spécial, Edie. On m'a accordé une autorisation pour que je puisse être franc avec toi.

J'affichai un grand sourire. Malgré les risques, c'était plutôt amusant, en comprenant les sous-entendus.

— Alors parle-moi du vrai toi.

— J'ai vingt ans, dit-il calmement. J'en avais quinze lors de mon… moment.

Extremis. Quand Raoul lui avait fait une offre qu'il n'avait pas pu refuser. Il m'avait déjà raconté ça, mais si Wedderburn n'avait pas écouté à ce moment-là, il valait mieux prétendre que cette conversation n'avait jamais eu lieu. Kian ne pouvait pas se permettre que son patron doute de lui. *Ou peut-être qu'il veut juste que tu croies qu'il est loyal envers toi. Mais pourquoi soutiendrait-il une fille qu'il vient de rencontrer plutôt que le personnage puissant qui peut faire des choses indescriptibles pour le punir ?* Je n'avais pas de réponse à cette question.

— Veux-tu me raconter ce qui t'est arrivé ?

Cela semblait vraiment intime, mais j'avais quand même envie de savoir.

Sa voix était douce, à peine audible avec la musique qui venait des haut-parleurs.

— J'ai l'impression que c'était il y a longtemps. Je peux t'en parler. Mais passons d'abord notre commande.

Je n'avais même pas encore ouvert le menu.

— Je te fais confiance.

La serveuse s'approcha en réaction au signe de Kian.

— Nous commencerons avec des bruschetta, puis nous partagerons une salade César et du poulet *alla parmigiana*. Apportez juste deux assiettes. Nous nous débrouillerons. Merci.

Une fois qu'elle fut partie, je restai figée, à le regarder. Il m'avait dit qu'il savait tout sur moi, mais cela ne me paraissait pas réel jusqu'à ce qu'il commande tous mes plats préférés dans un même repas.

— Tu ne plaisantais pas quand tu disais que tu étais expert ès Edie.

— Ce boulot me donne parfois un avantage. Tu seras encore plus soufflée quand je t'amènerai au musée scientifique pour une séance au planétarium.

— Cela fait partie du programme ?

Son regard croisa le mien.

— Possible. Si ça te tente.

— Peut-être. Donc tu étais sur le point de me raconter… ?

Son sourire s'effaça.

— Oui. Ma famille avait de l'argent, jusqu'à ce que j'aie douze ans. À cette époque, on a découvert que l'empire de mon père avait été bâti selon le système de Ponzi.

Je creusai dans ma mémoire pour essayer de me souvenir où j'avais entendu ce terme. Oh oui, aux actualités, quand le présentateur parlait de fraude et comment une entreprise avec un investissement frauduleux gardait la tête hors de l'eau quand le « courtier » prenait l'argent pour payer les premiers investisseurs, faisant ainsi constamment tourner les fonds. D'après ce dont je me souvenais, cela pouvait marcher pendant des années, jusqu'à ce que tous les actionnaires finissent par demander leurs parts. Je me doutais que c'était là que les choses s'étaient effondrées pour le père de Kian.

— Que s'est-il passé ? demandai-je.

— Plutôt que d'aller en prison, il s'est suicidé et a laissé ma mère gérer le merdier.

Il répondait avec une voix monotone, comme s'il parlait de quelque chose qu'il avait lu, pas de sa propre vie.

J'hésitai, ne sachant que dire.

— Il n'y avait que toi et elle ?

— Non, j'avais une sœur.

— Avais ? demandai-je avec une appréhension grandissante.

Kian ferma les yeux brièvement et posa sa main sur la table. Impulsivement, je tendis le bras et couvris ses doigts avec les miens, parce que quoi qu'il s'apprête à dire, ce serait horrible.

— Elle est entrée dans le bureau de mon père… et il avait l'arme…

— Dis-moi qu'il ne l'a pas tuée.

— Pas volontairement.

Une image apparut dans ma tête. J'imaginai sa sœur courir vers son père pour essayer de l'arrêter et lutter pour récupérer son arme. Une balle part. Il est choqué, horrifié. Puis il tourne l'arme contre lui. Bang, bang. La moitié d'une famille morte en seulement quelques secondes. Mon Dieu. Je ne savais pas quoi dire. « Je suis désolée » me semblait tellement inadapté. Il poursuivit :

— Et donc il n'y a plus eu que ma mère et moi, et… elle comptait beaucoup sur moi. Je n'avais même pas treize ans. J'ai essayé de tenir le coup… de l'aider. Mais ça n'a pas suffi et rapidement, elle est devenue accro aux médicaments. Au bout d'un moment, mon oncle l'a envoyée en centre de désintox et j'ai dû aller chez lui et ma tante.

— Tu as parlé de sa cabane de pêche ?

— Ouais. C'est un bosseur mon oncle. Pas comme mon père. J'ai essayé de recommencer ma vie, mais on aurait dit qu'il n'y avait rien d'autre qu'un grand vide en moi à cause de tout ce que j'avais perdu.

— Et il y a eu une fille, devinai-je.

— Exact. Ça a été la goutte d'eau qui a fait déborder le vase. J'ai dû faire preuve de beaucoup de courage pour aller lui parler, et quand elle m'a dit, devant tout le monde, qu'elle préférerait mourir que sortir avec moi, j'ai… pété un câble. J'ai marché jusqu'à la cabane de mon oncle, où personne ne me trouverait. J'avais déjà fait le nœud quand Raoul est apparu. Sans mentir, il m'a fait flipper.

— Mais il t'a aussi sauvé. Alors cette fille… pour l'impressionner, tu as demandé d'être incroyablement sexy, tu as demandé la voiture de sport, mais quelle a été ta dernière faveur ?

L'intensité qui brûlait dans ses yeux rivés sur les miens si bien que je ne pouvais pas les détourner me coupa le souffle.

— Montre-moi à quel point tu es intelligente. Devine.

Avant que je puisse essayer, la serveuse nous apporta les plats et Kian nous servit. Après n'avoir mangé qu'une salade et un yaourt au déjeuner, je mourais de faim. Je pris quelques bouchées de poulet pendant que je réfléchissais.

— Tu voulais qu'elle craque pour toi, probablement pour que tu puisses lui rendre la monnaie de sa pièce.

— Bien vu. Après l'application de ma dernière requête, elle est devenue complètement obsédée par moi. En fait, elle me harcelait. J'ai dû déposer une plainte pour qu'elle ne puisse pas m'approcher.

— Que lui est-il arrivé ?

Son expression était neutre et sombre, complètement indéchiffrable.

— Elle s'est suicidée.

Un hoquet m'échappa et je faillis faire tomber ma fourchette.

— Mon Dieu, Kian. La vengeance est allée beaucoup trop loin.

Il grimaça.

— Je ne voulais pas que ça se passe comme ça. Je voulais juste qu'elle sache ce que ça faisait d'être repoussé. Ils ne me l'ont pas dit avant beaucoup plus tard, mais dans ma meilleure ligne de vie, j'étais censé être avec elle. L'équipe adverse s'en est mêlée et l'a poussée à bout.

— C'est horrible.

Je me rendis compte à quel point ce pacte était dangereux. Tous les facteurs que je n'avais pas calculés avant d'accepter. Je fixai les marques sur mes poignets en silence. *Impossible de faire machine arrière maintenant.*

— Je sais.

Il marqua une pause, hésitant à continuer.

— Quand elle est morte, j'ai perdu mon potentiel en tant que catalyseur. C'est pour ça que je travaille pour la compagnie maintenant.

— Tu dis « travailler », mais ce n'est pas l'impression que j'ai.

Kian déglutit difficilement. Je devinais que j'entrais en territoire interdit. Son patron ne serait probablement pas content, quoi qu'il dise. Alors je fus surprise quand il sortit un stylo et un carnet de sa poche, puis écrivit la réponse. Glissant le poignet où était la montre sous la table, il le poussa vers moi et mangea un peu de poulet au parmesan avec son autre main.

À voix haute, il dit :

— Ce n'est pas si horrible que ça.

Oui, c'est la politique de l'entreprise. Je grignotais tout en réfléchissant à la réalité de sa réponse. *Ma vie ne m'appartient plus. « Liée par contrat » serait l'expression la plus appropriée, sauf que cela implique une chance de liberté un jour. Mais ce n'est pas mon cas. J'appartiens à Wedderburn.* J'étais choquée et peinée. J'avais peut-être suspecté que c'était comme ça, mais voir cet air désolé dans ses yeux verts tandis qu'il finissait ses pâtes me serra la poitrine au point que je ne pouvais plus respirer.

Je m'efforçai de poursuivre la conversation, en revenant sur un autre point.

— Mais c'est quoi un catalyseur ?

— Tu en es un. C'est quelqu'un qui est destiné à de grandes choses.

— Et à qui on propose un marché. Et… l'équipe adverse ? Je me raccrochais à ça comme à une main courante. Il y avait tant de mystères que je n'arrivais pas à décider ce que j'avais le plus envie de savoir… ou ce qui risquait de lui apporter des problèmes, si Wedderburn nous écoutait.

Quelque chose dans ses yeux m'indiqua que son patron n'aurait pas aimé qu'il se concentre sur les inconvénients de cet arrangement. Il était censé me séduire, pas m'effrayer.

— C'est compliqué.

Mais je ne pus m'empêcher de demander.

— Ce que je devine, c'est que je pourrais être en danger ?

— C'est pour ça que je t'ai dit de ne faire confiance à personne à part moi. La concurrence pourrait te contacter, juste pour t'embrouiller.

Mince. Apparemment, quand je craignais que le pacte soit trop beau pour être vrai, je voyais juste. Mais si je ne l'avais pas fait, mes parents auraient récupéré mon corps à la morgue, et je ne serais même pas là. Alors les complications et les risques étaient toujours mieux que l'alternative.

— Parce que… ?

— S'ils perturbent suffisamment l'équilibre, ton destin change et tu cesses d'être un facteur important. Si cela arrive, tu perds de la valeur en tant que bien, et Wedderburn te fait travailler.

J'y réfléchis.

— Alors… quel que soit ce que tu étais supposé accomplir, ça ne s'est pas réalisé parce que cette fille est morte ?

Il acquiesça.

— Et tu es piégé parce que tu n'as aucun moyen de rembourser tes faveurs. Cela pourrait m'arriver ?

— C'est possible, admit-il. Il n'y a aucun moyen de savoir avec certitude quels événements sont des pivots de ta ligne de vie personnelle. Tu as entendu parler de l'effet papillon ?

— J'ai lu des choses sur la théorie du chaos et j'ai probablement les qualités requises pour être un étrange attracteur.

J'essayai de faire de l'humour, mais mon cœur défaillit devant son sourire.

— Je crois que je vois où tu veux en venir, repris-je. En gros, il n'y a aucun moyen d'être sûr que je conserverai ma valeur en tant que catalyseur.

— Désolé, Edie. J'aimerais pouvoir garantir ta sécurité.

Il ferma les yeux quelques secondes comme s'il devait supporter une douleur intense.

Je voulus aussitôt effacer cela de son visage.

— Hé, c'est bon. Au moins, tu es honnête.

L'est-il vraiment ? Aucun moyen pour moi de le vérifier… à moins…

— Quel est ton nom de famille ?

Je me détestais un peu de poser cette question.

— Riley. Tu as l'intention de faire des recherches sur moi ?

— Tu m'en voudrais ? Ton histoire pourrait être montée pour attirer ma sympathie.

— Non. N'hésite pas à vérifier. Tu peux utiliser mon téléphone si le tien n'a pas Internet. Le scandale de mon père a été pas mal médiatisé.

Je fis rapidement le calcul dans ma tête tandis que je prenais son téléphone. S'il avait vingt ans, ça s'était passé neuf ans auparavant. Alors je spécifiai la date dans la barre de recherche avec « Riley système Ponzi » et le portable me balança une liste de liens. J'en choisis un au hasard et lus un résumé de ce qu'il venait de me raconter.

— Ta mère va bien ?

— Elle va et vient dans les programmes de désintox, ils n'arrivent jamais à la guérir. Les mondanités lui manquent, mais elle n'a pas les moyens financiers de s'assurer un tel mode de vie. Alors elle se rabat sur les substances.

— Je suis désolée.

— Ne le sois pas. Travailler pour Wedderburn, Mawer & Graf a ses avantages.

À en juger le sourire sardonique sur sa bouche, il s'agissait là plutôt de propagande verbale.

Alors je jouai le jeu.

— Comme quoi ?

— La maison dans le Colorado. Et ils se fichent que j'aille en cours à l'université, tant que j'assure mon boulot.

— Ce qui limite actuellement à mon cas.

Je pensais au chalet où il m'avait amenée, au tout début de l'été. Au moins, il était bien payé pour pouvoir se permettre d'avoir un endroit avec une telle vue. Il était plutôt jeune pour être propriétaire, et ses faveurs n'avaient compté qu'une voiture, pas la richesse.

— Exact. J'ai de la chance.

Il souriait, mais je me demandai jusqu'où je pouvais lui faire confiance.

Kian jouait peut-être la comédie sur le long terme, établissant une relation pour des raisons qui deviendront claires seulement après que le piège se referme. Après tout, c'était ce que j'avais prévu de faire avec la bande des Intouchables, alors je ne pouvais pas croire la chaleur que je voyais dans ses yeux verts. D'un côté, il m'avait vraiment sauvé la vie, mais une fille était morte à cause de lui. Même si j'en avais envie, je ne pouvais pas lui faire confiance.

— Tu parles beaucoup à ta mère ? demandai-je.

Il secoua la tête.

— Je ne peux pas l'approcher quand elle prend des médicaments. Mais je paie les cures quand elle décide d'y aller. Une fois par an, elle tente une sortie, fait tout un tas de promesses en disant que ce sera différent et nous recommençons le cycle au début.

— Ça craint.

Ceci était probablement la réponse la moins perspicace jamais donnée.

— Ouais.

— Serait-il possible d'aller chez Wedderburn, Mawer & Graf ? demandai-je, principalement parce que je regrettais d'avoir fouiné dans sa vie privée et que c'était le premier sujet qui me vint à l'esprit.

— Bien sûr. Pourquoi ?

— La connaissance fait le pouvoir.

Il m'observa quelques secondes, puis acquiesça.

— J'en parlerai à mon boss et organiserai ça. Mais… tiens-toi prête. S'il te permet d'accéder à plus que les zones autorisées au public, tu verras des choses… étranges.

— Je suis impatiente.

Que de la gueule. Je ne pouvais pas le laisser voir combien j'étais nerveuse, ni le fait que j'étais complètement dépassée.

Après ça, nous finîmes nos plats, qui étaient vraiment délicieux, et il me raccompagna chez moi. J'hésitais à aller plus loin après avoir entendu ce qu'il m'avait dit ce soir. Kian tapotait ses doigts sur le volant. Plus j'en apprenais sur lui, plus j'étais partagée. Une partie de moi pensait qu'avec autant de drames dans son passé, il ne pouvait pas être aussi simple et direct qu'il le prétendait. Cela me donnait le sentiment qu'il jouait forcément avec moi. Il regarda dans ma direction à plusieurs reprises, mais je ne pouvais pas croiser son regard. Au lieu de cela, je contemplais les immeubles. Une fois, il tenta d'approcher sa main de la mienne, mais je la retirai et la posai sur mon genou. Il retint son souffle, mais je l'entendis à peine à cause de la ventilation.

Doucement, Edie. Tu le blesses.

Quand il s'arrêta devant l'immeuble en grès brun, la tension dans l'air était palpable. Je ne savais pas quoi dire. Finalement, je parvins à sortir un :

— Merci pour le dîner.

— Je t'appellerai.

Il n'essaya pas de m'embrasser et ne suggéra pas une autre sortie. En fait, c'est à peine s'il me regarda.

C'était moi qui mettais cette distance, mais bizarrement, je n'aimais pas ça. Rester assise ici ne résoudrait rien, alors je lui adressai un signe de tête sec et descendis de sa voiture. Je dus déployer un effort surhumain pour ne pas me retourner, mais tandis que je montais les marches jusqu'à la porte d'entrée, j'entendis la Mustang s'éloigner. Alors je pivotai et regardai la voiture rouge se glisser dans la circulation et tourner à l'angle de la rue.

Pardon, Kian.

Je montai l'escalier d'un pas lourd. Mon père était là, mais pas ma mère. Il portait encore sa veste en tweed qui lui donnait l'allure d'un professeur. Il leva les yeux du journal qu'il était en train de lire et demanda :

— Tu as passé une bonne journée ?

— Ça va. J'ai déjà dîné, alors je vais attaquer mes devoirs.

— Bonne idée.

Cela conclut la discussion parentale du jour. Il retourna à son article alors que je me rendais dans ma chambre. J'essayai de me concentrer sur la lecture demandée, mais certains aspects de l'histoire de Kian me tourmentaient. Je fus prise de culpabilité parce que j'avais vraiment été froide vers la fin, lui communiquant de manière évidente mes réserves. Avec un juron étouffé, je posai mon livre d'Histoire mondiale et ouvris mon ordinateur. Je le tirai sur mes genoux et lançai le navigateur. D'abord, je cherchai des renseignements sur son père, juste au cas où son téléphone ait été truqué, mais je tombai sur les mêmes résultats. *Le château de cartes d'Albert J. Riley s'est écroulé aujourd'hui. Après avoir escroqué des centaines d'investisseurs, le génie des finances autodidacte est mort dans sa maison de Pennsylvanie. Une double tragédie...* Je continuai de lire, confirmant que Kian avait, en effet, perdu sa sœur ce jour-là. *Riley laisse seuls son épouse, Vanessa, et son fils, Kian.*

Mais cela ne suffit pas à apaiser mon esprit, alors je tapai « suicide fille » plus le nom de la ville et l'histoire apparut, courte et concise. *Tanya Jackson, originaire de Cross Point, en Pennsylvanie, s'est donné la mort aujourd'hui. Elle avait un passé d'instabilité mentale et a fait une overdose des médicaments prescrits pour sa mère. L'équipe de secours a essayé de la ranimer, mais en vain, et elle a été déclarée décédée à son arrivée à l'hôpital de Cross Point.* Cela paraissait… bizarre que quoi que Kian était destiné à accomplir, cela avait été inextricablement lié à une seule adolescente. Et si j'embrouillais ma ligne de vie sans le vouloir ?

Tu finiras esclave de Wedderburn toi aussi.

Un frisson me parcourut le dos. Bon, au moins, maintenant, j'avais des preuves que Kian n'avait pas tout inventé pour attirer ma sympathie. C'était rassurant, même si je soupçonnais qu'il y ait quelque chose là-dessous. Je ne pouvais pas écarter la possibilité qu'il ait en fait voulu la mort de Tanya. *Peut-être était-ce son souhait, pour qu'elle ne tombe pas amoureuse de lui.* Je ne savais pas du tout si le meurtre pouvait faire partie de ses faveurs ; il avait dit que la seule limite était l'imagination et la compagnie ne semblait pas accorder une grande valeur à la vie humaine.

Tu pourrais poser la question, murmura une petite voix.

Quelqu'un chez Wedderburn, Mawer & Graf pourrait accepter de parler, mais cela révélerait que je n'avais pas confiance en Kian. Impossible de savoir quel impact cela aurait sur la comédie qu'il jouait devant son patron pour lui faire croire qu'il me séduisait pour que j'utilise mes faveurs au plus vite. *Mince. C'est une décision trop importante pour ce soir.* Ma vie était passée de indéfendable à insondable en l'espace d'un été, et à chaque pas, j'avais l'impression d'avancer sur la corde raide.

Sur un coup de tête, je fis une recherche sur Wedderburn, Mawer & Graf juste pour voir ce qui sortait. Un site luxueux fournissait très peu de renseignements sur ce que la compagnie faisait vraiment. Le descriptif était aussi parlant que celui des brochures de Blackbriar. *Notre responsabilité, professionnellement, est de financer les ressources afin d'orchestrer diverses opportunités. Notre défi est de maintenir l'information pour nous permettre une innovation à la pointe du progrès. Notre but est de créer de nouvelles technologies de manière homogène pour rester compétent dans le monde de demain.* Éprouvant de moins en moins d'intérêt à découvrir si WM&G fournissait des produits ou services quelconques, je cliquai sur les différents liens du site. Je tombai sur le nom de Kian sur l'une des pages annexes. Il était inscrit comme analyste financier et il y avait son adresse mail. Je faillis l'ajouter dans mon répertoire, puis je décidai que nous ne devrions probablement pas utiliser les serveurs de la compagnie.

Les cadres avaient des pages dédiées, surtout ceux qui avaient donné leurs noms à l'entreprise. Je sélectionnai Karl Wedderburn et lus sa biographie. Sur sa photo, il avait l'air d'un homme âgé, avec une moustache bien entretenue et une épaisse chevelure blanche, mais il y avait quelque chose de troublant dans ses yeux, même sur une photo. Il avait l'air plus vieux que les soixante ans que la légende lui attribuait, et quand je plissai les yeux, j'eus l'impression que ses pupilles englobaient ses iris, ne laissant que des trous noirs là où il y aurait dû y avoir de la couleur.

— Flippant, murmurai-je.

Réprimant un frisson, je fermai carrément mon ordinateur. Il était possible que les propos de Kian concernant des ennemis louches et le fait que je ne devais faire confiance à personne aient un effet sur moi si j'étais influençable, mais il y avait quelque chose de pas normal chez Karl Wedderburn ; je pouvais le dire avec un simple coup d'œil. *Et Kian est à sa merci.*

Non sans peine, je parvins à terminer mes devoirs avant d'aller me coucher. J'étais sur le point de m'endormir quand je réalisai que je n'avais pas pensé à vérifier si j'avais des messages de Ryu ou Vi. *Demain*, me promis-je. *Ce sera la première chose que je ferai en me levant.* Je ne pouvais pas laisser tomber les deux seuls vraiment amis que je me sois jamais faits... et d'une certaine manière, mon unique lien avec la vie normale.

***

Le lendemain à l'école, Jen m'attendait devant mon casier.

— Je n'ai pas vu Allison aussi énervée depuis que ses cheveux avaient été brûlés par un produit lissant trop puissant.

— Pourquoi ?

J'avais oublié avoir lancé les hostilités hier. Cette histoire de vengeance me paraissait presque insignifiante en comparaison avec la mélasse dans laquelle je pataugeais. Je ne leur avais pas pardonné, mais ce drame scolaire ne faisait pas le poids face à des questions de vie ou de mort.

— Parce que tu l'as fait passer pour une idiote au déjeuner et, apparemment, ton petit copain est tellement sexy qu'elle en crève de jalousie.

— Je ne la plaindrai pas, admis-je.

Elle sourit.

— Je te comprends. C'est la personne que j'aime le moins dans le groupe. Brittany est plutôt gentille quand tu es seule avec elle. C'est juste que… quand il y a du monde autour, elle a le sentiment qu'elle doit prouver quelque chose.

— Quel génie.

— Je n'ai jamais dit qu'elle était brillante. En fait, ça fait partie du problème. Son père n'arrête pas de lui dire « heureusement que tu es jolie » depuis qu'elle a dix ans. Elle pense que son cerveau empêche juste son crâne de résonner. Et du coup… elle déteste les filles intelligentes.

— Parce qu'elle pense qu'elle ne l'est pas ?

Je ne voulais pas en savoir plus sur mes ennemis. Si je comprenais pourquoi Brittany agissait ainsi, ce serait plus difficile de causer sa perte.

— Elle n'est pas aussi bête que son père le lui fait penser, mais elle n'est pas de ton niveau. Maintenant que tu es belle aussi… dit Jen en haussant les épaules. Enfin bref, on m'a désignée pour te demander de venir t'asseoir avec nous au déjeuner, mais je pense qu'elles préparent quelque chose.

— Allison et Brittany ?

Elle hocha la tête.

— Je comprendrais si tu préférais ne pas entrer dans leur jeu.

— Je peux gérer ça.

D'ailleurs, c'était une occasion idéale pour faire mon entrée. J'étais à peu près certaine que je pourrais transformer cette invitation en place permanente à la table, à condition que je tourne la farce qu'elles avaient prévue contre elles. Si elles pensaient que j'étais toujours la fille abattue qu'elles avaient harcelée l'année dernière… Je souris à Jen.

— En fait, je suis impatiente d'y être.

Les cours de la matinée passèrent rapidement, d'autant plus que je commençais par littérature avancée. La plupart des filles étaient fixées sur Colin, les yeux dans le vague, mais moi, j'écoutais son cours. Il était bon, proposant des idées auxquelles je n'avais pas pensé à propos d'un poème que j'avais déjà lu plusieurs fois. Le reste de mes professeurs souffrait de la comparaison. Puis ce fut l'heure de l'épreuve du déjeuner.

Jen me rejoignit et m'accompagna à la cafétéria. Nous fîmes la queue pour récupérer notre repas, puis nous dirigeâmes vers la table des Intouchables. Comme ils prenaient toujours celle-là, ils l'avaient revendiquée en l'écrivant au feutre, et personne d'autre ne s'y asseyait jamais, même si toute la bande arrivait en retard. Cette fois, je n'hésitai pas quand je vis Cameron à l'autre bout. Je m'assis près de Jen, en prenant bien soin d'ignorer Cameron, même si mon estomac gargouillait comme une mauvaise canalisation. La nausée revint, me rappelant comment je m'étais sentie ce jour-là, complètement sans défense, la bouche sèche avec le goût du vomi au fond de la gorge.

Ma détermination me permit de plaquer un sourire sur mon visage et lancer :

— Salut, Cam.

Est-ce qu'on l'appelle comme ça ? Maintenant oui.

— Cameron, corrigea-t-il.

J'ouvris grand les yeux tandis que deux types de l'équipe de crosse approchèrent.

— Sérieux ? Tu ne laisses personne te donner un surnom ? demandai-je.

— C'est parce que ça ressemble à « cave », intervint Russ Thomas avec un petit sourire narquois. Comme un crétin ou un endroit dégueu.

— Tu devrais l'appeler Cave. Parce qu'on peut dire que *c'est* un crétin.

Je sortis ça avec le sourire, croisant d'abord le regard de Russ, puis celui de son pote Phillip.

D'autres personnes arrivèrent à temps pour entendre Russ dire :

— J'adore. Après ce que tu as fait à ma voiture, mec, je vais t'appeler Cave.

— Il a fait quoi ? demandai-je.

Russ afficha un air dégoûté.

— Il l'a recouverte de dégueulis. Cette petite traînée ne supporte pas l'alcool.

— C'est… surprenant.

J'écartai Cameron Dean d'un petit mouvement d'épaule et écoutai Russ blablater sur les chances de l'équipe de crosse au championnat cette année.

Je m'en fichais totalement, mais cette attention empêchait Brittany et Allison de me parler parce que chaque fois qu'elles essayaient d'attaquer le plan qu'elles avaient prévu, il leur adressait un regard renfrogné et disait :

— Bon sang, tu pourras lui parler de ses magnifiques cheveux plus tard.

Ce qui était particulièrement vexant, puisqu'il arrivait aux filles de parler de problèmes bien plus importants que les cheveux ou le maquillage, mais comme cela m'aidait bien, je ne le lui fis pas remarquer. Ce n'est pas comme si je me mettais dans le même panier qu'elles de toute façon. Donc même si faire semblant me faisait un peu mal au cœur, c'était compréhensible.

À la fin de la pause, je dis à Russ :

— On est ensemble pour le prochain cours, non ?

Malheureusement, il dut réfléchir.

— Ouais, je crois.

— Tu veux m'accompagner ? J'aimerais beaucoup en savoir plus sur la crosse.

Je sortis mon sourire en lui donnant assez de chaleur pour montrer mon intérêt pour ce sport, mais pas pour Russ.

Comme j'ai un petit copain. Qui a peut-être bien tué la dernière fille qui l'a rejeté.

— Une nouvelle fan ? Avec plaisir.

Davina nous regarda nous éloigner, avec une expression

que je ne pus interpréter. Après avoir quitté les autres, je parlai à voix basse.

— C'est quoi le problème avec Cave ?

Il ricana en entendant le surnom.

— De quoi tu parles ?

— Il a l'air un peu… susceptible.

Je prononçai ce dernier terme comme si c'était un gros mot. Pour la plupart des mecs, il l'était.

— Tu veux dire comme s'il ne supportait pas une petite blague ?

J'acquiesçai.

— Je l'ai déjà vu flanquer une correction à quelqu'un, mais…

— Ouais. À dire vrai, c'est un peu une pleurnicharde. On traîne avec lui parce qu'il a une maison sympa et que ses parents ne sont jamais là.

— Intéressant.

Je lui souris, notant mentalement de répéter ça devant Allison à la première occasion. Je me doutais qu'elle n'avait pas l'habitude d'être discrète.

Russ se fraya un chemin dans les couloirs à coups d'épaules, et les élèves plus petits s'écartèrent. J'avais l'impression d'être une idiote en marchant avec lui. Il s'arrêta devant notre salle de classe et me fit signe pour que j'avance. C'était intéressant, comme une expérience anthropologique, de voir qu'il était capable d'avoir de bonnes manières avec quelqu'un qu'il considérait en valoir la peine.

— Tu es un type sympa, mentis-je.

Il me fit un clin d'œil.

— Ne le dis à personne.

— C'est oublié.

10

ÇA N'ALLAIT PAS SI MAL FINALEMENT

Je ne m'attendais pas à ce que Kian m'attende quand je quittai l'école et d'ailleurs, il n'était pas là. Russ me proposa de me raccompagner chez moi, mais je secouai la tête.

— Ça ne me dérange pas de prendre le métro. Mais merci.

— Où est ton copain aujourd'hui ? demanda-t-il.

— Il a cours. À bientôt.

Avec un signe de la main, je me dirigeai vers la station, pris le métro et sortis à Kenmore pour prendre un dîner à emporter chez India Quality. Sur le quai, c'était la pagaille, avec le spectacle habituel : un couple en train de se disputer ; un groupe de supporters des Sox en train de bousculer un type qui ne portait pas la bonne casquette ; et une mère en train de réprimander son enfant. Dans la foule, j'aperçus un homme grand et hâve avec des traits étranges et des cheveux fins rattachés à son cuir chevelu rose par mèches mouillées. Il se figea quand il me vit, et je pensai d'abord que c'était pour quelqu'un derrière moi. Je me retournai discrètement, jetai un coup d'œil par-dessus mon épaule, mais il n'y avait personne.

Je devais passer devant lui pour rejoindre la rue, alors je fixai mon regard par terre, les épaules voûtées, comme par réflexe ; c'était ce que j'avais toujours fait quand quelqu'un me distinguait en portant sur moi une attention que je ne voulais pas. Mais même si je laissai une grande distance entre nous, il se retrouva devant moi et me bloqua le passage.

— Les morts marchent. Tu es l'une d'entre eux. Il y a un trou, un trou dans le monde, et les choses passent par là en rampant. Elles rampent.

Il avait l'haleine d'un cimetière pourri et ses dents pendaient comme des épluchures jaunes et noires sur des lèvres sèches et gercées.

Ses yeux roulèrent dans leurs orbites, devenant complètement blancs et il essaya d'attraper mon poignet. J'eus un mouvement de recul et faillis heurter un homme en costume derrière moi.

— Qu'est-ce qui te prend ? demanda l'homme d'affaires.

Je le regardai en fronçant les sourcils et montrai du doigt… mais l'endroit qu'occupait le type flippant était désormais vide. Je tournai sur moi-même pour inspecter toute la zone, mais ne trouvai aucun signe de lui ; pourtant, sa puanteur était toujours là, prouvant que je n'étais pas folle.

— Rien, dis-je finalement.

— N'oublie pas de prendre tes médicaments la prochaine fois, gamine.

Le crétin me frôla et je repris ma route, parcourue par un frisson.

Je me sentis légèrement mieux dans la chaleur et l'humidité de cet après-midi ensoleillé. *Kian t'a dit de n'avoir confiance en personne à part lui. Et il a dit que tu pourrais être en danger.* Le mec flippant qui avait disparu me donnait la chair de poule. J'accélérai le pas pour atteindre notre immeuble et essayais de faire comme si je ne sentais pas ces picotements qui m'indiquaient que quelque chose ne tournait pas rond. Parfois, quand j'étais petite, je me réveillais au beau milieu de la nuit, certaine que quelqu'un m'observait, mais je n'étais pas un bébé pleurnichard puisque je ne courais pas chez mes parents en pleurant pour les supplier d'accepter que je dorme dans leur lit.

Non, même à six ans, j'étais méthodique et ne me laissais pas déborder par mon imagination. Je surmontais ma peur que quelque chose attrape mes chevilles dès que j'aurais posé le pied par terre. Mon premier pas était toujours un bond, puis je courais jusqu'à l'interrupteur pour inonder ma chambre de lumière et chasser les ombres. J'ouvrais tous mes tiroirs, jetais un œil sous mon lit, vérifiais le placard et me rassurais mentalement en me répétant qu'il n'y avait rien à craindre. Certaines nuits, je laissais simplement les lumières allumées et ne les éteignais que quand je partais pour l'école. Mais même en vérifiant tous les recoins du quartier aujourd'hui, je n'aurais pu chasser ce sentiment. Je ne vis personne me porter une attention particulière ; il n'y avait que des immeubles d'appartements et des propriétés rénovées. Pas un seul rideau ne bougea quand je passai. Je frottai mon bras avec mes doigts, constatant d'avoir la chair de poule.

Pourtant, je savais que quelqu'un me regardait.

Pressée de rentrer chez moi, je m'excusai mentalement auprès de mes parents de ne pas ramener le repas et me mis à courir. Dès que j'entrai, je me sentis immédiatement en sécurité, mais j'étais sûre que c'était psychologique. Mes parents étaient là.

— Tu n'as pas rapporté le dîner ? demanda mon père.

— Désolée, j'ai oublié.

Avec un léger soupir digne d'un « adolescent », mon père passa aux fourneaux. Ma mère ne faisait jamais la cuisine, sauf si on classait le porridge dans cette catégorie. Elle était plutôt virulente sur le sujet du partage des tâches selon le sexe, alors elle avait acheté tout un tas de bouquins sur le bricolage et elle s'occupait de toute la petite maintenance, comme changer une douille cassée ou réparer un robinet qui fuit. Comme mon père n'avait aucun intérêt pour ce genre de choses, il était heureux de faire la cuisine et le ménage.

— Du coup, qu'est-ce que tu vas faire ? demandai-je.

Il avait l'air de mauvaise humeur.

— Des artichauts farcis. Comment ça s'est passé à l'école ?

— J'ai beaucoup appris.

C'était à peu près ma réponse type chaque jour.

Sans surprise, ma mère demanda :

— Comme quoi ?

Je m'attendais à ce que l'inquisition prenne cette tournure et fis le résumé de ce que nous avions vu en physique et en japonais. Ma mère s'intéressait moins à l'Histoire mondiale et à la littérature, même si elle me fit la leçon sur l'importance de rédiger mes devoirs avec sérieux.

— C'est un bon entraînement pour tes candidatures universitaires. Tu en es où d'ailleurs ? Il faut que tu aies terminé ta dissertation avant début octobre.

— Je sais. J'y travaille.

— On dîne dans une heure, intervint mon père.

D'après son air conspirateur, il savait qu'il me sauvait du zèle de ma mère pour les préparatifs avant l'université. Je manifestai ma gratitude avec un sourire.

— D'accord. Je vais aller commencer mes devoirs. Appelez-moi quand c'est prêt.

Dans ma chambre, je me souvins comment le type effrayant sur le quai avait essayé d'attraper mon poignet, celui qui portait désormais le signe infini. Je l'avais caché de mes parents sous des manches longues, mais il me faudrait investir dans des manchettes en cuir parce que Maman et Papa finiraient par se demander pourquoi je ne portais plus de T-shirts, même pour traîner à la maison.

M'efforçant de mettre mes inquiétudes de côté, je démarrai mon ordinateur et allumai mon téléphone pour la première fois de la journée. Il y avait trois messages de Kian et aucun n'avait de sens.

Il faut que tu saches quelque chose.

T'a-t-il fait mal ? Je devinai qu'il faisait référence au mec sinistre du métro, et j'aurais donné n'importe quoi pour savoir comment il était au courant. Je poursuivis ma lecture.

Quoi que tu fasses, ne le laisse pas te toucher.

Mon sang se glaça et ma peau se couvrit de nouveau de chair de poule. Plus angoissée que jamais, je répondis :

Je vais bien. Que se passe-t-il ?

J'avais des messages de Vi et Ryu, mais ils étaient d'une simplicité rassurante, juste des bavardages et détails sur leur vie quotidienne. C'était nul que je ne puisse pas leur dire la vérité sur moi, mais comment aurais-je pu aborder le sujet ? Je leur répondis pendant que j'attendais des nouvelles de Kian. Elles n'arrivaient pas, mais j'essayai de ne pas m'inquiéter. En faisant comme si tout était normal, j'ouvris mon livre de littérature et sursautai quand mon père frappa à la porte pour m'informer que le dîner était prêt.

— J'arrive !

Heureusement, ma mère et mon père animèrent la conversation en discutant d'un projet pour lequel ils attendaient un accord de financement. Je participai peu, concentrée sur le fait que mon téléphone n'avait toujours pas vibré ou clignoté. Je ne voulais pas m'inquiéter pour Kian, vu que je ne lui faisais pas vraiment confiance, mais c'était aussi mon seul allié dans cette histoire.

— Tu as l'air pensive, dit mon père.

— Je réfléchis simplement à mes choix d'universités.

Je n'aurais probablement pas dû utiliser cette excuse, mais ce fut la première chose qui m'était venue à l'esprit quand il m'avait sortie de mes pensées.

— Il y a beaucoup de possibilités ici, à Boston, fit remarquer ma mère. Et tu pourrais vivre à la maison jusqu'à ce que tu aies ton diplôme pour faire des économies pour avoir ton propre logement.

— On pourrait t'avoir des cours gratuits si tu allais à…

— Je sais, Papa. Vous avez été clairs sur le fait que vous adoreriez que j'aille à l'université de Boston.

— C'est une option. Réfléchis-y.

Je finis mon artichaut et m'échappai avant qu'ils me répètent combien j'avais de la chance d'avoir un si bel avenir devant moi. Je terminai ensuite tous mes devoirs et me préparai à aller au lit sans avoir aucunes nouvelles de Kian. En poussant un petit soupir, je me rendis près de la fenêtre avec mon téléphone et regardai la rue plongée dans la nuit. Les lumières striaient la chaussée, laissant des taches d'ombre qui paraissaient presque dotées de sensations. Plus je les fixais, plus elles grossissaient et s'animaient jusqu'à ce que je ferme les volets, les mains tremblantes. La peur s'était emparée de moi quand je m'endormis et le lendemain matin, ses doigts glacés étaient encore repliés autour de ma gorge.

***

Sur le trajet jusqu'à la station de métro, je traversai un vol de pigeons dont les minuscules yeux de fouine et les ailes battantes semblaient me dire qu'ils l'avaient fait exprès. Je dus avoir l'air d'une folle en fuyant cette volée d'oiseaux dégoûtants en courant, mais je ne m'arrêtai pas avant de me retrouver dans le métro. Tandis qu'il quittait la station, entre deux clignements d'yeux, je vis l'homme décharné de la veille debout sur le quai, mais quand je me concentrai sur lui, il disparut sous mes yeux, ne laissant qu'une tache noire sur le béton.

D'accord, je deviens folle. Il existe probablement des pilules pour traiter ça.

À l'école, je fus tellement distraite que Colin me demanda de rester après le premier cours. Les autres filles parurent déçues de ne pas être à ma place et j'imaginai qu'elles se feraient des films le lendemain.

J'essayai de ne pas montrer mon impatience tandis qu'il me demandait :

— Quelque chose ne va pas, Edie ? Je sais que je ne vous ai en classe que depuis quelques jours, mais vous êtes généralement plutôt vive et impliquée. Aujourd'hui, c'était comme si vous n'étiez pas là.

— Certaines choses me préoccupent, répondis-je.

Comme où peut bien être Kian ? Et qu'est-ce que je vois ? Ou ne vois pas.

— Vous voulez en parler ?

Quand il riva sur moi un regard attendrissant, je me demandai s'il avait vraiment l'intention que les filles soient raides dingues de lui. Ou peut-être qu'il ne réalisait simplement pas comment une adolescente désespérée pouvait interpréter son intérêt.

— Pas vraiment. Je dois aller à mon prochain cours.

Je sortis précipitamment sans attendre qu'il réponde. Peut-être que je voyais des choses bizarres partout, mais ce nouveau professeur semblait bien trop s'intéresser à moi après seulement quelques jours de cours. Il était possible que ce soit un lèche-bottes ordinaire ou que je surinterprète une inquiétude professionnelle sincère.

— Qu'est-ce que tu as de la chance, dit Nicole tandis que nous quittions le cours de littérature avancée. J'ai l'intention de rater le premier examen pour qu'il me donne des cours particuliers.

— Excellent plan, répondis-je avec une petite touche d'ironie.

J'essayai d'être plus prudente dans mes autres cours de la matinée, ne serait-ce que pour éviter les questions. Jen m'attendait devant mon casier avant le repas, alors je me rendis à la cafétéria avec elle, mais je mis de côté mon projet concernant les Intouchables à cause de soucis plus pressants : le silence radio de Kian, Wedderburn, Mawer & Graf faisant Dieu savait quoi et une équipe adverse mystérieuse qui pourrait s'en prendre à moi pour m'empêcher de réaliser quelque chose dans quelques années. Si je racontais ça à qui que ce soit, je finirais tout droit dans un hôpital psychiatrique.

Une petite voix murmurait : « Si tu ne donnes pas une leçon à ces imbéciles, ils croiront qu'ils peuvent faire ce qu'ils veulent aux autres. » Vu comme ça, il semblait plus important d'aller de l'avant, pas à cause de ce qu'ils m'avaient fait, mais pour le mal qu'ils pourraient infliger à quelqu'un qui n'aurait pas la chance que j'avais eue. Alors quand Allison nous doubla dans la file, je pris ça pour un signe. *À cheval donné, on ne regarde pas la bouche. Je me lance.*

— Russ m'a dit un truc super intéressant hier, dis-je.

Jen me regarda en haussant un sourcil.

— J'en doute fort.

Apparemment, elle avait la même opinion que moi sur son intelligence.

— Il m'a dit que la seule raison pour laquelle vous traîniez avec Cam, c'était parce qu'il avait une grande maison et que ses parents voyageaient beaucoup. C'est vrai ?

Elle haussa les épaules, ses yeux se dirigeant vers Allison, comme pour me dire que je ne pouvais pas lui faire confiance. *Eh bien, j'y compte bien.* Indépendamment de l'origine de cette histoire de maison, cela devrait causer une division entre Russ et Cameron. Si mes observations sur l'interaction sociale se révélaient justes, les autres garçons finiraient par prendre parti. Et ce n'était que le début.

Allison ne répéta pas ce qu'elle avait entendu jusqu'à quelques minutes avant la sonnerie. Elle attendit sagement que Russ aille aux toilettes pour se pencher vers Cameron et lui parler à voix basse tout en me fixant. Il riva sur moi un regard qui exprimait à la fois la confusion et l'appréhension ; je le regardai droit dans les yeux avec le sourire. Quelque part au fond de son cerveau de lézard, il me reconnut comme une menace, mais il n'arrivait pas à le concevoir de manière rationnelle.

— À plus, lançai-je.

Après l'école, tandis que je me dirigeais vers la sortie, j'aperçus Russ et Cam se disputer près des toilettes des mecs. Quand Russ le poussa violemment contre les casiers, je ne pus m'empêcher de sourire. Le lendemain, j'aurais sûrement droit à un retour de flammes, mais pas autant que s'y attendait Allison. Je me faufilai dans la foule et passai la grille où je fus étonnée et soulagée de trouver Kian. Je m'arrêtai ostensiblement, regardai mon téléphone, puis l'agitai dans sa direction ; j'étais tentée de le jeter.

Il traversa la rue. Chaque fois que je le voyais, c'était le même choc. Pourtant, à y regarder de plus près, il avait déjà eu meilleure mine. Des cernes entouraient ses yeux et, à l'allure de ses vêtements, on aurait dit qu'il avait dormi dans sa voiture. Avant aujourd'hui, je ne l'avais jamais vu mal rasé ; une barbe de trois jours recouvrait sa mâchoire, lui donnant un air étonnamment sauvage. Mes doigts me démangeaient tellement j'avais envie de toucher ses mèches de cheveux cuivrées, et malgré mes doutes sur sa loyauté et son histoire, je voulais le prendre dans mes bras et l'embrasser à pleine bouche.

— Avant que tu me hurles dessus, voici la première pièce à conviction.

Il me montra son téléphone qui n'était plus qu'un tas de métal fondu.

— J'ai eu quelques problèmes après t'avoir envoyé les messages.

— Je vois ça. Pourquoi n'es-tu pas apparu pour me voir ?

Mais dès que je prononçai la question, je me souvins comme la situation avait été embarrassante la dernière fois que nous nous étions vus. À sa place, je n'aurais probablement pas pris le risque d'une visite surprise non plus.

— Tu as dit que tu préférais que je ne le fasse pas. Je crois que j'ai même entendu le mot « flippant ».

— Ça, c'était avant.

— Avant quoi ?

Pour aggraver mon cas, je ne sus quoi dire. Notre non-relation était déroutante, surtout quand il me donna un petit baiser au cas où quelqu'un ne soit en train de nous regarder.

Je finis par bredouiller :

— Ça aurait été si dur que ça d'acheter un nouveau téléphone ? Ou de m'envoyer un mail.

— Viens. On ne va pas régler nos problèmes ici et j'ai des trucs à te dire.

— Moi aussi, dis-je en pensant au type dans le métro.

— Toi la première.

Il ouvrit la portière avec courtoisie et contourna la voiture au petit trot pour monter du côté conducteur.

Je résumai l'étrange rencontre du métro et quand j'eus fini, Kian affichait un air renfrogné et féroce.

— Alors j'avais raison. Ils t'ont déjà trouvée.

— Qui ça ?

— Leur compagnie s'appelle Dwyer & Fell. Elle cache une autre faction dans le jeu, tout comme Wedderburn, Mawer & Graf.

— Le jeu ?

— D'après ce que j'ai entendu, Wedderburn et Dwyer sont concurrents depuis des siècles.

Réfléchissant aux conséquences de ces propos, je parlai avant d'être sûre de moi.

— Mais cela signifie…

Kian vit probablement mon doute et finit ma phrase :

— Ils ne sont pas humains.

Logique. Nous avions trop de pain sur la planche pour qu'il attende que je fasse des déductions alors qu'il pouvait très bien fournir les réponses. Mais cela n'expliquait pas le fait qu'il avait une mine affreuse ; quelque chose avait visiblement mal tourné pendant son long silence.

— Alors que s'est-il passé ? Tu vas bien ?

Je ne pus m'empêcher d'avoir l'air inquiète et il m'adressa un regard reconnaissant.

— Quelques brûlures par-ci par-là, mais pas de blessures graves. Il n'y a aucune preuve que Dwyer & Fell est impliqué, mais ce n'est pas une coïncidence si ma maison a brûlé la nuit dernière.

J'étouffai un juron et remuai sur mon siège pour le regarder plus attentivement. Maintenant qu'il l'avait dit, je voyais une trace de cendre qu'il avait oubliée sur sa tempe et quand je respirai, je sentis la suie et la fumée.

— Pourquoi te prennent-ils pour cible ?

— Pour t'affaiblir, répondit-il calmement. Ils ne sont pas autorisés à s'en prendre à toi directement, mais ils peuvent s'attaquer aux personnes qui t'entourent. Les pions comme moi sont toujours les premiers à avancer.

— Parce que je suis la reine dans la partie ? dis-je pour plaisanter, en essayant d'alléger l'atmosphère.

Je n'arrivais pas à croire comme il semblait sérieux tandis qu'il me regardait avec ses yeux verts graves.

— En ce moment, oui.

— Je ne comprends pas. WM&G te paie bien et te fait assez confiance pour t'attribuer une mission spéciale. Comment cela peut-il faire de toi un pion ?

Il avait un air indéchiffrable.

— Si je suis éliminé, cela ne touche pas Wedderburn. À vrai dire, la compagnie n'a pas récupéré tout leur investissement pour mes faveurs, mais quand on considère les sommes qui sont en jeu…

— C'est une goutte dans l'océan, devinai-je.

— Alors, pour eux, ma valeur principale réside dans mon lien avec toi. Les jeux peuvent changer à tout moment, tu comprends, mais là, tu as un avenir vital et viable à protéger.

— Je donnerais cher pour savoir ce que mon futur moi accomplit et pourquoi c'est si important, affirmai-je en soupirant. On dirait que je peux oublier l'idée de venir te voir au boulot.

— En fait, c'est là que nous allons. Wedderburn a demandé à te rencontrer.

Mon cœur eut un raté. J'avais demandé de visiter les lieux, mais là, c'était différent. Son patron *voulait* que je vienne et ça me rendait nerveuse.

— Tu sais pourquoi ?

— Il a une proposition à te faire.

Même si son ton était neutre, il secoua très légèrement la tête.

OK. Quoi que veuille Wedderburn, je dirai non. À condition que je croie que Kian agissait pour mon intérêt. J'aurais tellement aimé pouvoir en être sûre. *Je ne peux pas me laisser avoir par un physique agréable et une paire d'yeux tristes.* Cela ferait de moi une parfaite idiote.

— J'espère que je ne parlerai pas de ce que je ne suis pas censée savoir, marmonnai-je.

— Contente-toi d'écouter et de paraître reconnaissante. Wedderburn a un faible pour l'humilité. Et quand il te fera son offre, dis-lui que tu as besoin de temps pour y réfléchir.

Cela ne semblait pas être un mauvais conseil. J'aurais pu y penser toute seule. Je restai silencieuse pendant le reste du trajet, mais jetai des regards vers lui, incapable de ne pas me chercher à m'assurer qu'il était vraiment là. Je touchai distraitement le symbole infini sur mon poignet. Même s'il ressemblait à un tatouage, on aurait plutôt dit une marque de fabrique.

— Il te fait mal ? demanda-t-il.

— Non. C'est juste que…

Je ne pouvais pas l'expliquer, mais j'avais l'impression que cette chose était *vivante* sur mon poignet et agissait indépendamment de ma volonté, comme si elle pourrait, un jour, forcer ma main droite à faire des choses que je ne voudrais pas.

De plus en plus folle. Mais si je ne peux pas partager ça avec Kian…

Alors je pris une profonde inspiration et déballai tout. Je m'attendais à ce qu'il me regarde avec un air choqué ou éclate de rire. Au lieu de cela, il jura.

— Ça arrive trop vite. Ils ont accéléré ta ligne de temps, en espérant t'inciter à griller tes faveurs.

— Cela ne me dérange pas assez pour te demander de le retirer de mon bras.

Mais je fixai le symbole, horrifiée, comme si c'était un alien qui m'utilisait comme hôte.

— De toute façon, je ne pourrais pas le faire. Cette marque fait partie de toi maintenant.

Avant que je ne puisse lui demander de quoi il parlait, il entra dans un parking souterrain. Il faisait sombre et cet endroit me donna la chair de poule tandis que la voiture descendait toujours plus bas ; et ce ne fut pas mieux quand Kian se gara à une place avec son nom peint sur le mur. Cela me fit penser qu'il était plus important qu'il le prétendait, et je ne pus écarter la possibilité qu'il ait pu mentir depuis le début, que ce soit sur son âge ou son nom. Si j'étais sûre qu'il y avait bien eu un Kian Riley, cela ne voulait pas dire que c'était lui. Aucune des histoires que j'avais trouvées sur Internet n'était accompagnée d'une photo.

— Essaie de ne pas avoir peur, murmura-t-il tandis qu'il ouvrait ma portière. Certains d'entre eux trouvent ça… excitant.

11

ICE, ICE, BABY

Wedderburn, Mawer & Graf avait des bureaux au centre-ville, dans un monstre d'acier et de verre d'environ vingt étages. Le seul indice sur l'identité des propriétaires du bâtiment apparaissait sous la forme d'une plaque en bronze près de la porte d'entrée avec leurs noms gravés ; le panneau avait l'air bien plus vieux que le gratte-ciel, poli et patiné par le temps et les éléments. À tous les coups, Kian se demanda pourquoi je sortis devant l'immeuble quand nous sortîmes de l'ascenseur du parking, mais je voulais avoir une idée d'où je me trouvais.

Appelez ça de la reconnaissance stratégique.

La zone de réception était si banale que cela paraissait ironique… avec des fauteuils rembourrés beiges dans la zone d'attente et des peintures abstraites dans des teintes de marron. Même la réceptionniste semblait avoir été embauchée pour aller avec la pièce, puisqu'elle avait des cheveux blond cendré, des yeux marron et une peau qui se fondait presque dans la couleur des murs. Et elle portait, devinez quoi, un ensemble dans différents tons de marron et beige. Elle nous suivit du regard tandis que nous passions devant elle pour atteindre l'ascenseur, mais elle ne dit rien.

— Elle est perturbante, murmurai-je à Kian.

— Iris fait cet effet sur tout le monde. Elle… décourage les infractions.

— J'imagine. C'est bizarre comme elle se fond dans le décor.

— Elle le ferait quelle que soit la couleur qu'ils aient choisie.

Le pire, c'est que je ne savais pas s'il plaisantait, et je n'avais pas envie de lui poser la question.

Dans l'ascenseur, j'avais l'impression qu'il faisait très très froid, alors je fis un test en soufflant et vis un nuage de buée blanche.

— Il fait plus chaud dehors.

— Techniquement, nous ne sommes plus dans le Massachusetts.

Pendant que j'intégrais cette information, la cabine nous amena au dixième étage, puis les portes s'ouvrirent avec un « ding ».

— Voilà mon département.

— Tu as un box avec un bureau ?

Je plaisantai parce que je tremblais de plus en plus à chaque pas sans du tout savoir pourquoi. Ce n'était pas qu'à cause du froid ; il y avait quelque chose dans cet immeuble qui… n'allait pas.

De l'ascenseur, je pouvais voir un couloir blanc interminable. En fait, la longueur de ce couloir semblait dépasser celle du bâtiment, mais je ne voyais pas comment c'était possible. Il m'était déjà arrivé de rêver d'un couloir infini, entrecoupé de portes identiques. Les dictionnaires des rêves disaient que les couloirs représentaient des fractions inexploitées de votre psychisme et les portes fermées des occasions ratées. En association symbolique, cet endroit débordait de pertes et de potentiels inexploités. Nous passâmes devant huit portes, toutes espacées de manière équidistante, et de derrière deux d'entre elles venaient des bruits de cris étouffés.

— Tu as dit que tu craignais que cet endroit me fiche la frousse, dis-je doucement. Bien vu.

J'avais l'impression que nous marchions depuis cinq bonnes minutes, mais quand je regardai mon téléphone, il s'était figé sur l'heure à laquelle nous étions entrés dans le bâtiment, et même si j'appuyais sur les boutons, il ne réagissait pas. Je levai les yeux vers Kian et il articula silencieusement : « Plus tard. » D'accord, maintenant je craquais vraiment. Ce n'est que parce que j'avais passé ma vie à m'entraîner à l'école en gardant en tête « si tu pleures, ils ont gagné » que je parvins à rester de marbre. Je serrai un poing sur le côté, mes ongles s'enfonçant dans ma paume.

Enfin, nous arrivâmes devant une porte au bout du couloir. Quand je me retournai, je ne pouvais même plus voir l'ascenseur. Cette porte se distinguait des autres par une plaque avec un nom : K. Wedderburn. Je n'avais aucune idée de la folie ou de l'horreur qui m'attendait de l'autre côté, mais Kian entra sans frapper. Il faisait encore plus froid à l'intérieur du bureau, une grande pièce avec de chaque côté des fenêtres recouvertes de givre, si bien que je ne pouvais pas voir au travers. Une toute petite voix en moi me murmura que c'était mieux comme ça.

Wedderburn était encore moins humain que sa photo ne le suggérait. Oh, il avait tous les morceaux aux bons endroits, mais il émanait de lui une froideur qui surpassait la température glaciale de cet endroit. Ses cheveux étaient plus comme de la gelée blanche et ses yeux des étangs de glace noire. Même sa peau donnait l'impression qu'elle risquait de craquer si on la touchait. *Pas étonnant qu'ils aient besoin d'agents comme Kian. Ils ne peuvent pas se promener facilement dans le monde mortel.* Je ne savais absolument pas pourquoi j'avais choisi ce mot, mais il convenait à la situation. Ce n'était pas une créature humaine, s'il l'avait été un jour. Il faisait quelque chose derrière un étrange bureau de métal blanc qui ne semblait pas fait d'un composant que j'avais déjà vu puisqu'il produisait une sorte de lueur opalescente similaire à de la nacre. Si le cadre ressemblait à celui d'un ordinateur, Wedderburn avait ses doigts *dans* l'écran, étirant et faisant glisser les éléments à la surface si bien que ce qui ressemblait à du mercure liquide collait à ses doigts.

En remarquant notre arrivée, il claqua des doigts et l'espèce d'ordinateur le lâcha. Il se leva alors en faisant le bruit de quelqu'un qui se déplace sur de la neige fraîchement tombée.

— Ah. Mlle Kramer. Vous êtes un bien *fascinant.*

— Merci.

Je ne savais pas si c'était la bonne réponse, mais quand les joues de Wedderburn affichèrent un sourire, je supposai que oui.

— J'espère que Kian a bien pris soin de vous ?

— Il m'a bien fait comprendre que j'étais spéciale.

Pourquoi, je n'en avais aucune idée, et je n'étais pas sûre que Kian le sache non plus. WM&G semblait n'informer que les personnes directement concernées.

Il n'y avait pas de meubles, rien pour distraire ou mettre à l'aise les visiteurs. Alors je restai debout dans l'air glacial en regrettant ne pas avoir le courage de prendre la main de Kian. Même s'il était supposé me rendre follement amoureuse de lui, je ne savais pas trop à quel niveau de notre relation nous étions censés être, et je ne voulais pas attirer davantage l'attention de Wedderburn. Kian utilisait toujours un ton spécial quand il mentionnait son patron, et je comprenais maintenant pourquoi. Un gémissement monta dans ma gorge, mais je le réprimai.

— Je vois que vous êtes mal à l'aise, dit Wedderburn. Je m'en excuse. Mais certaines nécessités excluent un environnement plus accueillant.

S'il faisait plus chaud, vous fondriez et vous transformeriez en flaque visqueuse ? Cela ne me surprendrait pas le moins du monde.

— Ce n'est pas grave. Ce qui m'intéresse, c'est d'entendre ce que vous avez à dire, pas de prendre le thé.

— Excellent. J'apprécie ce sens de l'efficacité. Demandez à Kian.

Malgré moi, je jetai un coup d'œil à Kian qui acquiesça. Son expression était aussi neutre que toujours. Même ses yeux habituellement expressifs ne trahissaient rien. *C'est la créature pour laquelle il travaille, celui dont il essaie de me sauver.* J'aurais aimé pouvoir en être sûre et ne pas craindre qu'ils travaillent secrètement en tandem pour me faire faire exactement ce qu'ils voulaient.

Bon sang, on dirait vraiment une détraquée.

— Il m'a dit que vous vouliez me rencontrer, murmurai-je.

— C'est vrai. Venez de ce côté du bureau, jeune fille.

Son ton autoritaire me fit frissonner et je me déplaçai rapidement pour éviter que l'un de ses longs doigts semblables à des pattes d'araignées ne se pose sur mon épaule.

Ce qui avait vaguement l'aspect d'un ordinateur de l'autre côté ressemblait maintenant à rien que j'avais déjà vu. Cela semblait être à la fois une créature et une machine, avec une tête carrée, puisque je ne voyais pas comment décrire ce que je voyais, et un cou métallique qui donnait sur des épaules et des bras qui semblaient avoir été fusionnés avec le bureau, qui aurait très bien pu être vivant lui aussi. Son étrangeté était si effroyable que je dus détourner le regard.

— Qu'est-ce que c'est ? demandai-je à voix basse.

— Mon interface pour l'Oracle. Grâce à elle, je peux choisir parmi différents futurs, écarter certains fils et en encourager d'autres.

— Comme les Moires.

— Ah, une fille cultivée. Charmant.

Mais il réagit comme si la connaissance était une tarte au kaki au goût surprenant.

— Mais contrairement à ces divinités du destin, je ne peux

que modeler ou suggérer. Je ne peux pas couper ou créer des fils.

Si vous le pouviez, vous auriez gagné la partie il y a bien longtemps.

Il poursuivit :

— Une ombre sur un destin mortel, cependant, suffit souvent à le briser. Je pense à ceux qui ont été très injustes avec vous. Cela semble déloyal que vous deviez travailler dur pour avoir votre vengeance quand un esprit comme le vôtre devrait se concentrer sur des choses bien plus importantes.

— Que me proposez-vous ? demandai-je.

— Laissez-moi m'en occuper à votre place.

Je pensai aux abrutis de la bande des Intouchables et ne pus qu'imaginer ce que Wedderburn considérerait comme des représailles adéquates, mais je sentis que je devais être super prudente avec ma façon de refuser. Kian m'avait conseillé de lui dire que j'avais besoin de temps pour réfléchir, mais si je ne mettais pas un terme à cette proposition, il serait encore plus délicat de dire non plus tard.

— J'apprécie vraiment votre offre, mais ne pas orchestrer leur ruine personnellement me priverait d'une certaine satisfaction.

Wedderburn soupira.

— J'avais peur que vous disiez ça, mais... je comprends. Vous accepterez, bien sûr, que je vous rende service d'une manière ou d'une autre. Je veux vous aider à atteindre votre véritable potentiel, Edie.

En le voyant avec ce sourire dément, je craignais de devenir le prochain dictateur sanguinaire en suivant ce que Kian appelait ma meilleure ligne de vie.

— Merci.

— Voudriez-vous voir une démonstration ? demanda-t-il.

Une partie de moi trouvait que c'était une mauvaise idée, mais je ne pouvais pas tout refuser. Wedderburn semblait du genre à se vexer facilement et je préférais sortir de son bureau sans être transformée en statut de glace. Alors je m'efforçai d'afficher un sourire, celui que j'adressais à la bande des Intouchables, et dis :

— Ce serait un plaisir.

— Approchez-vous un peu.

Kian s'écarta et inspira, comme poussé par un instinct de protection, mais je n'osai pas le regarder. Je dus faire preuve d'une grande volonté pour ne pas trembler de manière incontrôlable et croiser les bras sur ma poitrine. En plus du froid, il émanait de cette étrange créature un effroi primordial qui me donnait la chair de poule et essayait de s'infiltrer dans mes muscles et mes os de telle manière qu'aucun traitement ou thérapie n'aurait pu le faire oublier. Le gémissement dans ma gorge devint un hurlement silencieux.

— Bien sûr.

Wedderburn se tourna vers la chose mi-tête mi-ordinateur et la fit pivoter si bien que je pus voir le truc en mercure liquide. Avant qu'il ne passe la main dans le cadre, il était opaque, mais à son contact, il se mit à briller et devint translucide, et à chaque fois qu'il remuait ses doigts glacés, un nouveau motif apparaissait en ondulation ; d'abord une étoile, ensuite un pentacle, puis il se transforma en un céphalopode avec des tentacules qui partaient dans toutes les directions. Il en transperça une du bout du doigt et une image floue apparut, comme celle de la caméra d'un commerce de quartier, mais projetée en liquide.

Vi.

Comme la pièce autour de moi, mon sang se glaça. La peur n'était pas un sentiment assez fort pour décrire ce qui m'envahit. Extérieurement, je gardais une façade détendue, à part ma respiration, mais je ne pouvais rien y faire. Mon estomac se noua tandis que nous l'espionnions. Elle était chez elle, penchée sur ses livres de cours. De temps en temps, elle souriait à la photo d'elle et Seth fixée sur son miroir. C'était moi qui avais pris cette photo. La scène était des plus ordinaires, et cela me paraissait effroyablement mal de l'observer comme ça.

À côté de moi, Wedderburn était silencieux, un léger sourire aux coins des lèvres.

— Une ombre ici… ou là… changerait tout, dit-il comme si de rien n'était. Votre amie semble avoir un bel avenir.

Semble. C'est clairement une menace.

Il continua :

— Cela la briserait probablement si quelque chose arrivait à son nouveau petit ami. Ah, le premier amour. Je ne suis pas sûr qu'elle s'en remettrait.

Il remua la surface à nouveau, sans retirer ou changer quoi que ce soit d'après ce que je pouvais voir, et désormais, nous observions Seth. Il n'avait pas de photo de Vi sur son mur, ce qui aurait pu la décevoir, mais c'était le fond d'écran de son ordinateur portable. Je ne savais pas si c'était mieux. Wedderburn effleura le liquide et Seth se frotta la tête.

— Très impressionnant, parvins-je à dire.

Si je révélais à quel point je m'inquiétais, cela pourrait aller mal pour mes amis. Je le compris instinctivement. Les douleurs lancinantes dans les paumes de mes mains m'indiquaient que je n'étais pas loin de transpercer ma peau avec mes ongles.

— Mais il doit bien y avoir des règles concernant le mal infligé aux mortels qui ne participent pas au jeu.

Wedderburn se redressa et afficha un air impénétrable.

— Ah oui ?

Oh mon Dieu. Et s'il n'y en avait pas… s'il pouvait tuer qui il voulait, n'importe qui à partir du moment où ce n'était pas un catalyseur, alors je mettrais toutes les personnes qui m'entouraient en danger. *Tu ne le savais pas. Mais tu peux arranger ça. D'une manière ou d'une autre.* C'était vraiment difficile d'empêcher mes dents de claquer, mais je ne pouvais pas montrer à Wedderburn dans quel état j'étais. J'aurais pu facilement m'effondrer et coincer ma tête entre mes genoux pendant que j'hyperventilerais ; ce qui m'empêcha de craquer complètement, ce fut le fait qu'il fallait que j'aide mes amis.

— C'était fantastique, dis-je soudain, mais j'ai des devoirs. J'ai hâte de vous revoir, monsieur.

— De même, Mlle Kramer.

Je remarquai son aversion pour les formalités, maintenant que les hostilités étaient engagées. Je soupçonnais Wedderburn de savoir que je n'étais pas – et ne serais jamais – son alliée.

Kian ne dit rien jusqu'à ce que nous soyons sortis de l'immeuble.

— Tu vas bien ?

Je secouai silencieusement la tête et il me prit dans ses bras. Cela pouvait être exactement ce qui était censé se passer ; le numéro du gentil flic et du méchant flic, mais je me blottis contre lui quand même. J'avais l'impression que je n'aurais plus jamais chaud, même avec le soleil de fin d'été qui brillait au-dessus de ma tête. Les frissons ne se calmèrent pas avant quelques minutes, malgré ses mains qui frottaient mon dos. Les gens passaient à côté de nous avec un air nerveux, comme si ma détresse était contagieuse.

— Je ne comprends pas. C'est censé être le type *bien* ? Il est supposé être de mon côté ?

— Le bien et le mal ne s'appliquent pas ici, dit doucement Kian. Les notions sont différentes. Je ne peux pas dire que je me bats pour le bien, j'essaie juste de survivre. Et je réalise qu'entendre ça ne t'incitera pas à me faire davantage confiance.

— Je doute que tu me le dirais si ce n'était pas vrai. Parce que ça ne te montre pas sous ton meilleur jour. Alors je sais que tu es honnête.

— Envoie un message à tes parents.

Il fit un pas en arrière, mais laissa un bras autour de mon épaule pour me guider vers sa voiture.

— Pour leur dire quoi ?

— Que tu rentreras vers l'heure du dîner.

Comme j'étais trop bouleversée pour rentrer à la maison de toute façon, je fis ce qu'il m'avait suggéré, puis montai dans la voiture. Kian ferma la portière derrière moi et je bouclai la ceinture.

— Où allons-nous ?

— Quelque part où nous pourrons discuter.

***

Kian sortit de la ville ; il était assez tôt pour que nous ne soyons pas pris dans les embouteillages. Une demi-heure plus tard, nous nous retrouvâmes sur la route le long de la côte, un bout de terre remarquable seulement pour le fait qu'il n'avait rien de particulier, à part le littoral rocheux et le bruit de la mer. Kian s'arrêta sur le côté et sortit de la Mustang. Un sentier s'éloignait de la route.

— Qu'y a-t-il de spécial ici ?

— Quelque chose dans la pierre, c'est comme… un angle mort. Aucun parti ne peut nous espionner ici.

Il tapota sa montre avec un air satisfait.

— Tu n'auras pas de problème ?

Il haussa les épaules.

— J'ai réussi à sortir de justesse de ma maison en feu l'autre soir, et comme je ne suis pas un « bien fascinant », la compagnie n'a toujours pas réagi. Je me fiche un peu de ce qu'ils peuvent me faire maintenant.

Pendant quelques secondes, je me demandai si c'était ce qu'il pensait que je voulais entendre. Mais si c'était un angle mort, il n'avait aucune raison de mentir. Peut-être était-ce sa première occasion de me dire à quel point il était piégé et malheureux. D'un autre côté, cela pouvait très bien ne pas être du tout un endroit sûr. Il pouvait parfaitement me duper… sur les instructions de Wedderburn. Je n'en voudrais presque pas à Kian si c'était le cas ; son patron était terrifiant.

— Tu ne devrais pas, dis-je calmement. Tu es important.

Il m'adressa un regard de braise qui fit un peu accélérer les battements de mon cœur. Mais sa voix était empreinte d'une tristesse irrévocable.

— Pas pour eux.

Je l'imitai et m'assis sur le sable, à quelques centimètres de l'eau. Le soleil de cette fin d'après-midi réchauffait ma peau, effaçant lentement l'impression de froid mortel qui s'était infiltré jusqu'à mes os pendant l'entrevue avec Wedderburn.

— Alors ton patron… c'est quoi ?

— Je ne sais pas trop, répondit Kian. Il n'est plus humain, s'il l'a été un jour. Son nom est sur l'immeuble depuis cent ans, et j'ai trouvé des photos de lui avec exactement la même tête qui datait au moins d'aussi longtemps.

— C'est flippant. Est-ce qu'il disparaît et revient en étant plus jeune ?

— Non. C'est ça qui est bizarre. Et il ne simule jamais sa propre mort non plus.

J'avais lu des livres qui disaient que c'était ce que faisaient les vampires, puis ils prétendaient être un petit-fils ou une petite-fille, mais une vie éternellement enchâssée dans la glace ? Je n'en avais jamais entendu parler.

Kian poursuivit :

— Mais il ne sort pas. Il fait tout avec des intermédiaires, et quand on a autant d'argent que lui, personne ne pose trop de questions.

— J'imagine qu'il arrive des crasses à ceux qui mettent le nez dans ses affaires.

— Tu t'es bien débrouillée là-bas, me surprit-il à dire. Tu as trouvé le bon équilibre entre méfiance et respect.

Perplexe, je laissai couler une poignée de sable entre mes doigts.

— Je ne comprends pas pourquoi il m'a proposé de s'occuper de mon plan. Est-ce que je déteste ces crétins ?

Absolument. Je rêve qu'ils sachent enfin ce que ça fait, ce que j'ai ressenti, mais…

— C'était un test, m'interrompit-il.

— Pour quoi ?

— Pour ta force de caractère. Une personne paresseuse accepte toute l'aide qu'on lui propose, même si elle n'en a pas besoin. Une méchante demanderait à Wedderburn d'infliger toutes sortes d'horreurs à ses ennemis.

— Oh, fis-je avec une respiration tremblante. Je ne peux pas dire que cette idée ne m'a pas effleuré l'esprit. Ma partie sombre adorerait les voir brisés.

Pas seulement humiliés, mais détruits. Je ne pouvais pas me résoudre à assumer cette partie de moi à voix haute.

— Après ce qu'ils ont fait, c'est compréhensible. Mais tu ne leur ferais jamais vraiment de mal, peu importent tes fantasmes.

— Je regrette d'y avoir pensé. Mais je regarde Brittany, qui tenait l'appareil, et je me dis : « Qu'est-ce que ça ferait de la briser ? Est-ce que je ferais mieux de la défigurer ? »

Je n'arrivais pas à croire que c'était ce que j'étais en train de dire, parce que c'était tellement moche et le simple fait de pouvoir encore ressentir autant de haine me donnait la nausée. Je savais que, pour ma santé mentale, je devais passer outre.

Mais je n'y arrivais pas. Pas encore. Peut-être que dire ces choses atroces à Kian m'aiderait. Il serait mon défouloir, et une fois que j'aurais tout extériorisé, je pourrais avancer.

— Tu veux lui faire du mal physiquement ? demanda-t-il.

— Non. Enfin, je ne crois pas. Est-ce que je veux que les gens se moquent d'elle ? Oui. Je veux qu'elle sache ce que ça fait. Mais je ne pense pas la taillader ou quoi.

Je ramassai un galet et le jetai vers l'océan. Impossible de le regarder directement pour lui poser cette question.

— Tu l'as vue ? La vidéo qu'ils ont faite ?

Il laissa échapper un bruit déchiré et prit sa tête entre ses mains. Je vis ses doigts tirer ses cheveux, assez fort pour que ce soit douloureux.

— J'étais là, Edie. Mon boulot était de noter ta progression, te voir glisser vers l'extremis. J'aurais pu tout arrêter. Je ne l'ai pas fait.

Mon Dieu. Je faillis vomir. C'était déjà assez dur qu'il le sache, mais ça…

— Ramène-moi chez moi, parvins-je à dire. Tout de suite.

— Je suis désolé.

— Ramène. Moi.

Il attrapa alors ma main et le monde tourna à une vitesse folle. En un tourbillon, nous nous retrouvâmes tous les deux dans ma chambre. C'était la goutte d'eau qui fit déborder le vase ; je me jetai sur ma corbeille à papier et dégueulai mon déjeuner pendant que Kian me tenait les cheveux. J'avais envie de le frapper… de le détester… mais j'étais juste malade et j'avais honte qu'il le voie. Je veux dire, je savais qu'il m'observait, mais je n'avais pas réalisé qu'il était si près. Après ça, je me recroquevillai en boule par terre, trop épuisée pour le repousser quand il me tira vers lui.

— J'ai vu tant de peine ces trois dernières années, je l'ai enregistrée et je n'ai rien fait pour améliorer les choses. Je suis tellement désolé, Edie.

— Si tu ne fais pas ton boulot, que se passe-t-il ? demandai-je finalement, la tête contre sa poitrine.

Mes parents pouvaient arriver à tout moment, et je n'avais pas d'explication à leur fournir quant à l'identité de ce garçon ni pourquoi il me tenait dans ses bras par terre. Mais je m'en fichais ; cette journée avait été tellement bizarre que j'étais complètement vidée.

— Une ressource humaine qui refuse d'assumer sa fonction est inutile.

On aurait dit qu'il citait quelqu'un, peut-être Wedderburn.

— Alors… Je serais éliminé, finit-il.

— Tu veux dire, tué ?

J'avais peu de doute là-dessus, mais je voulais m'en assurer. Étant donné son sentiment de culpabilité évident pour ne pas être intervenu, je n'imaginais pas qu'il aurait choisi l'inaction si cette interférence ne causait pas une énorme pénalité.

— Oui.

Il s'écarta, comme si ce n'était pas une bonne excuse.

— Alors en gros, tu me demandes pardon de ne pas être mort pour moi. Tu ne m'avais encore jamais adressé la parole à cette époque. Ne te vexe pas, Kian, mais je préfère t'avoir à mes côtés ici. Tant qu'il y a de la vie, il y a de l'espoir, non ?

Je ne sais pas comment, mais je réussis à afficher un sourire de travers.

— Oh mon Dieu, Edie.

Il effleura mon front avec ses lèvres. Nous savions tous les deux pourquoi il ne m'embrassa pas sur la bouche.

— On va s'en sortir, murmurai-je.

Qu'est-ce que j'aurais aimé y croire. C'était comme si j'étais tombée dans un puits qui se remplissait rapidement d'eau sombre. Tandis que je passais mes bras autour de Kian, je sentais ses tremblements et me demandai combien de temps je pourrais retenir ma respiration.

12

TOUTES LES BONNES CHOSES

Les ombres me tourmentaient sans cesse, dansant juste derrière la rangée de lampadaires, et depuis que j'avais rencontré Wedderburn, je ne savais pas si elles travaillaient pour lui. Et l'homme décharné ? Avait-il fait un rapport à Dwyer & Fell ? Toutes ces questions me donnaient la migraine.

Ce soir, je prétendis que tout allait bien devant mes parents, puis me retirai pour faire mes devoirs. En fait, je n'arrivai pas à me coucher et n'éteignis pas la lumière. J'étais dans un état lamentable le matin, les yeux troubles et avec des valises dans lesquelles j'aurais pu mettre tous mes livres. Il me fallut plus de temps que d'habitude pour me rendre présentable, et je dus sauter le petit déjeuner pour courir prendre le métro.

Je n'étais donc pas prête quand Russ me coinça devant mon casier.

— Qu'est-ce que c'est que ces conneries ? Tu as répété à Cam ce que je t'avais dit ?

Cela m'apportait une certaine satisfaction qu'ils le surnomment Cam alors qu'il n'aimait pas ça. Cela voulait dire qu'il ne menait plus complètement la barque. J'eus soudain un étrange acouphène et secouai la tête pour l'atténuer en regardant Russ dont le visage ne semblait pas… avoir vraiment la bonne forme. Je le fixai plus attentivement et cette impression disparut. *Certainement le manque de sommeil.*

Je répondis à sa question avec un temps de retard.

— Non. J'ai demandé à Jen ce qu'elle pensait de Cam, et je crois qu'Allison était devant nous dans la queue, mais je n'aurais jamais…

— Je parie que c'est Allison.

Son air renfrogné s'effaça.

— Elle essaie toujours de rendre Cam comme elle, ajouta-t-il. Il y a cette rivalité bizarre entre elle et Brittany. Elles sont censées être les meilleures amies du monde, mais j'ai le sentiment qu'Allison rirait bien si Brit tombait dans les escaliers.

— C'est *horrible.*

Je rirais probablement aussi.

— Les filles sont comme ça, dit Russ comme si je n'en étais pas une.

Si son avis avait compté, je lui aurais appris à être aussi stupide en lui mettant mon poing dans la figure. Mais je me contentai de prendre mes livres et, sans que je sache pourquoi, il m'accompagna jusqu'à la classe. Du coup, tout le monde se tenait à l'écart parce qu'il avait la réputation d'être une brute. *Il était là quand ils t'ont détruite*. Pour moi, cela semblait incroyable qu'il puisse agir comme si rien ne s'était passé, comme si mon changement d'apparence avait effacé l'ardoise.

Mais non. Je me souviens de toi, Russ.

Une fille passa en trombe près de moi, la tête baissée, et au début, je ne la reconnus pas. Elle portait un sweatshirt et ses cheveux blonds tombaient sur son visage en une masse emmêlée. Comme un serpent, Russ bondit pour l'attraper par le bras et la faire tourner sur elle-même. Il riait déjà.

— Tu t'es réveillée en retard aujourd'hui, Brit ?

Elle releva la tête, horrifiée, et je vis une sorte… d'éruption suintante sur sa joue, des pustules rouges virulentes avec des croûtes jaunes. Plus qu'une simple poussée de boutons, c'était carrément une infection générale de staphylocoques. Les larmes faisaient briller ses yeux bleus, tellement gonflés que je supposais qu'elle pleurait depuis des heures. Je ne trouvai pas le courage de lui balancer la moindre méchanceté, mais Russ s'en occupa.

Il eut un mouvement de recul si violent qu'il faillit assommer un première année qui passait.

— Merde ! Qu'est-ce qui est arrivé à ton visage ?

— Une réaction allergique, dit-elle d'un air malheureux. J'ai utilisé un masque éclaircissant hier soir, et ma peau a un peu enflé. Ce matin… c'était comme ça. Ma mère m'a pris rendez-vous chez mon dermatologue pour ce soir, mais elle n'a pas voulu que je sèche vu que j'ai entraînement de *cheerleader* aujourd'hui.

— Ouais, tu crois que tout le monde veut voir *ça*, dit Russ en désignant son visage. Fais-nous une faveur, reste cachée jusqu'à ce que ces horreurs aient disparu.

Il pencha la tête.

— Hmm. Dans cette tenue, on dirait que tu as un gros cul. Qu'est-ce que tu as bouffé cet été, Brit ? Ta famille ?

J'aurais dû être ravie quand les larmes s'étaient mises à couler sur ses joues et qu'elle fit demi-tour pour courir dans le couloir et se cacher dans les toilettes. *Maintenant, elle sait ce que ça fait.* Mais au lieu de cela, j'avais mal au ventre, même si je n'étais pas la cause de tout ça. Je me sentis honteuse parce que je n'avais pas arrêté Russ alors qu'il disait ces trucs affreux. J'aurais pu intervenir, mais j'étais restée là comme une empotée.

C'était incroyable et complètement fou, mais il me souriait.

— Waouh, elle dit des choses bien plus méchantes tous les jours, et là, un petit avis sincère, et elle se met à chialer. Quelle chochotte, non ?

— J'espère que le docteur pourra l'aider.

À ma grande surprise, je ne faisais pas semblant ; je le pensais vraiment. L'apparence comptait beaucoup pour Brittany, et même si je ne l'aimais pas, je détestais la voir couverte de honte comme ça. Ce n'était pas du tout aussi jouissif que je me l'imaginais.

— Tu es trop gentille. Tu devrais entendre ce qu'elle raconte dans ton dos.

Je n'étais pas étonnée. L'année dernière, elle me l'avait dit en face. J'entrai à l'avance dans ma classe de littérature, essentiellement pour fuir Russ que j'avais envie de gifler. Violemment.

— Tu as l'air fatiguée, Edie. Tout va bien ?

Je me retournai pour voir Colin appuyé contre son bureau. Bon sang, tout ce qu'il faisait semblait si... réfléchi, comme s'il posait constamment. Il y avait toujours ces filles assises à leur bureau avec un air rêveur, et j'aurais préféré qu'il s'inquiète de leur bien-être mental et émotionnel. Je sortis mes affaires, l'ignorant jusqu'à ce qu'il se détourne de moi. Cela semblait trop tôt pour qu'il mise sur moi en tant qu'élève, ce qui laissait deux possibilités ; il me suivait pour le compte de Wedderburn... ou pour Dwyer & Fell. Même s'il n'était pas aussi beau que Kian, il était assez attirant pour avoir demandé ce visage.

Tu sais ce qu'ils disent sur ceux qui pensent que n'importe quelle personne peut être impliquée dans une conspiration ou complote contre elle. Oust ! À l'asile !

Écartant cette crainte, je me concentrai sur mes cours de la matinée. Je réussis, je ne sais comment, à ne pas m'endormir, mais je n'avais certainement pas le niveau auquel j'aspirais l'année dernière. J'aurais de la chance si j'obtenais des A en continuant comme ça. Il se pourrait que j'obtienne même des notes inférieures. Mes parents seraient consternés. Et malheureusement, ce n'était pas une blague.

— Tu as vu Brittany aujourd'hui ? me demanda Jen en me rattrapant alors que je me rendais à la cafétéria.

— Ouais, avant le premier cours. Elle n'était pas en forme.

— Je pense qu'elle s'est cachée dans les toilettes pendant la majeure partie de la journée. Le directeur a téléphoné à sa mère par pure charité pour qu'elle vienne la chercher. Brit pleurait comme un bébé pendant que sa mère lui criait de sortir de là.

C'était exactement ce que j'aurais souhaité pour Brittany, quelques semaines auparavant. Mais je n'éprouvais aucune joie sadique, juste une sorte de regret malsain, teinté d'effroi. *Je n'ai parlé de ça qu'à Kian. Et Wedderburn m'a proposé de m'offrir ma revanche. Et s'il n'acceptait pas qu'on lui dise non ?*

Tandis que nous nous rendions à la cafétéria, Jen changea de sujet, voyant probablement que cela me mettait mal à l'aise. Elle faisait vraiment de gros efforts pour que j'oublie ce qui s'était passé l'hiver dernier. Malheureusement, il était impossible d'effacer tout ça, et même si j'appréciais ses efforts, je ne lui faisais toujours pas confiance. Vi était ma seule véritable amie qui n'était pas contaminée par toutes les emmerdes qui souillaient le reste de ma vie. Je me souvins comment Wedderburn l'avait facilement attirée dans sa toile et frissonnai ; il n'y avait pas moyen que je laisse arriver quoi que ce soit à Vi.

Brittany ne vint pas à l'école pendant le reste de la semaine, mais personne ne sut pourquoi avant vendredi. À notre table habituelle pendant le déjeuner, Allison annonça la nouvelle à voix basse, comme si elle n'avait pas l'intention de le répéter plus tard. Mais les rumeurs étaient l'eau de son moulin.

— Sa mère m'a dit qu'elle était à l'hôpital, confia Allison.

Cette nouvelle aurait dû venir de Cameron, qui, pour autant que je le sache, était toujours son petit ami. Mais apparemment, son intérêt pour elle ne dépassait pas un problème de peau. Il avait l'air de s'en ficher et cela ranima mon désir de le voir souffrir. Je me demandai s'il avait pris la peine d'apporter ses devoirs à Brit ou de lui rendre visite, mais je me doutais bien que non.

— Qu'est-ce qu'elle a ? demanda Jen.

Russ plaisanta :

— Elle a un cas grave d'hideusite faciale. Je pense qu'elle est en phase terminale.

Allison le tapa.

— C'est sérieux. Elle a une sorte d'infection cutanée, probablement causée par une bactérie, mais la mère de Brit a dit que les médecins n'en étaient pas sûrs, parce que leurs prélèvements ne ressemblaient à rien qu'ils aient déjà vu. Et maintenant, elle a… une méningite ou un truc dans le genre.

— Ça peut être mortel, dis-je avant de réaliser l'impression que cela pouvait donner.

Allison éclata en sanglots et Cameron me jeta un regard noir en passant un bras autour de ses épaules.

— Bien joué, idiote.

Ses larmes séchèrent aussitôt. Selon moi, elle avait l'air un peu trop contente d'être réconfortée par le copain de sa meilleure amie, mais je ne dis rien. J'étais toujours une outsider, même si Russ et Jen m'aimaient bien. Les autres évoquaient l'idée de se regrouper pour acheter un panier-cadeau et l'envoyer à Brit, mais personne ne mentionna le fait d'aller la voir, sous-entendu qu'elle était malade et que les hôpitaux étaient répugnants, pleins de gens en mauvaise santé et de germes dégoûtants qu'on pouvait attraper. En les écoutant, je décidai de passer voir Brittany après les cours.

Après que Jen m'avait fourni les renseignements nécessaires, je pris le métro pour me rendre à Park Station, puis changeai de ligne pour la Red Line. Quelques minutes plus tard, je descendis à Charles/Mass General Station et fis le reste du trajet à pied, tout en me demandant ce que j'allais dire quand je verrais Brittany. Nerveuse, je m'arrêtai à la boutique de cadeaux et, pendant que je cherchais quelque chose, mon téléphone m'avertit en vibrant que j'avais reçu un message.

Où es-u ? Je suis venu te chercher, mais tu n'étais pas là.

Oh. J'étais sortie plus vite que d'habitude, pressée de m'échapper de Blackbriar et de cette atmosphère abrutissante. L'année précédente, j'avais adoré mes cours, mais détesté mes camarades de classe. Cette année, j'avais l'impression que c'était tout le campus qui me posait problème.

Jetant mon dévolu sur un ours avec un petit chapeau, je payai la peluche, puis répondis :

Je rends visite à quelqu'un à l'hôpital. Je ne savais pas que tu passais me prendre. Peut-être que tu devrais faire des progrès en communication ?

Très drôle, répondit Kian. *À moins que je te dise le contraire, pars du principe que je passe te prendre, OK ?*

Comme un vrai petit copain, envoyai-je en retour. Cela ne me fit pas si plaisir que ça parce que c'était accompagné de plein d'informations pas forcément positives, mais je ne pouvais m'empêcher de sourire quand j'appuyai sur le bouton de l'ascenseur. Cela avait dû lui clouer le bec, ou alors c'était juste que le signal ne passait pas dans l'hôpital. Me souvenant des règles que j'avais connues quand ma grand-tante Edith était morte, j'éteignis mon téléphone et le rangeai. Après être sortie de l'ascenseur, je me rendis à l'accueil. Jen m'avait donné le numéro de chambre de Brit, mais il valait probablement mieux que je m'assure qu'elle n'était pas en train de dormir ou de recevoir un traitement.

— Est-ce que je peux aller voir Brittany ?

Je donnai le numéro de chambre et l'infirmière acquiesça.

— Je suis contente que quelqu'un vienne la voir. Elle n'a pas trop le moral. C'est tellement dur quand on est jeune.

— Ses parents ne sont pas avec elle ?

Je m'étais préparée à un moment gênant où ils m'auraient fixée à mon arrivée parce que je ne faisais pas partie des amis de Brit.

La femme secoua la tête.

— Sa mère a rempli les papiers et est partie. J'ai pensé qu'elle retournait chez eux pour récupérer des affaires, mais elle… n'est pas revenue.

Cela s'apparentait clairement à du commérage et je ne savais pas trop si cela allait à l'encontre du règlement. C'était probablement une faute de jugement, mais je l'encourageai dans ce sens.

— Entre vous et moi, sa mère est un peu une garce.

— C'est bien le sentiment que j'ai eu.

Puis elle parla plus bas.

— C'était comme si elle ne pouvait même pas supporter de la regarder.

— Pauvre Brit. Je vais y aller. Merci pour votre disponibilité.

L'infirmière de l'accueil souriait quand elle retourna à sa paperasse. Je me rendis au bout du couloir, à la dernière chambre à gauche, et ouvris la porte sans frapper. Mon cœur battait comme lorsqu'il y a quelque chose de dur qui tourne dans une centrifugeuse. *Si Brit était dangereuse et contagieuse, elle ne t'aurait pas laissée entrer. Une procédure de quarantaine aurait été mise en place. Non ?*

Le rideau devant le lit était tiré, même si c'était une chambre seule. C'était joli, pour un hôpital. Je posai nerveusement l'ours en peluche sur sa table, près de sa carafe d'eau. Je fus tentée de partir en courant, mais je me dis que cela aurait été stupide de venir jusqu'ici pour ne pas lui parler.

— Allison ? dit-elle avec une petite voix.

Mince. Évidemment, elle s'attendait à voir sa meilleure amie.

Je ravalai la boule dans ma gorge.

— Non, désolée. C'est moi, Edie.

— Qu'est-ce que tu fais ici ? Si tu es venue pour jubiler, va-t'en.

Elle attendit, comme si elle pensait que j'allais dire quelque chose d'horrible.

— Si tu es là pour me tuer, fais vite.

— Non, je… je suis juste passée pour te souhaiter un bon rétablissement. Et je t'ai apporté un nounours.

Elle finit par parler à contrecœur.

— C'est gentil de ta part. Tu peux… me le donner si tu veux.

Je tendis l'animal en peluche de l'autre côté du rideau et aperçus ses traits ravagés. Ce que nous avions vu quelques jours auparavant n'était rien comparé à ce qu'elle avait maintenant. Une partie de son nez avait tout simplement… disparu, et il y avait des trous dans ses joues. Je m'efforçai de ne pas réagir, mais c'était dur.

— Bon, je t'ai dit ce que j'étais venue te dire, alors…

— Tu ne pourrais pas rester un peu ? On pourrait regarder la télé ensemble si tu veux.

Son ton malheureux me fit mal au cœur, alors je regardai les informations pendant une heure alors qu'elle dormait, puis je sortis discrètement en me sentant affreusement mal. Je ne pouvais pas imaginer que les dégâts guériraient sans de la chirurgie plastique pour effacer les cicatrices, et les personnes de son entourage étaient des primates qui faisaient passer mes parents pour des gens chaleureux et d'un grand soutien émotionnel.

Il était près de dix-huit heures quand j'arrivai à l'appartement. Mon père avait préparé le dîner et semblait agacé, bien que, chez lui, il s'agissait plus de micro-expressions que d'indications explicites.

— Tu es en retard, fit-il remarquer. Et tu ne m'as pas envoyé de message.

J'eus envie de l'envoyer paître.

— Ouais, j'ai rendu visite à une camarade de classe à l'hôpital.

Il me posa quelques questions, comme pour mettre mon

histoire à l'épreuve, mais comme elle était vraie, il ne trouva aucune incohérence.

— Je me demande où elle a pu attraper cette infection. Assure-toi de toujours bien te laver les mains, Edith.

Je soupirai.

— Mais oui.

Ma mère rentra quelques minutes plus tard et éveilla son intérêt en parlant à nouveau du projet de subvention tandis que nous étions assis pour manger des choux de Bruxelles et du flétan poché. Pour la première fois, je portai attention au projet qu'ils essayaient de financer.

— Nous avons exclu les cordes cosmiques comme possibilités pour le voyage dans le temps. Par contre, la recherche sur la technologie laser est prometteuse.

Je me figeai tandis que mon père acquiesçait.

— Nous devrions travailler sur la demande de subvention ce week-end.

Si n'importe quels autres parents discutaient de voyage dans le temps, on aurait pensé qu'ils étaient fous ou parlaient de science-fiction. Quand ses parents étaient tous les deux des physiciens, les règles étaient différentes. À l'heure actuelle, je ne pouvais pas imaginer travailler avec mon père et ma mère, mais une réussite importante m'attendait, pas très loin dans mon avenir. Je m'éclaircis la voix en remuant le poisson flasque dans mon assiette.

— Vous pensez que c'est une voie de recherches viable ? demandai-je.

Papa me sourit.

— Nous ne le saurons pas tant que nous n'aurons pas fait passer nos recherches du stade théorique au stade expérimental.

— Et cela requiert de l'argent du secteur privé.

Ma mère gardait une attitude pragmatique pour presque tout, même quand le sujet semblait plutôt incroyable.

— N'hésitez pas à me dire si je peux faire quelque chose pour vous aider.

Cela semblait être la bonne chose à dire, puisque les visages de mes parents s'illuminèrent comme des décorations de Noël.

Mon téléphone vibra. J'y jetai discrètement un coup d'œil sous la table.

Tu peux sortir samedi soir, vers 19 heures ?

Comme je n'avais aucun projet, on pouvait affirmer que oui, à partir du moment où mes parents étaient d'accord.

— J'espérais aller au cinéma demain. Ça ne vous dérange pas ?

Mon père et ma mère s'immobilisèrent, me toisant comme si j'avais été kidnappée par des extraterrestres et remplacée par une personne à la même enveloppe que moi.

— Pour voir quel film ? demanda ma mère tandis que mon père voulait savoir :

— Avec qui ?

— Je ne sais pas trop encore, répondis-je. Et il s'appelle Kian. Vous pourrez le rencontrer quand il passera me prendre.

— Ça me va, dit ma mère. Mais il faudra qu'on fixe un couvre-feu.

— C'est un rendez-vous galant ?

Mon père avait les sourcils froncés, comme s'il venait tout juste de réaliser que ma nouvelle situation lui posait tout un tas de nouveaux problèmes.

En toute honnêteté, je ne savais pas du tout ce qu'il y avait entre Kian et moi. Mais je pensais pouvoir dire : « Oui ».

— Si tu as fini de manger, j'aimerais discuter avec ton père. Quand nous serons arrivés à un consensus, nous t'en informerons.

C'était difficile de ne pas rire à l'air sérieux que prenait ma mère, mais comme c'était son approche habituelle pour tout, ce n'était pas surprenant.

— Oui, de toute façon, j'ai terminé.

Je me rendis dans ma chambre en secouant la tête et me connectai pour discuter avec Vi sur Skype.

Elle parla principalement de l'école, mais juste avant de déconnecter, elle dit quelque chose qui m'effraya.

— Tu as déjà fait un rêve récurrent, Edie ?

— Pas que je me souvienne.

— Ça ne veut pas dire que tu n'en as jamais fait, seulement que tu as terminé ton rêve avant la fin de ton cycle paradoxal. Quand on se souvient de son rêve, ça veut dire que le sommeil a été interrompu pour une raison ou une autre.

— Ah ?

— Bref, je te posais la question parce que ces trois dernières nuits, j'ai rêvé de la même chose.

Elle prit un air penaud.

— Il y a un homme de glace qui me regarde, mais je suis gelée, figée, et je ne peux pas bouger, pas même les paupières. Il s'avance doucement, comme une sorte d'araignée des neiges, puis quand il me touche, j'éclate en un millier de morceaux.

Ma gorge devint super sèche.

— C'est…

— Très bizarre, je sais.

Wedderburn. Mais je ne pouvais pas le lui dire. Quoi qui m'attendait, je devais trouver un moyen d'empêcher cette folie d'éclabousser Vi.

— Tu peux patienter une seconde ? Je veux vérifier un truc.

Je gardai mon calme jusqu'à ce que je quitte son champ de vision, puis je me mis à trembler. Je me recroquevillai dans mon placard. Les bras autour de mes genoux, je baissai la tête et laissai la panique m'envahir. *C'est trop. Je ne peux plus le supporter*. Je respirais de manière irrégulière et superficielle jusqu'à ce que j'aie la tête qui tourne et que mon cœur batte si fort que j'aie peur qu'il finisse par exploser. Lentement, je me calmai, consciente qu'il fallait que je revienne, sinon, Vi se déconnecterait avant que nous ayons terminé notre discussion. Mais quand je revins devant mon ordinateur, je tremblais et étais couverte de sueur.

— Ça t'a pris longtemps, dit-elle quand je m'assis devant mon bureau.

Je mentis effrontément.

— Je cherchais un livre, mais je ne l'ai pas trouvé. Qu'est-ce que tu penses que ça veut dire ?

— Je ne sais pas trop. J'ai fait quelques recherches aussi, mais les dictionnaires des rêves sont assez limités. Si je devais deviner, je dirais que je panique à l'idée de choisir une fac.

C'était une explication comme une autre, surtout quand la vérité n'était pas bonne à savoir. Maintenant, je regrettais de l'avoir encouragée à devenir mon amie au camp d'été, mais à l'époque, je n'avais pas réalisé à quel point le pacte que j'avais conclu était dangereux ; je ne comprenais pas que les participants n'avaient aucun scrupule à attaquer les gens qui n'étaient pas du tout au courant de leur jeu.

— Cela me semble logique.

— Tu devrais venir me voir, tu me manques. Je veux dire, si tu peux. Si tu as le temps.

Elle avait l'air mal à l'aise, comme si elle avait pensé tardivement que je pouvais ne pas vouloir quitter ma vie glamour à Boston pour passer du temps en Ohio.

— J'adorerais, répondis-je.

Dès que ce sera sûr. Mais je craignais que ce jour n'arrive pas avant très très longtemps.

13

ENCORE UN AUTRE SAMEDI SOIR ET JE VIS UN MONSTRE

Samedi, à dix-huit heures trente, j'avais terminé tous mes devoirs et l'avais consciencieusement prouvé à mes parents qui semblaient penser qu'une fille qui voulait sortir pouvait mentir à propos des tâches qu'elle était censée avoir accomplies. J'écoutais donc mon père qui me donnait un cours des plus embarrassants sur le fait que les garçons étaient des animaux et que je ne devrais pas, quoi qu'il arrive, faire confiance à une personne qui avait un pénis. J'essayai d'avoir l'air impressionnée par la sagesse qu'il m'inculquait, mais c'était difficile.

— Ils peuvent agir comme s'ils se souciaient de toi. Comme s'ils te respectaient, même…

Mon père laissa un blanc et regarda ma mère comme pour qu'elle vienne à son secours.

— Sois prudente, dit-elle simplement.

— J'ai eu un cours d'éducation sexuelle à l'école.

Je n'aurais probablement rien pu dire de pire.

Cela remonta mon père qui enfonça le clou concernant l'amour et la considération jusqu'à ce que ma mère finisse par l'interrompre, certainement par pitié.

— Nous te faisons confiance, conclut-elle bien que tout

ce que mon père ait dit juste avant était bien la preuve du contraire.

— Merci. Je serai rentrée avant minuit.

Une demi-heure plus tard, Kian tapa à la porte. Il était probablement malavisé de considérer ça comme un rendez-vous, malgré ce que j'avais dit à mes parents, alors j'avais mis un jean, des bottes et une veste, en cas de problème. Avec Kian, je ne passais pas des heures à me coiffer ou me maquiller. Cela me semblait superflu puisqu'il m'avait connue avant, et qu'il avait créé cette version de moi. Ce n'était pas comme si je pouvais l'épater avec ma beauté.

Il fut très bien avec mes parents, proposant une poignée de main ferme à mon père et un sourire à ma mère. Je devinai qu'elle était surprise et éblouie… au point qu'elle faillit oublier de lui poser des questions sur son statut professionnel et son engagement à l'université. Mais il cacha très bien son jeu en lui racontant qu'il travaillait à mi-temps pour une compagnie en ville tout en allant à la faculté. L'échange fut plus bref que je ne le pensais, étant donné que c'était la première fois. Je m'esquivai rapidement par la porte, suivie de près par Kian.

— Ça ne s'est pas si mal passé, dit-il tandis que nous sortions de l'immeuble.

— Tu pensais que mon père allait te dire qu'il avait une pelle et un revolver ?

— Un truc dans le genre, oui.

Il remuait nerveusement de manière inexplicable.

— C'est juste que… je n'étais jamais passé prendre une fille avant.

Avec un visage comme le sien, comment était-ce possible ?

— Tu ne flirtes pas ?

Kian soupira.

— À cause de mon boulot, c'est… difficile.

— Oh, je vois. Il n'existe pas de bonne manière de dire à ta petite amie que tu es impliqué dans un jeu dangereux.

D'ailleurs, que remporte le gagnant ? Une réserve de cire automobile à vie ? Il peut régner sur le monde pour l'éternité ?

— Plutôt la dernière proposition, dit-il d'un air sombre. Mais pour être honnête, je ne pense pas que ce soit tout.

— Waouh, alors il y a encore plus ? L'enjeu est important. Mais comment savent-ils qu'ils ont gagné ?

Je le suivis jusqu'à sa voiture et montai dedans quand il ouvrit ma portière.

— Je n'ai pas toutes les réponses, Edie. Sur ce point, tu es plus importante que moi.

— Alors je dois trouver un moyen de transformer cette valeur en renseignement. Où allons-nous ?

— Il y a quelque chose qu'il faut que tu voies, et c'est le meilleur moment.

— Ce n'est donc pas un rancard.

Une partie de moi était contente que je me sois habillée en cas de problème, mais une minuscule part était… déçue.

— Tu aurais aimé ?

Kian fit démarrer la voiture et se dirigea vers le centre-ville.

Je ne sais pas pourquoi je dis ça ; ma bouche avait dû se détacher de mon cerveau.

— Oui.

Ses mains tressautèrent sur le volant, nous envoyant vers le trottoir, mais il corrigea rapidement la trajectoire avant d'oser m'adresser un regard. Je me demandai ce qu'il vit dans l'obscurité entrecoupée par la lumière des lampadaires et des rares néons d'un magasin ouvert. De mon côté, je le regardai aussi, essayant de deviner à quoi il pouvait ressembler avant. Était-il mince ou gros ? Quels défauts avaient été effacés ?

— Tu te moques de moi ? demanda-t-il enfin.

— Quoi ? Non !

J'étais sincèrement vexée. *Bon sang, c'est tellement rétrograde. N'est-il pas censé être capable de deviner quand une fille s'intéresse à lui ?*

— Tu te souviens que je t'ai demandé de m'embrasser, non ? Peut-être que ce n'était pas grand-chose pour toi, mais ça comptait beaucoup pour moi.

Après avoir dit ça, je me demandai ce que Wedderburn ferait de cet élément. Kian était supposé me faire succomber, et c'était le genre de choses que j'aurais pu dire si ses efforts payaient. Alors peut-être que ça n'avait pas d'importance si son boss entendait ce que nous ressentions vraiment. Enfin, ce que *je* ressentais vraiment. La tension et le doute constants étaient insoutenables.

Il ne dit rien, mais à la première occasion, il se gara sur le parking d'une épicerie. Après avoir arrêté la voiture, ses articulations blanchirent sur le volant, mais pas avant que je ne remarque qu'il tremblait. *Qu'est-ce qui se passe ?* Kian ne me regarda pas, son regard restait rivé droit devant lui. Un magasin d'alcool à côté avait un panneau en néon cassé, du coup, il éclairait sa peau en rouge par intermittence.

— Après l'implosion de ma vie, dit-il doucement, j'ai essayé de ne plus rien ressentir, parce que cela semblait ne faire qu'empirer les choses, jusqu'à… eh bien, tu sais le jour où j'ai touché le fond. Travailler pour Wedderburn, c'est comme… les limbes. J'ai une vie, mais elle ne m'appartient pas. Et… je n'ai pas eu de super expériences.

Premier béguin qui se transforme en suicide, check. Cela aurait dû me donner à réfléchir, mais je ne pensais pas qu'il ait quelque chose à voir avec ça. Peut-être qu'il y avait une patte de singe cachée après tout, ou comme il l'avait dit, qu'elle avait été victime de l'équipe adverse. Sa mort l'avait rétrogradé de catalyseur à subalterne en apprentissage, alors ça n'aurait pas eu de sens qu'il fasse en sorte qu'elle meure volontairement.

À moins qu'il n'ait appris que son destin était lié au sien quand il a été trop tard…

— Je n'ai aucune expérience, répondis-je. Sauf si on compte notre baiser.

Il se déplaça, si bien que je pus voir ses yeux.

— Il y a le type de cet été, Ryu. Tu lui parles encore ?

Tu es jaloux ? Cette question me paraissait trop cruelle.

— Ouais, de temps en temps.

Dois-je le rassurer ? Difficile à savoir vu que je n'avais aucune idée de ce qu'il se passait entre nous ou si je devais même vouloir ce que je désirais de sa part.

Brusquement, il murmura :

— Notre baiser a compté pour moi aussi. Mais je croyais qu'une fois que tu avais su que je n'avais pas pu t'aider avant que tu n'atteignes l'extremis, cela avait changé les choses.

— Je ne suis pas énervée, si c'est ce que tu veux dire. J'ai été *choquée*. C'est horrible de savoir que tu as tout vu en personne. Mais… si cela n'abîme pas l'image que tu as de moi…

— Pourquoi ce serait le cas ? Tout est leur faute, pas la tienne.

Mais j'entendis un doute dans sa voix.

— Alors qu'est-ce qui ne va pas ?

— J'ai peur.

Ces trois mots mesurés semblaient sortir du plus profond de son âme, empreints de noirceur et d'amertume.

— De quoi ?

— De t'avoir. De te perdre.

— Je ne comprends pas.

J'eus envie de le toucher, et pour la première fois, je trouvai le courage de le faire. Je tendis la main et dégageai ses cheveux de son visage. Il tourna instinctivement la tête et blottit sa joue dans ma paume. La chaleur de sa peau était incroyable, comme si une petite étoile brûlait au fond de lui. Je fis descendre ma main, consciente que ce n'était pas son vrai visage que je touchais. En surface, il était extraordinairement beau, mais ce n'était pas son cœur. Non, c'était un amas de peurs et de cicatrices, et j'avais vraiment peur de pouvoir aimer ces imperfections.

— Ce sont les deux faces d'une même pièce. Pour le moment, ils ne peuvent rien me prendre.

Il haussa les épaules gracieusement.

— Même le chalet n'était qu'un logement, alors ça n'avait pas d'importance s'il brûlait. WM&G m'a fait un chèque aujourd'hui. Cette fois, je vais acheter un appartement.

Le « cette fois » impliquait que Dwyer & Fell s'en était déjà pris à lui avant, probablement pour perturber la ligne de vie de quelqu'un d'autre. Mais qui, pourquoi et quand ? Kian ne m'avait jamais parlé des autres catalyseurs avec qui il travaillait, avant de n'être attribué qu'à moi. Peut-être que l'un d'entre eux s'était trop attaché à lui, et que Dwyer & Fell avait essayé de prendre le pion de Wedderburn. Vu sous cet angle, il n'était pas difficile de comprendre ses réserves.

Mais je testai ma théorie pour être certaine d'avoir raison.

— Si tu t'autorises à te lier à moi, tu auras quelque chose à perdre.

— Cela pourrait même bien faire partie du plan de Wedderburn. De faire en sorte que je sois tellement attaché à toi que je ferai tout ce qu'il me demandera si cela peut te protéger.

« Tout » était un sacré mot fourre-tout, un abysse dans lequel Kian pourrait tomber sans jamais toucher le fond, et j'en pris conscience dans son regard plein de chagrin. Il baissa le ton, si bas que j'eus peine à l'entendre avec le bruit de la ventilation.

— Je n'en suis pas très loin maintenant. Dieu seul sait comment je serais si tu étais à moi.

Avant de bien y réfléchir, j'ouvris la boîte à gants et sortis la petite boîte en fer qu'il avait utilisée pour sceller la voiture la dernière fois. Je commençai par mon côté et il en fit rapidement de même, comprenant mon désir d'intimité.

Je remuai dans mon siège en me préparant à sa réponse.

— Peut-être qu'on devrait essayer. Je ne veux pas faire semblant de sortir avec toi pour tromper les gens du lycée.

Je ne veux pas simuler pour faire plaisir à Wedderburn non plus.

Je me figeai soudain en me demandant si je n'étais pas très mauvaise pour faire des avances.

— Attends, cela comptera pour une faveur ? ajoutai-je.

— Wedderburn risquerait de s'énerver s'il découvrait que je n'ai pas fait en sorte que ça se passe comme ça, mais c'est lui qui m'a demandé de me rapprocher de toi. Je peux faire l'impasse sur ça. Alors vas-y, Edie, dis-moi ce que tu veux.

— Toi. Je me fiche que ce soit une mauvaise idée… et c'est probablement le cas pour de nombreuses raisons. C'est déjà tellement confus, je veux juste être heureuse pendant quelque temps.

— Tu penses que tu pourrais sortir avec moi ?

— Tout se passe toujours bien quand nous sommes ensemble. Même quand ça fait peur.

— Oh mon Dieu, je vais probablement le regretter mais…

Il marqua une pause et passa sa main dans ma nuque pour me tirer vers lui et me donner un baiser qui pouvait faire honte au premier.

Kian était à la fois tendre et impérieux. Avant que je ne m'en rende compte, j'étais pratiquement sur ses genoux. Il passa ses mains sur mon dos et mes épaules, comme s'il n'arrivait pas à croire qu'il avait le droit de me toucher, mais je n'eus jamais l'impression qu'il admirait sa propre création, mais plutôt qu'il n'était jamais assez près, ou ne pouvait pas croire que j'étais réelle.

Je connaissais ce sentiment.

— Tu fais partie de mon rêve pendant que je suis dans le coma, c'est ça ? murmurai-je en appuyant mon front contre le sien.

— J'espère que non. Cela fait des années que je n'ai pas été aussi heureux. Mais je suppose que ce n'est pas ça qui va te faire changer d'avis.

J'aurais pu passer ma soirée à l'embrasser, mais il était

passé me prendre parce qu'il avait quelque chose d'important à me montrer.

— Je déteste devoir le dire, mais ne devons-nous pas aller quelque part ?

Il afficha un sourire que je ne pourrais décrire que comme celui d'un fou.

— C'est vrai.

Kian fit démarrer la voiture et s'inséra dans la circulation nocturne. Le silence entre nous était bizarre, mais pas insoutenable. Il n'arrêtait pas de me jeter des coups d'œil et sourire, comme si j'étais un souhait qu'il avait fait et qui s'était exaucé inopinément. Nous étions presque arrivés quand je réalisai qu'il se dirigeait vers Wedderburn, Mawer & Graf. À cette heure un samedi, si c'était une entreprise comme une autre, il n'y aurait pas grand monde dans le bâtiment. Mais étrangement, je ne pensais pas que le diable – ou quoi que soit Wedderburn – respecte des horaires de bureau normaux.

— Cela ne va-t-il pas te causer d'ennuis ?

La dernière fois que nous étions entrés ici, il avait utilisé un code pour activer l'ascenseur. Entre ça, le pisteur dans sa montre et la surveillance habituelle, je ne voyais pas comment il pouvait éviter d'être pris.

Son sourire s'effaça.

— Je ne compte pas te montrer quoi que ce soit qui enfreigne les règles, Edie. C'est… on m'a demandé de te proposer ceci. Comme cadeau.

Mais il avait l'air loin d'être sûr de ma réaction, et je me mordis la lèvre tandis qu'il me guidait à travers le hall beige jusqu'à l'ascenseur. À l'intérieur, les haut-parleurs émettaient une mélodie complètement indéfinissable. Kian sortit son téléphone et tapa un nouveau code en appuyant sur des boutons différents sur le clavier de l'ascenseur. Il y en avait tant que je perdis le fil. Finalement, les portes s'ouvrirent et nous descendîmes. Le silence était presque plus inquiétant que l'avaient été les cris étouffés. La monochromie semblait être le thème de prédilection de la décoration de WM&G ; ce couloir était d'un gris troublant, et il n'y avait qu'une seule porte, pour autant que je le sache. Un court couloir y menait, me portant à penser que c'était une immense pièce qui devait faire la largeur du bâtiment.

— Avant d'entrer, tu dois comprendre une chose : la façon dont j'ai changé ton apparence n'était pas magique ; mais tu ne dois pas écarter l'idée qu'elle existe.

Je haussai les sourcils. *Tant de questions et si peu de temps.* J'en choisis une :

— Mais… tu n'y as pas accès ?

— Les faveurs que demandent la plupart des catalyseurs peuvent généralement être accomplies à l'aide de technologies futures ou de ressources courantes. S'ils demandent quelque chose d'astronomique, alors je demande un dédouanement de la part de Wedderburn et il fournit l'artefact dont je pourrais avoir besoin pour réaliser la tâche.

— De quoi parlons-nous, là ? Du Saint Graal ?

Kian sourit, mais ne répondit pas. Il y avait un système de sécurité impressionnant sur la grosse porte en métal, comme s'il s'agissait d'un coffre-fort. Cette fois, il ne toucha pas le bloc. Un faisceau lumineux sortit de l'encadrement et scanna son visage ; une image holographique apparut, puis elle scintilla tandis qu'il ouvrait les yeux. La tête flottante tourna sur elle-même alors qu'une voix informatisée dit : « Identité confirmée. Accès autorisé. »

La porte s'ouvrit.

Je n'aurais pas été surprise si de la fumée s'était échappée de la pièce parce que quoi qu'elle contienne, cela devait être important. Je n'arrivais simplement pas à décider si on le conservait sous clé parce que ça avait de la valeur… ou parce que c'était dangereux. Vu ce que je savais de WM&G, les deux étaient possibles. Il semblait y avoir quelque chose de brillant… Tandis que j'avançais, cet acouphène particulier que j'avais remarqué quand le visage de Russ m'avait paru anormal retentit à mes oreilles. Je jetai un coup d'œil par-dessus mon épaule… et vis que le couloir avait disparu.

— Tu vas bien ? demanda Kian.

— C'était quoi ça ?

J'eus bien du mal à parler.

— Où sommes-nous ? ajoutai-je.

Ce que je vis ne ressemblait en rien à un bâtiment moderne. Les murs étaient en pierre noire et usés par des filets d'eau. En fait, l'air était chaud et humide. Il y avait un feu au centre de la grotte ; c'était le mot le plus approprié. La fumée s'élevait en spirale, indiquant la présence d'une cheminée cachée.

— Il vaudrait mieux demander « quand », répondit une voix ensommeillée.

Peu de temps après, une femme apparut, vêtue d'une chemise de lin blanche. Ses cheveux tombaient en un enchevêtrement noir jusqu'à ses genoux, et pourtant les petites branches et les plumes prises dans ses boucles ressemblaient moins à des détritus qu'à des ornements royaux. Sa peau était pâle, marquée de spirales qui pouvaient aussi bien être de l'encre que de la suie. La lumière était trop faible pour que je puisse le dire. Mais il y avait toutefois une chose dont j'étais sûre : comme Wedderburn, elle avait des yeux inhumains… pas d'iris, pas de pupilles, juste des anneaux gris sans fond, comme si la fumée qu'elle respirait s'était transformée en une créature tout aussi éphémère.

Je ne pouvais même plus être effrayée. Au-delà d'un certain point, le choc me laissait engourdie, et là, un calme sinistre s'était emparé de moi. De la même façon, la panique m'empêchait de réfléchir.

— Je suis l'Oracle. Voyons à quel point tu connais l'Histoire.

Ce n'était pas ma spécialité, mais j'avais le sentiment que c'était un test. Je me remémorai rapidement ce que je savais sur la mythologie.

— Grèce antique. Les Delphes. Apollon ? À ne pas confondre avec la Sybille ou la Pythie.

— Apollon, oui. Certains l'ont baptisé ainsi. Dieu du soleil, mais bien sûr.

— Alors j'ai raison ?

J'osai un sourire timide en espérant qu'elle ne me demande pas de dates, parce que je n'en avais aucune. Par contre, je m'en sortirais bien mieux si elle me demandait de réciter le tableau périodique. Ça, je pouvais le faire. Il y avait même une chanson ; je l'avais présentée au rassemblement du collège. Bizarrement, cela ne m'avait pas rendue follement populaire.

— Tout à fait. Si tu ne connais pas le rituel, tu présentes le tribut, puis me poses une seule question.

L'Oracle faisait-elle partie du cadeau que Kian n'était pas sûr que je veuille ? Pourquoi ? À moins que ses prophéties vous rendent fou ou qu'elle transmette la malédiction de n'être cru par personne… *Non, ça c'est Cassandra.* Je n'appris rien en jetant un coup d'œil à Kian ; il sortait des fioles et des phylactères des poches de sa veste. L'Oracle n'était pas loin, fixant la fumée ; son expression était à la fois vide et profonde.

— Je vais gérer la proposition, dit-il doucement.

Il mélangea les liquides et les poudres pour en faire une pâte qui étincela comme les rayons du soleil à travers un quartz harlequin. Il peignit des symboles autour du feu d'un geste gracieux. Je ne reconnus pas ces signes, mais l'atmosphère changea. L'Oracle se raidit, sa posture passant d'un ennui morne à une excitation vibrante, puis se recroquevilla autour du cercle, une longueur anormale de sa langue sortant de sa bouche. Elle donna des coups de langue serpentins jusqu'à ce que toutes les runes qu'il avait dessinées aient disparu. Sous mes yeux, elle… se transforma. Sa peau se mit à briller comme de la nacre et les lignes floues tracées sur son corps devinrent plus nettes tandis que ses lèvres adoptaient une belle teinte rubis. Les nœuds dans ses cheveux prirent l'apparence d'une tapisserie très élaborée, et ce que j'avais pris pour des brindilles et des feuilles ressemblait désormais à des pierres précieuses et des feuilles d'or. Le plus fou, c'était que je ne savais pas quand mes yeux me trompaient : tout à l'heure ou maintenant.

— Cela fait si longtemps.

C'était à la fois un râle de protestation et un cri d'exultation.

Je déglutis. Je n'avais jamais été aussi consciente de mon implication dans une situation que je ne saisissais pas. Tant de questions, des réponses insatisfaisantes et ça, c'était quand je savais exactement quoi demander. Si c'était un cadeau, alors j'en profiterais pleinement.

— Vous connaissez les modalités, Oracle. Vous vous êtes délectée. Maintenant, répondez.

Kian fit alors un pas en arrière, me laissant seule maître de cet échange.

La créature féminine se tourna vers moi avec un mouvement sinueux. Pendant quelques secondes, c'était comme si elle n'avait pas de colonne vertébrale, comme si c'était un buste féminin monté sur le corps ondulant d'un serpent. Je clignai des yeux pour chasser cette hallucination, et ses jambes réapparurent, mais la fumée me piquait les yeux. J'avais aussi un peu la tête qui tournait. Kian posa la main dans le creux de mon dos et je soufflai.

La plupart des gens poseraient certainement une question sur leur avenir, mais il fallait que j'en sache plus à propos de ce jeu et de ceux qui y participaient. Wedderburn avait une bonne raison de vouloir que je rencontre l'Oracle ; alors, en faisant bien attention, je devrais être capable de tourner la situation à mon avantage, et rien n'était plus pertinent que découvrir comment évoluer dans ces ténèbres infestées de démons. Mon Dieu, j'espérais ne pas gâcher ma seule chance, mais cette requête semblait être mon meilleur pari pour avoir une véritable réponse substantielle.

— Puisque vous n'êtes pas humaine, quelle est votre nature ?

L'Oracle se mit à rire.

— Quelle fille maligne. Tant de pèlerins, et année après année, ils demandent : « Aurai-je un fils ? Serai-je roi ? Connaîtrai-je le grand amour ? » Ce sont des questions écrites dans l'eau, trop d'avenirs dansent dans la fumée pour que je puisse répondre oui, oui et oui, alors tu traverses un pont ou ne le traverses pas, et l'image change.

— Je suis contente que ça vous plaise.

— Laisse-moi te dire la vérité, humaine.

L'Oracle contourna le feu, joignant ses mains au-dessus de sa tête dans une danse complexe mais artistique.

— Avant que les choses ne soient tangibles, ce sont des idées : Je… suis l'idée que quelqu'un a eue, il y a longtemps, attachée à la chair. Sa foi m'a rendue réelle et une fois réelle, j'ai eu un agent.

— J'ai lu une théorie un jour, selon laquelle la foi humaine est une sorte… d'énergie, et si assez de personnes croient, comme dans le cas d'une légende urbaine, cela peut se produire.

Je n'ajoutai pas que j'étais allée sur un site sur la conspiration à l'époque, un de ceux où l'on trouve des forums pour les victimes d'enlèvements par les extraterrestres, ceux qui ont vu Bigfoot et d'autres cinglés dans le genre.

— Les humains ont longtemps donné vie aux cauchemars et aux créatures de légende, dit l'Oracle. Certains disparaissent. Ils s'évanouissent tandis que de nouvelles divinités s'élèvent. D'autres sont éternels et immuables, une fois libérés.

Avec un sourire à faire froid dans le dos, elle dévoila ses dents aussi acérées que des éclats d'os sur un visage soudainement monstrueux.

— Quelle sensation cela fait-il d'apprendre ceci,

humaine ? Que l'homme est à l'origine des nombreux monstres qui arpentent vos rues ?

— Ça va, fis-je mine de croire.

Parce que tout ce qui vient de l'homme, nous pouvons le défaire. En tout cas, j'espérais que c'était vrai. Il ne me restait que peu de certitudes.

— Merci, c'était très enrichissant.

Kian m'écarta du cercle d'un mouvement trop rapide pour être une coïncidence.

— On doit y aller. Maintenant.

— Pourquoi ?

Il me tira par la main et me traîna vers l'ouverture sombre de la grotte.

— Une fois qu'on a posé la question et obtenu la réponse, les termes de la trêve sont conclus, et l'Oracle est libre de combattre pour sa liberté. Cours, Edie !

14

L'ART DE SE FAIRE DES ENNEMIS

L*e mythe de la statue de sel.* C'est tout ce qui me venait à l'esprit concernant le fait de regarder en arrière, alors je m'en gardai. Quelque chose trancha l'air derrière moi, s'accrocha à mes cheveux, mais Kian me tira en avant. Cela me fit mal quand la mèche s'arracha, mais je plongeai en avant dans le noir. J'atterris sur le sol en dehors de la chambre forte, Kian à mes côtés. Il ferma la lourde porte d'un coup de pied, puis roula sur le dos, essoufflé. Mon cuir chevelu saignait.

— Cela va peut-être paraître une question bizarre, mais… est-ce qu'elle peut faire quelque chose avec mes cheveux ?

— Comme quoi ? Une poupée flippante ?

— Comme… de la magie sympathique ?

— Non, le vaudou ne fait pas partie des aptitudes de l'Oracle.

Je me sentis légèrement mieux tandis que je me relevais.

— Mais pourquoi ne m'as-tu pas dit que cela se terminerait en chasse ?

— Je me suis dit que ça risquait de te stresser et que tu n'aurais pas les idées claires au moment de poser ta question. Tu as été géniale, d'ailleurs.

Il marqua une pause, puis ajouta :

— Ne t'inquiète pas, je ne l'aurais jamais laissée te faire du mal.

Je l'admis avec un signe de tête, mais j'avais tant de questions à lui poser.

— Pourquoi certaines choses se dissipent et d'autres restent permanentes ?

Il haussa les épaules.

— À mon avis, ça dépend de la quantité d'énergie qu'on leur a donnée avant que la croyance s'efface.

— C'est logique.

Cela me dérangeait de n'avoir aucun moyen de tester et vérifier ces hypothèses, et je détestais devoir agir en ayant autant de doutes. Mais j'en savais plus maintenant qu'auparavant, et je me disais que Wedderburn n'avait pas anticipé le fait que je poserais à l'Oracle une question sur le monde surnaturel. Si je devais émettre un avis, je parierais qu'il croyait que je voudrais en savoir plus sur mon avenir brillant et précieux. L'imprévisibilité était un avantage pitoyable, mais c'était le seul que j'avais.

— Sortons d'ici, dit Kian.

Dans l'ascenseur, je demandai :

— Sais-tu pourquoi ton patron m'a offert une rencontre avec l'Oracle ?

Il secoua la tête.

— Wedderburn n'explique pas ses choix.

Wedderburn était une créature inhumaine que quelqu'un avait rêvée très longtemps auparavant et ce serait probablement une perte de temps d'essayer de comprendre son esprit.

— Je sais qui c'est. Enfin… j'en suis presque sûr.

— Attends qu'on soit sortis d'ici.

J'acquiesçai. Kian prit ma main tandis qu'il me guidait hors du bâtiment et je restai silencieuse jusqu'à ce que nous montions dans sa voiture.

— Nous sommes en sécurité maintenant ?

— Laisse-moi une seconde.

Avec mon aide, il l'insonorisa en utilisant le reste de son produit.

— Vas-y.

— Grand-père Gel, Ded Moroz, Woden. Il y a un enchevêtrement culturel important dans les histoires. Et quand les croyances d'une large tranche de population prennent le dessus, quelque chose de permanent est créé.

Je me souvins du ton de l'Oracle quand elle avait dit : « J'ai eu un agent ». Même si ce sont les humains qui créent ces choses, nous ne contrôlons pas leurs actes. À en juger la situation, c'était comme ça depuis longtemps. Lâchées dans notre monde, elles étaient mêlées à une sorte de jeu, avec des conséquences désastreuses pour les mortels qui se retrouvaient impliqués dans la partie.

Comme Kian et moi.

Wedderburn semblait voir les personnes comme des pièces d'échecs, ce qui pouvait refléter la manière dont les autres immortels nous considéraient. Je ne voyais pas d'autres mots pour les qualifier, vraiment. Au-delà des définitions, je devais saisir les règles d'engagement rapidement et identifier les participants clés. Sinon, des créatures comme l'homme décharné me prendraient par surprise. Dans ce scénario, le manque de préparation pouvait être dangereux.

Heureusement que j'ai toujours aimé faire mes devoirs.

Je pensai à voix haute :

— Tu m'as envoyé un message pour me mettre en garde contre le type maigre. Disant qu'il avait un rapport avec l'équipe adverse. Cela veut-il dire qu'il travaille pour Dwyer ?

Kian fit démarrer la voiture.

— C'est l'un de ses applicateurs, impossible de l'ébranler.

— Wedderburn a-t-il aussi des monstres dans le genre qui travaillent pour lui ? Pourquoi ne jouent-ils pas à leur jeu directement ?

Il hocha la tête tandis qu'il sortait du parking.

— Pour la plupart, c'est une question de pouvoir et de ressources. Les êtres inférieurs n'ont pas les moyens de rivaliser.

Avant que je ne puisse poser une autre question, il ajouta :

— C'est tout ce que je sais. Désolé.

— Pourquoi l'Oracle n'est-elle pas libre de participer au jeu ? demandai-je en changeant de tactique.

— Elle n'est qu'un gage, répondit Kian. Emprisonnée dans l'ambre.

— Je ne comprends pas ce que ça veut dire.

— En gros, la croyance en elle n'a pas duré assez longtemps pour la rendre permanente. Elle était réelle pour les Grecs de l'Antiquité, mais pour le monde moderne ? Pas tant que ça. Wedderburn a envoyé un de ses agents dans le passé pour la capturer parce qu'elle est utile dans le jeu.

— Alors si elle quittait sa grotte, elle… disparaîtrait ?

— Plus ou moins.

— Alors pourquoi veut-elle tant sortir ?

— Si tu avais le choix entre l'oubli et une éternité seule en prison, que choisirais-tu ?

Il marquait un point.

— Maintenant, je serais presque désolée pour elle.

— Ne le sois pas. Elle nous aurait tués tous les deux si nous ne nous étions pas enfuis en courant.

C'était probablement vrai pour la plupart des immortels. Je trouvais du réconfort dans sa promesse de me protéger.

— Comment les appelles-tu ?

— Qui ?

— Tes employeurs, les deux camps dans cette partie d'échecs infernale.

— Je n'ai jamais eu quelqu'un avec qui en parler avant aujourd'hui.

Interloquée, je restai silencieuse un moment en essayant de l'imaginer. Il n'avait ni amis, ni famille.

— Qu'est-il arrivé à ton agent de liaison ? Raoul ?

T'arrivait-il au moins de passer du temps avec lui après que ta situation a changé ?

J'essayais d'éviter de faire référence à lui en tant qu'esclave de la compagnie. J'espérais surtout que Kian avait au moins une personne chez WM&G sur qui il pouvait compter.

— Il a disparu, dit-il laconiquement en avançant dans la circulation.

Je ne reconnus pas tout de suite cette partie de la ville, mais je n'avais pas vraiment fait attention pendant qu'il conduisait.

— Comment est-ce possible ? Ne vous surveillent-ils pas tous ? demandai-je en désignant sa montre.

— Il y a un an, il a volé un artefact et a disparu.

Son ton m'indiquait à quel point il se sentait trahi, comme s'il avait perdu son seul ami.

— Ça t'a découragé à créer des liens avec d'autres… agents de liaison ?

— Ils nous gardent à distance, du coup, on ne sait jamais à qui faire confiance. Dès le début, on apprend que les gens dans l'organisation peuvent ne pas être qui ils semblent ou que leurs allégeances peuvent ne pas être celles que tu crois.

— Tu t'es trompé ?

— Juste une fois, dit-il doucement. Je ne referai pas cette erreur.

— Tu es sûr de toi me concernant ?

— Je sais que tu ne travailles pas pour Wedderburn.

Je souris.

— C'est déjà ça.

— Tu trouves rapidement des solutions, probablement plus vite qu'ils ne s'y attendent. Mais les catalyseurs sont généralement très intelligents, sinon, ils ne seraient pas traqués pour le fait qu'ils vont accomplir quelque chose d'important.

Je pris une petite inspiration avant de murmurer :

— Tu parles comme si tu n'étais même pas humain.

— Je le suis. Mon ton est un effet secondaire d'en savoir

trop sur le jeu. Mais cela faisait longtemps que je n'avais pas eu le sentiment de l'être. Avant même l'extremis.

— Aide-moi à comprendre quelque chose.

— Si je peux.

— Pourquoi les immortels veulent prendre le pouvoir dans notre monde ? Quel est l'enjeu ?

Kian secoua la tête.

— Cela me dépasse, Edie. Je ne peux pas deviner ce qu'il y a à la fin de la partie, mais ce n'est pas aussi simple que « le vainqueur gagne le droit de détruire le monde ». Après en avoir discuté avec toi, je ne pense pas non plus que le but soit la gouvernance, même si ça peut en faire partie.

— C'est peut-être juste un divertissement, proposai-je.

Il me jeta un regard qui indiquait qu'il ne comprenait pas.

— Admettons que tu vives éternellement, d'accord ? Tu es réel... mais ne fais pas vraiment partie de l'ordre naturel, éternellement à l'écart, éternellement... différent. Tu ressentirais probablement une certaine ambivalence et peut-être une hostilité pure et simple envers tes misérables créateurs. Tu pourrais faire n'importe quoi, plus ou moins, mais dans l'éternité, tu t'ennuierais. Quel serait le défi ultime ?

— Se mesurer à d'autres immortels et utiliser les humains comme pièces d'échecs ?

— Peut-être que le résultat n'est pas si important. Peut-être que ce qui compte, c'est le jeu. Cela pourrait sembler raisonnable selon leurs standards, comme si nous leur devions une compensation, un divertissement à nos dépens ?

— Cela paraît sensé, si par là on veut dire complètement fou.

Je n'étais pas sûre que ce soit si simple, mais je ne pouvais pas ne pas essayer d'assembler les pièces du puzzle.

— T'ont-ils dit ce que tu aurais accompli si Tanya n'était pas morte et que tu étais resté sur la bonne voie en tant que catalyseur ?

Kian hocha la tête et prit la bretelle vers l'autoroute.

— J'ai fait des études de droit et une carrière dans la politique, je suis devenu sénateur et j'ai finalement intégré la Cour suprême. Puisque ce n'est pas ce que j'aurais choisi de moi-même, je suppose que c'est elle qui m'aurait poussé dans cette direction. Je l'imagine bien. Elle était… ambitieuse.

Avant que Dwyer & Fell la rende folle, si c'est bien ce qui s'est passé.

— C'est trop bizarre de t'entendre parler d'un avenir qui n'arrivera jamais… au passé.

— On s'y habitue.

Il afficha un sourire fugace.

Je réalisai que je ne savais pas grand-chose sur lui, et surtout rien sur ses rêves perdus. *Il est temps que ça change.*

— Que voulais-tu faire, avant ?

Il m'adressa un regard de travers.

— Si je te le dis, tu promets de ne pas rire.

— Promis.

Ce démenti me fit penser qu'il devait s'agir de quelque chose de puéril comme rock star ou astronaute, des rêves que la plupart des gens avaient peu de chances de réaliser.

— Je voulais enseigner la littérature à l'université et écrire pendant l'été.

Hé, mais c'est un rêve réaliste.

— Tu peux toujours le faire, non ?

— Je n'ai pas ressenti l'envie d'écrire depuis longtemps maintenant.

Ouais, je m'en doutais vu sa voix.

— Alors où allons-nous ?

— Puisque la partie « risque mortel » de la soirée est terminée, j'ai pensé que je pourrais t'inviter à sortir.

Il prit le risque de me jeter un rapide coup d'œil.

— Ça te va ?

Je réalisai qu'il ne faisait pas semblant d'être gêné. Même s'il était un peu plus âgé que moi, il ne semblait pas plus à l'aise dans ce domaine

Ce soir, je ne voulais pas penser aux horreurs qui nous menaçaient.

— Tu as dit que tu prenais des cours à l'université ?

— Ouais.

Apparemment, cela ne dérangeait pas Kian de parler de son cursus.

— Je suppose qu'il ne s'agit pas de droit.

Son sourire faillit me briser le cœur.

— Non, c'est fini, ça. J'ai des cours de Mort et immortalité, Magie, science et religion et Symbole, mythe et rite.

— J'ai comme l'impression qu'il y a un thème principal.

— C'est stupide, mais je ne peux pas m'empêcher d'espérer que je pourrais apprendre quelque chose qui m'aiderait.

— T'aider comment ?

— À gagner ma liberté, dit-il calmement.

Mince, il a raison. Alors que j'étais toujours un catalyseur, Kian avait déjà perdu le combat et il ne serait jamais délivré de Wedderburn ou de ses maîtres surnaturels. Pas étonnant qu'il ne puisse s'empêcher d'aspirer à une vie normale, surtout si les immortels étaient enclins à s'en prendre aux proches. S'il sortait avec une fille en dehors de la partie, tombait amoureux et se mariait, il vivrait dans un mensonge permanent, dans la crainte qu'elle soit la cible au cours de leur jeu de pouvoir. *Il doit se sentir si seul.* Un frisson me traversa tandis que je me souvenais des rêves récurrents terrifiants de Vi. Là, je n'étais pas loin de me mettre à paniquer complètement.

Et je ne peux pas l'aider, enfermée dans mon hôpital psychiatrique.

Ce n'était peut-être pas un sujet de conversation pour un rancard, mais je devais découvrir tout ce que je pouvais pour le bien de Vi.

— D'après ce que tu m'as dit, il semble improbable qu'il n'y ait qu'une partie en cours. Dwyer & Fell…

— C'est plus comme si… chaque immortel avait un

adversaire. Et si tu as raison à propos de l'identité de Wedderburn, son opposé devrait être Apollon, Baldr, Ao, Dažbog… Il y a beaucoup de noms différents pour le dieu du soleil, et la plupart des cultures ont eu un équivalent.

Je devinai qu'il avait appris ça dans son cours de Mythologie et religion.

— Si Wedderburn a volé l'Oracle à D&F, c'est logique. Alors en fait, il y a de nombreuses parties qui se déroulent en même temps.

Je ne savais pas trop comment le fait de le savoir pouvait m'aider, mais je devais assembler les pièces jusqu'à ce que j'aie une vision globale de la situation.

— Alors c'est Dwyer le dieu du soleil, ou Fell ?

— Aucune idée, mais c'est une supposition comme une autre. Et je ne l'avais pas formulé avant que tu découvres qui était Wedderburn.

Je fronçai les sourcils, pensive.

— Ce ne sont pas des dieux. C'était juste comme ça quand on les a créés, mais ce n'est pas leur rôle aujourd'hui.

J'étais à court d'inspiration, et rien de tout cela ne m'aiderait à protéger Vi.

— Ce qu'il m'a montré dans son bureau… il la menaçait. Est-ce qu'il peut vraiment…

— Oui, il le peut.

— Alors il n'y a pas de règles pour protéger les mortels qui ne font pas partie du jeu ?

Wedderburn m'avait bien mise sur la voie, mais j'avais voulu croire qu'il y avait forcément des garanties. Le monde était apparemment bien plus brutal et sans merci que ce que je m'étais toujours imaginé.

— Ne t'es-tu jamais demandé pourquoi les choses étaient de plus en plus détraquées ? Tant de violence inexplicable.

— Mes parents rejettent la faute sur la télévision et les jeux vidéo.

C'était une petite plaisanterie.

— Les miens aussi.

— Alors il pourrait la tuer directement. Ou en faire un petit jeu. Mon Dieu, Kian, s'il force Vi vers l'extremis, il n'y aura pas de pacte, devinai-je, désespérée.

— C'est une fille intelligente. Mais ce n'est pas un catalyseur.

C'était logique. Les gens avec des destinées importantes, qui changeaient le monde d'une manière ou d'une autre, ne pouvaient pas être répandus. J'avais toujours du mal à croire que j'en faisais partie. J'avais la tête qui tournait tandis que la peur s'emparait de moi.

Kian remarqua ma réaction et ajouta :

— Il ne le fera pas à la légère. S'il le fait, il perd son influence sur toi. Souviens-toi, c'est une créature patiente. Là, il espère encore que tu dépenseras tes faveurs comme je l'ai fait et te mettra dans une position où tu pourras être d'une utilité maximale pour sa faction quand le moment viendra.

— C'est rassurant.

Je me frottai les tempes, consciente de mon impuissance face aux monstres qui se dressaient contre moi.

— C'est égoïste, mais... j'en ai assez pour ce soir. On peut faire une pause ?

— Bien sûr. Qu'aimerais-tu faire ?

— Je pensais que tu avais prévu quelque chose quand tu m'as dit que tu m'invitais à sortir.

— Il n'y a pas de spectacle au planétarium ce soir.

Il marqua une pause, comme s'il ne savait pas trop s'il devait l'admettre.

— J'ai vérifié, ajouta-t-il.

Mon cœur fondit. Peut-être qu'il faisait exactement ce que lui avait demandé Wedderburn pour que je craque pour lui, mais sa maladresse semblait si sincère. Le simple bavardage ne marcherait jamais aussi bien sur moi. J'adorais avoir le sentiment d'être la première fille qu'il tenait à impressionner, si bien qu'il n'y arrivait pas. *La première à part Tanya. Qui est morte à cause de lui.* Je gardais ça pour moi ; cela me rendrait folle de verbaliser mes doutes et mes peurs.

— On pourrait aller au ciné.

C'était ce que j'avais dit à mes parents. Cela ne pouvait pas être une mauvaise idée d'aller voir un film.

— Il y a une salle à Cambridge qui diffuse des films classiques, si ça te dit.

— Génial.

Une fois la décision prise, il tourna vers Harvard Square. Il nous fallut environ quinze minutes pour y parvenir, mais plus pour trouver une place. C'était une nuit sans nuages, même si la pollution lumineuse m'empêchait de regarder les étoiles. Tous les trucs bizarres et ma paranoïa semblaient si loin tandis que je suivais Kian vers le cinéma. C'était une petite salle, comparée aux multiplexes, à l'intérieur de ce qui ressemblait à une maison en brique brune, mais les étudiants qui traînaient par-là confirmaient que nous étions au bon endroit. La plupart avaient des sacs à dos, et il y avait plein de vélos attachés devant.

Nous n'avions pas le choix pour le programme ; nous nous retrouvâmes avec des billets pour *Opération Dragon*. Je préférais les vieux films aux modernes, même si j'avais un faible pour tous les classiques cultes de la science-fiction comme *Highlander* ou *Blade Runner*. Kian fit la queue pour des pop-corn pendant que je réalisais que je ne savais pas du tout quel était son genre de films préféré ou s'il aimait lire… j'en savais si peu sur sa personnalité, en dehors du fait que nous partagions un lien avec Wedderburn et le jeu des immortels.

C'est tellement bizarre. Et déplaisant. Ces sujets de vie et de mort ne sont généralement pas abordés lors d'un premier rendez-vous.

— C'est quoi ton film préféré ? demandai-je tandis qu'il se retournait pour me tendre mon verre.

— *Casablanca*, et juste derrière *Les Enchaînés* d'Hitchcock.

— Tu es un fana de cinéma classique.

Je lui adressai un grand sourire.

— Je plaide coupable, répondit-il. J'ai un faible pour Ingrid Bergman.

À l'intérieur, la salle était petite et intime, volontairement démodée. J'adorais tout ce qu'on y trouvait. Pendant le film, Kian essuya plusieurs fois sa main sur sa cuisse jusqu'à ce que je mette fin à son conflit interne en mêlant mes doigts aux siens. Il souffla doucement et me sourit, comme si j'avais résolu un problème de mathématiques complexe. Ce moment paisible le rendait plus réel que n'aurait pu le faire toute réflexion. C'était adorable de voir que s'il avait réussi à m'embrasser dans une voiture dans le noir, il était nerveux à l'idée de voir comment je réagirais à une démonstration publique d'affection, aussi discrète soit elle.

Cent dix minutes plus tard, nous sortîmes de la salle et je pris brusquement conscience d'une chose : *je viens d'avoir un vrai rendez-vous avec un mec qui est d'accord sur le fait que c'est un rancard.* Sans rire, j'aurais pu sauter les marches jusqu'au hall d'entrée ; c'était puéril, je m'en rendais bien compte, mais cela m'était égal. Secrètement ravie, je tenais la main de Kian tandis que nous avancions dans la foule.

D'après mon téléphone, il était presque vingt-trois heures trente. Cela lui laissait assez de temps pour me raccompagner chez moi, avec même un peu d'avance. Bien que j'eusse aimé rester avec lui et peut-être retourner au *dinner* où tout avait commencé, il fallait que mes parents continuent à être contents de moi. Vu les dangers réels qui me menaçaient, même s'ils n'en avaient pas conscience, je ne pouvais pas me permettre qu'ils se plaignent que je viole le couvre-feu.

— Comment ça se passe au lycée ? demanda-t-il, tandis qu'il m'ouvrait la portière.

Son attention inébranlable pour les bonnes manières laissait planer une once de doute. *Tu n'es toujours pas certaine qu'il s'agit de Kian Riley. Il aime les vieux films.*

Il se comporte comme un gentleman raffiné. Tout chez lui pourrait être un mensonge. Cette méfiance me faisait mal et éclata ma bulle de bonheur comme des pics de glace. *Peut-être... que c'est l'un d'entre eux.*

Mais j'essayai de ne pas montrer ma soudaine appréhension.

— Je ne m'attendais pas à ce que ce soit comme ça. Je déteste être une garce. Et… l'une des filles est vraiment malade.

— Brittany ?

Mon sang se glaça et j'eus l'impression que des doigts gelés tapotaient la base de mon crâne.

— Comment le sais-tu ?

— Tu as dit que tu étais allée la voir à l'hôpital.

Vraiment ? Je me souvenais en avoir parlé à mon père, mais pas d'avoir eu cette conversation avec Kian. Non, je lui avais envoyé un message, mais… *Est-ce qu'il continue à me surveiller ? Ou l'explication est-elle encore pire que ça ?* Cette suspicion constante signifiait que je ne pouvais même pas être certaine que ces pensées m'appartenaient. Et si l'équipe adverse m'aveuglait avec une sorte de truc comme l'interface de l'Oracle que Wedderburn m'avait montrée ?

Je décidai d'être honnête.

— Je suis presque sûre de ne pas avoir écrit son nom quand je t'ai envoyé le message.

— C'est toujours mon boulot de veiller sur toi, dit-il calmement.

— Alors après que je t'ai dit que je n'avais pas besoin que tu passes me prendre, tu es venu à l'hôpital ? C'est…

— Flippant, je sais.

Ses mains serrèrent le volant.

— C'est Wedderburn qui m'a envoyé. La montre surveille si je suis bien les ordres, tu te souviens ?

Étant donné ce que je savais sur son patron, c'était probablement vrai. Cela ne voulait pas dire que j'approuvais ses actes.

— Alors pourquoi prends-tu la peine de me poser des questions sur l'école si tu me suis ?

Il déglutit, visiblement blessé.

— Parce que je voulais savoir ce que tu en pensais et comment tu te sentais, Edie. Ça, je ne peux pas le savoir juste en te surveillant.

Sa mâchoire se contracta.

— Tu sais déjà que j'ai passé énormément de temps à t'observer. De loin.

Je remarquai sa colère, mais ne pus pas répondre tout de suite. Trop de pensées tournaient dans ma tête et demandaient à être entendues. Finalement, j'évitai le problème en disant :

— Quand je suis allée voir Brittany, elle était dans un état lamentable, et personne de sa famille n'était là. Aucun ami non plus.

Je ne disais pas ça parce que j'acceptais ou pardonnais totalement le fait qu'il fouille dans mon dos, mais c'était tout ce que je pouvais dire pour le moment.

Kian avait un air sombre.

— C'est une chose d'être seul quand on l'a toujours été. On s'y habitue. Mais prendre conscience d'un coup... que ce qui fait sa valeur, c'est son joli minois, et que si on l'a plus, on a aucun intérêt... C'est dur.

Je me souvins lui avoir raconté ce que je ressentais pour elle ce soir-là au bord de l'eau. J'avais dit : « Quand je regarde Brittany, qui tenait l'appareil, je me dis : "Qu'est-ce que ça ferait de la briser ? Est-ce que je ferais mieux de la défigurer ?" »

Mince. Regardez-la maintenant.

Cette possibilité me fit encore plus froid dans le dos que la prétendue traque sous les ordres du grand patron. Je secouai la tête et tremblai légèrement. C'était tout simplement impossible. *Parfois, de mauvaises choses arrivent, et elles n'ont rien à voir avec toi. Une réaction allergique, une infection bactérienne. Si le karma est réel, alors Brit a reçu ce qu'elle a semé dans l'univers, c'est tout.*

— Ouais, concédai-je. Mais honnêtement, ce n'est pas la pire. Je déteste toujours Cameron plus que quiconque, et cette semaine, Russ a été un vrai mufle. Je ne vois rien chez lui qui puisse le racheter, il ne représente qu'un gaspillage d'oxygène.

Je voulais si profondément que Kian n'ait rien à voir avec tout ça, et même Wedderburn. *Il m'a demandé si je voulais qu'il se venge pour moi. J'ai dit non. Que puis-je faire de plus ?* Mon impuissance dans cette situation aurait facilement pu me rendre folle. *C'est bon, tant que rien n'arrive à Russ et Cam, je saurai que Kian est innocent.*

— Tu les auras quand ce sera le moment.

Je frissonnai. *Il ne veut pas dire « avoir » dans le sens que je pense.*

Ces soupçons résonnant dans ma tête, je restai silencieuse pendant le reste du trajet, tandis que l'aiguille sur son tableau de bord s'approchait de minuit. Il gara la voiture à minuit moins treize minutes, puis il se retourna pour être face à moi. Je ne voulais pas faire quelque chose alors que j'étais aussi désorientée ; je pensai bêtement qu'il serait capable de sentir la différence. Alors je me penchai, l'embrassai sur la joue et lui souhaitai bonne nuit, avant qu'il puisse demander pourquoi je le repoussais, après que je lui avais pratiquement demandé d'être mon petit copain un peu plus tôt.

— On se voit lundi, dis-je avec un faux entrain.

Après être descendue de la voiture, je jetai un coup d'œil par-dessus mon épaule. J'avais réussi à me retenir quand nous avions fui l'Oracle, mais Kian présentait une tentation trop forte pour que j'y résiste ; la lumière des lampadaires le plongeait dans l'or et l'ombre, mais cela ne suffit pas à masquer l'air triste sur son visage. Il passa une main dans ses cheveux, puis fit démarrer la voiture.

Je courus dans l'immeuble avant qu'il remarque que je le regardais. C'était fou que je puisse être aussi partagée le concernant, mais à la moindre trace de chagrin dans ses yeux, je voulais courir vers lui et le serrer dans mes bras à nous en faire mal. Nous étions comme des aimants avec la même charge. Même si je voulais profondément être près de lui, les circonstances nous séparaient constamment.

Sans surprise, mes parents étaient toujours debout quand j'entrai. Ma mère leva les yeux de son carnet gribouillé d'une marge à l'autre de calculs complexes.

— Tu as passé une bonne soirée ?

— Ouais. On est allés voir *Opération Dragon* à Harvard Square.

J'avais trouvé que fournir volontairement des informations était le meilleur moyen d'éviter les questions.

Papa me regarda.

— Oh, c'est un bon film. Tu savais qu'on dit qu'il a une grande portée culturelle et qu'il a été conservé dans le registre national du cinéma ?

Je souris, soulagée que certaines choses n'aient pas changé. Les futilités étaient le truc de mon père, généralement en rapport avec les sciences… *Tu savais, Edith, qu'il y a une guêpe qui transforme les cafards en zombies et dépose ses yeux dans leurs corps vivants ?* Non, je ne le savais pas. En apprenant ça, j'étais allée aussitôt sur Google pour faire des recherches sur la guêpe émeraude et avais passé la nuit à trembler sous mes couvertures. Parfois, il sortait des faits intéressants dans d'autres domaines. Le divertissement en était un nouveau.

Le sourire aux lèvres, je me souvins comme il organisait des campagnes de Donjons & Dragons pour Maman et moi quand j'étais au collège. À cette époque, je me fichais que ma principale interaction sociale se limite à mes parents. J'étais sûre qu'ils s'étaient sentis blessés quand je m'étais repliée sur moi-même, mais c'était dur de rester avec eux après avoir commencé le lycée et réalisé que peu importait ce que je faisais, Mildred et Alan Kramer seraient ma seule option pour me divertir le soir et le week-end.

Ma mère remarqua mon expression et ses yeux se plissèrent pour afficher un sourire.

— Tu as l'air plus heureuse cette année. Je suis contente.

Étant donné ce contre quoi je devais combattre, ce bonheur apparent était bien compromis.

15

ET VINT LE JOUR DE LA VENGEANCE

Lundi matin, je me levai à cinq heures et demie et allai courir. Il faisait encore nuit, mais j'évitai les petites rues ; je croisai d'autres mordus de sport qui m'adressèrent un signe de tête bien que la plupart d'entre eux aient un pédomètre et un lecteur MP3 accrochés à leur bras, ainsi que des chaussures hors de prix et des pantalons en lycra. Je courais en Converse et sweat à capuche, laissant mes pieds abandonner ma confusion et mon désarroi sur le trottoir.

Je voulais faire confiance à Kian, mais ma nature m'empêchait de me fier. Peut-être que je pourrais faire un petit détour par Cross Point, en Pennsylvanie, pour trouver des preuves. Si je voyais sa photo « avant », je pourrais au moins croire qu'il était ce qu'il disait. Bien sûr, il pourrait me montrer sa carte d'identité, mais vu les ressources dont il disposait, cela ne prouverait rien. Mais je ne pouvais pas continuer ce petit jeu de « j'avance et je recule ». Ce n'était pas juste, ni pour lui ni pour moi, et si seulement il était honnête avec moi, alors il méritait mieux que ça.

Tout le monde mérite l'authenticité. Je veux être avec lui.

Tandis que je courais, j'entendis des bruits de pas derrière moi ; pas des chaussures de running, plutôt des bottes à clous, des pas lourds et irréguliers. Quand je me retournai, je ne vis rien d'autre que des ombres fumeuses dans les dernières heures avant le lever du soleil, rien que de fins rayons de lumière accrochés comme des doigts sur l'horizon. La rue était vide, mais pourtant, les bruits de pas se rapprochaient, et en pivotant, j'aperçus un mouvement dans ma vision périphérique. L'instinct me fit fuir et je me mis à courir à toute vitesse vers l'appartement, écoutant mon cœur qui battait comme pour me mettre en garde.

Danger. Danger.

Profondément soulagée, je débarquai au coin de ma rue, à portée d'oreille de cinquante familles habitant ces immeubles de grès brun. S'il se passait quelque chose, si je me mettais à hurler, quelqu'un m'entendrait. Pourtant, je ne ralentis pas et parcourus les quinze derniers mètres jusqu'au perron à toutes jambes. J'étais trempée de sueur froide quand je montai les marches pour entrer dans le hall. La porte se referma, maigre protection contre les forces qui se dressaient contre moi. J'étudiai une dernière fois la rue sombre et à l'instant où j'allais effacer cet incident de mon imagination, la lumière d'un lampadaire me permit de voir une silhouette voûtée. On aurait dit un vieil homme, vêtu d'une tenue qui correspondait à l'époque de la Première Guerre mondiale, tout comme les bottes cloutées que j'avais entendues. Sa bouche édentée était enfoncée et il avait des poils partout sur le visage, pas une barbe ; on aurait plutôt dit un cactus humain. Sur son épaule gauche, il portait un sac en toile vide.

Il se tenait en face de chez moi, me fixant avec de gros yeux humides, un peu comme quelqu'un qui se noie ; il semblait avoir faim. Deux enfants surgirent de l'ombre derrière lui, encadrant le vieil homme, assez près pour se toucher, mais séparés. Eux aussi portaient des vêtements démodés ; le garçon un bermuda et des chaussettes hautes, la fille une robe chasuble et un ruban dans les cheveux. Leurs yeux étaient noirs comme du charbon. La petite fille s'avança.

Je me retournai pour me retirer dans notre appartement et faillis heurter M. Lewis. Il m'étudia avec un air maussade.

— C'est pour toi qu'ils sont venus ?

Pendant quelques secondes, je restai muette.

— Qui ?

— Les anciens.

— Probablement.

Je ne me souvenais pas avoir déjà parlé à M. Lewis auparavant, mais on aurait dit qu'il pouvait voir ces êtres terrifiants. Je ne savais pas trop quoi lui dire. Je jetai un coup d'œil discret à ses poignets, mais ils étaient intacts.

— As-tu entendu le sifflement ?

Je retins mon souffle. La perspicacité de sa question ébranla toutes celles que j'avais en tête.

— Quoi, comment le savez-vous ?

— Cela signifie que tu as été en contact avec un ancien puissant. Ma mère a croisé leur chemin et m'a raconté une ou deux histoires avant de mourir.

En y repensant, l'acouphène avait commencé après ma rencontre avec Wedderburn. Cela voulait-il dire que j'avais une sorte de système de détection pour les immortels maintenant ? Cela pourrait s'avérer utile.

M. Lewis poursuivit :

— Soyez prudente, mademoiselle. Je vais accrocher un fer à cheval au-dessus de la porte d'entrée, mais vous devriez faire vos adieux. Cela ne les tiendra pas longtemps à l'écart.

Sur cette sinistre déclaration, il entra dans son appartement.

Mes jambes tremblaient tandis que je montais les escaliers, aussi bien à cause de ma course que de ces créatures bizarres qui me harcelaient. Dans l'appartement, je pris une douche rapide et me préparai pour aller en cours. Mes devoirs étaient faits, mais je n'avais pas encore eu de note bonus cette année. J'imaginai mes professeurs vérifier mes dissertations et dire : « Je ne vous reconnais pas. »

À l'école, les gens étaient de bonne humeur, répandant à voix basse des rumeurs complètement folles sur Brittany.

— J'ai entendu dire que c'était la mononucléose.

— Impossible, c'est bien pire que ça. Elle a choppé une MST ou un truc dans le genre, sauf qu'elle a dû faire une pipe et l'infection s'est répandue partout sur son visage.

N'importe quoi. J'essayai de les ignorer et d'éviter la bande des Intouchables en allant d'un cours à l'autre dans le campus. J'avais l'impression que M. « Appelez-moi Colin » Love m'observait tout le temps, se cachant dans les encadrements de portes et les couloirs avec une expression impénétrable, et quand je croisais son regard, il m'adressait un sourire séduisant.

Je n'y crois pas. Vous êtes l'un d'entre eux. Mais il n'avait pas déclenché mon acouphène. *Peut-être que j'étais parano.*

Il ne se passa qu'une chose intéressante : j'avais rendez-vous avec ma conseillère d'orientation pour parler de l'université ; elle me donna des informations sur l'examen national. Je pouvais encore m'inscrire et le passer pour la première fois début octobre. Si cela ne se passait pas bien, il y avait d'autres dates prévues dans l'année.

— Merci, lui dis-je. Nous en reparlerons quand j'aurai eu mes notes.

— Vous devriez aussi penser à des activités extrascolaires, Edie. Vos notes sont dignes des meilleures universités du pays, mais le reste de votre vie scolaire est plutôt…

Elle marqua une pause pour essayer de trouver une façon gentille de dire que je n'avais jamais rien fait d'autre qu'être discrète et étudier.

— Je vais m'y atteler, dis-je même si je ne savais pas du tout comment.

Je sortis précipitamment de son bureau et allai déjeuner. Les autres étaient déjà à leur table, mais personne ne m'arrêta quand je les rejoignis. Une partie de moi voulait aller s'asseoir avec d'autres personnes choisies au hasard et oublier la bande des Intouchables, mais je ne voulais pas qu'Allison pense qu'elle avait gagné. Aujourd'hui, elle était pratiquement assise sur les genoux de Cameron, lui caressant la tête pour le « réconforter » après tout ce qu'il vivait à cause de Brittany.

— Est-ce que l'un d'entre vous est allé la voir ce week-end ? demandai-je quand la conversation se calma.

Silence. Personne ne croisa mon regard et ils secouèrent la tête, en marmonnant des excuses. Je pris mon déjeuner en prétendant écouter Russ pendant que les autres changeaient de sujet.

La bande des Intouchables n'était pas la même que l'année dernière ; le fait que Brittany soit à l'hôpital avait créé un vide de pouvoir et Allison se frayait un chemin jusqu'à cette place. Comme leur attention était concentrée vers le groupe, ils passaient moins de temps à harceler les parias.

— Je vais la voir ce soir, dis-je juste avant la sonnerie. Quelqu'un veut m'accompagner ?

Un autre long blanc. Puis Jen intervint.

— Je viens. Est-ce que c'est… Je veux dire, comment…

— Mal. Mais elle reste dans son lit avec les rideaux fermés la plupart du temps.

— D'accord. Est-ce que je dois apporter quelque chose ?

Je réfléchis une minute.

— On pourra passer prendre des magazines sur le chemin, des trucs avec des tests, des ragots people et de mauvais conseils.

Jen afficha un sourire soulagé.

— Bonne idée. Je ne suis vraiment pas douée pour réconforter les gens, mais je sais lire.

— J'en doute, aboya Allison.

Jen lui adressa un regard glacial.

— Qui a été recalé en cours d'anglais ici ?

— Il n'y a qu'un moyen de régler ça, dit Russ. Bataille de pudding après l'école.

— Ne comptez pas sur moi.

Je me levai.

— Moi non plus.

Jen me surprit en me suivant.

Allison nous jeta un regard noir pendant que Davina avait l'air intimidée. La semaine précédente, Allison et Brittany l'occupaient en l'envoyant faire des courses à leur place, mais maintenant que Brittany n'était plus là, elle restait assise avec la bande des Intouchables, même si elle ne semblait pas bien connaître sa place dans la hiérarchie sociale. Elle regarda Allison, puis les garçons, en se mordant la lèvre.

— Je peux y aller aussi ? demanda-t-elle.

— Bien sûr.

Ce n'était pas comme si l'hôpital m'appartenait ou si j'établissais les règles de visite.

— On n'a qu'à se retrouver au portail après les cours ? ajoutai-je.

— Ça me va, dit Jen.

Davina, elle, se contenta d'acquiescer.

Allison haussa légèrement les épaules avec un air las.

— Saluez Brit de ma part.

Son expression disait : « Je régnerai toujours sur cette école, même si tu fais de la lèche à mon ancienne meilleure copine, qui partageait la couronne avec moi. »

La journée fut de plus en plus bizarre à partir de là. Avec Davina d'un côté et Jen de l'autre tandis que je me rendais en cours, les élèves s'écartaient de notre passage, comme si nous étions les nouvelles reines des abeilles ou un truc comme ça. Davina me regarda avec un petit sourire satisfait, mais conspirateur, pas snob.

Une première année lui dit timidement :

— J'adore tes cheveux.

— Merci.

Elle agita ses longues boucles avec un sourire de plaisir sincère.

Davina avait la peau hâlée, de jolis traits et des cheveux superbes. Si seule l'apparence comptait pour s'assurer d'entrer dans le cercle fermé, elle aurait été assermentée depuis des années. À sa place, j'aurais abandonné les cheerleaders et me serais fait des amis moins superficiels. Sa détermination pour recevoir leur approbation me dépassait.

Tandis que je récupérais mes livres, je me retins de me cogner la tête contre mon casier, mais je parvins quand même à survivre à cette journée sans frapper quelqu'un ni hurler sur mes profs. Quand je quittai Blackbriar, je trouvai Davina et Jen qui m'attendaient déjà. Je ne m'arrêtai pas et me contentai de leur faire un signe en passant. Kian serait surpris d'apprendre qu'il allait nous conduire toutes les trois à l'hôpital, mais j'espérais que cela ne le dérangerait pas.

— Tu m'as apporté deux surprises, dit Kian alors que nous nous approchions.

Quelle phrase charmante. C'était amusant de voir comme il pouvait sortir ce genre de trucs aussi facilement, alors qu'il affirmait ne pas avoir d'expérience. *Voilà pourquoi je ne te fais pas confiance.* Jen et Davina avaient le sourire jusqu'aux oreilles et je réprimai un soupir pour faire les présentations. Puis je souris à Kian, en essayant de savoir s'il était contrarié par la manière dont les choses s'étaient terminées samedi soir. Il se pencha et m'embrassa sur la joue, ce qui me dit que la réponse était oui.

— J'espère qu'elles te plaisent, répondis-je.

— Je devine que je fais le chauffeur aujourd'hui ?

— Si ça ne te dérange pas. Nous allons rendre visite à Brittany.

— Pas de problème.

Il ouvrit la portière et fit signe aux deux autres de monter à l'arrière.

Dans la voiture, je laissai Davina et Jen faire la conversation en posant à Kian des questions sur son boulot et ce qu'il étudiait à l'université. *Tu ne peux pas t'empêcher de cancaner, Allison, hein ?* C'était la seule façon qu'elles avaient eue pour savoir qu'il était étudiant. Il répondit poliment, avec juste assez de chaleur pour paraître amical.

— Je vous dépose devant et je vais me garer, dit-il, hésitant. Comme je ne la connais pas, il vaut probablement mieux que j'attende dans le hall.

Jen hocha la tête.

— Je suis sûre que Brit ne nous remercierait pas si on amenait un mec sexy la voir alors qu'elle est… pas dans son meilleur jour.

— Tout à fait d'accord, affirma Davina.

Voulant me rattraper pour l'autre soir, je me penchai, mais Kian me tendit sa joue. *Compris. Pas de baisers sur la bouche tant qu'on n'a pas parlé.* J'avais le cœur lourd en descendant de la voiture et avançant le siège pour que les deux autres puissent en faire de même.

— Où l'as-tu rencontré ?

Davina regardait Kian s'éloigner dans sa voiture avec la même tête que si c'était une pièce en chocolat.

Je dis la vérité avec le sourire.

— Sur un pont.

Jen soupira et se dirigea vers la porte d'entrée.

— OK, ne nous dis rien.

Cette fois, j'achetai des magazines dans la boutique de l'hôpital au lieu d'une peluche. Et comme vendredi, quand j'arrivai dans la chambre de Brittany, elle n'avait pas de visiteurs. Les stores étaient tirés ainsi que les rideaux autour du lit, et l'odeur était… indescriptible. Davina fit même un pas en arrière en retroussant le nez, horrifiée, mais Jen posa la main sur son épaule et la poussa en avant. Sa détermination à être une bonne amie la fit remonter dans mon estime en tant qu'être humain.

— Qui est là ?

Brittany semblait enrouée, comme si elle avait pleuré.

— Jen, Davina et moi. On s'est dit qu'on pourrait lire *Cosmo* et papoter entre filles.

Je n'aurais jamais pensé prononcer ces mots. Jusqu'à aujourd'hui, je n'avais jamais ouvert un magazine féminin.

— C'est gentil de votre part. Est-ce que… vous avez vu ma mère ?

Mince.

— Non, dit doucement Jen.

— Vous n'êtes pas obligées de rester, marmonna Brittany, réticente.

— C'est bon, dit Jen.

— Et si on s'installait.

Davina était plus calme et respirait par la bouche.

Je ne pus que penser : *Si c'est dur pour nous, imagine comment doit se sentir Brittany.*

Pendant environ une heure, nous fîmes des tests du genre « Comment savoir si c'est le bon ? » et Jen lut à voix haute un article intitulé « Bouleverser sa vie en cinq étapes ». C'était tellement nul que c'en était drôle, et à ma grande surprise, je n'étais pas la seule à en rire. Je m'étais toujours imaginé que les jolies filles prenaient ce genre de propos au sérieux, comme si c'était une sorte de bible, mais cela ne semblait pas être le cas pour toutes les trois. Même Brittany gloussait en s'étouffant. Elle devait avoir du mal à respirer, mais j'avais peur de la vexer en regardant de l'autre côté du rideau.

Brittany murmura :

— Merci d'être venues, les filles. Ça veut dire beaucoup pour moi.

Davina plaisantait quand Brittany respira bruyamment, puis il y eut un bruit de liquide, comme de l'eau qui tombe. Je me levai d'un bond. Sans prendre le temps de réfléchir si elle accepterait que je le fasse, j'ouvris brusquement le rideau et, même dans l'obscurité, je vis du sang, beaucoup de sang, partout, qui tachait sa chemise de nuit, ses draps, et qui coulait de sa bouche comme une rivière rouge. Jen vint près de mon épaule et hurla tandis que Davina cherchait le bouton d'appel d'urgence.

Je me retournai pour courir vers la porte que j'ouvris en hurlant :

— Infirmière ! Docteur ! Quelqu'un ! On a besoin d'aide ici. Oh mon Dieu ! Faites vite !

Les machines reliées à Brittany s'affolaient et, assez rapidement, une équipe avec un chariot nous poussa vers la porte. Jen tremblait et Davina était si pâle qu'elle avait l'air verte sous les néons. J'avais l'impression d'être à l'étroit dans ma peau ; je ne pouvais pas tenir en place, alors je faisais les cent pas pendant qu'ils s'occupaient d'elle.

Finalement, une infirmière nous indiqua une salle d'attente.

— Vous ne pouvez pas rester là, vous allez déranger les autres patients.

— Je ne savais pas qu'elle était si malade, n'arrêtait pas de dire Davina.

Jen était silencieuse, un air horrifié dans les yeux. Ce qu'il restait du visage de Brittany… mon Dieu. J'avais vu des photos aussi horribles sur Internet, mais… Non, c'était insupportable. Les doigts tremblants, j'envoyai à Kian un message contenant quelques instructions ainsi que « Viens. S'il te plaît. J'ai besoin de toi. »

Cinq minutes plus tard, il me retrouva. Il s'assit dans le fauteuil près de moi et passa son bras autour de mes épaules avec un geste si naturel que j'aurais pu croire que nous étions sortis ensemble tout l'été. J'aurais pu me perdre dans ses mensonges aussi facilement que dans ses yeux. Et cela me faisait carrément flipper.

— Que s'est-il passé ?

— Brit va très mal. Elle a fait une hémorragie devant nous, répondit Jen.

Sans réfléchir, j'attrapai Jen. Elle se cramponna à moi comme si elle était pleine d'hélium et risquait de s'envoler dans le ciel. À côté d'elle, Davina avait l'air d'avoir besoin de réconfort elle aussi, alors Jen tendit la main. Nous restâmes assis comme ça, sans rien dire, juste en nous tenant la main, pendant que le personnel de l'hôpital allait et venait. Personne ne nous dit rien.

Vers dix-sept heures trente, Mme King débarqua dans la salle d'attente. Ses yeux étaient tellement gonflés qu'ils étaient presque fermés, et je devinai que ce n'était pas parce qu'elle venait de se réveiller. Je l'avais vue de loin lors de réunions à l'école, mais la matrone de la haute société partageait peu de ressemblance avec l'épave affolée et échevelée qui s'écroula dans le fauteuil près de Davina. Mme King passa des doigts tremblants dans ses cheveux emmêlés et refoula un sanglot.

— Je suis passée chez moi pour prendre une douche, murmura-t-elle. Et pour essayer d'appeler son père une nouvelle fois. Il est à Singapour cette semaine.

Davina tendit la main pour prendre celle de la dame, ne semblant pas savoir que dire. Comme chacune d'entre nous. Finalement, Kian dit à voix basse :

— Ils s'occupent d'elle ?

Mme King acquiesça.

— Ils n'ont pas accepté que je reste. L'infirmière a appelé et je suis revenue aussi vite que j'ai pu. C'était l'heure de pointe.

Elle se mit alors à pleurer et Davina lui caressa le dos. Le seul bruit dans la salle d'attente venait des petits sanglots étouffés de Mme King et de ma propre respiration. *Ce n'est pas Kian qui a fait ça. Ce serait le pire des monstres s'il restait assis là avec la mère de Brittany s'il avait quelque chose à voir avec son état.* Pourtant, un nœud se forma dans mon estomac et j'avais envie de crier.

Je finis par envoyer un message à mes parents. C'était un soir de semaine, oui, mais s'ils pensaient que les études comptaient plus que la vie de quelqu'un, alors ils avaient un grave problème avec leur sens des priorités. À dix-huit heures trente, je descendis acheter du café et des sandwiches, principalement parce que ça m'occupait. Distribuer à manger et à boire et faire semblant de dîner nous amena à dix-neuf heures passées. Je ne savais pas trop quand elle avait commencé à le faire, mais Mme King priait, alors que je n'aurais pas cru que c'était une femme religieuse. Nos premières rencontres m'avaient poussée à croire qu'elle était froide et autoritaire, mais peut-être que c'était une de ces mères qui mettaient la pression parce que leurs critères étaient hauts, pas par manque d'amour.

Vers vingt heures, j'étais assise par terre, adossée aux genoux de Kian, quand le médecin – ou en tout cas, je supposais que cet homme était médecin – entra dans la salle d'attente, accompagné par l'infirmière avec qui j'avais papoté lors de ma première visite. Ils avaient des expressions si graves que j'étais inquiète. J'avais les épaules tendues comme si ma peau était enveloppée dans du fil de fer.

Puis le docteur dit :

— Mme King, allons discuter en privé.

Jen me serra la main très fort alors que la mère de Brit s'éloignait. Elle suivit le trio des yeux, puis prit une profonde inspiration tremblante.

— Qu'est-ce qu'on doit faire ?

Je n'en avais aucune idée.

Davina répondit :

— Attendons qu'elle revienne. Peut-être que Brittany est stable ou qu'ils ont besoin de lui faire signer un formulaire pour d'autres examens.

Vingt minutes plus tard, Mme King revint dans la salle d'attente, semblant complètement ravagée.

— Merci à vous trois d'être venues et de… d'avoir été là auprès de Brit. Si vous n'aviez pas été là…

Sa voix se cassa, alors elle reprit :

— C'est… fini. Vous pouvez rentrer chez vous.

— Elle est… morte ? demanda Jen en s'étouffant.

Hébétée, je me levai. Kian nous escorta jusqu'à la voiture et proposa de raccompagner les deux autres filles chez elles, même si elles vivaient dans différents coins de la ville. Comme il était assez tard, la circulation n'était pas trop chargée. Je descendis quand nous déposâmes Jen et la pris dans mes bras. Elle me serra un long moment. Quand nous arrivâmes devant chez Davina, je fis pareil. Sa mère se tenait devant la porte dans une lumière dorée, et Davina courut vers ses bras grands ouverts comme je ne pourrais jamais le faire. Ma mère ne penserait pas à les tendre.

— C'est à cause de moi ? demandai-je quand Kian mit la voiture en route.

Il aurait dû répondre directement en niant catégoriquement. Mais non.

— Je ne sais pas.

— Est-ce que c'est moi qui ai fait ça ?

Un hurlement montait dans ma gorge alors que je revoyais ce jet rouge sortir du trou qu'était la bouche de Brit, ses joues rongées et toute cette douleur qui avait rendu ses yeux fous et envahis par la peur.

— Bien sûr que non. Tu ne ferais jamais de mal à personne, Edie.

Tu as voulu tous les voir souffrir, chuchota une petite voix à mon oreille. *Alors voilà.*

En secouant vivement la tête, j'aperçus des yeux rouges dans le rétroviseur. Avec un cri étouffé, je regardai la banquette arrière, mais il n'y avait personne. *Ce n'est qu'un reflet des feux arrière. Les monstres ne vivent pas dans les reflets.*

Si ?

C'était trop. Je luttai contre les larmes pendant une minute d'après l'horloge sur le tableau de bord, mais finalement, je craquai. Kian me regarda, mais ne s'arrêta pas avant que nous arrivions près de mon immeuble. Puis il se gara dans la rue de notre appartement et me prit dans ses bras.

— Je ne sais pas ce qui se passe, mais je vais enquêter. Je te protégerai.

Alors qu'il me frottait délicatement le dos pour m'apaiser, je pleurai la vie que Brittany avait perdue, celle qu'il avait échangée avec un pacte et l'avenir qui risquait de ne plus être le mien. Mes yeux étaient gonflés et irrités quand je finis par me calmer. Je ne me souvenais pas avoir craqué comme ça devant qui que ce soit avant, et je ne pouvais pas le regarder.

— C'est nul, grommelai-je.

— Tu te souviens de ce que je t'ai dit ? Je le pensais. Je ne t'abandonnerai jamais tant que tu auras besoin de moi.

— Pourquoi ? J'ai vraiment été garce avec toi l'autre soir.

— On en reparlera plus tard. Maintenant, je vais te raccompagner chez toi. Vu les circonstances, je suis sûr que je peux convaincre tes parents de rester un peu.

— Mais nous sommes en semaine.

— Fais-moi confiance, dit-il.

Si seulement je pouvais...

Ce soir-là, j'aurais dû lui parler de l'homme au sac et des enfants effrayants. Mais je ne le fis pas ; je les oubliai dans ce déluge d'autres problèmes.

C'était une erreur.

16

UNE PEINE COMME LA PEUR

Mardi, la rumeur s'était déjà répandue. À la minute où je posai le pied au lycée, d'autres élèves m'entourèrent, dont certains arborant des brassards noirs. Plus loin dans le hall, Davina et Jen étaient assiégées. Jen avait l'air horrifiée et Davina ne semblait pas pouvoir décider si cette attention lui convenait ou pas. Je fus bombardée de questions.

— Il paraît que tu étais là quand elle est morte.

— Il y avait beaucoup de sang ?

— Quelqu'un m'a dit que Brit était possédée et…

— Qu'est-ce qui cloche chez vous ? demandai-je.

Avant d'avoir eu le temps de râler sur les vautours, les haut-parleurs diffusèrent une annonce.

— Les cours de la matinée seront annulés. Il y aura à la place un rassemblement dans l'auditorium, puis les psychologues seront disponibles pour ceux qui en auront besoin. Si vous étiez proche de Brittany King et avez besoin d'une journée de repos pour votre santé mentale, vous êtes libre de contacter vos parents.

Pendant le déjeuner, je m'assis seule pour la première fois de l'année ; les autres membres de la bande des Intouchables étaient rentrés chez eux. En tout cas, c'est ce que je pensais jusqu'à ce que Cameron vienne s'asseoir près de moi. Il y avait des pâtes et des boulettes de bœuf sur son plateau, mais aucun signe n'indiquait qu'il avait l'intention de manger quoi que ce soit. Il prit sa tête entre ses mains. Il avait une mine affreuse. Les cercles autour de ses yeux étaient si noirs qu'on aurait cru deux coquards, et il y avait des égratignures et des bleus sur ses poings. Je ne demandai pas s'il s'était battu ou s'il avait frappé des objets inanimés. Malgré toute sa goujaterie de la semaine précédente, il était clair qu'il prenait très mal la mort de Brittany.

Je levai un sourcil.

— Qu'est-ce que tu fais encore ici ?

Quand il leva la tête pour me regarder, je vis que ses yeux étaient rouges et injectés de sang.

— Mes parents sont en Europe. Il n'y a personne pour signer une autorisation de sortie.

— Ah.

Je n'arrivai pas à être plus compatissante, alors je mangeai un peu. Quand je m'étais imaginé Cameron avoir ce qu'il méritait, je n'avais jamais pensé à un truc comme ça.

— Ils sont absents, pratiquement tout le temps. La gouvernante travaille cinq jours par semaine, mais je suis seul la plupart du temps les nuits et les week-ends.

Je ne voulais pas discuter avec lui quand il se comportait comme une personne correcte. Avant, ce n'était qu'un abruti fini qui semblait prendre plaisir à faire de ma vie un enfer.

— Au moins, tu as beaucoup de libertés.

C'était complètement idiot.

— Et je passais la majeure partie de ce temps chez Brit. Elle a une vraie famille, tu sais ? Sa mère est un peu folle et son père est un con, mais elle va leur manquer. Ça aurait dû être moi.

Pendant quelques secondes, je restai à le fixer, incapable de croire que de tels propos sortaient de la bouche de Cameron.

— Ne dis pas ça.

— Je pensais qu'elle irait vite mieux, alors je ne suis pas allé la voir. Elle est morte en pensant que je m'en fichais.

Il étouffa un juron.

— Tu l'aimais ?

C'était surprenant parce que je pensais qu'ils sortaient ensemble parce qu'ils étaient tous les deux beaux et que personne d'autre à Blackbriar n'atteignait leurs critères exigeants.

— Ouais, dit-il avec une voix triste.

Consciente que je commettais une erreur, je lui adressai des paroles de réconfort et comptai les minutes jusqu'à la sonnerie. Je ne fus pas discrète quand je fuis Cameron en courant, mais pour la première fois, ce n'était pas parce que j'avais honte d'être vue avec lui. Je ressentais plutôt de la pitié, mais je ne pensais pas qu'il en voulait.

Lors de mes cours de l'après-midi, les profs improvisèrent des leçons sur la mort et le deuil ; leurs conférences ressemblaient en fait plus à une thérapie de groupe. Et dans mon dernier cours, un vrai psy spécialiste du deuil intervint, se présentant comme Greg Jessup. Il avait apparemment fait le tour des classes. Il nous fit placer nos bureaux en cercle et nous posa de nombreuses questions sur notre ressenti. Au début, les élèves étaient réticents à se confier, puis la conversation se fit plus intime. Comme nous n'étions plus très nombreux à l'école, je suppose qu'il était plus facile de trouver le courage de prendre la parole.

— Ça fait réfléchir, dit un garçon nommé Stuart. Je veux dire, je n'étais pas ami avec Brittany ou quoi, mais c'est triste. Elle était si jeune.

Un autre type confirma.

— Ouais. Cela pourrait arriver à n'importe qui.

Vraiment ?

Mon cœur battit si fort que je le sentis presque dans ma gorge tandis que la peur et l'horreur s'emparaient de moi. Comme s'il pouvait le sentir, Greg se tourna vers moi.

— Veux-tu partager ton ressenti avec le groupe ?

— Pas maintenant, merci.

Comme tous les autres, je voulais bien admettre que j'étais triste, mais je ne dis pas à quel point j'étais effrayée ni comme je me sentais coupable. Ce cours me parut interminable. Du coup, j'étais vraiment contente quand je sortis de Blackbriar à quinze heures quinze. Les quelques élèves qui restaient passèrent les grilles de l'entrée, et je faisais partie des derniers. Kian avait été fantastique la veille, même si la situation entre nous était délicate. Je m'étais sentie mal de le laisser rester pendant que je pleurais sur son épaule alors que mes parents ne savaient pas trop quoi faire, préparaient du thé et tenaient des propos ridicules censés me remonter le moral. Je m'étais habituée à le chercher en sortant de l'école et je fus incroyablement soulagée de le voir m'attendre. Sa réaction quand je le repérai était un magnifique mélange de plaisir et de désir, rapidement caché par une expression plus neutre, comme s'il ne voulait pas que je sache combien il était heureux. Il traversa toutefois la rue pour me prendre dans ses bras, avec un câlin qui n'était pas superficiel mais bien sincère. Alors je le serrai fort, sans me soucier des passants.

— Mauvaise journée ?

— On peut dire ça.

Et ça allait encore empirer.

Je ne peux plus lui faire subir ça. Dans ma tête, il y avait un fouillis de méfiance, de désir et de doute. Ce n'était pas juste pour Kian et je ne pouvais plus supporter ce poids sur ma conscience. J'avais déjà l'impression que mon corps était en verre ; la prochaine explosion me briserait.

Je déballai tous mes doutes d'un coup. Impossible de croiser son regard après ça. Je m'attendais à ce qu'il se raidisse et me repousse, mais il attendit que j'aie fini. Puis il me fit délicatement lever le menton.

— J'ai compris, dit-il. Tu n'as aucun moyen d'être sûre de moi.

— De savoir si tu es réellement Kian Riley ou bien l'un des monstres déguisés de Wedderburn ou encore si tu es vraiment loyal à…

Il m'embrassa brusquement. *À Wedderburn.* Je compris avec un temps de décalage pourquoi il ne pouvait pas me laisser finir ma phrase.

— Cela répond-il à ta question ?

Je prétendis que son baiser avait apaisé la plupart de mes doutes en lui adressant un grand sourire. Il poursuivit :

— Si tu veux rencontrer mon oncle et ma tante, on peut faire ça ce week-end. Ils vivent toujours en Pennsylvanie, près de Scranton. Ça ferait un long trajet, mais c'est faisable. Et j'ai quelques trucs qui te prouveront que je suis Kian Riley, si ça peut t'aider.

— Comme quoi ?

Peut-être que cela ne pourrait pas m'assurer qu'il ne me manipulait pas pour le compte de son patron, mais cela m'aiderait à savoir que ce n'était pas une sorte de créature immortelle dans la peau d'un charmant humain.

Un pas dans la bonne direction.

— De vieux annuaires scolaires déjà.

— Ils ont survécu au feu qu'il y a eu chez toi ?

— J'ai un paquet d'affaires de mon ancienne vie qui sont stockées. Je ne sais pas si tu as remarqué, mais mon chalet n'était pas très…

— Vivant ?

— Exactement. Je ne peux pas tout prouver pour te faire plaisir, continua-t-il. Il y a certaines choses que tu devras croire sur parole. Mais… *sois* avec moi, Edie, ou coupe les ponts. Je peux accepter de ne pas savoir à l'avance comment tu vas me traiter chaque jour, surtout en sachant que je suis sur la corde raide.

— C'est juste, dis-je doucement. Alors est-ce qu'on pourrait passer voir ton box de stockage ? Tu sais tout sur moi et je n'ai que de petits aperçus du vrai toi.

— On y va maintenant, si tu as le temps.

— Merci.

Je me mis sur la pointe des pieds et il se pencha pour m'embrasser avec une chaleur et une tendresse qui me coupèrent le souffle et firent battre mon cœur. Peut-être que peu importait comme j'essayais d'être maligne et prudente, au final, je ne pourrais pas lui résister. Je voulais tellement que Kian soit vrai ; je ne savais pas si c'était parce qu'il m'avait sauvé la vie ou l'avait changée, et puis, il y avait ce baiser… *J'ai peur d'être en train de tomber amoureuse de toi.* Même si je ne le dis pas à haute voix, quelque chose dut se voir sur mon visage parce que son regard s'adoucit et il caressa mes cheveux.

Frissons.

— Allons-y, on dirait qu'il va pleuvoir.

Il nous conduisit à un lieu de stockage sur Massachusetts Avenue, un bâtiment en tôle ondulée peinte en rouge. Ses affaires se trouvaient à l'étage dans un long couloir où étaient alignés des box identiques. Kian en déverrouilla un vers le milieu et souleva la porte bleue. Même si c'était petit, pas plus de deux mètres carrés, il n'était plein qu'à moitié. Il avança d'un pas assuré vers un carton posé à part des autres et il s'assit en tailleur pour l'ouvrir.

Inexplicablement nerveuse, je m'assis près de lui.

— Qu'est-ce que c'est ?

— Mes affaires d'école.

Il sortit d'abord quatre annuaires, puis une liasse de diplômes ainsi que quelques petits trophées cabossés.

J'en pris un et lus : « Champion de culture générale ». Sur l'autre était écrit : « Meilleur comédien ».

— Intéressant. Je ne savais pas que tu faisais du théâtre.

C'était troublant d'apprendre qu'il avait gagné une récompense dans un domaine qui prouvait qu'il avait les capacités de me tromper. *Arrête ça. Tu es ici pour trouver des raisons de lui faire confiance, pas de douter davantage.*

Kian toucha la statuette dorée avec une expression mélancolique.

— Ce n'était pas mon premier choix, mais il fallait que j'étoffe mes dossiers d'inscription ; je ne sais pas chanter et je déteste les sports collectifs. À l'époque, je ne réalisais pas qu'il me restait peu de maîtrise sur mon avenir. Wedderburn a attendu que j'obtienne mon diplôme pour m'apprendre la nouvelle.

J'imaginai Kian poser sa candidature à l'université sans savoir qu'il avait perdu son statut de catalyseur et comment il avait dû se sentir en le découvrant.

— C'est la norme ?

Il acquiesça.

— Ils n'ont que faire d'agents mineurs qui provoquent trop de questions de la part des autorités mortelles et des familles en colère.

— C'est logique.

Alors je ne saurai pas si je m'écarte de la voie et échoue avant d'être diplômée.

— Et selon leur point de vue, une année ne représente pas une attente si longue, supposai-je.

— C'est à peu près ça.

Posant les trophées de côté, j'étudiai les dates sur les annuaires et ramassai le plus ancien.

— Première année ?

Il fit une petite grimace et posa sa main sur la couverture.

— Edie…

— Je m'en fiche, d'accord ? Je veux voir qui tu étais.

Il retira sa main en soupirant et me laissa ouvrir le livre. Je tournai les pages des secondes, parcourant des visages gênés parsemés de boutons, avec des appareils dentaires et les lunettes qui n'étaient pas encore remplacées par des lentilles de contact. Par-ci par-là, je repérais les futurs beaux, pas parce qu'ils étaient déjà parfaits, mais parce qu'ils avaient moins de défauts physiques à surmonter. Les photos de classe étaient classées par ordre alphabétique, ce qui me facilita la tâche. J'allai au R.

Te voilà.

L'autre Kian n'était pas gros, comme je m'y attendais un peu. Il était mince, voire maigre, et avait des lunettes à culs de bouteille et une peau horrible. La coupe tondue n'aidait pas ; tout comme la chemise boutonnée jusqu'en haut avec des motifs bizarres et un col trop large. En regardant cette photo, je n'aurais jamais deviné qu'il venait d'une famille aisée. Il était habillé comme s'il avait trouvé ses vêtements dans une friperie. Mais ce qui me frappa le plus fut l'expression éteinte, désespérée dans ses yeux.

« Je suis seul » ; c'était ce que disait ce regard. « Et ça ne changera jamais. »

Un an après que cette photo avait été prise, il avait essayé de se tuer.

Il remua en regardant le plafond.

— C'est moche, je sais.

— Tu es toujours toi, dis-je. Et… je serais sortie avec toi quand tu étais comme ça. Si tu me l'avais demandé.

Il fut traversé par un frisson, de soulagement, de plaisir ou de je ne sais quoi. Il passa son bras autour de moi et appuya sa tête contre la mienne.

— Je l'aurais fait, si j'avais eu le cran. Tu te souviens au *dinner* ? Avant que je ne t'optimise, je t'ai dit que tu avais de jolis yeux et un beau sourire. Et le plus important, c'est que tu es intelligente, courageuse et… Bon sang, arrête-moi avant que je dise quelque chose de ridicule.

Je ris doucement. Pour moi, il était une personne désormais, avec un passé triste et une histoire sombre, mais il était réel. Ce n'était pas un monstre ; c'était impossible. Pas avec des dédicaces aussi maladroites et douloureuses dans son annuaire prouvant qu'il avait été presque aussi isolé que moi. « À un type sympa » ou encore plus accablant : « Passe de bonnes vacances ». Je remarquai aussi qu'il avait plus de commentaires de la part des professeurs que des gens de son âge.

Encore un truc que nous avons en commun.

— Tu as demandé la version idéale de toi-même, c'est ça ?

Il acquiesça.

— C'était l'idée de Raoul… et la raison pour laquelle je te l'ai proposée.

— Tant mieux.

Blottie contre lui, je passai en revue le reste du carton, dénichant des diplômes et un journal de poésie. Mais Kian me l'arracha des mains, les joues rouges. Il avait un l'air hagard.

— S'il te plaît, n'ouvre pas ça.

— Tu écris des poèmes ?

— Rien qui mérite d'être conservé. Et cette lubie n'a pas duré longtemps.

— Lis-moi quelque chose, lui demandai-je.

Je n'avais jamais été assez proche de quelqu'un pour me sentir assez à l'aise pour être aussi directive. Avec Kian, cela me semblait… normal. Il feuilleta le carnet et marmonna :

« Je rêve de ruisseaux ensoleillés
Et de marées sans lune.
D'infinité
Parmi les roches noires.
Je rêve d'âmes apaisées
Et d'une divinité
Qui s'écrase sur moi
Telle une vague.
Et au lieu de me noyer,
Tu m'emportes avec toi ;
Je nage. »

J'étais douée pour identifier les thèmes et les expliquer aux professeurs, mais je n'avais jamais ressenti quelque chose en écoutant un poème. Cela ne voulait pas dire que le travail de Kian avait une valeur littéraire, mais… peut-être que c'était parce que je savais à quoi ressemblait sa vie quand il l'avait écrit, mais je compris les mots de l'intérieur.

— Tu étais si triste, dis-je doucement. Tu te demandais s'il y avait un dieu, tu cherchais quelqu'un pour t'arrêter.

Il prit une respiration superficielle.

— Tu vois trop bien en moi.

— Je veux tout voir.

Ça se produit vraiment. C'est réel.

Je m'approchai de lui à genoux et l'étreignis. Parfois, j'avais le sentiment que nous étions deux moitiés d'une même âme, et c'était tellement idiot que cela me donnait l'impression d'avoir perdu des points de QI juste en y pensant. Ses bras se resserrèrent autour de moi et il enfouit son visage dans mes cheveux. Pendant quelques secondes, j'imaginai ce que ça aurait fait s'il avait été mince et moi grosse, si ça aurait été mieux, moins bien ou juste… différent. Parfois, j'avais l'impression d'être un imposteur dans mon propre corps.

— Quand Wedderburn m'a demandé de me rapprocher de toi, je me suis dit : « merde ». Parce que tout ce qu'il veut n'est jamais bon pour les personnes impliquées.

— Il doit exister un moyen pour que ça ne se termine pas mal, dis-je. Nous le trouverons. Tu as dit que je devais être avec toi ou couper les ponts. Je suis prête, je n'ai plus peur.

Il souffla dans mes cheveux.

— Je suis content. Parce que ça me tue quand tu me regardes comme si j'étais l'un de ces monstres.

Ses mains tremblant dans mon dos, il pressa son visage contre mon cou. Son souffle était chaud et humide, embuant ma peau. À n'importe quel autre moment, cela aurait été excitant, mais il tremblait et sa respiration était irrégulière. Je touchai ses cheveux, inquiète.

— Kian.

— Je suis désolé. Tu ne sais pas combien je me sens mal. Je ferme les yeux et je vois ce qu'ils t'ont fait, et je me dis que j'aurais dû les arrêter. Ce moment me hante. Je regrette de ne pas avoir mis une raclée à Cameron. Je me fiche que cela aurait certainement signifié ma fin, à partir du moment où ça t'aurait permis d'aller bien. Mais…

— S'ils ne m'avaient pas forcée jusqu'à l'extremis ce jour-là, ils auraient fait quelque chose de pire, et tu serais mort pour rien. Résultat, j'aurais gâché mes faveurs, comme le veut Wedderburn, parce que mon agent de liaison s'en ficherait. Je finirais à danser comme une marionnette au bout de ses fils. Tu es la raison pour laquelle je suis dans la partie, même de loin. Alors arrête de te torturer.

— Je ne crois pas que je le pourrai. C'est tout ce que je veux, tu sais. Que tu ailles bien.

Sa voix était grave et rauque, comme s'il avait passé toute une nuit à crier. L'intensité qui émanait de lui était palpitante, mais aussi effrayante.

— Tu dois te soucier d'autres choses. De toi, de ta vie, de ta liberté.

— Bien sûr, Edie.

Il le dit si rapidement que je ne le crus pas.

Pendant un long moment, je me contentai de le serrer dans mes bras en espérant que cela pourrait effacer sa douleur. Le réconforter me donnait des forces, comme si je pouvais oublier ma honte et ma peine pour faire en sorte que Kian se sente mieux. Finalement, je me rassis pour l'embrasser. Ses lèvres avaient un léger goût salé.

— Assez d'histoires personnelles pour aujourd'hui. Tu veux me ramener chez moi ?

Je réalisai avec le recul l'impression que cela pouvait donner, et je sentis mes joues s'empourprer.

Mon Dieu, pourquoi ?

— Plus que tu ne le crois.

— Quelle phrase, réussis-je à dire.

Ses yeux verts se posèrent sur mon visage, brillant avec une telle ardeur qu'ils auraient pu me brûler.

— Ce n'est qu'une phrase si je ne le pense pas.

Je n'avais pas de réponse à ça. En silence, les joues toujours en feu, je l'aidai à remettre de l'ordre dans le box et nous retournâmes à la voiture.

— Pourquoi tes affaires n'étaient-elles pas toutes chez toi ?

— En partie parce que je voulais un nouveau départ et Raoul m'avait conseillé de ne pas conserver les choses précieuses près de moi.

C'était vraiment inquiétant.

— Parce que tu pouvais être pris pour cible par Dwyer & Fell ?

Je me souvins qu'il m'avait dit qu'ils l'avaient poursuivi et que c'était eux qui avaient mis le feu à sa maison. Ce genre de dégâts aurait pu détruire tous les souvenirs heureux de son ancienne vie.

— Ouais.

— Super, encore une chose dont je dois me préoccuper. Je ne sais pas si notre assurance couvre les ulcères à dix-sept ans.

Cela le fit sourire, comme j'en avais l'intention. Il fit démarrer la voiture et se glissa dans la circulation en douceur. Sur le trajet de retour, Kian m'en dit un peu plus sur son oncle et sa tante, concluant par :

— Je les appellerai et verrai si on peut aller déjeuner chez eux dimanche.

— Déjeuner ?

— Si on y va pour le dîner, tu rentreras chez toi trop tard. Il faut presque cinq heures, en fonction de la circulation.

— Non, c'est bon. Je veux dire, à moins que tu veuilles juste que je les rencontre. Ça fait un long trajet juste pour me rassurer… et je te crois déjà.

Visiblement, il avait la gorge serrée.

— Ça fait longtemps qu'on ne m'a pas dit ça.

— Je le redirai si tu veux, plus lentement cette fois.

Je tentai de lui adresser un sourire séducteur, et, à mon grand soulagement, je n'eus pas l'air d'une idiote.

Il me sourit, me remerciant avec les yeux de ne pas faire toute une histoire du fait qu'il avait le cœur sur la main.

— Pas trop d'excitation pour une seule journée.

Ma mère et mon père m'attendaient quand je rentrai à la maison. Ils étaient bizarres et pleins de sollicitude, comme si Brittany et moi étions amies depuis des années. Mon père prépara ma soupe préférée – des nouilles au poulet maison – et ma mère sortit un pot de crème glacée. Pourtant, je me limitai à une boule au lieu de remplir tout un bol. Mes parents étaient tous les deux des universitaires sérieux, peu enclins aux excès de toute sorte, si ce n'était aux idées ésotériques. Tandis que nous mangions, j'abordai le sujet de mes candidatures, et comme je m'y attendais, cela les occupa jusqu'à ce que je puisse m'échapper.

— Merci pour le dîner. C'était vraiment très bon.

Ils échangèrent un de leurs regards habituels, puis ma mère dit :

— Ça va aller pour toi ce soir ? On m'a demandé de faire une conférence en tant qu'invitée, et il y a un cocktail après…

— C'est bon, les rassurai-je. Je vais faire mes devoirs, puis je skyperai peut-être avec Vi.

— C'est qui, ça, encore ? demanda mon père avec un air renfrogné.

— C'est une fille que j'ai rencontrée au camp d'été. Elle vit en Ohio.

— Oh, d'accord.

Il semblait rassuré. Une jeune qui avait pu participer à un programme de science était apparemment assez bien pour que je discute avec elle sur Internet.

— Si tu es sûre de toi, dit ma mère en se levant de table.

Après ça, elle alla se préparer à la hâte pendant que mon père et moi fîmes la vaisselle. Vingt minutes plus tard, elle sortit dans sa robe noire classique, en ayant appliqué du blush sur ses joues et mis du rouge à lèvres qui ne lui allait pas. L'année dernière, je ne l'aurais pas su.

— Amusez-vous bien.

Je fermai la porte derrière eux et tournai le verrou.

Même si je m'étais retrouvée seule un nombre incalculable de fois auparavant, c'était différent. Il y avait des bruits étranges dans l'appartement, rien que je puisse identifier, mais je n'arrivais pas à me concentrer sur mes dissertations. J'errais de pièce en pièce, vérifiant les volets et regardant sous les lits. J'allais bientôt me retrouver à fouiller dans les placards et me construire un chapeau en papier alu. Le spectre de Brittany me hantait, murmurant des accusations qui me faisaient frissonner.

— C'est ton imagination, dis-je à haute voix.

Ma voix était censée me rassurer, mais l'étrange sifflement revint, si fort que je pensai pendant quelques secondes que c'était le téléphone. Puis je réalisai que c'était le cas, mais que c'était comme s'il sonnait dans mon crâne. Je courus décrocher, mais quand je le pris, il produisit juste une note aiguë. Je reposai brusquement le téléphone et le débranchai.

Mais il sonna à nouveau.

La peur martela mes oreilles quand quelque chose de lourd frappa la porte, assez fort pour la faire trembler dans les gonds. J'avais des pensées affolées et incohérentes. *Un abri. Pas de fenêtres. Téléphone portable. Appel à l'aide.* Je parcourus le couloir en courant jusqu'à la salle de bains, fis claquer la porte derrière moi, puis m'appuyai contre elle de tout mon poids, en écoutant le martèlement. Mes mains tremblaient tandis que je composais le 9, puis le 1. Mais comme si cette chose quelle qu'elle soit le sentit, le bruit s'arrêta. Je continuai à tendre l'oreille une bonne minute. Rien. Silence.

Je soufflai, me retournai et me regardai dans le miroir avant de sourire avec soulagement. Mon reflet ne me sourit pas.

17

L'ŒIL DE LA PROVIDENCE

Je ne peux pas demander l'aide du 911 pour ça.

Le froid envahit la pièce avec un tourbillon silencieux, jusqu'à ce que ma respiration sorte par petits nuages de brouillard entre moi et le « non-moi ». Mon instinct me disait que j'étais en danger de mort, mais j'avais peur que quelque chose de pire soit tapi dehors. Le fait que la chose ait arrêté de taper ne voulait pas dire qu'elle n'était plus là.

Je fis quelques pas en arrière, jusqu'à être près de la porte, mais mon reflet dans le miroir ne bougea pas.

— Qu'est-ce que tu veux ? demandai-je.

— Ta vie.

La voix était voilée et étrange, comme sortie d'une bouche noyée dans l'eau.

Je ne savais pas si elle sous-entendait qu'elle voulait me voir morte ou échanger nos places et me piéger de l'autre côté. Peu importait comment on voyait les choses, j'étais perdante. Tandis que j'essayais de contrôler les battements de mon cœur, elle leva ses doigts fins pour tracer un motif de l'autre côté du miroir, et la surface ondula, s'étira, comme si elle pouvait passer au travers. C'en était trop pour moi. J'ouvris brusquement la porte, la claquai derrière moi et me mis à courir.

Attends, quelle est la réaction la plus intelligente ? Danger dehors. Danger dedans. Impossible d'appeler le 911. Si cette chose pouvait casser la porte, ne l'aurait-elle pas déjà fait ? Ma vie dépendait de cette réponse et rien ne m'avait préparée à résoudre une telle équation. S'ils ne pouvaient pas me tuer, ils pouvaient me blesser ou me pousser à faire quelque chose de stupide sous l'effet de la terreur. Je pris une profonde inspiration, puis une autre, pour me forcer à être logique alors que l'impulsion me suggérait de courir en hurlant.

Il y a des règles dans un jeu. Lesquelles sont-elles ?

C'était bien ça le problème. Je ne connaissais pas le règlement, ni comment éviter de l'enfreindre ou signaler une infraction. Mais je ne jouais pas vraiment, j'étais plutôt un pion. Aux échecs, les pièces ne pouvaient pas sortir de l'échiquier et rouspéter parce qu'elles n'aimaient pas comment on les traitait. En fait, cette analogie me donna un aperçu de ma position.

Je ne suis même pas une personne. Je suis... comment Wedderburn m'a-t-il appelée ? Un bien.

OK, donc... qu'est-ce que je sais ? Réfléchir m'empêchait de paniquer. Dans beaucoup de traditions, les monstres devaient être invités ou autorisés à passer une porte. Ainsi, la raison me disait que j'étais plus en sécurité chez moi que je le serais à courir dehors dans la nuit. De plus, il y avait aussi des cinglés humains à affronter.

J'envisageai momentanément d'appeler Kian ; il resterait avec moi jusqu'au retour de mes parents. Mais au final, je décidai de ne pas le faire. Je préférais ne pas être dépendante de lui. J'avais mal dans la poitrine en retournant vers ma chambre. En m'asseyant, j'écoutai le moindre signe qui aurait pu m'indiquer que la créature à l'extérieur de l'appartement était revenue, mais tout semblait calme et silencieux. Il n'y avait pas de bruits venant de la salle de bains non plus. Si la fille du miroir avait réussi à sortir, elle serait là maintenant.

Pourtant, je n'étais pas totalement à l'aise ; j'avais l'impression que mes nerfs étaient comme les engrenages d'une horloge. Avant d'attaquer mes devoirs, je fis une recherche sur les fantômes des miroirs sur Google et couvris celui de ma chambre avec un tissu, juste au cas où il s'agissait de portails. Je lus quelque chose à propos de sorcières qui piégeaient des esprits dans des miroirs et comment les fantômes avaient besoin d'une connexion avec quelqu'un de vivant pour passer au travers. *Donc elle ne peut sortir que si j'ai trop peur pour m'enfuir ? Bon à savoir.* Apparemment, en Serbie, en Croatie et parfois en Bulgarie, ils enterraient les morts avec une glace pour que leurs esprits ne puissent pas errer et hanter les vivants. Je ne voulais pas imaginer les conséquences si un violeur de tombes fou déterrait les cadavres partout en Europe de l'Est et cassait tous ces miroirs.

Tu n'as pas déjà assez de soucis ?

Tout était silencieux dans l'appartement à présent. Apparemment, rester calme et tenir bon avait été la bonne décision à prendre. Au collège, je jouais beaucoup aux jeux vidéo et parfois, il y avait des casse-tête où le moindre faux pas entraînait la mort. J'avais ce sentiment actuellement. Il me fallait beaucoup me concentrer pour faire mes dissertations, résoudre des équations et répondre aux questions, quand l'école semblait le cadet de mes soucis.

Il était presque vingt et une heures quand j'eus terminé, et alors que j'allais fermer mon ordinateur, je fus surprise de recevoir un message de Ryu. Une recherche rapide avec la phrase « quelle heure est-il au Japon » m'apprit qu'il était probablement à l'école ; peut-être qu'il s'ennuyait pendant l'interclasse. C'était difficile d'envoyer des messages Skype pendant les cours puisque les professeurs demandaient généralement qu'on éteigne les téléphones. Je répondis aussitôt vu que nous n'avions pas discuté depuis mon retour, et ses messages furent sporadiques.

Moi : *Salut, quoi de neuf ?*
Ryu : *Rien, j'ai juste une heure de libre et je suis dans le labo d'informatique.*
Moi : *Cool, comment ça va ?*
Ryu : *Pas mal, c'est dur à l'école cette année.*

Mes doigts restèrent au-dessus du clavier. Il y avait tant de choses que j'aurais pu dire, mais finalement, je répondis : « de mon côté aussi, et pas juste pour les cours. Une fille de l'école est morte hier. J'étais auprès d'elle à l'hôpital quand ça s'est passé. »

Ryu : *Mince. Ça va ?*
Moi : *Ça n'a pas été facile, mais je tiens le coup.*

Je devinai à l'absence de réponse immédiate qu'il ne savait pas quoi dire. Nous n'étions pas aussi proches que je l'étais devenue avec Vi après avoir passé cinq mois dans la même chambre. Alors je changeai de sujet.

Moi : *Je me demandais si tu pouvais m'aider.*
Ryu : *Pas sûr que je puisse d'ici, mais avec plaisir.*
Moi : *J'ai une amie qui a un tatouage et elle ne veut pas me dire ce qu'il signifie. Il ressemble à une sorte de kanji japonais.*
Ryu : *Envoie-moi une photo si tu en as une.*

Je pris une photo de mon poignet avec mon téléphone et la lui envoyai par mail.

Ryu : *C'est bizarre.*
Moi : *Quoi ?*
Ryu : *Ça ressemble à un kanji mais ça n'en est pas un. Je n'ai jamais vu ce symbole avant.*
Moi : *Ha. OK. Merci quand même.*

Ryu : *Si tu veux, je peux faire des recherches et voir si quelqu'un l'a déjà vu.*
Moi : *Ce n'est pas très important.*

Je regrettai cette impulsion ; ça pouvait être dangereux. Étant donné comment Wedderburn menaçait Vi, j'aurais dû être plus prudente. Je jurai en silence et reposai la faute sur la version effrayante de moi dans le miroir. *Je suppose que les hormones qui m'ont poussée à me demander si je devais fuir ou me battre ont engourdi mon cerveau.* Pour cacher mon inquiétude, je demandai à Ryu s'il y avait des filles qui l'intéressaient cette année, ce qui détourna la conversation pendant dix bonnes minutes ; au passage, la réponse était oui. J'espérais qu'il sortirait avec quelqu'un de cool. J'étais contente que nous soyons facilement passés d'amourette de vacances à amitié d'Internet. Nous discutâmes encore un peu avant que son heure libre se termine et que je me prépare à me coucher. Mes parents rentrèrent une heure plus tard ; j'entendis la clé dans la serrure et leurs murmures tandis qu'ils essayaient de ne pas me réveiller. La normalité de la situation me parut soudain précieuse, comparée au reste de ma vie. Ils ne savaient pas qu'il y avait des monstres dans les miroirs ou des hommes maigres qui puaient la mort. Mais surtout, ils ne se doutaient pas que j'étais peut-être responsable de la mort de quelqu'un. Les larmes brûlèrent ma gorge comme de l'acide.

Mes parents croyaient au principe de cause à effet, à la science rationnelle, et ils seraient horrifiés s'ils découvraient comme la Création était chaotique et les dégâts que le genre humain avait faits. Encore une fois, ma mère était cynique, alors elle ne serait peut-être pas surprise. Pendant quelques secondes, je fixai le plafond en regrettant de ne pas pouvoir le leur dire, leur montrer mes marques et leur raconter toute l'histoire. Mais une frontière avait été tracée entre eux et moi, je ne pourrais plus jamais me tenir du côté des ignorants heureux. Mes yeux étaient ouverts et je ne pouvais pas ne pas voir les ombres sur les murs. Le matin, le souvenir des bottes cloutées m'empêcha d'aller courir. J'y irais après les cours. À Blackbriar, davantage de personnes portaient le brassard noir et quelqu'un avait recouvert son casier avec des photos de Brittany, comme pour créer une sorte de lieu de pèlerinage. Je ne croisai pas Cameron, ni Allison, mais Jen et Davina me firent signe. Tandis que je récupérais mes livres, le directeur fit une annonce à propos des funérailles, indiquant l'heure et le lieu du service, puis il poursuivit avec le bla-bla habituel sur les donateurs et le respect de la politique de l'école, ce qui me semblait totalement irrévérencieux. *Ouais, ouais, une élève est morte, mais n'oubliez pas la vente de chocolats !*

— Tu as vu Russ ?

Davina m'accompagna alors que je me rendais à mon premier cours.

— Pas depuis un moment.

— Les gens sont assez bouleversés, dit Jen.

J'acquiesçai en essayant de comprendre pourquoi elles traînaient avec moi, toutes les deux. C'était vrai que Allison et Brittany n'avaient pas laissé beaucoup de places pour la compétition dans la bande des Intouchables, du coup, les garçons étaient plus nombreux que les filles. Alors peut-être qu'elles n'avaient personne d'autre ?

— Je le suis toujours, murmura Davina. Mon Dieu, c'était si…

Je tapotai maladroitement son bras. Encore une minute, et je me retrouverais à dire « Là, là » et lui proposer une boisson chaude. Bon sang, j'étais vraiment nulle pour les interactions sociales, sauf avec Kian. Parfois, j'avais le sentiment que nous étions de la même espèce, abandonnés parmi des extraterrestres.

— Mais je suis contente qu'elle n'ait pas été seule, dit Jen. Je pense… que c'était plutôt gentil, non ? D'être à ses côtés jusqu'à la fin.

— Est-ce que ce serait bizarre si on se faisait une sortie ? demanda Davina. Toutes les trois. Je ne veux pas que ce soit la dernière chose qu'on ait faite ensemble. Mais cela vous paraît peut-être étrange et superstitieux.

Jen donna l'impression qu'elle était soulagée que Davina l'ait suggéré.

— Si vous voulez, vous pouvez venir dormir à la maison vendredi.

Elle est sérieuse en m'invitant à une soirée pyjama ? Brittany est morte, et... Mais honnêtement, je ne savais absolument pas comment analyser la situation. Je n'avais pas de référence pour savoir à quel point je devais flipper. Greg le psychologue avait dit que je ne devrais pas avoir honte de mes sentiments, quels qu'ils soient. C'était principalement de la tristesse et de la confusion, parsemées de peur et de culpabilité. Ce devait être une coïncidence, la malchance, le karma.

— Je n'ai rien de prévu, dis-je à voix haute.

— Dites-moi quel genre de films vous aimeriez voir et je jetterai un œil sur Netflix.

Jen semblait un peu plus gaie et nous souriait, à Davina et moi.

— Les comédies romantiques, dit-elle au moment où je répondais :

— Tous les genres de science-fiction.

— Même les mauvais, comme *Sharknado* ?

Je souris.

— Je serais ravie de le revoir.

— Alors je trouverai une bonne comédie romantique et un mauvais film de science-fiction. Ce sera amusant, non ? On pourra boire en l'honneur de Brit et papoter.

— Super, dit Davina. Ce sera un peu comme une veillée mortuaire.

Jen acquiesça.

— Un peu.

— Je ne sais pas si j'aurai beaucoup de choses à raconter, les avertis-je.

La plupart de mes expériences avec Brittany n'étaient pas positives. Je n'étais pas heureuse qu'une chose aussi horrible lui soit arrivée, je pouvais même affirmer le contraire, mais je n'avais pas d'anecdotes amusantes ou adorables en stock à son propos. J'étais mal à l'aise pendant que Davina m'observait.

— Ce n'est pas grave. Tu étais là, alors tu dois venir. Pour extérioriser.

— D'accord. Tu m'as convaincue.

— On pourra rentrer chez moi ensemble. Alors dis à ton copain super sexy de ne pas passer te prendre.

Jen souriait, mais n'utilisait pas le ton désagréable qu'aurait pris Allison en faisant ce commentaire.

— OK. On se retrouve au déjeuner, les filles.

Nous nous séparâmes et je me rendis à mon premier cours, où M. Love faisait fondre les filles qui étaient assurément arrivées une demi-heure en avance dans l'espoir d'avoir du temps seules avec lui. Le problème, c'était qu'elles étaient sept à avoir eu la même idée. *Ce type va se retrouver avec un procès aux fesses.* Pourtant, je ne pouvais pas dire qu'il les regardait de manière inappropriée, il se contentait d'émaner une sorte d'intensité poétique à la Lord Byron et de parler avec la touche de prétention idéale.

— Vous êtes ravissante aujourd'hui, Edie.

— Vraiment ?

Je baissai les yeux et vis le même uniforme et la même coiffure que je portais depuis la rentrée.

— Je déteste cette fille, chuchota Nicole, connue pour s'être présentée en se vantant de pouvoir nouer une queue de cerise avec sa langue.

Peut-être que j'aurais dû laisser passer… mais non. Je ne m'étais pas racheté une conduite et je n'avais pas infiltré la bande des Intouchables pour laisser d'autres personnes me piétiner. Alors je posai mon sac à dos sur mon bureau et m'approchai du sien.

— Pourquoi ? demandai-je poliment.

— Pardon ?

Elle écarquilla les yeux tandis qu'elle cherchait ses amies du regard de tous les côtés.

— Tu viens de dire que tu me détestais. Je te demande pourquoi. À moins que je sois censée faire comme si je ne t'avais pas entendue ?

Avant qu'elle n'ait le temps de répondre, la cause de nos problèmes intervint.

— Les filles, c'est presque l'heure du début du cours. Allez vous asseoir, s'il vous plaît.

Alors que je m'asseyais, je remarquai une sorte de satisfaction dans les yeux de M. Love. Avec un peu d'encouragement, ses élèves finiraient par se battre pour lui. Quand j'étais allée clouer le bec de Nicole, je me fichais complètement de ses cheveux ébouriffés ou de son sourire stupide. Que Dieu protège celles qui s'en souciaient. Son cours fut intéressant, comme d'habitude, et nous débattîmes sur l'imagerie dans un poème. J'avais toujours trouvé *La Belle Dame sans merci* surestimé et misogyne. Le crétin de chevalier n'a-t-il pas plus de style pour sauter une femme à la dérobée et se demander pourquoi elle finit par le quitter ? En dehors des bêtises d'allégorie sur les fées, son comportement est une réponse en soi.

Après ça, j'attendis jusqu'à ce que le reste de la classe soit parti. Je m'arrêtai devant son bureau et fixai intensément M. Love, qui sembla mal à l'aise.

— Quelque chose ne va pas ?

L'acouphène retentit et cela n'arrivait que lorsque je me trouvais près de quelque chose d'inhumain, de monstrueux ou d'immortel. Je plaquai une main sur son bureau et murmurai :

— Je sais qui vous êtes.

Enfin, pas exactement. Pas encore. Mais sa présence était synonyme de problème et de *très mauvaises choses.*

— Je vous demande pardon ?

Il portait l'innocence comme un manteau blanc saupoudré d'or. Peu importait. Ce fut tout ce que je dis ; cela suffisait. J'avais jeté le gant, alors je me dépêchai d'aller à mon prochain cours, en espérant que je ne venais pas juste de faire une énorme erreur.

***

Jeudi, je me rendis aux funérailles de Brittany. À peu près toute l'école était là, et on nous offrit notre demi-journée, peut-être parce que les King avaient donné beaucoup d'argent à Blackbriar ces dernières années. Des photos étaient posées sur le cercueil fermé. La plus jeune sœur de Brittany chanta et Allison essaya de prononcer une oraison funèbre, mais elle craqua au milieu de son discours. Cameron était assis avec les parents de Brittany à l'avant, et il avait l'air dans un état pire que celui dans lequel je l'avais vu quelques jours auparavant, comme s'il ne dormait pas. Après l'inhumation, je présentai mes respects à la famille et Mme King me serra dans ses bras.

— Merci d'être venue.

— Toutes mes condoléances.

J'avais l'impression que ce n'était pas la bonne réponse, mais je ne savais pas quoi dire d'autre. Je restai là trente secondes, la laissant m'étreindre, puis fis un pas en arrière. Malgré ce que Kian avait dit, je me sentais toujours coupable. J'avais l'impression d'avoir des œufs brouillés à la place du cerveau et j'étais pleine de théories complètement folles comme demander le pouvoir de faire payer la bande des Intouchables, puis utiliser mon troisième vœu pour effacer ça de ma mémoire et ainsi ne pas vivre avec cette culpabilité. Subrepticement, je jetai un œil à mon poignet. *Seulement une barre au-dessus du symbole infini.*

Je ne dormis pas beaucoup cette nuit-là.

Vendredi, j'arrivai au lycée en retard, ainsi je pus sécher le premier cours. Je ne me sentais pas d'affronter le regard insistant de M. Love. Depuis que j'avais lâché mon avertissement, il était différent, vigilant et froid. Les autres filles n'avaient rien remarqué, mais elles étaient aveugles pour tout ce qui le concernait, ne voyant que ses cheveux soigneusement ébouriffés et ses interprétations enthousiastes de poèmes que nous avions déjà lus. À part les photos de Brittany accrochées près du secrétariat, les choses revinrent à la normale. Les différentes classes recommencèrent à suivre leur programme habituel et les professeurs étaient résolument enjoués. Au déjeuner, la cafétéria était de nouveau bondée, même si les gens étaient plus calmes que d'habitude, criant moins et se promenant moins entre les tables. La majeure partie de la bande des Intouchables était de retour. Après avoir hésité quelques secondes, j'apportai mon plateau à la table en me disant « je devrais essayer de me faire de vrais amis ».

Tandis que je m'asseyais, je remarquai que Russ était absent. Davina, en particulier, semblait s'inquiéter pour lui.

— Quelqu'un a eu de ses nouvelles ? demanda-t-elle.

Je me sentais toujours aussi mal pour Brittany. En plus, il n'était pas sur ma liste des personnes qui valaient la peine que je m'embête pour elles, mais je me contentai de secouer la tête. Étonnamment, le reste de la bande ne savait rien non plus. Davina se tourna vers Cam.

— Je croyais que vous étiez censés être proches.

— Excuse-moi d'avoir d'autres choses en tête en ce moment. Ma copine vient de mourir.

À la tête de Davina, on aurait dit qu'il venait de la gifler.

— C'est juste que… je suis inquiète. Cela ne lui ressemble pas de…

— Tu es marrante, l'interrompit Allison. Je parie que tu crois que tu sors vraiment avec lui. Il t'a dit qu'il valait mieux que vous restiez discrets, c'est ça ? Comme ça, vous n'aviez pas à supporter les ragots des autres ?

Davina respira en tremblant.

— Tu n'en sais rien.

— Je sais *tout*. Tu n'es pas sa petite amie, tu es comme son vélo, disponible quand il a envie de le chevaucher.

Allison regarda autour d'elle et sembla vexée en voyant nos têtes.

— Ben quoi ? Ce n'est pas un secret. Russ adopte toujours les animaux errants et les laisse croire qu'ils ont de la chance.

— Sale garce.

Davina se leva de table, attrapa son plateau et chercha un autre endroit où s'asseoir. Sans réaliser que j'avais pris une décision, je me levai aussi.

— Il y a des places par là-bas. Cette table empeste.

Je ne m'étais pas rendu compte que nous avions déclenché un exode de masse jusqu'à ce que Jen nous rejoigne ; je jetai un œil et vis les garçons regarder Allison comme si c'était une fiente sur leurs chaussures. Puis Cam dit clairement :

— Bon sang. Je me demande bien pourquoi Brittany était amie avec toi.

Puis ils quittèrent la table qu'ils avaient occupée depuis la première année pour s'asseoir avec nous trois, laissant Allison seule. Ses joues étaient rouges de rage ou de honte et ses yeux aussi noirs que des nuages avant l'orage. Elle baissa la tête et se remit à manger, mais les autres élèves la regardaient avec un air satisfait. Elle se comportait bizarrement, comme si elle avait l'impression de devoir être super méchante pour supporter la perte de Brittany.

— Elle est allée trop loin, là, dit Cam.

Et les autres garçons acquiescèrent.

Mais bien sûr. Mais manifestement, il avait un livret de règles différent pour les filles comme Brittany. Elle méritait mieux que ce que j'avais eu. Je le regardai fixement, tandis que les souvenirs remontaient à la surface.

Il faut reconnaître à son honneur que Davina ne fit aucune remarque sur Allison ; elle était concentrée sur Russ.

— Je lui ai envoyé douze messages et il n'y a pas répondu. Répond-il à quelqu'un d'autre ?

Cam regarda son téléphone.

— Non. Et je suis désolé pour ce que j'ai dit tout à l'heure.

Bon sang, je détestais le voir agir… humainement, s'excuser auprès des gens. Dans ma tête, c'était un monstre obsédé aux sabots fendus sans aucune qualité pour compenser ses défauts. L'une après l'autre, les personnes autour de la table vérifièrent leurs messages en secouant la tête.

— Je vais appeler chez Russ. Je suis sûr que sa mère pourra me dire ce qu'il se passe.

Cam attendit la fin de la sonnerie avant de téléphoner.

— Mme Thomas ? C'est Cameron Dean.

Silence.

— Oui, c'est horrible.

Un autre silence.

— Merci, je l'espère aussi. Je me demandais si Russ était malade. Je peux lui apporter… Quoi ?

Il arrêta de parler, les yeux écarquillés.

— Non, je ne l'ai pas vu depuis des jours. Et il n'était pas aux funérailles de Brit non plus. Non, désolé. Oui, d'accord. Je suis *désolé*.

Bouleversé, il laissa tomber son téléphone sur la table tandis qu'un mauvais pressentiment me noua l'estomac.

— Qu'est-ce qu'il y a ? demandai-je.

— Russ a dit à sa mère qu'il restait chez moi quelques jours, répondit Cam, à cause de Brit. Pour que je ne me retrouve pas seul. Ses parents pensaient qu'il était chez moi depuis tout ce temps.

— Oh mon Dieu.

Jen pâlit.

— Merde, lâcha-t-elle. Alors il a… disparu ?

En entendant ces mots, Davina éclata en sanglots.

18

LE SOMMEIL DE LA RAISON

Après les cours, je quittai le lycée avec Jen et Davina. La mère de Jen était une magnifique Thaïe qui parlait parfaitement notre langue. Elle aurait très bien pu être mannequin ou actrice, ce qui expliquait le physique avantageux de Jen. Mme Bishop était aussi polie et charmante, enchantée de rencontrer les nouvelles amies de sa fille. En tout cas, c'est ce qu'elle dit, et j'étais susceptible de la croire. Elle nous conduisit jusqu'à une maison victorienne rénovée à deux étages dans les environs de Beacon Hill. Rien que cela indiquait que cette famille avait de l'argent, mais l'intérieur était à couper le souffle, décoré avec goût dans un style mi-oriental, mi-occidental qui était apaisant et chaleureux.

— Je suis certaine que vous n'avez pas besoin que je vous surveille, dit-elle en rangeant sa veste dans le placard de l'entrée. Alors Jen peut vous montrer sa chambre, mais n'hésitez pas à nous dire, à moi ou à la gouvernante, si vous avez besoin de quelque chose.

C'est donc ce genre de maison.

— Venez.

Jen traversa l'entrée dont les murs étaient peints en un crème clair qui contrastait joliment avec le bois foncé des escaliers.

J'avais toujours aimé notre appartement, il avait du caractère, mais j'avais l'impression que j'allais me sentir bien ici. Nous montâmes les deux volées d'escalier jusqu'en haut de la maison où Jen occupait tout l'étage. Les murs avaient été détruits pour créer une immense suite avec des fenêtres ovales de partout. Il y avait un plafond en trois pentes et un lit grande taille avec deux futons placés de chaque côté d'un store en bambou et papier pour créer une petite salle télé. Elle avait aussi un mini-frigo et une bouilloire électrique. Ajoutez à ça la vaste salle de bains accolée, et je ne voyais aucune raison qui aurait pu la pousser à quitter un jour la maison.

Apparemment, Davina partageait ma fascination.

— Tu pourrais vivre ici.

— C'est à peu près ce que je fais.

— Mais ta mère semble cool.

Je comprenais que certains adolescents veuillent de l'intimité vis-à-vis de leurs parents, mais Mme Bishop ne me semblait pas être une mère surprotectrice.

— Ça va. Mais mes parents organisent beaucoup de fêtes. Mon père est avocat dans le domaine du divertissement et ça fait « partie de son boulot de faire du relationnel ».

Jen semblait le citer.

— Alors je suis contente d'avoir mon étage, sinon, ils me rendraient folle avec ce bruit constant.

— Il y a des stars qui viennent chez toi ? voulut savoir Davina.

— Ça dépend ce que tu entends par là. Des personnalités has been parfois, des acteurs qui apparaissaient dans des *soap operas* il y a dix ans et qui essaient de se faire embaucher au Japon ou en Thaïlande.

— C'est pas franchement excitant, fis-je remarquer.

Jen sourit.

— Croyez-moi, je serais en bas s'il y avait de vraies stars dans le salon.

— Alors, qu'est-ce qu'on regarde ce soir ? demanda Davina.

— J'ai trouvé une comédie romantique avec Anna Faris et un horrible film de science-fiction sur un T-Rex qui voyage dans le temps.

Davina pencha la tête avec un air pensif.

— Celui où elle flippe en se rendant compte du nombre de mecs avec qui elle a couché ?

— Ouais.

Je n'y connaissais rien aux comédies romantiques, sauf si elles étaient sorties avant 1960, mais je ne pouvais m'empêcher de sourire en pensant au choix de SF de Jen.

— D'abord, on devrait peut-être parler de ce qui est arrivé à Brit.

Davina s'assit au bord du futon bleu.

— Je suis encore bouleversée.

— C'est difficile de ne pas l'être, admit Jen.

— Je fais des cauchemars, affirma Davina en fixant le sol. Je ne l'ai pas dit à ma mère, sinon, elle m'enverrait voir un psy si vite que j'en aurais le vertige.

Jen afficha un petit sourire.

— Je croyais que tout le monde à Blackbriar avait un psy et un coach personnels.

C'était censé être une blague, mais j'étais presque sûre que Davina et moi ne vivions pas dans le même monde. Elle marmonna :

— Je touche une aide.

— Waouh, vraiment ?

J'étais impressionnée.

Davina acquiesça.

— Depuis toujours. Je suis presque sûre que c'est pour ça qu'Allison a une dent contre moi. Ses parents sont de nouveaux riches, alors elle est un peu susceptible sur ce sujet, comme si le fait d'être polie risquait de lui refiler la pauvreté.

— Tu viens vraiment de dire « nouveau riche » ? demanda Jen.

— Tu sais que c'est vrai. Les gens qui viennent de gagner de l'argent sont ceux qui se comportent de la pire des façons. Ils veulent tellement être acceptés par les sangs bleus, fréquenter le beau monde…

— Mais Allison est garce avec tout le monde.

C'était le genre de nuances complètement indétectables par un outsider comme moi.

— Sa poitrine s'est formée tôt, dit Jen, et tout le monde sauf Brit l'a tenue à l'écart. Maintenant, elle préfère tirer la première. Constamment. Elle est toujours en niveau d'alerte maximal, prête à bondir.

— C'est de la frappe préventive, en gros.

Je n'y avais jamais pensé avant ; la bande des Intouchables ne semblait pas avoir de véritables raisons d'avoir un tel comportement. Honnêtement, ça ne m'avait jamais traversé l'esprit. Je pensais qu'ils n'avaient pas besoin de raison pour être méchants… comme l'été et l'hiver, ils agissaient comme la nature le leur dictait.

— En gros, oui. Allison était la meilleure amie de Nicole Johnson, mais elle s'est développée et les mecs ont commencé à faire attention à elle. Ça a énervé Nicole et elles ont arrêté de traîner ensemble il y a quelques années.

— Allison, c'est Garcezilla ces derniers temps. Sans mentir. Mais c'est nul que Nicole l'ait lâchée pour quelque chose qui n'était pas sa faute. Ce n'est pas comme si on pouvait contrôler quand nos seins poussent.

Davina baissa les yeux sur son propre décolleté.

— Ou s'ils pousseront un jour, dans mon cas.

— Peu importe, dit Jen. Je parie que ta mère ne te prend jamais la tête si tu prends un kilo. Alors que si je me contente de regarder des féculents, j'ai droit à un sermon.

Waouh, et je pensais que mes parents étaient des

enquiquineurs. Au moins, ma mère ne m'a jamais soûlée parce que je grossissais.

— Et les tiens ? demanda Davina.

Je ne voulais pas dire la vérité.

— Mes parents enseignent la physique à l'université de Boston, alors...

— Ça explique beaucoup de choses, affirma Jen.

Je supposai qu'elle voulait dire par là que cela justifiait mon manque total d'intérêt pour mon apparence physique l'année dernière. Et elle aurait eu raison. La plupart des filles avaient une mère qui leur parlait de coiffure et de maquillage, au moins de façon passagère. La mienne était complètement dépourvue d'intérêt pour les sujets féminins typiques ; ce trait était compensé par le fait que c'était une scientifique brillante sur le point de faire une découverte qui changerait le monde. C'était ce que pensaient les gens. Je soupçonnais que ma mère avait une piste pour y arriver.

— Ouais, ben mieux vaut tard que jamais, non ?

Jen semblait avoir vu mon malaise. Elle regarda Davina.

— Vous voulez boire quelque chose ?

— De l'eau, ce serait parfait, répondit l'autre fille.

— Plate, pétillante ou minérale ?

Elle avait apparemment les trois dans son mini-frigo. Quelle prévoyance.

— Pétillante, choisit Davina.

— Pareil, dis-je à mon tour.

Jen sortit trois bouteilles d'eau pétillante, puis alluma la télé, mais aucune de nous trois n'était d'humeur à la regarder ; elle nous fournissait plus un bruit de fond qu'autre chose. Je me trompais peut-être, mais je ne croyais pas que Jen et Davina n'aient jamais traîné ensemble comme ça avant. Nous étions unies par la chose horrible que nous avions vue, et même si cela ne faisait pas de nous des amies, cela créait un lien que personne d'autre ne pouvait partager.

Je ne connaissais peut-être pas très bien ces filles, mais elles comprenaient l'impact qu'avait eu ce moment.

— Alors… dit Davina. Brit…

Jen baissa les yeux et replia ses genoux contre sa poitrine en les entourant de ses bras.

— Je n'arrive pas à sortir son visage de ma tête. Quand j'essaie de m'endormir, je le vois, encore et encore.

— Pour moi, c'est le sang, murmura Davina.

Il y avait tant de choses que je ne pouvais pas partager, notamment le fait que j'avais des doutes sur le fait que ce soit une mort naturelle.

— Ça a été si rapide. Une semaine avant, elle a eu une éruption cutanée horrible, et puis…

— C'est terrifiant, dit Davina. J'ai peur d'essayer de nouvelles marques de maquillage maintenant.

— Ses parents font un procès à la société de cosmétiques, nous informa Jen.

Super, ça va aider, ça. Je serrai un poing pour essayer de ne pas révéler le chaos qui faisait rage dans ma tête. La culpabilité et la tristesse se faisaient la guerre pendant que le regret faisait des pirouettes. *Mais tu n'es même pas sûre que c'était ta faute. Ou celle de Kian. Mais si c'était Wedderburn... Mince, tout est embrouillé.*

— Peut-être qu'on devrait juste… ne pas y penser pendant quelque temps, suggérai-je pour ne pas devenir folle. Si c'est possible. Ce serait bien d'avoir un meilleur souvenir ensemble pour remplacer ça.

Mon Dieu, j'espérais que cela ne semblait pas idiot comme j'en avais l'impression. Ça puait la carte de vœux bon marché et je m'attendais à ce qu'elle me jette quelque chose à la figure.

Mais elles acquiescèrent toutes les deux.

— C'est une bonne idée, dit Jen.

Davina sortit un magazine et nous le feuilletâmes en regardant les vêtements et décidant quels articles étaient démodés et lesquels étaient hors de prix. Cela nous occupa une heure, et je commençais à me sentir à l'aise. La gouvernante monta alors avec un plateau d'amuse-gueules : du fromage blanc, différents fruits coupés, des carottes, du céleri et du jicama, ainsi que de la charcuterie et des biscuits salés au blé complet.

— Oh mon Dieu, fit Jen. N'importe quelle fille qui organiserait une soirée pyjama aurait des chips, des cookies et du pop-corn. Pas moi. Désolée les filles.

— Ça ne me dérange pas. Ça a l'air bon en plus.

Ce n'était pas juste pour être gentille. C'était bien plus original que tout ce qu'il y avait chez moi, surtout disposé sur un plateau de service en tek.

Davina souriait.

— J'adore les radis.

— Personne n'aime les radis, dit Jen. Les radis, c'est dégoûtant.

— Je n'ai pas dit qu'ils étaient délicieux. Mais ils sont adorables.

Nous mangeâmes et je les écoutai parler des gens de l'école. Apparemment, Nicole Johnson avait essayé de se rapprocher de M. Love. *Ça va mal finir cette histoire*, pensai-je.

— Sérieux ? demanda Davina. Je veux dire, il est charmant et tout, mais il a au moins vingt-cinq ans. Il y a vraiment quelque chose qui cloche chez lui, s'il veut sortir avec une lycéenne.

— Sortir n'est peut-être pas le bon mot, suggérai-je.

— Tu veux dire comme un défloreur professionnel ? Il y en avait un dans mon ancienne école, il tenait un tableau de score et tout. Le mufle.

Davina fit la grimace.

Vers dix-huit heures, Jen mit la comédie romantique qui était bien plus amusante et divertissante que je ne l'aurais cru. Note pour moi-même : ne pas juger les films récents prématurément. À la fin du film, mon téléphone vibra pour m'annoncer un message.

— C'est ton homme ? demanda Davina.

Je vérifiai.

— Oui.

— Ooooh, qu'est-ce qu'il dit ? C'est un sexto ?

Chez elle, Jen était bien plus détendue qu'à l'école. Assez pour essayer de me voler mon téléphone.

Je le tins hors de sa portée et lus à voix haute :

— Est-ce exagéré de t'envoyer un message pour savoir comment ça va ? Si oui, ce message est une erreur. Sinon…

— Drôle et sexy, dit Davina.

Je souris en tapant ma réponse.

« C'est non. Et je vais bien. Merci. »

Il répondit aussitôt.

« On se voit demain soir ? »

« Oui. Quelle heure ? »

« Passe te prendre à sept heures. »

Quand je reposai mon téléphone, elles me regardaient toutes les deux avec un petit sourire.

— Quoi ? demandai-je.

— Tu devrais voir ta tête.

Mais l'expression de Davina s'adoucit comme si elle pensait que quoi qu'elle voie en moi concernant Kian, c'était quelque chose de positif.

— On ne va pas parler de son mec toute la soirée, intervint Jen.

Et je lui en fus reconnaissante.

— Bon. Regardons plutôt le T-Rex qui voyage dans le temps.

C'était le top de la mauvaise SF. Je ris à en avoir mal au ventre, tout comme les deux autres. Je n'aurais pas dû être aussi étonnée de découvrir qu'elles n'étaient pas si différentes de moi, mais j'avais commencé à voir les gens de l'école comme une espèce séparée, alors c'était difficile de changer d'avis. Au milieu du film, Jen dévoila sa cachette secrète et ajouta de la vodka dans nos jus d'orange.

Les choses devinrent floues après ça. Elles racontèrent des anecdotes sur Brittany et je pleurai avec Davina et Jen ; je regrettais tellement ne pas avoir connu la fille qui s'était déshabillée pour finir en sous-vêtements et voler une rose pour un pari ou qui avait fait trente kilomètres en voiture pour acheter une caisse de bières parce qu'elle avait promis à Davina que sa première fête serait géniale. Jen me raconta comment, quand Cameron était malade et qu'il n'y avait personne chez lui, Brit venait et lui préparait de la soupe au poulet avant de nettoyer le vomi quand il ne pouvait pas se retenir. Comment une fille aussi gentille pouvait m'avoir fait ça ?

Et comment avais-je pu lui faire ça ? *Si* je l'avais fait.

Tout le monde peut s'avérer être un vrai monstre.

Il était minuit et demi quand Davina, ivre, proposa que nous essayions le jeu du miroir appelé Bloody Mary. Pendant quelques secondes, je me figeai, mais l'alcool dissipa mes craintes presque instantanément. Jen se dirigeait déjà vers la salle de bains pour récupérer des bougies.

— Je ne crois pas que ce soit une bonne idée, fis-je remarquer.

Dans ma tête, j'entendais Kian dire : « Parfois, tu appelles certaines choses. Puis elles ne repartent plus. » Je me souvenais de la fille dans le miroir de ma salle de bains, et je me demandais comment arrêter les filles. Les circonstances nous avaient peut-être réunies par hasard, mais je les appréciais. Pour le moment, je ne leur faisais pas confiance comme à Vi, mais ça viendrait, avec le temps, si elles ne se retournaient pas contre moi ou ne me mettaient pas un coup de poignard dans le dos.

À condition qu'elles ne meurent pas dans d'atroces souffrances.

Jen s'arrêta dans l'encadrement de la porte.

— Pourquoi pas ? C'est une sorte de tradition des soirées

pyjama, comme le jeu « léger comme une plume, raide comme un piquet », hein D ?

Davina acquiesça.

— Tu as peur ou quoi ?

— Évidemment.

Il valait mieux dire la vérité. Et si elles avaient vu un quart de ce que j'avais vu, si elles avaient su ce que je savais, elles auraient été pétrifiées elles aussi.

— Ce n'est qu'une légende urbaine, dit Jen pour essayer de me rassurer.

Davina passa un bras autour de mes épaules et me poussa jusqu'à la salle de bains.

— Ne t'inquiète pas, je te protégerai.

Avant que je ne puisse dire quoi que ce soit, elle éteignit les lumières et Jen alluma les bougies. Les minuscules flammes projetaient des ombres sinistres qui dansaient sur le mur en carrelage noir. Dans des circonstances normales, la salle de bains de Jen m'aurait semblé moderne et élégante, en noir et blanc avec des touches de rouge, mais là, la pièce ressemblait à un asile psychiatrique avec trois visages désincarnés dans le miroir. Jen leva sa bougie, si bien que l'odeur de cannelle flotta dans l'air ; elle se pencha en avant jusqu'à ce que son nez touche presque le verre. J'eus un mouvement de recul, mais Davina était derrière moi. Elle posa ses mains sur mes épaules, comme si cela allait me calmer.

— Bloody Mary, récita Jen.

Et Davina se joignit à elle.

Je ne dis rien ; je ne pouvais pas. Je sentais la peur monter le long de mon dos tandis que les deux autres murmuraient. Elles souriaient jusqu'à ce que le miroir s'assombrisse. Nos images se déformèrent, se voilèrent sur les côtés, puis ce fut comme si la créature dans le miroir nous effaçait de l'existence. C'était une sorte d'apparition spectrale en robe de nuit blanche en lambeaux, avec un visage osseux, des orbites énormes et des cheveux noirs et emmêlés qui retombaient comme des algues mouillées sur ses joues. La fille morte de l'autre côté pressa ses doigts contre la glace devant la bougie et la flamme s'éteignit. Quand elle sourit, ce fut comme si nous regardions dans un cercueil ouvert. Jen hurla et trébucha, faisant tomber l'autre bougie ; elle roula par terre et s'éteignit aussi, plongeant la pièce dans le noir.

— Merde.

Davina chercha la porte à tâtons, chancelante.

Je poussai Jen derrière elle, puis attrapai une serviette sur le portant derrière moi. Je couvris le miroir et allumai le plafonnier. Il me fallut faire preuve de courage pour rester droite, mais je comptai jusqu'à dix en tendant l'oreille. Le silence ne fut rompu que par les halètements et les pleurs venant de la chambre de Jen. Mes mains tremblaient tandis que j'approchais pour retirer la serviette ; mes muscles se contractèrent à l'avance comme pour se préparer au combat ou à la fuite, mais quand je regardai dans le miroir, il était normal. Je me penchai en avant, touchai sa surface et rien n'arriva.

— Qu'est-ce qui vous arrive à toutes les deux ? demandai-je en revenant dans la chambre.

Jen me fixa comme si j'étais folle.

— Tu n'as pas vu… ?

— Quoi ?

— La chose… et la bougie.

Davina faisait les cent pas en respirant trop vite, et si elle continuait comme ça, elle allait hyperventiler.

— Voilà ce qui arrive quand on avale trop de vodka et qu'on joue avec le feu.

Je ne pouvais pas me permettre qu'elle pose trop de questions, alors j'attrapai le bras de Jen et la ramenai dans la salle de bains, à présent éclairée par plusieurs plafonniers.

— Tu vois ? Il n'y a rien.

— Tu n'as vraiment rien vu ? demanda-t-elle.

— Juste des ombres.

Avec un peu de chance, ce mensonge ne la mènerait pas devant un psy.

— Hmm.

Davina nous rejoignit et inclina la tête, visiblement déroutée.

— Alors… c'était une sorte d'hallucination collective ?

— Qu'est-ce que ça pourrait être d'autre ?

J'affichai une expression innocente tandis que j'essayais de ralentir les battements de mon cœur et d'arrêter de trembler. Je ne savais pas ce qu'il aurait pu se passer si je m'étais trompée en couvrant le miroir ; je suppose que cela interrompait la connexion avec l'autre côté.

Et si le cauchemar avait un lien avec le miroir de Jen maintenant… mince.

— Je ne sais pas.

Jen regarda Davina qui haussa les épaules.

Nous parlâmes encore un peu après ça, mais les autres avaient perdu leur entrain et nous nous brossâmes les dents ensemble. Plus tard, Jen nous donna des draps pour que Davina et moi puissions préparer nos futons. Je me couchai, mais allongée là, j'eus peur de fermer les yeux. La menace du désastre se rapprochait de plus en plus, comme si ma vie était bâtie sur une faille et qu'il y avait des répliques qui me poussaient constamment vers le précipice. La respiration régulière de Jen emplit rapidement la chambre, mais un coup d'œil vers Davina m'indiqua qu'elle avait les yeux grands ouverts et ne semblait pas pouvoir s'endormir avant longtemps.

— Edie ?

— Quoi ?

— Tu as menti, je le sais. Je ne te demande pas pourquoi, mais tu as fait quelque chose là-bas. Et tu t'attendais à ce que quelque chose arrive.

Je ne le niai pas. Au lieu de cela, je murmurai :

— Tu te souviens quand je vous ai dit que c'était une mauvaise idée ?

— Ouais. Alors il t'est déjà arrivé des trucs bizarres avant.

— Je suis vraiment fatiguée, dis-je pour éviter la question. Ça ne te dérange pas ?

— Non, c'est bon. Mais… merci.

Ce fut le dernier mot qu'elle dit avant de se retourner et se mettre en boule.

Il me fallut bien plus de temps pour me détendre. Vers deux heures du matin, je descendis du futon et m'approchai de la fenêtre. L'obscurité s'étalait dans les rues, si bien qu'il n'y avait que le lampadaire qui projetait un cercle doré sur la chaussée. Je craignais de plus en plus mes pensées, alors je ne songeai pas au vieil homme au sac. Pourtant il apparut, dehors, sur le trottoir, les yeux rivés sur moi. Les deux enfants qui glaçaient le sang se tenaient à ses côtés, regardant vers le haut sans cligner leurs yeux noirs. Leur attention silencieuse semblait menaçante, comme s'ils marquaient la maison d'une certaine manière. L'effroi me fit frissonner quand je réalisai que la chemise du garçon et la robe de la petite fille étaient tachées de sang.

Je secouai la tête en silence. Quoi qu'ils veuillent, je devais les empêcher de l'avoir. Je clignai des yeux, une fois, deux fois, en espérant qu'ils étaient comme l'hallucination dont j'avais parlé après que Davina et Jen avaient appelé Bloody Mary. Pendant cette fraction de seconde lors de laquelle mes cils descendirent et remontèrent, la petite fille se jeta sur la vitre, sans avoir aucun support.

Elle parla avec la voix gazouillante d'une vieille poupée, de celles avec un visage en porcelaine craquelée et des yeux vides et immobiles.

— Laisse-moi entrer. Ça ne prendra pas longtemps.

19

TON AMITIÉ ME TUE

La vitre qui nous séparait se couvrit de givre ; c'était une barrière de protection bien fine, mais quand j'articulai le mot « non », elle disparut. Davina remua sur son futon et je retournai au mien précipitamment, craignant ce qui pouvait encore surgir de la nuit et les monstres que mon inconscient pourrait créer. *Il faut que d'autres personnes croient en tes cauchemars pour qu'ils deviennent réels.* Mais cela ne me réconforta pas vraiment.

Je ne dormis pas. À chaque tic-tac de l'horloge, je voulais appeler Kian. Je ne le fis pas. *Sois courageuse. Sois forte. Ils ont besoin de ta permission pour entrer. OK ?*

Si ce n'était pas le cas, alors la vie deviendrait moche très rapidement.

Tôt le lendemain matin, la mère de Jen nous proposa un petit déjeuner équilibré avec des blancs d'œufs, des fruits et du yaourt, puis je m'empressai de sortir avant qu'elles ne remarquent mon air hagard. La mère de Davina passait la prendre plus tard, alors je pris Jen puis Davina dans mes bras, remerciai tout le monde et m'enfuis en courant. Je m'arrêtai toutefois sur le trottoir sous le lampadaire, en fixant les empreintes noires de la taille de pieds masculins, semblables à des marques de brûlure dans le ciment. Des deux enfants qui accompagnaient l'homme au sac, il n'y avait aucune trace. Mais je lus de sinistres présages dans la forme de ses chaussures :

Ceci m'appartient désormais et je reviendrai.

Un pressentiment fit monter la nausée au fond de ma gorge, mais je la refoulai et commençai à marcher. Je me mis bientôt à courir de manière incontrôlable en regrettant de ne pas pouvoir hurler, mais les gens étaient déjà en train de m'observer puisque je portais un jean et pas de survêtement ou de tenue en lycra, et que j'avais mon sac sur le dos. J'espérais qu'ils en concluraient que j'étais en retard et pas folle, mais honnêtement, si j'avais eu un sweat à capuche, ils m'auraient probablement prise pour une sociopathe.

Mon corps était couvert de sueur froide quand je montai dans le métro ; heureusement, il y avait un type qui chantait à sa chaussure, alors il y avait des priorités dans la hiérarchie des trucs bizarres. Je descendis à mon arrêt habituel et rentrai à la maison. Mes parents avaient étalé des papiers partout sur la table, des feuilles lignées jaunes couvertes d'équations compliquées et de schémas approximatifs pour montrer comment ceci ou cela pouvait être réalisé.

— Vous avez obtenu votre financement ? demandai-je.

— On ne sait pas encore. Ce n'est plus l'affaire que de quelque temps, répondit mon père.

— C'était sympa chez Julie ? voulut savoir Maman.

— Jen. Et c'était différent. On a regardé des films et mangé de la nourriture saine.

Et invoqué une chose monstrueuse dans le miroir. Rien d'anormal, quoi. Comme ma mère manquait cruellement de second degré, je ne fis pas cette plaisanterie. Elle m'aurait prise au sérieux et aurait présumé que je faisais des expériences avec le psychédélique, et j'aurais alors droit à un sermon sur l'importance de s'en tenir aux drogues douces naturelles.

Papa protesta :

— Mes repas sont sains.

— Mais tu ne fais jamais de radis.

— Oh, c'est du luxe. Je ne fais pas de mets de luxe.

Il semblait apaisé.

Après avoir discuté un peu plus, je m'échappai en sortant l'excuse des devoirs. Personne d'autre que mes parents pourrait croire que j'avais l'intention d'étudier à dix heures un samedi matin, ce qui expliquait pourquoi c'était plutôt sympa d'avoir des professeurs à la maison. Ils ne voyaient rien de bizarre là-dedans.

Après m'être retirée dans ma chambre, je fis des recherches sur l'homme au sac. Dans les pays d'Amérique latine, il était connu pour enlever les enfants. Parfois, il les mangeait et ne laissait que leurs os. D'autres, il leur coupait la tête et la mettait dans son sac, savourant le cerveau et préparant une soupe monstrueuse avec leur squelette.

— Mon Dieu, murmurai-je.

Et il te traque. Merde alors.

Pour me changer les idées et donner un peu de véracité à mon mensonge, je fis ma fiche d'exercices d'initiation au japonais. Cela s'avéra n'être que le début puisque les habitudes ont la vie dure et je ne m'arrêtai qu'après avoir tout terminé. Les devoirs pour l'école devaient être la seule chose qui m'empêchait de devenir folle puisque je pouvais alors tenir à l'écart la terreur, la confusion et l'impuissance que je ressentais vis-à-vis du reste de ma vie. Je venais tout juste de finir mon dernier projet quand Vi se connecta à Skype.

Je répondis à la requête d'appel vidéo avec un sourire qui s'effaça quand je vis sa tête. Elle avait l'air malade, crevée ou peinée, peut-être un horrible mélange des trois.

— Qu'est-ce qui ne va pas ?

— Edie, est-ce que c'est… toi ?

— Je ne…

— Ce lien. Attends une seconde, je l'ai sur ma tablette.

Elle la leva devant l'ordinateur et appuya sur l'icône « play » sur l'écran.

À l'instant où la vidéo chargea et où je vis les premières secondes, je compris. La salle dégoûtante qu'on utilisait habituellement pour stocker les chaises ou les autres affaires pour les réunions du lycée était vide car tout avait été apporté dans la cafétéria avec des sièges supplémentaires pour le festival de l'hiver. Chaque année, il y avait un thème avec des baraques et des décorations, et l'accès était ouvert à à peu près tout le monde. Même si c'était la première fois que je la voyais, je savais que cette vidéo avait été mise sur Internet.

Titre : La chienne à l'entraînement
Description : Cette fille est une chienne. Et elle le sait. Regardez-la agir comme telle. C'est trop drôle ! SVP mettez un like et abonnez-vous pour d'autres super vidéos à venir.

Les souvenirs à vif, j'étais incapable de répondre quoi que ce soit. Ils avaient dû se mettre à deux pour faire le sale boulot. Pendant que Brittany détournait mon attention en étant gentille, amicale même – elle s'excusait pour tout ce qu'elle m'avait fait subir avant – Cameron avait mis des médicaments dans mon eau. Juste quelques sédatifs, rien de très grave. J'en avais bu juste avant le dernier cours. Quand j'étais sortie de cours en chancelant, ils m'attendaient tous. Nauséeuse et prise de vertige, je savais, je *savais* que je devais m'en aller, mais je n'avais pas la force ni la coordination de le faire.

Alors ils m'avaient attrapée. Et ils m'avaient amenée jusqu'à la pièce vide au sol sale et aux murs de béton gris au sous-sol. Ils auraient pu me faire n'importe quoi là-bas. Après m'avoir mis un collier à clous pour chien, Cameron m'avait fait ramper. Il me tenait par la laisse et disait : « Aboie pour moi, gentil toutou. Aboie, la Kramée. Aboie. »

Tout était là, enregistré avec un téléphone tremblant. Moi, à quatre pattes, en train d'aboyer, moi en laisse et avec un collier, en train de pleurer, de les supplier de me laisser partir. J'entendais les rires résonner encore et encore dans l'ordinateur. Un frisson me parcourut quand je vis Cam poser la gamelle de nourriture pour chien devant moi. La version grosse de moi, toute rouge, pleurait tandis qu'elle baissait la tête dans la pâtée marron et la lapait. Les rires s'intensifiaient.

Vi arrêta la vidéo.

— Edie ?

— Oui, dis-je calmement. C'est moi.

Avec le peu de logique qu'il me restait, je fis le calcul. Il y avait plus de six mois entre le moment où cette vidéo avait été postée et quand j'avais rencontré Vi. Un régime draconien pouvait, théoriquement, produire des résultats similaires à ce que Kian avait fait avec ses gants modelants du futur. Étant donné comme j'étais bouleversée, il était peu probable que Vi se pose des questions sur ma transformation.

— Quels connards. Et pourquoi est-ce quelqu'un m'a envoyé ça ?

Je retenais mon souffle et luttais pour rester calme. J'avais les larmes aux yeux, mais ne les laissai pas couler. La honte était comme un morceau de charbon ardent qui essayait de sortir de ma poitrine en brûlant ma chair. Chaque jour à l'école depuis les dernières vacances d'hiver, j'étais allée en cours et les gens m'avaient suivie en aboyant. Ils avaient posé des biscuits pour chien sur mon bureau. Quelqu'un avait accroché une laisse à mon casier. Chaque jour.

J'avais dit ce que je ressentais à la psychiatre scolaire… pas que j'étais suicidaire, mais que les choses allaient trop loin, et elle avait répondu un truc du genre : « Certaines personnes ont des troubles d'ordre social, Edith. Peut-être que si vous… » Puis elle avait dressé la liste de toutes les solutions pour que j'arrête d'être le petit chien : faire du sport, me maquiller ou aller chez le coiffeur et l'esthéticienne. Pour moi, ses paroles signifiaient que c'était ma faute, et c'est ça qui m'avait détruite.

Pour ce qui était de la raison pour laquelle on avait envoyé ça à Vi, je n'en avais aucune idée. *Pour me rappeler qui j'étais. Et pour que tu le saches aussi. Ce serait affreux si tu ne te rendais pas compte que tu fréquentais la chienne de Boston.* Je ne sais pas pourquoi, mais je n'éclatai pas en sanglots, même si l'humiliation n'était pas moins forte ; j'étais toujours profondément marquée. D'après ce que m'avait dit Kian, c'était typique de Dwyer & Fell, une tactique sournoise pour détruire ma satisfaction actuelle et m'écarter de ma ligne de vie optimale. Je me souvins qu'il avait dit : « L'équipe adverse s'en est mêlée et l'a poussée à bout ». Dwyer & Fell pensaient peut-être que s'ils dressaient une barrière entre Vi et moi, cela affaiblirait mon réseau de soutien. Kian avait aussi dit : « S'ils perturbent suffisamment l'équilibre, ton destin change et tu cesses d'être un facteur important. » Donc s'il existait un moyen de rendre ma vie encore plus pénible, il était très probable qu'ils essaient.

Même si je m'efforçais de lutter contre la vague de souvenirs, je me souvins de ce que Cameron avait dit alors qu'il m'abandonnait derrière l'école. J'étais tombée violemment et m'étais écorché les mains et les genoux. Il s'était tenu au-dessus de moi comme si c'était la chose la plus amusante qu'il n'ait jamais faite. D'autres larmes avaient coulé sur mes joues.

— Allez, la Kramée. Ce n'est qu'une plaisanterie. Ce n'est pas comme si on t'avait violée.

Il était parti alors que je vomissais la pâtée pour chien.

— Waouh, souffla Vi. Je suis contente de ne pas être dans une école privée.

Surprise, j'étouffai un rire tremblant.

— Je suis désolée que tu...

— Hé, non. Ils peuvent aller manger de la merde et s'étouffer avec.

J'étais presque d'accord avec elle, mais je revis le visage de Brittany. Malgré tous mes ressentiments contre elle, je n'avais jamais voulu qu'elle meure. Alors je souris à Vi quand elle changea de sujet et me raconta ce sur quoi elle travaillait en ce moment, un projet de robotique. Cela ne m'intéressait pas trop, mais elle mena la conversation assez longtemps pour que je me ressaisisse.

— Merci, dis-je finalement.

— C'est à ça que servent les amis. Et si tu veux que je vienne pour botter les culs de certains, je me ferai un plaisir de rassembler une petite troupe.

— Comment s'appelle ton gang ? Vi-Z ?

Elle gloussa.

— Je pense que je vais proposer ce nom. Quoi qu'il en soit, je vais effacer cette merde. N'en parlons plus jamais.

À son ton, je devinais qu'elle citait quelque chose, mais je n'en étais pas sûre.

— À bientôt, Vi.

— Ne laisse pas les Néanderthaliens te mettre le moral à zéro.

— Ce n'est plus le cas.

En fait, il y en avait une en moins.

Je fermai mon ordinateur et pris une douche, mais je ne me débarrassai pas du sentiment désagréable que quelque chose pouvait être tapi et me fixer de l'autre côté du miroir. Alors je ne passai pas de longues minutes à me laver ; cette fois, ce fut rapide et pas très agréable, un peu comme mon père avait décrit le sexe virginal durant la discussion embarrassante pendant le dîner l'autre soir.

Après ça, je me préparai pour mon rendez-vous, ce qui sous-entendait un jean propre et un T-shirt que Kian n'avait encore jamais vu. Je n'avais pas une tonne de vêtements et le shopping ne faisait pas partie de mes priorités étant donné la situation. Je ne sais pas trop comment interpréter le fait que je n'étais pas en boule en train de me bercer en pleurant. Mais avant que je parte, mon ordinateur fit un bip pour m'avertir que j'avais un autre appel de Vi.

Bizarre.

Mais je répondis en pensant qu'elle avait oublié de me dire quelque chose d'important.

— Ça faisait longtemps.

— Je veux juste que tu saches, je ne suis pas folle. Quoi qu'ils disent.

C'était une introduction tellement étrange que je posai ma brosse à cheveux.

— Qu'est-ce qui se passe, Vi ?

— Je t'ai parlé de ces rêves, hein ? Eh bien, ça arrive quand je suis éveillée maintenant. Je vois tout piégé dans la glace. Juste à l'instant, je suis allée demander à ma mère quelque chose et elle était toute bleue, enveloppée dans de la glace, et je n'ai pas pu la réveiller. Et puis, pouf, elle ne l'était plus, tout ça, c'était dans ma tête ou je ne sais pas trop quoi, mais…

Wedderburn. Ce mot clignotait dans ma tête, plus redoutable que n'importe quelle malédiction.

— Ce n'est rien, tu es juste stressée. Calme-toi, d'accord ?

— Je ne peux pas ! Je perds la tête et je n'ai que dix-sept ans. Au lieu d'aller à l'université, j'ai un brillant avenir de coloriage au pastel et de dessin sur les murs de ma cellule. Le plus bizarre, c'est que je n'ai jamais vraiment aimé la neige, mais maintenant, je la vois partout. L'autre soir, mon père saupoudrait du sel et quand mes yeux l'ont vu, j'ai eu l'impression d'être perdue dans le blizzard et je n'ai pas répondu à mon frère pendant environ cinq minutes. Mes parents disent que c'est la faute de Seth.

Je dois régler ça.

— Bois moins de caféine, lui dis-je. Prends une tisane le soir avant d'aller te coucher et fais de la méditation ou quelque chose du genre.

— Je ne pense pas que les rêves éveillés soient normaux.

Elle semblait très triste et effrayée, et vu comme elle avait été géniale un peu plus tôt en voyant la vidéo de la chienne, j'avais très envie de l'aider.

Elle ne peut pas finir comme Brittany. J'avais le sentiment d'être un porte-peste qui répandait le malheur et la mort dans toutes les directions. Je ne savais pas si c'était vrai ou pas, mais un cri me picotait la gorge. Je le ravalai comme un cactus et imaginai sentir le goût du sang.

— Pff. Qui a envie d'être normal ?

Cela la fit sourire.

— OK. Je vais essayer des conneries New Age avant de tout raconter à ma mère. Dieu sait qu'elle a déjà bien assez de soucis avec Kenny qui entre au collège.

Elle poursuivit en me racontant les problèmes mentaux de son frère, qui nécessitaient pour la plupart un traitement.

— Ça va mieux ? demandai-je.

— Ouais. Merci.

— C'est à ça que servent les amis.

Je répétai ses paroles en essayant de paraître calme et rassurante.

Elle marqua une pause de quelques secondes et je regrettai de ne pas pouvoir passer par l'écran pour la serrer dans mes bras.

— Mes amis ici ne sont pas pareils. Tu vois ?

— Bien sûr.

Comme je savais que ça la ferait rire, j'ajoutai :

— Tu es comme une sœur pour moi.

— Entièrement d'accord. Je te dirai si la tisane et les trucs pour la sérénité font de l'effet sur ma folie.

— À plus.

Cette fois, quand je fermai l'ordinateur, j'envoyai un message à Kian.

Viens plut tôt, c'est urgent. C'est lié aux faveurs.

Cinq minutes plus tard, il apparut dans ma chambre.

— Edie, ne t'empresse pas. Tu peux avoir cinq années libre et sans contraintes. Profites-en.

— Je ne peux pas. Wedderburn terrorise Vi. Ce n'est pas… de la triche ou quoi ?

— Pas selon leurs normes.

— Tu ne m'as pas dit qu'ils pouvaient faire ça quand j'ai signé le pacte.

Il baissa les yeux, les joues rougies.

— Tu ne l'as pas demandé.

Puis il ajouta à voix basse.

— Je suis désolé. Je voulais te prévenir. Vraiment. C'est la deuxième raison pour laquelle je me sens coupable envers toi.

Je faillis demander quelle était la première, puis je me souvins qu'il se sentait mal à l'idée de ne pas être mort pour moi. *Quel garçon charmant mais complètement fou.* Même si j'avais essayé de le décharger, Kian correspondait clairement à la citation de Voltaire : « Chaque homme est coupable de tout le bien qu'il ne fait pas. » Même si cela impliquait d'en payer le prix ultime.

Il poursuivit :

— Mais je… je voulais aussi te sauver la vie.

— Peu importe. Là, je suis prête à utiliser ma deuxième faveur.

— Edie…

— Vas-tu me l'accorder ou dois-je m'adresser à ton supérieur ?

J'étais très sérieuse.

— Je t'écoute, dit-il, résigné.

— D'abord, je dois te poser une question pour clarifier un point.

— Vas-y.

— Puis-je inclure plusieurs personnes dans une requête ? Comme protéger tous ceux que j'aime de ce jeu ?

Kian secoua la tête.

— Selon les normes des immortels, il faudrait pour cela une faveur pour chacun d'entre eux. Tu peux choisir au maximum deux personnes, et cela dépenserait tes deux dernières requêtes.

— Mince.

Mais Wedderburn n'avait donné aucun signe d'avoir remarqué Ryu ou mes parents, alors peut-être que je ne devrais pas m'inquiéter.

— Bon. Alors voilà ce que je veux : il faut qu'il laisse Vi en dehors de ça. Elle aura une vie heureuse sans être dérangée. Je ne veux pas que notre amitié bousille sa vie. Tu peux faire ça ?

— C'est exactement ce qu'il veut, m'avertit Kian.

— Il me reste une faveur. Il ne m'a pas encore complètement forcée à suivre son idée, alors cela me donne un petit avantage.

— Alors ta décision est prise.

On aurait dit que je lui avais confié avoir un cancer du cerveau quand il appuya sur l'un des nombreux boutons dont je ne connaissais pas la fonction sur sa montre, et le visage de Wedderburn apparut au-dessus en hologramme 3D.

— Oui ?

Kian répéta ma requête, mais de manière plus élégante. Pour la première fois, je pus l'imaginer sur les bancs de l'université de droit et même de la Cour suprême. C'était assez bizarre puisque ce n'était pas vraiment cette personne, mais il y avait comme des échos. Les gens étaient des miroirs tournés vers l'infini, où tous les choix et les routes qui n'étaient pas prises menaient à des versions de soi illimitées.

Quand Wedderburn sourit, j'aurais aimé pouvoir passer mes bras dans l'espace céleste pour l'étrangler.

— Facile. C'est un geste louable de votre part, Mlle Kramer. L'avenir de votre amie est sûr, grâce à votre altruisme, et vous vous rapprochez d'un pas de votre destinée.

— Foutaises, lançai-je.

Je grimaçai en ressentant une brûlure au poignet. Une autre ligne. Cette fois, elle passait au milieu du symbole infini, où les deux moitiés se rencontraient. Deux faveurs sur trois utilisées. La peur s'empara de moi à l'idée d'être si près des griffes de Wedderburn, mais je ne regrettais pas de protéger Vi. Cela me faisait mal d'avoir joué le jeu de ce démon des glaces, mais qu'aurais-je pu faire d'autre ?

— Pensez ce que vous voulez.

Le ton de Wedderburn débordait de satisfaction.

— Ce fut un plaisir, comme toujours, ajouta-t-il.

Quand l'hologramme disparut, les épaules de Kian s'affaissèrent.

— Je regrette que tu aies fait ça.

— Il rendait Vi folle. Combien de temps restait-il avant qu'il se lasse du jeu du chat et de la souris et lui fasse quelque chose de pire ?

Impossible de le prouver, mais je soupçonnais Wedderburn de ne pas m'avoir écoutée quand je lui avais dit de ne pas intervenir sur la bande des Intouchables. Si c'était le cas, j'étais responsable de la mort de Brittany. *Mais ça pouvait aussi être D&F qui essayait de me rendre folle à cause de la culpabilité*. Cela me donnait mal à la tête.

— Je ne sais pas, dit-il calmement. Leur notion du temps ne correspond pas à la nôtre, généralement. Ils sont capricieux, mais…

— Quoi ?

— Ils peuvent se concentrer sur de longues périodes. J'ai connu des créatures qui traquaient des personnes pendant des années, se contentant d'apparaître et d'observer, apparaître et observer, se délectant de leur peur.

— Jusqu'à ce que la personne se mette à manger du pudding industriel à chaque repas et vive dans une pièce aux murs capitonnés ? Parce que personne ne la croira jamais.

Kian se rapprocha et je me blottis dans ses bras.

— Cela me donne envie d'interroger les gens dans les hôpitaux psychiatriques pour découvrir ce qu'ils savent.

Il sourit.

— Je te garantis que ce n'est pas l'avenir que Wedderburn veut que tu aies.

— Ce n'est pas très dissuasif. Il dit que je suis sur la bonne voie, mais qui sait ? Selon toi, je ne le saurai pas avant d'être diplômée.

— C'est le pire cadeau d'immatriculation qui existe.

— Tu es sexy quand tu utilises des mots qui font gagner plus de vingt points.

Je le regardai en souriant, prête à l'embrasser, jusqu'à ce que j'entende l'un de mes parents arriver dans le couloir.

— Edie ? À qui parles-tu ? demanda mon père.

— Je suis sur Skype, répondis-je en faisant signe à Kian de disparaître.

— Ah. Dis bonjour à Vi de ma part.

Avec un regard plein de regret, Kian se téléporta, me quittant pour que j'attende qu'il passe me prendre de la façon normale. Quand il arriva par la porte d'entrée, il était un peu en retard. Mes parents l'inspectèrent pour la deuxième fois, et ma mère le cuisina sur sa formation scientifique. Je la soupçonnais de le mettre à la porte s'il montrait une tendance trop marquée pour les arts. Il était fort probable que son journal de poésie l'aurait évincé.

— Prête ? demanda Kian après quinze minutes d'examen avec mes parents, ce qui correspondait à huit années de chien.

— Oui, à tout à l'heure.

Je leur fis un signe de la main et suivis Kian dehors avant de descendre les escaliers. En bas, nous découvrîmes M. Lewis en train de fixer un énorme clou au-dessus de la porte d'entrée.

— Quelque chose ne va pas ? demandai-je.

— Oui. Un foutu bon à rien a volé mon fer à cheval.

D'abord, je ne vis pas de quoi il parlait, puis je me souvins qu'il avait mentionné qu'il allait en accrocher un en guise de protection.

— C'est embêtant.

Le vieil homme me lança un regard sinistre.

— Plus pour vous que pour moi, fillette.

— Pourquoi ça ? demandai-je pendant que Kian nous regardait tour à tour visiblement abasourdi.

— Parce que maintenant, ils peuvent entrer.

20

DÉCOUVRIR CE QU'ON A PERDU

— Pourrais-tu envoyer un message à Kian pour lui demander de passer te prendre aujourd'hui ?

De la part de Davina, c'était une question surprenante, mais je l'avais trouvée un peu différente toute la journée, peut-être suite à notre conversation à demi-mot lors de la soirée pyjama de ce week-end, une fois Jen endormie. Elle m'avait suivie aux toilettes après le déjeuner en prétendant mettre du gloss pendant que je me lavais les mains.

— Pourquoi ?

Peut-être que ça semblait cynique, mais je n'acceptais pas n'importe quoi sans comprendre. Ma vie était actuellement bien trop dérangée pour moi pour y ajouter une complication aveuglément. La mort de Brittany flottait dans un coin de mon esprit pendant que des monstres étaient tapis dans l'ombre, attendant de m'attaquer quand je ne m'y attendrais pas. Avec du recul, être dans ma tête était vraiment flippant.

— Il faut que je cherche Russ, et j'espérais que vous viendriez avec moi. Je pourrais emprunter la voiture de ma mère, mais je ne veux pas quitter la ville seule.

— C'est loin ?

Il y avait une limite à ce que je pouvais faire un soir de semaine.

— À environ une heure et demie de route.

— Je peux envoyer un message à mon père et lui dire que je travaille avec toi à la bibliothèque si tu acceptes de corroborer.

L'année dernière, j'aurais parié mon TARDIS de collection qu'aucun membre de la bande des Intouchables, même un perpétuel butineur, ne savait ce que ça voulait dire. Davina acquiesça.

— Bien sûr. Et ce serait génial si tu acceptais de dire la même chose à ma mère.

— Pas de problème.

Une fois les détails réglés, je tapai un rapide message à Kian lui disant que finalement, j'avais besoin de lui, mais il ne répondit pas.

Apparemment, il a une vie.

— Merci.

Elle marqua une pause et ajouta, à voix basse :

— Les autres ne le comprennent pas, mais Russ tient vraiment à moi.

Je n'en avais vu aucune preuve, mais elle semblait en être sûre.

— Je suis certaine qu'il est plus gentil qu'il ne le laisse paraître.

— Exactement. Quand on n'est que tous les deux, il est vraiment adorable. Tu savais qu'il jouait du piano ?

— Pas du tout.

— Il me tuerait s'il savait que je te l'ai dit. Ne le répète pas, d'accord ?

— Promis.

Contrairement à Allison, je ne voulais pas attirer des problèmes à Davina.

— Merci. On se retrouve après les cours ?

J'acquiesçai et elle sortit précipitamment des toilettes, bien plus enjouée. Je fis une pause près de mon casier pour envoyer un message à mon père.

Moi : *Je vais travailler sur un projet avec Davina à la bibliothèque. Je rentrerai plus tard que d'habitude.*

Lui : *À quelle heure ?*

Moi : *Je ne sais pas trop. Je dînerai avec elle.*

Lui : *Souviens-toi que je sais à quelle heure ferme la bibliothèque.*

Mon père était malin. Même si je ne lui avais jamais donné aucune raison de ne pas me faire confiance, il restait conscient que je pouvais soudainement commencer à mentir, anomalie qu'il mettrait certainement sur le coup des hormones et leur réaction face aux personnes qui avaient un pénis. Comme Russ en avait vraisemblablement un, mon père ne se trompait pas entièrement, mais ce n'était pas dans le sens qu'il imaginerait.

Les cours de l'après-midi passèrent lentement ; je rendis des devoirs et pris des notes, mais pas de manière aussi méticuleuse qu'à mon habitude. Davina m'attendait quand la dernière sonnerie retentit. Elle débordait d'énergie tandis qu'elle avançait vers mon casier, me surprenant par ses bavardages incessants. Avant, j'avais toujours l'impression qu'elle était timide, mais cela devait être dû au fait qu'elle était toujours rabaissée par Brittany et Allison. Elle avait probablement le sentiment que nous étions liées après l'hôpital, puis les trucs bizarres qui s'étaient passés lors de la soirée pyjama.

— Je ne sais pas si tu as entendu, dit-elle tandis que nous nous dirigions vers le portail, mais Allison organise des auditions pour la place de Brit dans l'équipe.

— Tu es la remplaçante. Tu n'es pas censée prendre automatiquement sa place ?

Sa mâchoire se contracta comme si elle serrait les dents.

— C'est comme ça qu'elles m'ont eue pour que je sois la mascotte pendant ces trois dernières années.

— C'est nul. Comment elle se débrouille pour faire ça ?

— La version courte ? Son père a plus d'argent que le mien. Elle est allée voir le coach Tina en lui disant combien elle était inquiète concernant la performance de l'équipe en compétition, trop de voltigeuses, pas assez de supports, bla-bla-bla, et qu'elle trouve que le mieux, ce serait d'organiser une audition – que son père serait ravi d'acheter de nouveaux uniformes, et même un nouveau bus si besoin – tant qu'Allie avait le soutien dont elle a besoin.

— Waouh.

Je ne savais absolument pas quoi dire.

— Il faut que tu sois tellement bonne que la place te revienne de toute façon, et une première année pourra être la mascotte cette année.

— Ce serait chouette. Mais les profs qui sélectionnent l'équipe semblent toujours me choisir comme remplaçante, dit-elle avec un sourire ironique. Je me demande pourquoi. Peut-être que si ma famille achetait des manuels scolaires, de nouveaux ordinateurs ou faisait un don pour une piscine, j'intégrerais l'équipe comme par miracle.

J'affichai un sourire narquois.

— Il vaut mieux que ce soit pour ton mérite.

— Naturellement. Ces trois années de travail et d'entraînement acharné briseraient ce plafond de verre.

Décidant que j'aimais bien Davina, j'imaginai un nouveau slogan pour l'école. « Blackbriar, juste assez de diversité pour éviter un procès. »

Elle éclata de rire et m'attrapa le bras en me tirant vers le métro. À l'école, je n'avais jamais eu d'amis, garçons ou filles, qui me tenaient comme ça. Ma gorge se serra légèrement.

Davina nous mena chez elle rapidement, où elle fit un câlin à sa mère avant de la supplier pour avoir la voiture. Finalement, elle accepta de faire quelques courses et sa mère lui tendit les clés ; il nous fallut faire preuve d'imagination pour trouver des mensonges mettant en cause les livres lourds dont nous avions besoin pour notre projet. C'était une grosse vieille voiture avec un moteur puissant qui rugissait comme un vieux lion quand elle la fit démarrer. Je bouclai ma ceinture en espérant que c'était une bonne conductrice.

Davina semblait savoir ce qu'elle faisait en quittant la ville par l'autoroute avant que le pire de la circulation bloque complètement les routes. Je ne dis pas grand-chose parce que cette virée paraissait complètement folle. Russ avait manifestement une raison de disparaître ; je veux dire, s'il avait été kidnappé, il n'aurait pas menti à ses parents en disant qu'il était chez Cameron. Plus nous nous éloignions de la ville, plus j'étais nerveuse. Il n'y avait aucune garantie que Davina ne travaillait pas avec Wedderburn ou Dwyer & Fell. Que ce soit pour l'un ou l'autre, cela tournerait mal pour moi.

— Où allons-nous ? demandai-je, principalement pour voir si elle me le dirait.

— Son père a une maison dans le New Hampshire. Russ m'y a amenée plusieurs fois.

Cela ne ressemblait pas au comportement d'un mec qui était attaché à une fille, mais plutôt à quelqu'un qui voulait la cacher. Je ne le lui dis pas ; Davina avait assez de mal à contenir ses inquiétudes comme ça, et elle était en train de conduire. Moi, je n'avais pas le permis.

— C'est joli ?

J'imaginai une résidence sur un lac, six chambres, autant de salles de bains, un hangar à bateau.

— C'est isolé, dit-elle, pensive. Et calme. Plus petit que tu l'imagines.

— Peut-être qu'ils l'avaient avant de devenir riches.

Elle était visiblement tellement préoccupée qu'elle mit fin à la conversation et je ne trouvais pas de sujet pour la relancer. Plus nous nous éloignions de Boston, plus la marque d'infinité sur mon bras m'indiquait qu'elle n'appréciait pas ce voyage. Tout autour du symbole, la peau était chaude et enflammée, comme pour me rappeler que j'avais des obligations. *Je sais, encore une faveur*. C'était bizarre, parce que quand j'étais partie au programme d'été, je n'avais senti aucun inconfort. Mais ça, c'était avant que Wedderburn ne décrète qu'il fallait que je dépense mes requêtes. Au cours du trajet, je dus joindre mes mains pour me retenir d'attraper le volant et faire faire demi-tour à la voiture pour rentrer en ville.

Nous passâmes la frontière de l'État sans encombre, même si je remarquai que Davina était inquiète à la façon dont elle se mordait la lèvre inférieure. Les routes devinrent plus petites et accidentées jusqu'à ce que nous tournions dans ce que je devinais être une longue allée privée. Des arbres bordaient le chemin de pierre, créant une voûte de feuillage verte, teintée çà et là de doré. Si Davina ne semblait pas aussi sûre de l'itinéraire, je me serais dit que nous étions totalement perdues alors qu'elle s'enfonçait davantage dans les bois. Le ciel s'assombrissait et prenait des couleurs violettes, les nuages parsemant l'horizon comme des ecchymoses.

Au moment où j'allais douter de son sens de l'orientation, le sentier défoncé s'ouvrit pour permettre d'apercevoir une maison en forme de A nichée au milieu des arbres. Derrière, je voyais l'eau refléter la lumière. C'était un endroit calme et pittoresque, mais j'avais l'impression qu'une centaine d'abeilles m'avaient piqué le bras, et quand je le levai vers les dernières lueurs du jour, je découvris que ma peau autour de la marque était rouge sang. J'enfilai rapidement mon blazer de l'école tandis que Davina se garait.

Juste à côté de la BMW grise de Russ.

Tandis que je descendais de la voiture de sa mère, elle attrapa ma main gauche et la serra si fort que cela me fit mal.

— Tu crois qu'il est ici avec quelqu'un ?

Mince. Est-ce que je pense qu'il sèche les cours pour te tromper ? Absolument. Est-ce que j'ai envie de le dire à haute voix ? Pas du tout.

« Aucune idée » semblait être la réponse la plus aimable.

Nos pas craquaient sur les mauvaises herbes et les graviers qui recouvraient l'allée, puis nous arrivâmes sur les marches en bois qui menaient au porche. À l'intérieur de la maison, il faisait noir et je ne voyais pas grand-chose malgré les immenses fenêtres. À part la charpente en bois sur les côtés, l'avant et l'arrière semblaient être faits de verre. Davina chercha les clés dans un pot de fleurs et entra. Les yeux écarquillés, elle m'invita à la suivre.

La première chose qui me frappa fut l'odeur. Elle s'arrêta net, et en même temps, nous levâmes nos têtes. Russ ne la trompait pas. Il ne respirait pas non plus. Il décrivait un cercle lent pendu au bout d'une corde accrochée aux chevrons. L'horreur déferla sur moi comme une vague d'eau sombre.

C'est comme ça que Kian voulait mourir. Ça ne peut pas être une coïncidence.

Davina ouvrit la bouche pour crier et je la tirai à l'extérieur ; quand elle se pencha en avant, je pensais qu'elle allait vomir, mais elle mit ses mains sur ses genoux et tenta de respirer. Je posai ma main sur son dos, trop choquée pour savoir ce que je devais ressentir. Quelques secondes plus tard, je réalisai que nous devions appeler le 911 et le lui dis. Elle ne protesta pas, même si cela signifierait que nos parents découvriraient que nous avions menti à propos de la bibliothèque.

— Fais-le, dit-elle avec une petite voix.

— D'accord. Va t'asseoir dans la voiture. Je pense qu'il vaut mieux qu'on reste hors de la maison.

L'opératrice du 911 me posa plusieurs questions et je dus demander l'adresse à Davina. Enfin, elle m'annonça qu'elle nous envoyait une équipe et que nous devrions attendre dans notre véhicule. Ce que je fis volontiers puisque je n'avais pas l'intention d'aller m'asseoir dans la maison.

— Ma grand-mère disait que ces choses arrivaient par trois, murmura Davina.

— Comment ça ?

— Qu'une fois que les mauvais esprits s'étaient réveillés et que les morts commençaient, cela ne s'arrêtait pas avant qu'ils aient emporté trois âmes.

— J'espère que non.

Ces derniers mois, j'avais appris à ne pas négliger ce genre de trucs. Bon sang, si assez de personnes y croyaient, le pire pouvait se réaliser.

— Je crois que je suis maudite, dit Davina, hésitante, avant de m'adresser un regard pénétrant. Ou alors, c'est toi. Je n'ai jamais connu ce genre d'emmerdements avant que je ne commence à traîner avec toi.

C'est ma pire crainte.

— Tu crois que j'ai refilé à Brit un virus qui ronge la chair et que j'ai pendu Russ ?

Elle éclata en sanglots et je passai les dix minutes suivantes à la serrer dans mes bras. Nous étions dans la voiture de sa mère, en train de pleurer ensemble, quand les agents de police apparurent. Ils étaient deux, visiblement las et s'attendant à l'évidence à une blague de lycéen. Un vieux et un jeune, un grand et un petit : c'était comme si celui qui avait créé ce binôme pensait que les opposés étaient faits pour s'entendre. Le petit corpulent fit un pas vers nous.

— Le jeune homme se trouve à l'intérieur ?

Jolie façon de le dire.

J'acquiesçai.

— Nous avons ouvert la porte, mais nous n'avons touché à rien.

— Nous allons vérifier tout ça, puis nous revenons vers vous.

Ils partirent, mais il ne leur fallut pas longtemps avant de ressortir. Le plus jeune passa un appel radio. *Ce n'est pas une blague, monsieur l'agent. C'est une véritable affaire, malheureusement.* Débuta alors une bonne demi-heure de questions, puis d'autres personnes arrivèrent, dont le coroner.

Là, Davina et moi utilisâmes nos téléphones pour expliquer la situation à nos parents.

Dire que mon père n'était pas content serait un euphémisme.

— Tu étais une fille intelligente avant. Qu'est-ce qui t'a pris ? Tu m'as menti et tu es sortie de l'État. Et si ce garçon avait été dangereux ? Vous auriez pu vous retrouver toutes les deux dans un guet-apens. Si ton amie se doutait qu'il était là, pourquoi ne l'a-t-elle pas dit aux parents du garçon ou au directeur du lycée ?

Parce qu'elle l'aime, pensai-je. *Et elle ne voulait pas qu'il ait de problèmes s'il séchait simplement une semaine de cours. Elle espérait pouvoir le sauver.*

Il fallut attendre encore une heure avant qu'ils nous laissent partir ; un défilé de voitures de luxe, la famille de Russ probablement, avait commencé à arriver entre-temps. À l'expression paniquée de Davina, je devinai qu'elle voulait être partie avant d'affronter ses parents. La police nous congédia peu de temps après. Davina nous fit sortir de là et retourna sur la route principale, les poings serrés sur le volant.

— Je sais que personne ne le croit, mais il était différent avec moi. On s'asseyait sur le banc derrière la maison, et on discutait.

— On dirait que vous étiez proches, fis-je remarquer.

— Pas au début. Il était avec moi pour le sexe. Je le savais. Mais je l'aimais tellement… Je me disais que si on passait du temps ensemble, ses sentiments finiraient par changer.

— Et c'est le cas ?

Même si je n'avais que sa version de l'histoire, ça pouvait m'aider de l'entendre.

— Oui. En juin, on est venus ici, pour passer du bon temps, et il était pressé de partir. Mais à la fin du mois d'août, il a voulu rester pendant plusieurs heures. On a discuté et il m'a prise dans ses bras. Parfois, cet été, on venait ici et il ne me sautait même pas.

— On dirait qu'il t'aimait vraiment beaucoup, Davina.

— Pas assez pour me dire ce qui n'allait pas. Je n'ai même pas remarqué qu'il était triste.

— Ce n'est pas ta faute.

Mais j'avais autre chose en tête. En y pensant, quand Russ s'intéressait à moi, selon moi ce n'était que pour avoir un public captivé quand il parlait de son sport préféré. Ce n'était vraiment pas comme s'il me draguait.

— En fait, quand j'étais avec Russ, il agissait vraiment comme s'il était pris.

Elle m'adressa un sourire triste.

— Oui.

Ce trajet sur l'autoroute de nuit fut étrange ; je pensais au Russ que je n'avais jamais connu, qui jouait du piano et passait des heures au bord du lac, pelotonné avec Davina. Je ne le connaîtrais jamais, ce qui était vraiment dommage. Je sentis une douleur s'installer dans ma poitrine, associée au poids combiné de l'appréhension et de l'effroi. *Et si c'était ma faute ?* Je ne pouvais pas échapper à ce spectre, peu importe la direction que je prenais. *Tu voulais ta revanche. Wedderburn te l'a proposée. Tu as refusé. Et s'il n'acceptait pas qu'on lui dise non ?* J'y avais déjà pensé, mais avec deux victimes dans cette guerre secrète, il était de plus en plus difficile d'ignorer le lien.

Je suis le dénominateur commun.

Je refusais de croire que c'était Kian. Puis je me souvins avoir dit : « Russ ne représente qu'un gaspillage d'oxygène. » À ce petit ami qui portait la mort et le désespoir comme une paire d'ailes noires, les ténèbres rôdant dans son sillage. *Tu as promis de lui faire confiance*. Mais ignorer l'évidence semblait illogique ; lui et moi étions les seuls à savoir ce que j'avais dit sur Russ. *À moins qu'il y ait des espions, quelqu'un qui nous écoutait ? Mais il a dit que le gel garantissait notre discrétion.* Je réfléchis quelques secondes. *Alors il a dû se tromper. Kian n'aurait pas tué Russ juste parce qu'il m'agaçait. Si ma haine était mortelle, Cameron*

Dean aurait été le premier cadavre qu'on aurait retrouvé. Pourtant, c'était difficile de ne pas me demander si Kian mentait… sur de nombreux points.

Chassant ces pensées, je demandai :

— Tu vas avoir des problèmes ?

Elle haussa les épaules.

— Quand je dirai à ma mère que c'était mon petit copain, elle interviendra avec mon père. Ils vont me crier dessus, me prendre dans leurs bras, me punir et m'envoyer chez un psy. Puis elle passera une semaine à préparer mes plats préférés et essayer de me faire sortir du lit.

— Ça va marcher ?

— Probablement pas.

— Tu tiens bien le coup, pour le moment.

Le bon point, c'était que mon bras me faisait moins mal, maintenant que nous étions dans la bonne direction.

— J'aimerais pouvoir conduire, mais…

— C'est bon. C'était mon idée.

— Je suis quand même désolée.

Il n'y avait rien d'autre à dire, alors Davina conduisit dans le silence. De temps en temps, sa respiration se bloquait, mais ses yeux restaient secs tandis qu'elle nous conduisait du New Hampshire au Massachusetts jusqu'en ville. Quand elle s'arrêta devant chez moi, je l'étreignis, ne sachant pas quoi dire. C'était comme si nous étions sœurs de peine, mais je n'aurais pas été surprise de la voir changer d'école et décider de ne plus jamais me revoir.

— Merci d'être venue avec moi.

— J'aurais aimé que ça ne se termine pas comme ça.

Elle ignora ma remarque.

— À la semaine prochaine.

Prenant ceci comme un signal, je sortis de la voiture, pas très pressée de monter les escaliers jusqu'à notre appartement. Si la réaction de mon père était un indice, je devais m'attendre à une apocalypse parentale.

C'était la première fois de ma vie que j'avais des problèmes. *D'abord Brittany, maintenant Russ. Comment arrêter cette tourmente ? Oh mon Dieu, comment vivre avec ?* Un petit gémissement m'échappa alors que je montais. En entrant, je trouvai mes deux parents en train de m'attendre dans le vieux canapé.

— Edith, dit ma mère.

Puis quelque chose que je n'aurais jamais cru possible arriva. L'arrivée d'un nouvel âge de glace m'aurait moins choquée. Ma mère et mon père se levèrent du canapé et me prirent dans leurs bras.

21

RÊVE DE DÉMON

Fidèle à sa parole, Davina ne se montra pas à l'école pendant le reste de la semaine. Le lundi suivant, Blackbriar publia un communiqué officiel déclarant qu'un autre élève, Russell Thomas, était mort, mais ils ne fournirent aucune information supplémentaire ni ne précisèrent qu'il s'agissait d'un suicide. Je ne le dis à personne et je doutais que Davina ne l'ait fait, mais la rumeur se propagea quand même. La version la plus populaire était que Brittany avait trompé Cameron avec Russ, et quand elle était morte, il avait eu tellement de chagrin qu'il s'était suicidé.

Si Cameron n'avait pas l'air en forme ces derniers temps, ce matin, c'était carrément une épave. On aurait dit qu'il avait dormi avec son uniforme et qu'il n'avait ni mangé ni pris de douche. Je remarquai que les gens l'évitaient dans les couloirs, comme si son état pouvait être contagieux. *C'est exactement ce que tu as demandé*, murmura cette petite voix insidieuse. Je fermai les yeux et appuyai ma tête contre le métal froid de mon casier. J'avais mal au ventre et mon pouls battait à un rythme accablant.

Coupable. Coupable.

Le refrain éloquent de mon cœur me mettait dans un état de nervosité proche du point de rupture. Alors que la journée avançait, l'ombre sur l'école s'obscurcit. M. Love semblait d'une humeur enjouée tout à fait inappropriée, sifflant dans les couloirs et lançant des sourires radieux comme s'il pouvait redonner le moral aux gens par le simple fait d'exister. Il se figea quand il me vit et m'observa m'éloigner, son sourire s'effaçant tandis qu'il serrait les lèvres. Il avait dans les yeux quelque chose qui n'avait rien d'une inquiétude délibérée et consciencieuse, mais ressemblait plutôt à une immense appréhension, comme quand un chasseur de cyclone patiente dans sa camionnette en sachant que la destruction est imminente.

Ou alors, tu imagines tout ça.

Comme promis, Nicole Johnson avait échoué à plusieurs interrogations et se retrouvait donc toujours dans sa classe à lire, étudier du matériel pédagogique pour enrichir ses connaissances ou faire des exercices supplémentaires. Il n'y avait rien d'ouvertement mal à ça puisqu'il avait laissé la porte ouverte et qu'elle était assise à un bureau d'élève, mais Nicole n'avait plus l'air d'aller bien. Elle était pâle et avait les yeux dans le vide et cernés. Ce qui me dérangea le plus, c'était qu'elle avait arrêté d'entretenir ses cheveux autrefois si brillants, si bien qu'à présent, ils se contentaient de pendre en mèches raides et ternes, et elle ne portait plus son uniforme avec un style sexy. Cela ne lui ressemblait pas du tout. Mais si j'avais essayé d'alerter qui que ce soit, ils auraient pensé qu'elle était juste déprimée et *espérait une romance impossible*.

— Elle devrait abandonner, dit Allison par-dessus mon épaule en observant Nicole avec dédain. C'est pathétique et embarrassant à voir.

— Quoi ?

— Nic qui s'accroche à Colin, comme si elle avait une chance.

Comme tu le fais avec Cameron ? Je m'efforçai de ravaler cette réplique désagréable parce que ces derniers temps, il semblait que toutes les choses horribles que je prononçais se réalisaient d'une manière ou d'une autre. Je ne voulais pas croire que j'abritais l'horreur, pour ainsi dire, mais si j'étais la source de tous les désastres qui s'étaient abattus sur Blackbriar, alors je devais me taire.

— Elle a l'air malade, fis-je remarquer.

— Vraiment ?

Tandis que sa bouche parfaitement couverte de rouge à lèvres affichait une moue, Allison passa près de moi et se dirigea vers son prochain cours.

Mais contrairement à elle, je ne trouvais pas Nicole dégoûtante. À y regarder de plus près, elle paraissait pâle et faible, physiquement malade. Comme si quelque chose aspirait la vie hors de son corps. J'étais prête à parier que Colin Love était la sangsue qui la vidait.

Pendant le déjeuner, je me rendis à la bibliothèque plutôt qu'à la cafétéria. Incapable de croire ce que je m'apprêtais à faire, je soupirai et tapai deux mots dans la barre de recherches : vampires psychiques. Chaque fois que quelqu'un s'approchait, je couvrais l'écran, aussi coupable qu'une étudiante de deuxième année qui essaierait de désactiver le verrouillage du navigateur pour accéder à du porno. Mais je lus toutes sortes de choses complètement folles sur des créatures qui se nourrissaient d'énergie, pas de sang, et n'avaient pas les faiblesses qu'on associait traditionnellement à leur genre. *Elles semblent complètement humaines, mais le drame, la discorde et le désespoir les suivent de près. Vous reconnaîtrez ces démons au fait qu'ils ne sont pas nés d'une femme et n'ont donc pas de nombril.*

— C'est la chose la plus idiote que j'aie jamais entendue.

Je tapotai le meuble encastré qui contenait l'ordinateur que j'utilisais.

— De quoi ? demanda Jen.

Je sursautai, surprise de la trouver derrière moi et déjà en train de lire mon écran. Merde. J'eus un blanc et m'attendais à ce qu'elle déclare à tout le monde que j'étais folle.

— Tu écris des fictions toi aussi ?

Je ne répondis pas et son petit sourire s'élargit.

— Allez, ça ne peut pas être pire, ou plus bizarre, que les miennes. J'ai écrit environ cent quatre-vingt mille mots sur Drago.

— Waouh.

J'eus un déclic. Évidemment, je connaissais les fan-fictions, et j'en lisais sur mes sujets préférés, mais je n'en avais jamais écrit.

— Hmm. En fait, je fais des recherches.

— Pour une histoire ?

Le soulagement permit à mes épaules contractées de se relâcher.

— Tu m'as démasquée. Je n'ai jamais rien écrit de créatif et j'ai pensé que ça m'aiderait de lire un peu d'abord.

— Il vaut mieux se lancer, me conseilla Jen en s'installant sur la chaise près de moi. Si tu y réfléchis trop, tu vas avoir l'angoisse de la page blanche. Rédige tout et tu vérifieras les faits plus tard.

— D'accord.

Je n'étais pas sûre que ce soit un bon conseil d'écriture, mais elle semblait vraiment excitée, alors je mis l'ordinateur en veille et la suivis pour sortir de la bibliothèque. La pause était presque finie et elle avait beaucoup de choses à me dire à propos de mon présumé projet.

— D'après ce que tu regardais, je devine que ça parle de paranormal. Je ne me souviens pas avoir déjà lu quelque chose sur les vampires psychiques, mais les suceurs de sang ont été populaires pendant un bon moment. Tes sangsues de l'esprit brillent ?

Je pensai à Colin Love et son air malicieux de prédateur.

— Non.

— C'est probablement mieux si ce n'est pas une fan-fiction.

— Non, c'est une histoire originale.

Ce qui est complètement problématique. Je n'apprendrai rien de plus. Si l'équipe adverse était derrière tout ça, alors ils étaient en train de gagner. Honnêtement, pour moi, ce serait la meilleure des fins, parce que cela signifierait que Kian ne m'avait pas trahie et que j'avais attiré le malheur avec le pacte, pas mes paroles méchantes et irréfléchies. Ce serait plus facile à supporter si c'était comme ça. *Si les trucs mauvais arrivaient à cause de Wedderburn parce que je les ai souhaités...*

Je secouai la tête et portai toute mon attention sur Jen.

— Si tu veux que j'y jette un œil quand tu auras fini, j'en serais ravie. Je suis dans un groupe en ligne, mais ce serait plus cool d'avoir une partenaire de critique en vrai. On pourrait échanger nos réactions.

— Si je le fais. Pour le moment, j'ai l'impression qu'il n'y a aucune solution à mon problème.

Je n'avais pas eu l'intention de dire ça ; c'était sorti tout seul.

— Oh, tu bloques sur l'intrigue ?

— Tout à fait.

— Alors raconte-moi ton scénario et je verrai si je peux t'aider. Je suis très douée pour ça. Il y a un auteur professionnel dans mon groupe, et il m'arrive de l'aider.

— C'est un peu compliqué.

— Alors on pourrait en discuter par Skype ce soir.

En me souvenant de Vi... et de Ryu, je n'étais pas sûre que me confier à Jen, même sur un point de vue théorique, soit une bonne idée.

— Peut-être. Tiens, Davina est là. Je ne l'avais pas vue depuis...

— Ouais.

Son visage n'affichait plus l'excitation causée par ma fausse histoire.

— On devrait aller la voir, ajouta-t-elle.

J'acquiesçai et me dirigeai vers elle. Même si Davina avait toujours été menue, il y avait chez elle une nouvelle fragilité, comme si un coup de vent aurait pu la briser. *Les membres de la bande des Intouchables tombent rapidement, les uns après les autres*. L'impulsion fut trop violente pour lui résister ; là, au beau milieu du couloir, je serrai Davina dans mes bras et elle fit ce qu'elle put pour en faire de même.

— Merci. Je ne t'ai pas vue au déjeuner.

— Oui, désolée. Je ne savais pas que tu revenais aujourd'hui.

— Je n'en avais pas envie, mais ma mère a dit qu'une semaine, c'était tout ce qu'elle acceptait de me donner pour un petit ami que je ne lui avais jamais présenté.

Alors c'est la faute de Russ.

— Je doute que ma mère me laisserait ne serait-ce qu'un jour, même si elle l'avait rencontré, dit Jen.

— Il faut que je vous parle, à toutes les deux.

Je n'avais jamais séché les cours, mais nous pourrions nous cacher sur le campus. C'était tellement vaste que même sans passer par les grilles, il était impossible de nous retrouver avant la fin des cours.

— Je ne veux plus rester là de toute façon, bredouilla Davina.

Jen ne répondit pas, mais elle devait être curieuse parce qu'elle me suivit. Il y avait un flot constant d'élèves qui allaient d'un bâtiment à l'autre, mais je ne me dirigeai pas vers le Puantorium ou le complexe scientifique. Je préférai nous trouver un coin tranquille, niché entre les arbres, hors de la vue du bâtiment principal. Le gardien travaillait de l'autre côté de la propriété aujourd'hui, donc nous avions du temps. Au loin, j'entendis la dernière sonnerie.

— Alors, qu'est-ce qu'il y a ? demanda Jen.

Je pris une profonde inspiration. J'allais découvrir si elles étaient de vraies amies. Si ce n'était pas le cas, ma folie éclaterait au grand jour et se répandrait dans toute l'école avant la fin de la journée. Cette éventualité ne me perturbait même pas, puisque la situation était tellement catastrophique que l'idée que des gens disent des choses méchantes sur moi me semblait la moins horrible des conséquences.

— Je ne crois pas que ce soit une coïncidence, ce qui est arrivé à Russ et Brittany.

Avec une énonciation judicieuse, je parvins à raconter l'histoire sans que cela semble ridicule.

— Si vous réfléchissez bien, tout a commencé après l'arrivée de ce nouveau prof, conclus-je.

— Tu penses que M. Love fait subir des choses horribles aux élèves ? demanda Davina, sceptique.

— Je n'ai aucune preuve, dis-je. Mais je m'inquiète pour vous deux. Je veux dire, si j'ai raison et qu'il prend sa revanche pour quelqu'un d'autre, alors il pourrait vous arriver malheur. En toute honnêteté, Allison et Cameron devraient s'inquiéter aussi.

Mais je ne les apprécie pas assez pour les avertir.

— On devrait leur en parler, non ? demanda Jen.

J'acquiesçai.

— Je doute qu'ils m'écouteraient, mais j'espère qu'ils vous prendront au sérieux, Davina ou toi.

— On essaiera, promit Davina.

Je ne savais pas si notre prof de littérature avait un quelconque rapport avec tout ça, mais je ne pouvais pas leur balancer mon histoire de conspiration surnaturelle, surtout en y étant impliquée. Si je mentionnais les participants et les pièces de l'échiquier, les monstres immortels, les corporations diaboliques et les démons sans visage, elles se contenteraient de me pointer du doigt en riant avant de partir. Davina et Jen échangèrent un regard pendant que je fixais mes ongles, consciente que cela devait paraître approximatif. Mais leur première réponse semblait encourageante.

— Il se passe quelque chose.

Davina acquiesça.

— Il y a quelque chose de différent à l'école cette année.

Je n'étais donc pas la seule à l'avoir remarqué.

— J'étais sûre que vous alliez toutes les deux me dire que je regardais trop de films d'horreur.

— Et il y a cette chose que tu as affirmé ne pas avoir vue chez moi, poursuivit Jen. D'ailleurs, tu racontes plein de mensonges.

— Désolée. Je n'ai pas su quoi dire d'autre.

Jen arracha un morceau d'écorce à un arbre.

— Je n'arrive même pas à croire que je vais poser cette question, mais… tu crois que M. Love est un suceur de cervelle ?

J'étais presque indignée de constater que leur cerveau marchait très bien, sachant qu'elles étaient aussi très jolies.

— Ouais. Ça paraît fou, je sais.

Davina secoua la tête.

— Rien ne se passe normalement depuis la rentrée. Russ a changé dès qu'on est arrivés à Blackbriar.

— Tout ce que je sais, c'est que je ne veux pas qu'il vous arrive quelque chose à vous deux, dis-je. Si vous avez un moyen de quitter Boston…

— Je vais voir ce que je peux faire.

Mais Davina n'avait pas l'air d'avoir beaucoup d'espoir. Étant donné qu'elle touchait une bourse, ses parents auraient probablement le sentiment que partir reviendrait à gâcher son avenir.

— Je pourrais peut-être convaincre mes parents de me laisser rendre visite à ma grand-mère en Thaïlande, surtout si j'affirme avoir rêvé d'elle. Elle est pointilleuse, mais elle écoute aussi les signes et les présages.

— Si vous ne pouvez pas partir, alors… soyez prudentes, d'accord ?

— Promis. Je vais aussi garder un œil sur M. Love.

Sortant de sous les arbres, Davina s'abrita les yeux avec une main.

— On dirait qu'on a de la compagnie.

Je le vis aussi. Le gardien nous dirigea vers le professeur chargé de ceux qui enfreignaient le règlement qui nous escorta à son tour jusqu'au bureau du directeur. Mais je ne pouvais éprouver le moindre regret d'avoir séché les cours car c'était une question de vie ou de mort. Nous écoutâmes toutes les trois les recommandations, mais il y alla doucement avec nous car c'était notre première infraction, et il comprenait que nous puissions être bouleversées par les événements récents.

— Très bouleversées, dit Davina, les larmes aux yeux.

Et elle ne faisait pas semblant.

Il nous congédia à temps pour le dernier cours sans oublier les remontrances pour ne pas nous y reprendre. J'angoissai pendant tout mon cours et, quand la sonnerie retentit, je courus presque jusqu'à mon casier pour récupérer mes affaires. J'avais l'impression que cela faisait une éternité que Kian n'était pas passé me prendre après l'école, même si ce n'était que la semaine dernière. Mais nous ne nous étions pas vus ce week-end puisque j'étais punie. L'étreinte de mes parents m'avait déboussolée ; pas ma punition. Pour faire bonne mesure, ils m'avaient confisqué mon ordinateur et mon téléphone, si bien que je n'avais eu aucunes nouvelles de lui.

Aujourd'hui, Kian attendait aussi près de la grille que possible sans être sur la propriété du lycée. Deux pas suffirent pour qu'il se retrouve à mes côtés et me prenne dans ses bras. Plaquant mon visage contre sa poitrine, j'inhalai et sentis le parfum de citron et d'épices de son savon. Il m'embrassa sur la tête, puis me guida vers sa voiture.

— Tu m'as manqué, dit-il.

— J'ai encore des restrictions pour toute la semaine, expliquai-je.

Son regard me parcourut comme si cela faisait bien plus longtemps que nous ne nous étions pas vus.

— Je peux te ramener directement chez toi… ou je peux te montrer mon nouvel appart.

La tentation était grande. C'était si facile de céder et cela représenterait un tel soulagement face aux atrocités constantes du reste de ma vie.

— En étant réaliste, je peux bien prendre une heure avant que mes parents ne devinent qu'on a fait un détour. Ce sera long ?

— Pas si je laisse la voiture ici. On pourrait passer à l'appartement, puis je te ramènerai chez toi par Express Way.

Le petit sourire qui courba sa bouche me dit qu'il était fier de son choix de mots. Même si quelqu'un nous avait entendus, personne n'aurait trouvé ce qu'il venait de dire bizarre.

Avec un peu de chance, me montrer son nouvel appartement pouvait passer pour une tâche professionnelle. J'imaginai Wedderburn émettre un petit rire glacial tandis que Kian me charmait comme il le lui avait demandé. *Mais c'est exactement ce qui se passe.* Mon Dieu, je me détestais pour chaque petit moment de doute. Kian avait pris tellement de risques pour moi ces dernières semaines et n'avait jamais montré le moindre signe qu'il puisse être dans un autre camp que le mien. J'évacuai tous ces mauvais sentiments avec une longue expiration.

— Allons-y.

Pour préserver les apparences, il éloigna la voiture de l'école et se gara dans une rue résidentielle à quelques pâtés de maisons de là. Puis il prit ma main et appuya sur un bouton sur sa montre. Nous fûmes aussitôt téléportés, le monde devenant flou pendant une fraction de seconde qui me déstabilisait toujours. Je fis quelques pas chancelants tandis que ma tête tournait et que je voyais des murs clairs et un sol en parquet. En jetant un coup d'œil par la fenêtre, je compris que je n'étais pas loin de Fenway.

— Tu as trouvé un endroit dans mon quartier ?

— Je voulais être tout près.

La peine dans sa voix me donna envie de l'embrasser.

Kian me fit visiter. Il y avait deux chambres et une cuisine couloir : rien de particulier, sauf que c'était moins isolé que le chalet. Les meubles donnaient l'impression qu'il avait acheté un meublé en location. Je supposai que c'était logique. Mais cela donnait un autre endroit impersonnel, rien d'unique pour Kian.

— Ça a besoin d'un peu de couleurs. Et de désordre. Il faudra que tu sortes tes trophées et accroches tes diplômes. Et aussi que tu mettes tes livres sur les étagères. Tu pourrais poser ton journal de poésie sur la table basse. Et te remettre à écrire. En d'autres mots, il faudrait que tu arrêtes de cacher qui tu es dans un box de stockage.

Il s'approcha de la fenêtre et appuya sa tête contre la vitre. Je pouvais sentir la tristesse en lui, pesante et déferlante comme la mer.

— Si je fais ça, alors la prochaine fois, quelque chose d'affreux arrivera, je perdrai tout. Je ne suis pas aussi fort que tu sembles le penser.

Ni lui ni moi ne sommes invincibles. Nous avons volé en éclats, mais nous ramassons les morceaux pour les rassembler, et j'adore comment tes fractures brillent. Je m'approchai de lui par-derrière et posai ma main entre ses omoplates. Un frisson le parcourut à mon contact ; parfois j'avais l'impression que c'était un piano sous mes mains.

— Je ne te considère pas comme un super héros ou un truc dans le genre. Mais… parfois, tu dois tracer une frontière et te battre pour ton territoire. *Bats-toi*, Kian. Prends possession de quelque chose.

Il se retourna alors, des éclairs dans les yeux.

— Tu es le seul territoire que je ne céderai pas, Edie. Tout le reste n'est que poussière, et chaque fois que je m'éloigne de toi, j'ai peur que ce soit la dernière. Tu ne sais pas quels pactes j'ai conclus, le…

Il déglutit, les poings serrés.

— Peu importe, reprit-il. Je ne devrais pas dire ça.

— Je pense que tu ferais mieux de me dire exactement ce que tu as en tête.

Il se rapprocha de moi et emmêla ses mains dans mes cheveux en m'inclinant la tête. J'aurais dû insister pour avoir une réponse, mais quand il me regardait comme *ça*, je ne pouvais plus réfléchir.

— Tu es à moi. Qu'est-ce que ça fait ?

— C'est bon, murmurai-je.

— Je me battrai pour toi. Je tracerai des frontières autour de toi. Je n'ai…

Il effleura mes lèvres délicatement avec les siennes.

— … jamais ressenti ça avant.

Quand je me mis sur la pointe des pieds pour lui rendre son baiser et l'approfondir, il me fit tourner et m'adossa à la fenêtre. Je passai mes bras autour de son cou et le serrai ; le désir était à la fois doux comme le miel et violent comme une tempête. Tandis qu'il m'embrassait, je promenais mes mains sur ses épaules avant de descendre dans son dos en enfonçant mes doigts parce que ces sensations ne pouvaient tout simplement pas être réelles. Kian émit un doux bruit contre ma bouche, un râle ou un gémissement, et je frissonnai contre lui.

— Je devrais te raccompagner chez toi, murmura-t-il. Ou je ne le ferai pas du tout. Je veux que tu restes.

— Je ne peux pas. Pas encore.

— Je sais. Ta vie est assez compliquée comme ça.

J'acquiesçai en tendant vers lui des bras tremblants. Il attrapa ma main et nous fit prendre le même passage que celui que nous avions utilisé pour partir du programme d'été.

— Je ne m'y habituerai jamais.

— Et je n'aurai jamais assez de toi.

Kian me donna un autre baiser fougueux, et encore un, jusqu'à ce que mes jambes soient molles. Avant de le rencontrer, je ne savais pas que le désir pouvait être si fort qu'il faisait mal physiquement.

— Waouh.

La gorge serrée, je m'éloignai rapidement avant de le supplier de me ramener à son appartement.

Même si c'était complètement fou, je devais désormais tout considérer en termes de cause et d'effet. Une nuit avec Kian serait fantastique, mais j'avais assez de stress dans ma vie. Quand nous coucherions ensemble, je voulais que ce soit au bon moment. Après avoir attendu si longtemps, le sexe ne devait pas faire partie de mes regrets.

22

LA NORMALITÉ EST UN AUTRE PAYS

Blackbriar se trouvait peut-être sous un nuage, mais pendant le reste de ma détention, l'orage n'éclata pas. Cependant, le silence me mettait mal à l'aise et je me sentais bien seul à l'école, alors que Davina et Jen étaient aux abonnés absents. J'espérais que cela voulait dire qu'elles avaient réussi à persuader leurs parents de les envoyer ailleurs, au moins pour quelque temps. Je vérifiai mes messages, mais il n'y avait rien dans ma boîte de réception.

Au moins, Vi était toujours là. Mardi soir, nous discutâmes sur Skype.

— Et tes rêves ? demandai-je.

— Après avoir envoyé mes candidatures aux universités, ils se sont complètement arrêtés. Ça devait être le stress.

J'avais dans l'idée que cela avait plutôt un rapport avec l'utilisation de ma deuxième faveur, mais j'étais tellement soulagée que j'en avais le vertige.

— Il faut que je m'en occupe moi aussi. Les dates limites approchent.

— Je pensais que tu l'avais déjà fait.

— Non, j'en suis toujours à rassembler tous les documents requis. Je n'arrive pas à faire une bonne dissertation.

La vérité, c'était que je n'avais même pas essayé.

— Ne te laisse pas paralyser. Choisis juste un thème et lance-toi.

— Merci. Je verrai si je peux faire ça le week-end prochain.

Nous papotâmes encore un peu, puis je me déconnectai pour me préparer à me coucher. Quand j'allai dans la salle de bains, je laissai la porte de ma chambre ouverte, mais quand je revins, elle était fermée. Mon cœur palpita dans ma poitrine comme si elle était envahie par de petites souris. Pendant quelques secondes, je restai dans le couloir à la fixer.

— Quelque chose ne va pas ?

En me retournant, je découvris ma mère qui se tenait derrière moi.

— Non, je réfléchissais, c'est tout.

— Sur ton comportement irréfléchi de ces derniers temps, j'espère.

— Évidemment.

Normalement, elle n'était pas très douée pour comprendre le sarcasme, mais elle haussa les sourcils.

— Edith, tu n'es pas toi-même depuis la rentrée. Tu veux en parler à un spécialiste ?

Je ne savais pas ce qu'elle entendait par là.

— Un psychologue ou un neurologue ?

— Celui qui te semblerait le plus utile.

Les secrets que contenait ma tête ne me mèneraient qu'à l'hôpital psychiatrique, si un psy les faisait sortir, et une IRM ne résoudrait pas mes problèmes. Alors je secouai la tête.

— Pardon, Maman. Je crois que les procédures d'admission à la fac me perturbent.

D'habitude, il suffisait qu'on mentionne l'université pour que ma mère me fasse la leçon, mais elle ne mordit pas à l'hameçon cette fois.

— Tu as une minute pour discuter ?

Elle semblait étrangement hésitante.

— Bien sûr.

Amusée, je la suivis dans le salon. Avant de s'asseoir, elle nous prépara du thé.

— J'ai l'impression de ne plus savoir quoi faire avec toi.

— C'est une introduction de mauvais augure. J'ai eu plus de problèmes que d'habitude ces derniers temps, mais…

— Je n'irais pas jusqu'à dire qu'on envisage de te retirer de cette école pour te mettre en pension.

Elle tripota les franges de la couverture étendue sur le dossier du canapé.

— C'est dur pour moi de dire ça, reprit-elle, mais je perçois que je n'ai pas été ce dont tu as besoin, émotionnellement, en tant que mère.

Oh mon Dieu. Il y a un an, j'aurais adoré avoir cette conversation avec elle. Maintenant, c'était trop tard, mais pas pour les raisons qu'elle craignait. Je remuai et attrapai un coussin que je serrai contre ma poitrine, comme si le tissu et le rembourrage pouvaient me protéger de cet embarras.

— Tu t'en sors très bien, marmonnai-je.

— C'est gentil de ta part, mais ce n'est pas vrai. Je pensais que si on t'envoyait dans une bonne école et te laissait former tes propres attachements émotionnels tout en te laissant assez d'espace, ce serait suffisant. Maintenant, je vois bien que je me suis trompée.

J'avais envie de lui demander où se trouvait cette épiphanie avant que je ne finisse sur le pont, mais je ravalai ma question avec une douleur soudaine dans ma gorge.

— Je ne suis pas sûre de comprendre où tu veux en venir.

Son visage s'assombrit, mais elle persévéra hardiment.

— Je veux que nous ayons une meilleure relation, que nous soyons plus proches toutes les deux. Au moins, nous avons la science en commun. Je ne sais pas grand-chose de tes nouveaux centres d'intérêt, mais être plus en forme physiquement ne me ferait pas de mal. Peut-être qu'on pourrait faire du sport ensemble ? Il y a des équipements sympas à l'université…

Elle se mordit la lèvre, à la fois triste et pleine d'espoir.

Jolie branche d'olivier, Maman. Je pouvais soit l'accepter soit la brûler. Comme je n'étais pas allée courir depuis le début que les trucs louches avaient commencé, j'acquiesçai.

— On pourrait y aller deux après-midi par semaine, puis peut-être les samedis ?

— J'aimerais beaucoup. Et… Et je ne détesterais pas que tu trouves le temps de m'apprendre quelques trucs pour me maquiller. Pour sortir ?

Interdiction de mettre ce rouge à lèvres rouge moche, Maman.

— Ce serait amusant.

Ce n'était pas un mot qu'on utilisait habituellement pour décrire quoi que ce soit en rapport avec ma mère.

— Tu es une femme automne, tu sais ?

Elle leva ses sourcils pas entretenus.

— Je suis quoi ?

— Un pas après l'autre.

Elle afficha un sourire timide et je l'étudiai. Ses cheveux étaient brun roux carbonisé et avaient affreusement besoin d'une bonne coupe et d'un soin en profondeur. Depuis aussi longtemps que je m'en souvienne, elle les avait toujours attachés en chignon négligé. Elle était ronde, mais n'avait pas un surpoids trop important ; elle avait le corps de quelqu'un qui ne bougeait pas beaucoup, ce qui était compréhensible étant donné le temps qu'elle passait à écrire sur des tableaux blancs et griffonner des blocs-notes.

— Ça irait si je te prenais dans mes bras ?

Bizarrement, je faillis m'étrangler. Des larmes me montèrent aux yeux alors que j'écartais le coussin qui nous séparait.

— Tu n'as pas à le demander. Tu peux le faire, quand tu veux.

Je regrette que tu ne l'aies pas fait plus souvent.

Elle sentait le talc au lilas quand elle se pencha et passa ses bras autour de mes épaules pour me serrer contre elle.

— Ton père et moi, nous t'aimons vraiment beaucoup. Et nous sommes si fiers de toi, Edith.

Je soufflai brusquement et posai ma tête sur son épaule. Son cardigan difforme me gratta la joue, mais j'attendis cinq bonnes minutes avant de bouger.

— On n'a qu'à aller à la salle de sport jeudi après-midi, ça te va ?

Maman avait les yeux embués quand elle acquiesça.

— On se retrouvera là-bas. On pourra faire un détour et rapporter à dîner après, pour que ton père puisse ne pas avoir à cuisiner.

Si je lui apprenais comment se coiffer et se maquiller, alors je devais lui demander quelque chose en échange.

— Peut-être que, si tu as le temps, tu pourrais me montrer quelques trucs à propos des prises électriques ? Et de la plomberie ?

— J'en serais ravie. Une femme ne doit jamais…

— Dépendre d'un homme si elle est capable d'apprendre à faire quelque chose elle-même.

Elle eut l'air très surprise quand je finis sa phrase, puis elle éclata de rire.

— C'est bon de savoir que la sagesse que j'ai criée ces dernières années n'est pas tombée dans l'oreille d'un sourd.

— Non. Bonne nuit, Maman.

Mercredi fut une bonne journée, peut-être parce que j'étais heureuse, et… je ne pensai même pas aux problèmes qui menaçaient à l'horizon. Même les pions d'un échiquier avaient besoin d'un jour de congé de temps en temps. Je fis comme s'il y avait une boîte de Pandore en moi et y enfouis tous mes horribles sentiments. Jeudi matin, Davina revint à l'école, et mon soulagement m'étonna. Je me frayai un passage dans la foule jusqu'à elle.

— Tu es de retour ?

Elle acquiesça d'un air sombre.

— J'ai demandé à ma mère de me laisser voir un psy, mais

ce traître a dit que le mieux pour moi était de remonter sur le cheval qui m'avait fait tomber.

— Hein ?

— Selon lui, revenir à l'école m'éviterait de développer une sorte de phobie d'aversion.

Elle brandit une feuille de papier rose.

— Oh, regarde. Allison a attaqué son coup d'état et les auditions ont lieu demain après-midi. Je ne me suis pas *du tout* entraînée, alors j'aurais de la chance si j'étais leur mascotte, après avoir passé trois ans à ramasser leurs merdes. Bon sang, des fois je les déteste tellement.

— Pourquoi ne te fais-tu pas simplement de nouvelles amies ? demandai-je.

— Russ, dit-elle d'un air malheureux. Mon Dieu, je l'ai aimé depuis ma première année et c'est à peine s'il savait que j'existais.

— Tu n'es pas obligée de te forcer pour l'équipe. Laisse faire Allison.

Elle secoua la tête avec un air féroce.

— Pas question. Si je ne le fais pas, c'est comme si j'avais perdu tout ce temps et qu'elle gagnait.

— Qu'est-ce que je peux faire pour t'aider ?

— Passe les essais avec moi.

Je gloussai jusqu'à ce que je réalise qu'elle était sérieuse.

— Pourquoi ? Pour que tu paraisses meilleure en comparaison avec moi quand je tomberai sur les fesses ?

— En partie, admit-elle. Mais aussi pour me soutenir moralement. *S'il te plaît*, Edie.

— Quelle horreur.

J'appréciais vraiment Davina, apparemment assez pour me ridiculiser par solidarité.

— Combien de temps ça dure ? demandai-je. Il faut que je prévienne Kian que je serai en retard demain.

— Ça dépend de quand elles t'appellent pour passer, mais disons une heure.

— Super.

— Il te faut un signe original et tu seras aussi notée sur la vitesse à laquelle tu arrives à apprendre un numéro, tout comme le reste de ton groupe. Je suppose que tu ne sais pas faire un saut périlleux arrière ?

— Je peux marcher à reculons. À peu près.

Davina sourit et passa son bras autour de mes épaules.

— Je n'irais pas aussi bien si tu n'avais pas été là cette année. Je suis heureuse qu'on soit amies.

Elle ne savait pas à quel point ces sept mots comptaient pour moi… comme j'avais peur qu'une créature diabolique nous entende. J'étais comme une sorte de démon du désastre ; un contact et la contagion se répandait, telles des vrilles de malveillance qui rampaient vers ceux à qui je tenais. Pourtant, je ne m'écartai pas parce que Davina avait besoin de ce contact autant que moi ; elle faisait preuve d'un grand courage pour faire comme si les histoires sur Russ ne lui brisaient pas le cœur, principalement parce qu'aucune ne sous-entendait ce qu'ils avaient été l'un pour l'autre, l'espace d'un doux et court été.

— Ma mère et moi, nous allons à la salle de sport cet aprèm, dis-je. Peut-être que tu pourrais venir avec nous et, après ça, on préparerait quelque chose pour les essais ?

— Je vais demander la permission, répondit-elle. Je te dis ça au déjeuner.

La compagnie à table était limitée : il n'y avait que Cameron, Davina, Allison et moi. Les coéquipiers de crosse de Russ étaient assis ailleurs, comme s'ils sentaient le nuage noir qui surplombait la bande des Intouchables. Comme Russ était leur lien, ils s'étaient maintenant séparés en sous-groupes. Tout le monde resta silencieux, et après avoir mangé, je partis, déroutée par l'épave qu'était devenu Cameron. Je comprenais son chagrin ; en peu de temps, il avait perdu sa petite copine et la personne qu'il croyait être son meilleur ami. J'eus un pincement au cœur en repensant à la façon dont j'avais utilisé Allison pour transmettre la remarque désagréable de Russ concernant la raison pour laquelle ils fréquentaient Cam.

— Je viens avec toi, dit Davina en me rattrapant tandis que je me dirigeais vers mon casier. Je crois qu'on va trouver une autre table. Je n'apprécie pas une seule personne qui reste. Enfin, à part toi.

— Oui. Parfois il faut savoir quand laisser tomber.

Si seulement j'avais appris cette leçon plus tôt. Mais la promesse de vengeance m'avait obsédée pendant quelques semaines après l'épisode du pont, et quand la rentrée était arrivée, j'avais déjà pris un peu de distance. Si je n'avais pas autant tenu à prendre ma revanche, je n'aurais peut-être pas passé le pacte. *Ta vie en vaut-elle plusieurs autres ?* Cette question était bien trop lourde à supporter, alors je la mis de côté et la fourrai dans le tiroir métaphysique de ma tête.

— Au fait, ma mère m'a donné l'autorisation de sortir. Mais elle veut que la tienne l'appelle, juste pour confirmer que nous serons surveillées par un adulte.

— Voilà ce qui arrive quand on ment et se rend dans le New Hampshire au lieu d'aller à la bibliothèque, dis-je en imitant mon père.

— J'en suis bien consciente, crois-moi.

Avant d'aller en cours, j'envoyai un message à Kian pour lui dire que je n'avais pas besoin qu'il passe me prendre. Je me sentais mal de l'utiliser comme chauffeur quand j'avais des projets avec d'autres personnes, alors je lui dis que je serais avec Davina et ma mère à la salle de sport. Il répondit :

Lui : *Cela ne m'aurait pas dérangé de vous conduire, toi et Davina, mais tant pis. Au lieu de cela, je vais sortir mes affaires du box aujourd'hui.*

Cela me fit sourire tandis que je répondais :

Moi : *Est-ce que ça veut dire que tu me liras un autre poème ?*
Lui : *Peut-être.*

Quand je rangeai mon téléphone, Davina me regardait avec un petit sourire.

— Cocotte, pas possible pour toi de te passer de lui.

— Tu as appris la grammaire à Blackbriar ?

— Évidemment.

Je lui souris.

— À tout à l'heure.

Nous nous retrouvâmes devant le portail ; Davina arriva la première et nous prîmes le métro jusqu'à chez moi. Elle étudia chaque détail avec un air intéressé.

— Ça se voit que tes parents sont profs.

Je ne faisais plus attention au fouillis de journaux scientifiques et de notes, mais pour quelqu'un d'autre, cela semblait probablement désordonné.

— Maîtres de conférences en fait. En physique.

Je l'avais déjà dit, mais peut-être qu'elle ne l'avait pas entendu.

— Mince. Pas étonnant que personne ne puisse atteindre ton niveau dans ce cours.

Comme je l'avais invitée à la dernière minute, elle avait besoin d'une tenue de sport. Mon T-shirt et mon pantalon de yoga étaient un peu trop grands pour elle, mais comme l'objectif était de transpirer, ça n'avait pas beaucoup d'importance.

Ça me faisait bizarre de la voir dans ma chambre ; deux mondes se rencontraient, mais elle ne dit rien concernant mes posters de scientifiques ou mes piles de livres. Soulagée, j'envoyai un message à ma mère :

Moi : *On va pas tarder à arriver, avec Davina.*
Elle : *OK. J'y vais.*

Les présentations se firent dans l'embarras puisque ma mère savait que c'était avec Davina que j'étais partie sans permission, mais cette dernière arrangea les choses en disant :

— Vous devez penser que j'ai une mauvaise influence sur elle, mais je veux que vous sachiez que je ne redemanderai plus jamais à Edie de faire quelque chose comme ça. J'espère que vous me donnerez une seconde chance.

Maman sourit.

— Tout le monde fait des erreurs, Davina, et la tienne était compréhensible. Je suis ravie de te rencontrer.

— Vous voulez bien appeler ma mère pour la rassurer et lui dire que je suis bien avec vous ?

Elle composa le numéro et tendit son téléphone avec un regard penaud.

— Pas de problème.

Maman attendit que ça décroche puis dit :

— Bonjour, je suis Mildred Kramer, la maman d'Edie. Je confirme que les filles sont bien avec moi. On va faire du sport cet après-midi.

Pause.

— Absolument.

Davina récupéra son téléphone.

— Je devrais être rentrée pour sept heures au plus tard. À tout à l'heure.

Les employés de l'université avaient droit à une réduction au centre de fitness et de remise en forme. Du coup, mes parents restaient adhérents, même si seul mon père y allait régulièrement. Il disait que faire des séries sans avoir à réfléchir l'aidait à résoudre des problèmes épineux. Nous évitâmes les cours et nous rendîmes directement dans la salle où se trouvaient les machines, où nous passâmes quarante-cinq minutes à transpirer. Après ça, je me sentais bien, détendue et souple.

— Toujours partante pour une chorégraphie ? demanda Davina.

— Absolument.

C'était peut-être exagéré, mais j'avais fait une promesse.

Après avoir pris une douche, ma mère nous regarda avec un air amusé.

— Vous participez à un *talent show* ?

Je me mis à rire.

— Dans mon cas, ce serait plus un non-talent show.

— Ce n'est pas… catastrophique, dit-elle, essayant probablement de me soutenir. Tu as juste besoin d'entraînement. Davina a manifestement passé plus de temps à… ce que vous êtes en train de faire.

— C'est pour une audition de cheerleaders, répondit Davina.

Ma mère se figea, comme si je venais de lui avouer une addiction secrète à la drogue.

— C'est vrai Edith ?

— Je n'essaie pas vraiment d'intégrer l'équipe. J'y vais juste pour soutenir Davina.

— Ah.

Apparemment, elle pouvait accepter la solidarité féminine. Maman s'assit sur une machine à côté et nous regarda nous entraîner pendant une heure tout en tapotant sur sa tablette.

Cela ne me suffit pas à faire des progrès, mais Davina semblait avoir intégré sa chorégraphie. Nous n'avions pas de vêtements pour nous changer, alors je proposai :

— On peut y aller maintenant si vous voulez. On passera au traiteur thaï pour le dîner ?

Maman acquiesça.

— J'ai bien envie d'un *pad thaï.*

— J'aurais aimé pouvoir rester, mais mes parents m'attendent.

Davina fit une tête du genre « je ne peux rien y faire » en haussant les épaules.

Dehors, je la serrai encore une fois dans mes bras.

— On se voit à l'école.

— Tu veux qu'on t'accompagne jusqu'à la station ? demanda Maman.

Davina sourit.

— J'ai déjà pris le métro toute seule, mais merci quand même.

Comme le jour tombait, ma mère insista. Davina semblait partagée entre la reconnaissance et la contrariété. Aux marches du métro, elle se mêla à la foule d'étudiants en nous faisant un signe joyeux. Je suggérai à ma mère de se faire couper les cheveux sur le trajet de retour, puis je la traînai dans un magasin qui vendait du maquillage minéral. Je savais qu'elle n'adhérerait pas à une routine beauté compliquée, mais un peu de poudre et de fard ne prendrait pas très longtemps. Avec tout ça, et après être passées au thaï pour emporter le repas, il était assez tard, presque vingt heures, quand nous arrivâmes à la maison. Je venais de passer le moment le plus amusant avec ma mère depuis des années.

— Il faut qu'on remette ça bientôt, dit-elle. Samedi après-midi ?

— Avec plaisir. Je te montrerai comment utiliser les trucs qu'on a achetés, si tu veux.

Elle me prit à nouveau dans ses bras, cette fois sans me demander la permission.

— Tu dois probablement me trouver bizarre pour ne pas savoir tout ça, mais… Je me souviens d'une fois, quand j'avais onze ans, ma mère ne m'a offert *que* des produits de beauté pour Noël. Il y avait un fer à friser, des produits pour les cheveux, des brosses fantaisie, des bigoudis chauffants, du fard à paupières. Quand j'ai ouvert tous mes paquets, j'ai fait semblant d'être contente, puis je suis allée dans ma chambre et me suis mise à pleurer. J'ai cru qu'elle me disait que je n'étais pas assez bien ou assez jolie… que cela ne suffisait pas que je sois intelligente.

Waouh. Je ne le savais pas.

— Alors tu as renoncé aux trucs de filles. Je comprends.

— Mais… c'est amusant avec toi.

— Je ne laisse pas ces produits gouverner ma vie, mais j'aime bien me sentir jolie.

— Moi aussi, admit calmement Maman. Mais je n'ai jamais pensé l'être, alors je ne voyais pas l'intérêt d'essayer.

— Il ne faut jamais abandonner, dis-je, consciente de l'ironie de la situation puisque ces propos sortaient de ma bouche.

Mais aujourd'hui, j'y croyais.

— Quand tu es rentrée cet été, j'étais décontenancée. J'ai eu l'impression que tu essayais de me faire passer un message. Puis j'ai réalisé que je transférais de vieilles blessures. Si j'avais su que tu t'intéressais au maquillage, peut-être qu'on aurait pu s'en occuper ensemble. C'est juste que je ne voulais pas que tu ressentes ce que ma mère m'a fait ressentir. J'ai toujours voulu que tu saches que qui que tu sois, ça me va.

— Merci, Maman.

Je pleurais presque et les picotements dans mes yeux m'empêchaient de voir correctement.

À cet instant, j'eus affreusement envie de tout lui raconter. Mais si je ne dis rien, c'était parce que je craignais pour sa sécurité et je regrettais ce que j'avais fait. Elle semblait avoir une opinion si haute de moi ; je ne pouvais pas supporter l'idée de ternir cette image. Pour me donner le temps de reprendre mes esprits, elle me caressa la tête et alla discuter avec mon père. Je me rendis dans ma chambre cinq minutes pour me calmer.

Le dîner fut animé ; je m'intéressai vraiment à leur discussion concernant leur nouveau projet et à ma grande surprise, j'avais des idées à leur soumettre. Ma mère prit des notes pendant que mon père me traitait comme si j'étais un génie. *Je pourrais y prendre goût.* Si travailler avec mes parents me menait à mon avenir optimal, je n'avais pas envie de m'y opposer.

De temps en temps, la boîte de Pandore dans ma tête s'ouvrait et des images de Brittany et Russ essayaient de s'échapper. Je ne les laissai pas faire. Je ne voyais pas d'autre moyen de m'en sortir. *Je dois continuer. Si j'abandonne, ils gagnent*. Mon entêtement m'avait permis de tenir bon à l'école, et il était encore là.

Vendredi, les auditions des cheerleaders se passèrent aussi mal pour moi que je l'avais redouté. Mon numéro solo ne fut pas catastrophique, mais je n'avais aucune aptitude pour apprendre une chorégraphie. Même si je ne tombai pas, ce fut tout ce qu'on put retenir de ma performance. Davina, par contre, était comme une fusée, brillante, précise et extrêmement gracieuse. Si les professeurs qui sélectionnaient l'équipe ne la mettaient pas sur la liste, alors je ne pourrais que croire qu'ils avaient déjà accepté des pots-de-vin de la part de parents qui voulaient une cheerleader dans leur famille.

— Tu penses avoir tes chances ? lui demandai-je après l'audition.

— Tu le sais bien. Merci.

Elle me prit dans ses bras.

Rien que pour ça, ça valait le coup.

Samedi matin, je passai le test national. Heureusement, je n'étais plus punie et je n'eus pas à expliquer que je n'avais jamais passé l'épreuve que j'affirmais avoir faite au printemps. J'eus l'impression de bien m'en sortir, mais je ne le saurais pas avant un moment. Puis je retrouvai ma mère pour déjeuner près de l'université, et après notre repas, nous nous rendîmes au centre de fitness. Tout cela n'avait rien d'extraordinaire, mais c'était des choses que j'avais rarement faites avec ma mère.

C'est normal. On dirait un autre pays.

Mais… j'aurais pu m'habituer à vivre ici.

23

LE CÔTÉ OBSCUR N'A PAS DE COOKIES

Une semaine plus tard, Davina et moi nous tenions devant la liste que Mlle Tina, l'entraîneur des cheerleaders, venait d'afficher. Les filles s'agglutinaient, nous empêchant de lire, alors je me frayai un passage jusqu'à l'avant tandis que la foule diminuait. Par moments, on entendait des couinements d'excitation, mais la plupart des candidates repartaient en traînant les pieds, leurs rêves brisés.

Je passai mon doigt sur la feuille.

— Tu es sur la liste de l'équipe de première catégorie.

— Impossible.

Elle s'avança en bondissant, puis se mit à danser en rond quand elle en eut la confirmation.

Sans surprise, je n'étais même pas dans les remplaçantes, mais comme ce n'était pas mon but, je m'en fichais.

— Heureuse ?

— Oui ! Mais surprise. Je pensais honnêtement que tout était déjà fixé.

Peut-être pour certaines places, mais Blackbriar aimait les trophées, ce qui signifiait qu'ils avaient besoin de championnes dans l'équipe. Sinon, ils seraient bien embêtés plus tard dans l'année. Elle sortit son téléphone et appela sa mère pour lui annoncer la nouvelle. Je ne l'avais plus vue aussi heureuse depuis que Russ était mort. Je m'attendais à voir Kian pour rattraper le temps perdu, mais il avait cours, ou en tout cas, c'était ce qu'il disait. Au lieu d'être ensemble, je reçus des messages et des Snapchats, comme si nous avions une relation à distance.

Cette semaine, je reçus aussi un mail de Jen.

J'espère que tu es contente. Je suis en THAÏLANDE. Avec ma grand-mère.
Ma mère lui a dit ce qui était arrivé à Brittany et maintenant, je passe de longues matinées à allumer des bougies dans des autels et des temples.
Je termine le semestre avec des cours sur Internet, mais Blackbriar me garde ma place. Je reviendrai après les vacances d'hiver.

« Tu nous manques, répondis-je. Et je suis désolée si tout est ma faute. Si c'est le cas, je t'aiderai. »

Sa réponse arriva le lendemain :

Je ne pense pas que ce soit ta faute.

Ce fut tout ce qu'elle dit, mais cela me rassura sur le fait qu'elle ne me détestait pas pour l'avoir envoyée en exil. M. Love m'observait toujours et Nicole ressemblait de plus en plus à un fantôme, mais le reste de Blackbriar revint à la normale. Chaque soir, Davina avait entraînement de cheerleaders et, comme Kian, je rejoignis le club de théâtre ; pas parce que j'avais envie de monter sur scène, mais parce que cette activité pourrait étoffer mes dossiers de candidature. Je passais plus de temps avec mes parents entre les séances de sport avec Maman et les discussions à propos du réseau laser sur lequel ils travaillaient. Leurs théories sur le voyage dans le temps et les réalités alternatives étaient assez fascinantes, surtout combinées avec des hypothèses vérifiées.

Avec sa charge de travail croissante et mes activités extrascolaires, je voyais Kian encore moins ; il passait me prendre deux fois par semaine, les lundis et les vendredis. Parfois, nous sortions le week-end, mais il semblait… différent. Depuis qu'il m'avait montré son appartement, il y avait une nouvelle distance entre nous. Même s'il m'avait dit qu'il avait déballé ses cartons, il ne m'avait pas réinvitée pour voir ce que ça donnait.

La tranquillité dans laquelle je me trouvais alors ressemblait plus au calme avant la tempête qu'à une paix permanente. Pendant que je faisais des projets pour l'université, étudiais ou passais du temps avec ma mère, je craignais à tout instant que le silence ne soit rompu par un hurlement… ou une catastrophe aux proportions telles que l'ennemi aurait besoin de temps pour remettre toutes les pièces à leur place. L'attitude distante de Kian ne faisait que renforcer cette impression. Il niait tout changement et utilisait les bons mots, mais parfois, je le surprenais à me regarder avec un océan de chagrin au fond des yeux. Ses paroles me revenaient en tête dans les moments de silence :

« J'ai peur. »

« De quoi ? »

« De t'avoir. De te perdre. »

Mais je ne pouvais pas laisser la peine ou l'inquiétude m'empêcher de vivre. Sinon, tout cela aurait été inutile. Alors, même en sachant que ce n'était pas… bien, je devais persévérer. Je n'abandonnerais plus jamais.

***

Une semaine après avoir passé le test national, je décidai de lui parler franchement.

— Kian, qu'est-ce qu'il y a ?

— Rien, pourquoi ?

— Tu es différent.

Il se contenta de sourire et m'embrasser.

Peu importait ce que je disais, il refusait de parler. Alors je me résignai à attendre qu'il décide lui-même de me dire ce qui n'allait pas quand il le voudrait. Cette distance me faisait mal, même si cela me rassurait sur le fait que je pouvais lui faire confiance : je le soupçonnais de me protéger de quelque chose… et je le laissais faire.

Mais je le regrette.

Je dus attendre environ trois semaines avant de recevoir mes résultats au test, et je trouvai l'enveloppe dans la boîte aux lettres avant que mes parents ne la voient. Cachée dans ma chambre, je l'ouvris seule, soulagée de voir que mes notes étaient suffisantes pour entrer dans l'école de mon choix, à condition que le reste de mon dossier soit aussi bon. Je passai la semaine suivante à rédiger ma dissertation, puis j'envoyai les dossiers, contente de pouvoir presque tout faire via Internet. J'utilisais la carte bancaire de ma mère pour payer les frais de candidature, mais bizarrement, ce n'était pas si excitant, puisque les réponses ne commenceraient à arriver qu'en janvier. J'avais finalement l'impression de m'être rattrapée pour les mensonges que j'avais racontés à mes parents pendant tous ces mois.

À part la tension entre Kian et moi, les choses semblaient s'arranger. Je me sentais toujours atrocement mal vis-à-vis de ce qui était arrivé à Brittany et Russ, mais l'acouphène que j'avais remarqué en la présence de ce dernier remettait en question ma culpabilité. Si sa mort ne m'était pas liée, peut-être que la maladie de Brittany non plus. *J'aimerais tellement que ce soit vrai.* Certains jours, j'arrivais presque à me convaincre que c'était le cas, et cela me permettait d'avancer. Mais comme ces illusions n'expliquaient pas du tout l'attitude de M. Love, je ne pouvais pas accepter aveuglément la théorie des coïncidences. Au fond de moi, j'attendais la troisième calamité, comme le prédisait la grand-mère de Davina.

La veille d'Halloween, je remarquai que les événements bizarres se faisaient plus rares. Ils n'avaient pas complètement disparu, sinon, j'aurais compris plus vite ; parfois, j'apercevais l'homme décharné sur le quai du métro, mais il ne s'approchait pas de moi. Les paroles de Kian résonnaient dans ma tête : « Tu ne sais pas quels pactes j'ai conclus ». Pour me protéger ou pour arrêter les attaques ? J'avais peur de lui demander s'il avait contacté quelqu'un chez Dwyer & Fell. Dieu seul savait ce que Wedderburn aurait fait s'il avait soupçonné Kian d'être un traître. Mais peut-être que j'étais déjà hors course et que l'équipe adverse n'avait plus aucune raison de me traquer. Si c'était le cas, je ne le saurais qu'après la remise de diplôme, quand Wedderburn m'informerait que j'étais devenue une perte de temps, et je pourrais alors rembourser ma dette en proposant des marchés à des gens en situation d'extremis.

C'était triste, mais c'était peut-être le meilleur des scénarios possible.

Alors que cette éventualité tournait dans ma tête, j'étais contente quand Davina détourna mon attention quand elle débarqua près de mon casier en faisant des bonds, tout sourires. Je surprenais encore un regard triste de temps en temps, mais comme les rumeurs étaient désormais centrées sur Nicole Johnson et plus sur Russ et Brittany, c'était plus facile pour elle de faire semblant de ne pas avoir le cœur brisé.

— Que t'arrive-t-il ? demandai-je.

— Une fête chez Cameron demain. Ses parents ne sont jamais là, mais il a leur aval, alors ça va être du haut de gamme avec un budget de fou. Je n'étais même pas sûre qu'il en fasse une cette année.

— Pas d'invitation, pas même par mail ou quoi ?

Comme je n'avais jamais participé à une fête de ma vie, j'étais bien consciente que je pouvais paraître stupide.

Davina secoua la tête.

— À peu près tout le monde est au courant. Si tu sais comment te rendre chez lui, tu ne te feras pas virer de la soirée d'Halloween.

— Costumée ?

— Absolument. Tu vas y aller, hein ?

— Pourquoi pas.

Je pourrais faire du sport avec ma mère samedi après-midi, discuter de physique avec mon père… et rater un rancard le soir avec Kian.

Je ne sais même pas si ça le dérangera. Cela me fit un pincement au cœur.

— Super. Ma mère pourra nous y conduire si tu veux. Je suis sûre qu'elle ne me laissera pas prendre la voiture et qu'elle voudra s'assurer que je vais bien où je lui dis.

— En voyant la fête, elle ne risque pas de changer d'avis ?

— Pas si nous y allons assez tôt. Je passerai te prendre à dix-huit heures trente.

— Ça me va.

Après l'école, Kian passa me prendre à l'heure normale, mais il était encore plus préoccupé que d'habitude. Je pris ça comme une excuse pour ne rien dire jusqu'à ce qu'il se gare devant chez moi. Je n'avais jamais annulé un rancard avec lui avant, alors je ne savais pas du tout comment ça allait se passer. S'il réagissait comme s'il s'en fichait, ce serait pire que de le blesser. *Enfin, pour moi.*

— On sort toujours ensemble demain soir ? demanda-t-il.

Nous avions pris l'habitude d'aller au cinéma qui diffusait des classiques à Harving Square. Je secouai la tête, le cœur serré.

— En fait, je vais à une soirée avec Davina.

Peut-être devrais-je l'inviter ? Nous avions déjà des projets.

Avant que je n'ajoute quelque chose, il sourit.

— De toute façon, j'ai un devoir important à rendre.

— Pour quel cours ?

— Magie, science et religion.

Cette réponse facile me fit penser qu'il mentait, mais ce n'était pas comme si j'étais en position de demander une preuve.

— Ne t'inquiète pas pour ça. On pourra sortir le week-end prochain.

— Si ça ne te dérange pas, dis-je.

— C'est bon, répondit-il avec le sourire. Je veux que tu aies des amis. Que tu aies une vie.

Cela sonnait tellement comme « bonne chance pour la suite, Edie ». J'avais l'impression qu'il ouvrait les mains pour me laisser partir. Mais je l'aurais su si nous étions en train de rompre, non ? Alors je souris en acquiesçant, l'embrassai et descendis de voiture. J'avais un poids sur la poitrine, mais ne pouvais pas l'expliquer.

En haut, mon père travaillait dans le salon. Il marmonna quelque chose quand je passai, mais il était très concentré et se contenta de lever une main qui voulait dire : « Je suis conscient que tu vis ici. » Dans ma chambre, j'essayai de ne pas penser à Kian ; au lieu de cela, je fouillai dans mes affaires pour décider de ce qui pourrait faire office de costume. Je considérai brièvement de me déguiser en Ophélie, mais c'était trop macabre, même pour moi, vu que j'avais vraiment failli être un cadavre flottant dans la rivière, au moins pour Kian. Et puis, je n'avais pas de robe de nuit blanche.

— Papa ! criai-je.

— Hmm ?

— Je peux t'emprunter l'une de tes vieilles blouses de labo ?

— Tu peux prendre tout ce que tu trouveras dans mon placard, si tu ne me déranges pas pendant une heure.

Papa paraissait légèrement agacé.

Lui et maman étaient d'accord sur le fait qu'il fallait qu'ils soient plus souvent à la maison pour que je ne réitère pas mon voyage au New Hampshire. Cette attention ne me dérangeait pas, mais cela rendait mon père fou, surtout quand c'était son tour de jouer les nounous. Moi, comme on m'avait laissée seule pendant cinq ans, je trouvais agréable d'avoir quelqu'un à la maison quand je rentrais de l'école.

— Tout ?

En cherchant dans différents cartons, je dégotai une blouse de laboratoire blanche datant de l'époque où mon père était étudiant. Il s'était mis au sport quand il s'en était souvenu, mais cela ne lui avait pas suffi pour redevenir aussi mince qu'il l'était à l'époque ; ma mère appelait ça la silhouette du scientifique. Elle atterrit dans ma pile d'éléments de costume, avec des lunettes de protection et un nœud papillon en tissu écossais. J'avais un pantalon noir et si je le mettais avec tout ça et ma chemise d'uniforme, je pourrais ébouriffer mes cheveux et passer pour un savant fou. Ce n'était pas sexy, ni même mignon, mais cela correspondait à ma personnalité, plus que des cornes de diable et un justaucorps rouge. Tout bien considéré, cela aurait aussi été tout à fait adéquat.

Trois heures plus tard, je reçus une requête d'appel de la part de Ryu. Je jetai un œil à l'heure : il était tôt au Japon, il n'était probablement pas encore parti au lycée. J'acceptai et souris quand il apparut sur mon écran. Il y avait du désordre dans sa chambre, mais son expression retint mon attention ; il avait l'air sérieux, nerveux même.

— Qu'est-ce qui ne va pas ?

— Dis à ton amie d'être prudente. Elle a vraiment de sales ennuis.

— Hein ?

Ah oui, c'est vrai. Je lui avais dit que la photo que je lui avais envoyée était le tatouage d'une copine. L'inquiétude m'envahit, mêlée à la colère d'avoir été trop bouleversée par la fille du miroir pour demander à Ryu des nouvelles de ses recherches. Heureusement, il prit ma réaction pour une demande de détails.

— Ça m'a pris du temps, mais j'étais curieux, alors je n'ai pas arrêté de chercher.

— Mince, Ryu. Je t'avais dit de ne pas t'embêter.

Maintenant, tu risques de te retrouver sur leur radar, si ce n'était pas déjà le cas.

Il fit un geste grossier à l'écran.

— De rien. Bref, tu veux entendre ce que j'ai découvert ou pas ?

— Je crois.

— Bon. Je n'ai pas beaucoup de temps avant de devoir prendre mon train. Ce n'est pas un kanji en soi, mais un symbole de gang, et il semblerait qu'il soit porté par des hommes en relation avec les yakuzas.

Cela collait avec ce que je savais sur les immortels et leur jeu. Ils choisissaient des individus au destin important, et d'après ce que je comprenais de la stratégie, les yakuzas faisaient souvent le lien entre des personnes puissantes afin de faciliter leurs opérations. Mais je ne pouvais pas le dire à Ryu. Il valait mieux que je prétende ne rien savoir de tout ça.

— Waouh, vraiment ? Je me demande si elle le savait avant de choisir ce motif-là ?

— Probablement pas. Ces choses finissent dans les mauvaises listes, du coup, un *hipster* demande le symbole chinois pour la paix et se retrouve avec celui pour la soupe. Puis les Chinois se moquent de lui.

Malgré mon malaise grandissant, je ris doucement.

— Chanceuse comme je suis, ça pourrait m'arriver.

— Si tu décides de te faire tatouer, fais tes recherches toi-même.

— J'y penserai.

— Une dernière chose, dit-il tandis que je m'apprêtais à mettre fin à l'appel.

— Quoi ?

— Cette marque a une signification plutôt sinistre. Le type à qui j'ai parlé au marché a dit que, littéralement, ça voulait dire : « Propriété du Jeu », et que si je rencontrais un jour quelqu'un avec cette marque, je devais prendre mes jambes à mon cou. Edie, ton amie a-t-elle des problèmes ?

Je fermai brièvement les yeux.

— Peut-être.

— Alors essaie de ne pas te faire embarquer dans ses histoires.

Une femme l'appela, probablement sa mère, et il cria une réponse. Puis il se pencha en avant.

— Allez, à plus.

Mon écran devint noir.

Je fixai mon poignet gauche, jaugeant cet acte de propriété. Kian m'avait prévenue que les marques ne pourraient pas être retirées, et le symbole infini m'avait fait mal quand j'avais quitté Boston avec Davina. Par conséquent, quoi que j'étais censée faire, cela devait se passer ici. *Alors si j'essayais de déménager... ou d'aller à l'école ailleurs, la brûlure serait-elle aussi intense pour essayer de me forcer à rester sur cette voie ?* Manifestement, cela devait être un système de surveillance personnelle, offert par Wedderburn.

Après avoir lâché un juron étouffé, je pris une douche comme si cela pourrait me débarrasser de mes problèmes. Ce soir-là, je discutai avec Vi, puis dormis jusqu'à me réveiller samedi à presque midi. Ma mère me réveilla pour aller à la salle. C'était sympa de voir comment les gens réagissaient à son nouveau look. Maman arborait un carré asymétrique et avait commencé à mettre de la poudre et du rouge à lèvres le matin. Deux professeurs la dévisagèrent carrément quand nous entrâmes dans la salle de fitness.

— M. Goatee en pince pour toi, lui dis-je.

— Edith, me réprimanda-t-elle.

Mais un petit sourire ornait ses lèvres tandis qu'elle jetait un œil au quadragénaire dégarni sur le vélo elliptique.

— Hé, je n'ai pas dit qu'il fallait que tu t'intéresses à lui.

— Je me suis vraiment beaucoup amusée ces dernières semaines, dit-elle.

— Je confirme. Je suis contente que tu aies fait le premier pas.

Il y avait eu bien plus de câlins ces trois dernières semaines que dans tout le reste de ma vie ; et j'étais impatiente d'en recevoir un tas d'autres.

— Moi aussi.

Après avoir transpiré et nous être douchées, nous prîmes le métro est. Nous ajoutâmes quinze minutes de marche pour pouvoir nous faire plaisir avec des roulés au homard et une soupe de palourdes qui justifiaient le trajet jusqu'à James Hook & Co. Dit comme ça, cela pouvait donner l'impression d'un programme assez sommaire, mais ce fut une très belle journée, assez ensoleillée pour que j'aie du mal à croire certains des malheurs qui s'étaient produits récemment. Les tables en extérieur transformèrent notre repas en expérience bistro, et c'était génial de regarder les gens passer, même si l'ambiance était un peu… industrielle. Le pont d'Old Northern Avenue renforçait cette impression. Maman leva son verre.

— Je crois qu'on devrait porter un toast. À de nouveaux débuts.

Je souris et tapai ma canette de soda contre la sienne, avant de me jeter sur mon plat délicieux. En mangeant mon roulé, j'estimai qu'il valait bien les quinze dollars qu'elle allait payer. Nous fîmes une promenade avant de rentrer à la maison à temps pour que je me prépare pour la fête. Comme mon costume était simple, c'était facile.

Quand j'arrivai dans le salon, mon père me fit poser pour me prendre en photo. Lui et ma mère rirent de mon interprétation du savant fou car ma coiffure faisait plus punk rock que génie excentrique. Pourtant, c'était mieux que débarquer dans mon uniforme en affirmant que j'étais une écolière. Davina arriva avec cinq minutes de retard et sa mère monta avec elle, ce qui décala notre départ de dix autres minutes.

— Je suis Mme Knightly, se présenta-t-elle en serrant la main de mes parents.

C'était une jolie Afro-Américaine dans la quarantaine, bien habillée avec un tailleur qui indiquait qu'elle portait toujours sa tenue de travail.

Ils papotèrent de choses et d'autres pendant quelques minutes, et finalement, Davina perdit patience et traîna sa mère vers la porte. Mme Knightly nous fit la leçon sur le trajet jusqu'à chez Cameron en insistant sur l'importance de prendre les bonnes décisions.

— Je ne ferai pas semblant de ne pas savoir qu'il y aura de l'alcool, mais ne revenez pas ivres au point de vomir dans ma voiture. Quoi d'autre ? Ne quittez pas la maison de votre ami et ne buvez que les verres que vous remplissez vous-mêmes.

— Compris, dit Davina.

Le trajet dura trois quarts d'heure et le jour tombait tandis que nous traversions la ville. Par moments, j'apercevais des gamins accompagnés de leurs parents faire du porte-à-porte. C'était la seule soirée de l'année où des adultes sortaient en tenue de vampire. *Ils se rendent certainement à une soirée costumée eux aussi*. Bizarrement, c'était aussi la seule soirée de l'année où les monstres pouvaient librement se mêler aux humains sans attirer l'attention. Sans raison, je frissonnai.

Dans la banlieue huppée, Mme Knightly se gara devant une maison avec un portail impressionnant et une façade en pierre.

— À quelle heure est le couvre-feu ?

Elle dit cela comme s'il s'agissait d'une question piège.

— Minuit, répondit Davina.

Son ton s'adoucit.

— Essayez de vous amuser, toutes les deux, d'accord ? Je sais que cette année est difficile, mais vous devez oublier tout ça.

Plus facile à dire qu'à faire.

Pour Davina, j'essaierais de ne pas gâcher la soirée. Elle était déguisée en farfadet avec une jupe courte verte, des bottes jusqu'aux genoux, des collants noirs, un justaucorps, du maquillage à paillettes et un minuscule chapeau melon vert. Avant que je ne puisse lui dire que son costume était chouette, elle me tira hors de la voiture en promettant à sa mère d'attendre ici à minuit précis. L'allée goudronnée menait à une maison typique de nouveaux riches, avec tout le confort moderne mais sans élégance ni aucun charme.

— Waouh. C'est… grand.

— Tu as vu ça ? Je crois que j'entends de la musique. Viens.

Davina me fit contourner la maison où des lampes étaient suspendues. Les portes du patio restaient ouvertes et, à l'intérieur, des lumières noires projetaient d'étranges ombres donnant des airs de zombies à tous les visages. Pour le moment, il n'y avait pas grand monde, mais nous étions arrivées tôt exprès.

— Où est l'alcool ? demanda-t-elle à un type qui portait un masque de hockey.

Le serial killer désigna une bassine en étain pleine d'une mixture trouble qui ressemblait trop à du vrai sang à mon goût.

— Sérieux ?

Il haussa les épaules.

— Relax, c'est juste de la vodka et du soda.

Il était hors de question que je boive ça, mais je pris un gobelet pour que Davina ne trouve pas que j'étais une casse-pieds de quarante ans d'âge mental.

— C'est un DJ là-bas ?

— Ouais. Ils n'ont pas regardé à la dépense. Plus tard, des monstres doivent nous sauter dessus et tout le monde hurlera en courant. La fête ne sera pas finie avant que quelqu'un appelle les flics.

— Mais il y a un gâteau ?

J'essayai d'être drôle avec le célèbre même « *cake is a lie* ».

— Ce n'est que de la propagande. Le côté obscur n'a pas de cookies. Allez, éclatez-vous.

24

POUR CHAQUE ACTION, UN PAIN DANS LA FIGURE

La surboom dégénéra assez vite. Personne ne semblait impressionné par ma tenue de savant fou, mais de nombreux mecs essayèrent de draguer Davina. Elle les repoussa pour rester avec moi, ce que j'appréciais particulièrement puisque je ne connaissais personne d'autre. Vers vingt-deux heures, les gens étaient bourrés, retirant leurs vêtements, s'envoyant en l'air avec des partenaires douteux et vomissant dans les buissons, généralement pas tout en même temps. J'étais très mal à l'aise tandis que je rôdais en marge ; je m'étais rarement sentie aussi peu à ma place.

Je croyais que le type du début de soirée plaisantait, mais une foule avec des masques de monstre sortit de la maison à vingt-trois heures. Les filles soûles se mirent à courir en hurlant, transformant la cour en scène de chaos. Entre les cris et la musique, je n'arrivais pas à réfléchir. Davina dansait dans le patio, alors je lui fis signe et lui indiquai que j'allais aux toilettes, mais à ce que je pouvais voir, c'était pire à l'intérieur. Toutes les surfaces étaient couvertes de personnes. Étant donné les autres costumes, je préférais passer la soirée sans voir d'autres morceaux de poitrine.

J'aurais dû sortir avec Kian.

Cette pensée ne me réconforta pas alors que je contournais la maison en espérant avoir une demi-heure de solitude avant que je traîne Davina au portail pour attendre sa mère. Je trouvai un belvédère à l'arrière de la propriété, sombre et calme. Les monstres qui jouaient au chat et à la souris sur la pelouse ne l'avaient pas encore découvert. Je m'assis en soupirant sur un fauteuil rembourré avant de réaliser que je n'étais pas seule.

— La fête ne te plaît pas ?

À l'odeur, je devinai que Cameron avait commencé à boire bien avant l'arrivée de ses invités.

— Ce n'est pas vraiment mon truc.

— Moi non plus. Plus maintenant.

Avec des gestes de mec complètement bourré, il posa son gobelet en plastique par terre.

— Tu veux aller marcher un peu ?

Avec toi ? La seule réponse qui me vint à l'esprit était « Sûrement pas », mais il avait l'air si mal que je ne pouvais pas me résoudre à le frapper alors qu'il était déjà à terre.

— Manifestement, tu as envie d'être seul, alors je vais trouver un autre endroit où me cacher.

Mais il ne m'écoutait pas.

— Je ne comprends pas comment tout a pu déraper si vite. L'année dernière, j'avais tout. L'année dernière…

— Tu m'as fait du mal parce que tu en avais le pouvoir.

Il eut un mouvement de recul comme si je l'avais giflé. Je réfléchis ; même si je voulais sincèrement tourner la page, je ne *pouvais pas* lui pardonner. Cameron se leva en titubant et je sursautai, mettant de la distance entre nous. En voyant ma réaction, il s'arrêta net en levant les mains en l'air avec un geste maladroit que je n'arrivais pas à interpréter. Ici, il faisait trop sombre pour que je lise son visage.

— Edie…

Quand le hurlement retentit, je pensai d'abord que c'était encore une animation pour la fête, mais Cam était très pâle et deux yeux rouges s'ouvrirent derrière lui dans l'obscurité. Je levai une main tremblante pour le prévenir et il trébucha. Un grognement s'éleva de l'ombre.

— Un chien enragé ?

— Je ne sais pas, murmurai-je.

— Si tu cours, je détournerai son attention.

Il se retourna lentement.

— C'est une très mauvaise idée. Tu n'arrives même pas à marcher droit.

Mais cela arriva trop vite pour que j'aie le temps de faire plus de deux pas. Des chiens en fumée tournoyaient autour des chevilles de Cam, réels et irréels, une meute engendrée par la nuit avec des crocs comme des obsidiennes et des yeux comme des fenêtres sur l'enfer. À chaque coup de dents, Cam disparaissait un peu plus. Pas de sang, seulement les ténèbres, jusqu'à ce qu'il ne soit plus qu'une silhouette avec une main tendue vers moi.

— Désolé, murmura le vent.

Puis le silence revint.

Un chien noir émergea de la fumée ; celui-là avait une vraie forme bien définie qu'il avait probablement acquise avec la vie qu'il avait volée à Cameron. Il m'étudia, les yeux tels des charbons ardents, renifla une fois, puis s'éloigna en trottinant. Je me jetai en avant et caressai le fauteuil où se trouvait Cameron quelques secondes plus tôt, le sol où il avait posé son verre, mais… il avait simplement… disparu. Je claquai des dents tandis que je pivotais pour m'enfuir et retourner vers les monstres qui rugissaient et les filles qui gloussaient.

Bon sang mais qu'est-ce qui vient de se passer ? À qui vais-je en parler ? Il n'y avait pas de corps, pas de sang. À mi-chemin, je dus m'asseoir et mettre ma tête entre mes genoux. C'est là que Davina me trouva, une demi-heure plus tard. Pensant probablement que j'étais soûle, elle m'aida à me lever, mais quand elle ne sentit pas l'odeur de l'alcool, elle tapota mon front.

— Tu es défoncée ?

— Non. Je suis terrorisée.

— Je vois ça. Rentrons, petit bernard-l'ermite.

Peut-être aurais-je dû la corriger et lui expliquer que ce n'était pas la fête qui m'avait transformée en flaque de bouillie tremblotante, mais je ne trouvais pas les mots. Alors je m'assis à l'arrière de la voiture de sa mère et tremblai, jusqu'à ce qu'elles me déposent. La panique piégeait mes pensées dans une boucle sans fin et incohérente. *Cameron a disparu. Cameron ne reviendra jamais.* Et j'étais la seule qui pourrait apporter la paix à ses parents, mais ils ne me croiraient pas.

Je l'ai vu, je ne le croirais pas non plus.

Je subis l'interrogatoire parental en marmonnant, mais mon père semblait rassuré que je rentre en étant sobre et en portant toujours son nœud papillon. Quelle preuve de bon sens ; il était difficile d'imaginer s'envoyer en l'air sans l'enlever. Cinq minutes plus tard, je m'échappai dans ma chambre avec une idée qui résonnait dans ma tête : *Il a suffi que tu penses que tu ne pouvais pas lui pardonner... pour que les chiens de l'enfer apparaissent. C'est* toi *qui as fait ça, d'une certaine façon.*

Parce que je ne savais pas quoi faire d'autre, je tapai « chien de l'enfer », puis « chien noir » dans la barre de recherches ; je trouvai un tas de légendes et de croyances, dont le fait que ces chiens étaient presque toujours présage de mort. Comme ce truc avait *tué* Cameron, cela semblait logique. Mais je n'en avais jamais entendu parler avant, alors pourquoi mes pensées négatives les auraient invoqués ? Je faisais les cent pas en passant mes mains dans mes cheveux. *Voilà ce que fait un vrai savant fou.*

Il faut que je fasse quelque chose. Ça ne peut pas continuer.

La solution que j'avais choisie auparavant me traversa brièvement l'esprit, mais je ne pus même pas aller jusqu'au bout de ma pensée. *Je veux vivre. Peut-être que c'est mal, mais je ne peux tout simplement pas faire autrement. Pas maintenant.* Une vraie héroïne n'hésiterait pas à donner sa vie pour quelqu'un d'autre, mais je n'étais pas de cette trempe. Alors que je venais juste de sortir de ce miasme de faiblesse, maintenant que ma vie était sympa, je ne pouvais pas la foutre en l'air, même pour sauver d'autres personnes.

Mes genoux flanchèrent au bout d'un moment et je me recroquevillai au pied de mon lit. Vers une heure du matin, j'eus l'idée d'aller voir Kian puisqu'il n'était qu'à quelques pâtés de maison de là, mais la raison m'en empêcha. Non seulement, ce serait stupide et dangereux, mais je pouvais lui raconter tout ça sans quitter l'appartement.

Alors je pris mon téléphone et écrivis :

Moi : *Tu es là ?*

Lui : *Ouais. Comment était la soirée ?*

Moi : *Tu peux venir ?*

Le temps que je verrouille ma porte, il était dans ma chambre.

— C'est pratique.

Bizarre. Ma voix ne semblait pas trembler du tout.

— Tu ne me demandes jamais d'arriver discrètement à moins qu'il y ait un problème.

Il remplaça la distance par de l'inquiétude. Cinq secondes plus tard, j'étais dans ses bras. Pendant que je racontais les derniers instants de Cameron, il me caressait le dos. Je terminai en demandant :

— Qu'est-ce que j'ai vu ? Il est mort ?

Il hésita.

— Je n'ai jamais été témoin de ce genre de choses. Mais si les chiens l'ont emporté, je pense que la réponse est oui.

— Qu'est-ce que je suis censée faire ? Et ses parents ?

— Je n'en sais rien. Et je le regrette.

Un petit cri plaintif m'échappa.

— C'est… Je pense que c'est moi qui fais tout ça.

Avant qu'il ne puisse m'interrompre avec des mots

rassurants mais vains, je répétai ce que j'avais pensé quelques minutes plus tôt. Cameron avait disparu… quand j'avais pensé que je ne pouvais pas lui pardonner. C'était comme si mes idées sombres se traduisaient en jugement immédiat.

— Maintenant, dis-moi que c'est une coïncidence.

— Ça semble peu probable.

— Je ne peux pas le supporter, murmurai-je. J'ai tellement peur maintenant.

Kian murmura quelque chose dans mes cheveux et me tira jusqu'au lit. Je le connaissais assez pour ne pas imaginer qu'il choisirait ce moment pour faire quelque chose, alors je le suivis et il me réconforta en me serrant contre sa poitrine. Je ne savais pas combien de temps il faudrait pour que la fête se termine et que quelqu'un réalise que Cameron avait disparu. Mais contrairement à Russ, personne ne trouverait de corps.

Si quelqu'un en cherche un.

— Je ferais n'importe quoi pour te sortir de tout ça, dit-il avec douceur.

— C'est bien ce qui me fait peur.

J'étais juste assez bouleversée pour aborder le fait qu'il joue la comédie. Encore.

— Pourquoi m'évites-tu ?

— Depuis combien de temps le sais-tu ?

Au moins, il n'essaya pas de le nier.

Je réfléchis.

— Depuis juste après qu'on est allés à ton nouvel appart.

— Il faut vraiment que je rende mon trophée de meilleur comédien.

Il essaya de sourire, mais la peine pesait sur les coins de sa bouche formant une sorte de grimace.

— S'il te plaît, ne fais rien de stupide.

— Ce serait un bon conseil, si ce n'était pas déjà trop tard.

— Kian, raconte-moi.

— J'ai conclu un pacte pour ta protection, lâcha-t-il.

Une avalanche de mots que je n'avais même pas conscience de connaître – avec de toutes nouvelles associations – s'éparpilla dans ma tête.

— Avec qui ?

— Il ne fait pas partie du jeu, mais il a de l'influence. Il ne cherche pas à rivaliser avec les autres immortels. Ses intérêts sont plus… variés.

Ce n'était pas une réponse, et il le savait.

Peut-être que « qui » n'était pas la bonne question.

— Qu'as-tu utilisé comme caution exactement ?

Dans les vieilles histoires, les humains faisaient toutes sortes de marchés désastreux avec les êtres anciens. Les échanges comprenaient leur âme, un nouveau-né, tout l'amour de leur cœur ou un souvenir précieux. Le silence tendu fut rompu quand je le giflai. Il sourit de manière inexplicable.

— Ce n'est pas si grave, Edie. Je purgeais déjà une condamnation à perpétuité. Alors ça n'a pas d'importance.

— Pour moi, si.

Je le fixai avec un regard qui promettait que je ne bougerais pas tant qu'il n'aurait pas avoué, mais Kian secoua la tête.

— Savoir certaines choses ne ferait que te pourrir la vie.

— Un jour, tu as dit : « Je veux que tu aies une vie ». Et tu avais l'air si triste. Est-ce parce que tu avais renoncé au peu de liberté qu'il te restait ? Pour moi ?

— Arrête de parler, dit-il fermement.

Je n'étais pas d'humeur au début, quand il commença à m'embrasser, mais la bouche de Kian réussit à me faire changer d'avis. Même si sa proximité physique était agréable, cela ne changea en rien ma tristesse. Quand Kian partit une heure plus tard, mon chagrin était encore profond, parce que nos baisers avaient un goût d'adieu et de séparation. La boîte de Pandore dans ma tête explosa, me criblant d'éclats émotionnels : Brittany, Russ et maintenant Cameron. La culpabilité se répandait en moi comme un poison, et je ne pouvais même pas compter sur Kian pour se tenir à mes côtés. Notre couple pouvait survivre à toutes sortes de tensions, mais pas à son silence ou ses secrets, et je ne voulais pas nous regarder mourir comme je l'avais fait avec Cameron. Cette nuit-là, je pleurai jusqu'à en avoir mal à la tête.

Les choses ne s'étaient pas arrangées au matin, sûrement parce que mes yeux étaient tellement gonflés que j'arrivais à peine à les ouvrir. Une heure d'application de compresses froides réduisit assez les dégâts pour que je puisse sortir de ma chambre. Le dimanche, mes parents faisaient la grasse matinée ; je ne pouvais pas leur parler et une journée d'isolement ne m'aiderait pas, alors je fourrai quelques affaires dans un sac à dos et sortis. L'un de mes endroits préférés dans la ville était le Victory Garden sur Boylston. Pendant la journée, c'était un lieu super pour se promener quand on n'avait nulle part ailleurs où aller, et surtout, c'était gratuit. Pendant les pires moments de ma vie, j'avais passé des heures à me cacher là et faire semblant que j'avais une vie sociale. Aujourd'hui, le caractère de chaque jardin n'arriva pas à me charmer ou me détendre. J'errai sans but, les épaules voûtées par la conscience que c'était ma faute si Cameron était mort.

J'aurais tellement aimé savoir ce que j'accomplirais de si important. Les immortels étaient complètement cinglés s'ils pensaient que je pouvais voir des choses aussi horribles et rester sur la voie d'un avenir brillant. *Bien sûr, c'était peut-être leur but. Tu ne sais pas* qui *a tué Cam. Si Dwyer t'observe, il a très bien pu se dire que la culpabilité te rendrait folle.* Si c'était ça, peut-être que je n'avais pas invoqué le chien de la mort finalement. Cela ne sauverait pas Cameron, mais je n'aurais pas à vivre en sachant que j'étais une personne animée par la haine. Alors je passais tout le monde en revue pour trouver quelqu'un sur qui reposer la faute.

Malgré la brise fraîche et le soleil, je tournai en rond, soudainement sur mes gardes. Les gens qui se promenaient dans ce jardin si tard dans l'année étaient principalement des personnes âgées. Quelques jardiniers avaient planté des citrouilles et n'avaient pas encore retiré les décorations d'Halloween. Principalement des balles de paille et des cucurbitacées, même s'il y avait aussi quelques fantômes en draps blancs et des sorcières ventrues faites avec des sacs-poubelles. Je ne vis personne qui puisse m'alerter.

Jusqu'à ce que quelque chose dit d'une voix rauque :

— Bonjour, joli minois.

L'homme décharné m'avait déjà parlé une fois et je n'oublierais jamais ce son, ou la puanteur de tombe qui sortait de sa bouche. Je pivotai pour m'assurer que j'étais hors de sa portée. *Kian a dit de ne pas le laisser me toucher*. Mais il n'était pas assez près. Pas encore. Des gens passaient à côté de moi, supposant probablement que j'admirais les couleurs automnales des chrysanthèmes devant moi.

— Qu'est-ce que vous voulez ? grognai-je à voix basse en espérant que personne ne remarquerait la folle qui parlait aux fleurs.

— J'apporte un message de mon maître.

— Et qui est-ce ?

— Le Porteur de lumière, bien sûr.

Même si mon cerveau était sous l'effet de la panique, je devinai qu'il voulait parler de Dwyer, que Kian pensait qu'on appelait aussi le dieu soleil.

— Soyez bref.

Rien que du bluff ; qu'aurais-je fait s'il m'avait attaquée ? La fois précédente, quand j'avais essayé de m'échapper, il était apparu devant moi en un clin d'œil. Mon cœur battait à un rythme effréné. *Si je ne peux pas m'enfuir, peut-être que je peux me battre*. Dommage que je ne sache absolument pas comment.

— Il attend. Attend votre dernier souffle, dit-il d'une voix râpeuse. Votre mort est déjà écrite. Mais vous avez triché, joli minois. Maintenant, vous êtes un trou dans le monde, et vous laissez d'autres personnes tomber à votre place. Combien de temps faudra-t-il avant que vous deveniez l'une des nôtres ?

Avec d'horribles yeux vides, il tendit les bras vers moi. Cette fois, je compris l'inutilité de courir, alors je fis la seule chose que je pouvais faire. Je le touchai en premier.

C'est de la folie. Au lieu de te prendre la vie, il va voler ton esprit.

Mon cerveau fut soudain assailli de flashs de douleur et de violence, d'éclaboussures rouges, de chiens noirs, d'asticots rampants, d'un oiseau en train de manger une tête de poisson. Ces images tournoyaient et saignaient, s'enfonçant jusqu'à ce que je ne puisse plus réfléchir, et pourtant, ce n'était pas terminé. Le désespoir, la décadence, l'effroi se déversèrent sur moi, telles des rivières de poison infinies, jusqu'à ce que ma vision se grise, remplacée par des ombres, des échos de bruits de pas qui s'éloignent. J'essayai de crier, mais une main osseuse plaquée sur ma gorge étouffait ma voix.

Pendant quelques secondes, je vis comment cela se finissait : moi en train de baragouiner dans une salle capitonnée pendant que des infirmiers m'injectaient des tranquillisants, puis j'aperçus l'autre bout du tunnel, où cette chose sans expression était penchée, se délectant de ma douleur. Comme tout se concentrait vers moi, il y avait un vide de l'autre côté. *Principe de physique simple*. Tremblante, je luttai de la seule manière que je le pouvais ; avec mes propres rêves et souvenirs, mes espoirs et mes désirs. Je poussai de toutes mes forces jusqu'à ce que des morceaux de moi remplissent le puits. *Concours d'orthographe, maquette d'ADN, voyage au Grand Canyon, premier baiser, A+ en calcul...* Je nageai contre le courant toxique, emportant avec moi ma vie, mon identité.

Tu ne m'as pas touchée, lui dis-je mentalement. *C'est moi qui t'ai touché. Tu es à moi.*

Quand je ne pus pas en supporter plus sans hurler, l'homme décharné disparut. J'ouvris brusquement les yeux ; j'étais par terre, encerclée de curieux inquiets. Une femme d'un certain âge que j'avais remarquée en train d'entretenir un jardin pas loin était accroupie près de moi.

— Êtes-vous diabétique ? Épileptique ? Avez-vous des médicaments ?

Elle parlait lentement comme si j'étais incapable de la comprendre.

Je secouai la tête en me redressant pour me mettre à genoux.

— Je vais bien, très bien.

Étourdie, je me levai en titubant et partis précipitamment, trébuchant à chaque pas. J'entendis un vieil homme dire :

— Probablement une droguée. Les flics ne patrouillent pas assez par ici. Vous savez que j'ai trouvé des seringues près du bassin ?

C'était triste, mais je préférais être prise pour une junkie qu'une cinglée. Près de la sortie, mes jambes devinrent toutes molles ; je m'accrochai à la clôture et m'efforçai de rester consciente. Avec une langueur atroce, le brouillard se retira ; j'avais l'impression qu'on avait enfoncé des épingles partout dans mon cerveau. Mais il m'appartenait, entièrement, et si j'en avais eu la force, j'aurais crié mon triomphe.

Comme une ivrogne, je rentrai chez moi en trébuchant, ce qui me prit presque une heure, même si je n'étais pas très loin en termes de distance physique, mais je dus m'arrêter à plusieurs reprises pour me reposer avant que mes jambes ne cèdent : sur le trottoir, des bancs, des marches. Je ne réalisai pas que j'étais assise près de l'immeuble de Kian jusqu'à ce qu'il marche vers moi dans la rue. J'avais rarement l'occasion de l'observer sans qu'il en soit conscient ; quand il n'était pas sur ses gardes, sa bouche était contractée, formant une ligne triste et pâle, et ses yeux verts portaient le poids d'une promesse qu'il refusait de partager. Les femmes le dévisageaient tandis qu'il passait, mais il ne se retourna jamais. Pas une seule fois.

En fait, comme il ne s'attendait pas à me voir, il passa rapidement devant moi puis fit demi-tour, comme si j'avais pu être le fruit de son imagination. Je parvins à afficher un sourire fébrile.

— Coucou.

— Tu m'attendais ? demanda-t-il timidement.

— Non.

— Alors qu'est-ce que tu fais là ?

— Je suis assise.

Je donnais l'impression d'être hébétée, niaise même et je ne pouvais pas arrêter de glousser.

— Effondrée.

— Edie ?

Il se rapprocha et se pencha avec un air de plus en plus consterné.

— Bon sang. Je sens son odeur sur toi.

— Jusqu'au bout des ongles. J'ai dansé avec le diable à la pâle lueur de la lune et n'en suis pas sortie sans lutte.

Sa voix trembla :

— T'a-t-il touchée ?

— N'imagine pas le pire, je l'ai eu la première. Je ne peux combattre les démons avec des poignards ou des canons, mais mon esprit, semble-t-il, a réussi.

Les mains tremblantes, j'imitai une arme avec mes deux doigts et tirai.

— Contre la loi, je me suis battue, et grâce à ça, je les ai vaincus. Telle est ma force, vois-tu ?

Pourquoi est-ce que je fais des rimes ? Ce n'est probablement pas bon signe.

— Tu ne peux pas survivre à un contact physique avec l'homme décharné, affirma Kian qui semblait pétrifié d'horreur. En tout cas, pas avec un esprit intact.

Je lui souris bien que mon visage soit engourdi et me procure une sensation bizarre. Après quelques secondes, je me débarrassai de ce brouillard poétique et formulai une réponse simple tandis qu'une fierté lasse m'envahissait.

— Mais je l'ai fait.

25

LE PION DE LA PARTIE

Il fallut presque une semaine à mon cerveau pour se remettre pleinement de ma rencontre avec l'homme décharné. Pendant ce temps, je me plantai à un examen pour la toute première fois. L'ironie de la chose, c'est que c'était en Initiation au japonais. Ryu rigola bien quand je le lui dis, alors que Vi, elle, était un peu inquiète. Je prétendis que cela ne m'affectait pas alors qu'en fait, j'étais complètement paniquée. La vérité, c'était que j'avais essayé de réviser, mais mon esprit était comme une éponge saturée, incapable d'absorber de nouvelles informations.

Lentement, les effets secondaires s'estompèrent et ma tête redevint normale. Plutôt que de mettre mes parents au courant, je suppliai mon professeur de me laisser repasser l'examen ou faire un devoir supplémentaire. Elle n'était pas enthousiaste à l'idée de corriger un autre devoir, mais étant donné les problèmes qu'avait connus Blackbriar récemment, elle accepta parce qu'elle m'avait vue avec Brittany et Russ. Maintenant que Jen était partie et que Cameron avait disparu, elle mesurait la gravité de la situation.

La deuxième fois que je passai l'examen, j'obtins un B. Ce n'était pas mon A+ habituel, mais je gardai cette note. Vu les circonstances, je devais faire des compromis, m'autoriser à ne pas avoir que des A+ alors que ma vie était en train d'imploser.

Quand la rumeur concernant la disparition de Cameron se répandit, je voulus révéler ce que je savais, mais je ne savais pas du tout quoi dire. La vérité m'aurait fait enfermer, et admettre que j'étais avec lui quand cela s'était passé aurait pu faire de moi un suspect de meurtre, même s'ils n'auraient pas pu me déclarer coupable, faute de corps. La vidéo du bon toutou m'aurait fourni un mobile évident et le commérage pouvait être vicieux. Alors j'étouffai mon désir de me confesser et me tus.

À la mi-novembre, les choses allèrent de mal en pis à l'école. Cela commença avec le premier cours ; Nicole était assise à son bureau comme d'habitude. Peu importait l'heure à laquelle j'arrivais, elle était *toujours* là, et je commençais à me demander si elle dormait dans la salle de M. Love. Il parlait à deux autres élèves, mais je sentis qu'il était conscient de sa présence… et sinistrement amusé. Allison entra sans se presser – pourquoi, ça je n'en avais aucune idée puisqu'elle n'était même pas en cours de Littérature – et appuya sa hanche contre le bureau du prof. En comparaison, c'était une fleur tropicale alors que Nicole était devenue une photo en sépia.

Allison dit quelque chose à M. Love, trop bas pour que nous l'entendions, mais il rit doucement. Nicole leva la tête et plissa les yeux. Elle se dirigea en trombe vers le bureau du professeur en jetant un regard mauvais à Allison qui la toisait avec un air moqueur. Et puis, délibérément, Allison toucha le bras de M. Love pour attirer son attention.

Nicole craqua. Avec un grognement féroce, elle sortit un couteau à cran d'arrêt de sa poche et asséna un coup. Allison s'éloigna mais pas assez vite ; une tache rouge apparut sur la manche de sa veste. Une fille hurla pendant que quelqu'un d'autre courut chercher le directeur. Allison posa sa main sur la blessure et je retirai ma veste pour la lui donner pendant que M. Love attrapait les bras de Nicole. *Trop lent, crétin. De toute façon, c'est ce que tu voulais.*

Nic se mit à crier à la seconde où il la toucha, le hurlement primaire et sans mot d'un animal en souffrance. Au début, elle se débattit comme une folle, mais le temps que le directeur arrive, elle sanglotait et des larmes coulaient le long de son menton. Dans le chaos des discussions simultanées pour essayer d'expliquer ce qui s'était passé, j'escortai Allison à l'infirmerie. Mais nous n'étions qu'à mi-chemin quand elle retira ma veste qui enveloppait son bras blessé et me la rendit.

— Tu es sûre que c'est une bonne idée ?

— Ça va, dit-elle. Ce n'est qu'une égratignure.

Ce n'était pas ce que disait le sang qui jaillissait de la coupure.

— Je suis presque sûre que tu as besoin d'aller à l'hôpital pour qu'on te fasse quelques points.

Ses yeux verts avaient un éclat rieur.

— Vraiment ?

Puis elle me montra la peau tachée de sang. Oui, elle était bien rouge, mais il n'y avait pas de blessure.

— C'est impossible.

— Pas tant que ça, l'humaine.

« *Elles semblent complètement humaines, mais le drame, la discorde et le désespoir les suivent de près. Vous reconnaîtrez ces démons du fait qu'ils ne sont pas nés d'une femme et n'ont donc pas de nombril.* »

Avec un sourire légèrement félin, elle remonta son chemisier d'uniforme pour me montrer son ventre plat.

Jen t'a vue faire des recherches sur les vampires psychiques. Et c'est Jen qui t'a fait entrer dans le groupe. Est-elle... A-t-elle... ? Je n'avais aucune preuve qu'elle était vraiment en Thaïlande, et je détestais la peur et le doute qui m'étreignaient.

— C'est dur de ne pas savoir qui sont ses vrais amis, dit doucement Allison.

— C'est toi ? J'étais sûre que c'était lui, lâchai-je.

Son sourire indolent ne changea pas.

— C'est un monstre, mais pas l'un des nôtres.

Je jetai un œil à ses poignets, mais ils ne portaient aucune marque.

— Dans quelle faction es-tu ? demandai-je.

— Tu n'as pas encore compris ? dit-elle avec un sourire narquois. Tous les jeux ont besoin de spectateurs.

— Mais… mes oreilles ne sifflent pas en ta présence.

À ma grande surprise, elle ne sembla pas perplexe.

— Certains d'entre nous sont… dans ce monde par nature, et non parce qu'ils ont été rêvés par les humains. Nous ne déclenchons pas les systèmes d'alarme de ceux qui sont prédisposés à cette sensibilité.

— Ah.

C'était logique.

— Mais… repris-je. Russ, avant qu'il meure…

— Les humains qui nourrissent un cauchemar s'habituent au prédateur.

— Je ne suis pas sûre de comprendre.

Elle leva les yeux au plafond.

— Tu sais comment un caméléon change de couleur ?

— Oui.

— C'est comme ça, sauf que dans un échange parasite, l'humain peut dégager un… faux positif. Pour quelqu'un comme toi.

Allison arrangea son chemisier et se dirigea vers le secrétariat d'un pas nonchalant.

— Assez de leçons. Merci pour ton aide.

Ces derniers mots étaient réellement empreints de satisfaction.

Comment les… trucs comme elle se reproduisent-ils ? Pas de nombril. Je passai en revue tout ce que je savais, dans le domaine de la biologie. Parthénogénèse, asexualité, gemmules, sporulation (celui-ci me fit frissonner), bourgeonnement, régénération. Mince. *Ce n'était pas comme si je pouvais le découvrir maintenant.* J'avais tellement de questions, mais elle avait répondu à si peu d'entre elles.

Manifestement, j'avais fait un mauvais calcul, alors je retournai dans la salle de littérature en courant, où les choses s'étaient un peu calmées, mais aucun cours n'eut lieu ce matin. Comme une élève en avait attaqué une autre, la police interrogea tout le monde et ils n'apprécièrent pas qu'il n'y ait aucun contrôle de sécurité comme dans les écoles publiques ; ils ne semblaient pas persuadés que les élèves riches étaient moins enclins à se blesser entre eux, étant donné les événements du jour. Le directeur semblait inquiet à l'idée que la réputation prestigieuse de son école soit prise dans un tourbillon dévastateur. Finalement, il nous congédia tôt, probablement pour pouvoir consulter son avocat, en savoir plus sur sa responsabilité et décider du meilleur moyen d'aborder ce problème quand il parlerait au comité.

Au lieu de me précipiter dehors comme tous les autres, je me dirigeai vers la salle de littérature. Je pensais que l'instigateur serait déjà parti, mais je le trouvai en train de ranger son porte-documents comme si rien ne s'était passé. Quand il me vit dans l'encadrement de la porte, il sourit.

— Que puis-je faire pour vous, Edie ?

— Je ne peux peut-être pas prouver que c'est votre faute, mais on vous posera des questions. Ils creuseront votre relation avec Nicole et verront combien de temps elle passait avec vous.

Il ne clama ni son innocence ni sa confusion, comme je m'y attendais un peu, mais quand il parla, il n'avait plus son accent britannique. Non, il parlait avec une voix gutturale, comme une chose énorme qui s'exprimerait dans la peau d'un homme.

— Très chère, tu prétends savoir ce que je suis, mais tu

n'en as aucune idée. Cours maintenant, avant que je te donne une bonne leçon.

J'ai repoussé l'homme décharné. Il en faut plus que ça pour me faire peur. Ce n'était qu'une façade, mais cela me permit de ne pas broncher.

— Je ne crois pas. Vous en avez terminé ici. Si vous revenez demain, je trouverai un moyen de vous le faire payer.

Encore du bluff ; comme je n'avais aucune idée de ce qu'il pouvait bien être, je ne savais pas comment le punir.

Il me poussa brusquement. Il ne m'était jamais venu à l'esprit de craindre une attaque physique, mais il me décocha un coup de poing dans la figure et, par réflexe, je levai mon bras gauche pour bloquer. Le kanji sur mon poignet émit une lumière rouge qui le repoussa au milieu de la pièce. M. Love atterrit brusquement et se cogna la tête contre le bureau. Chez un humain normal, cela aurait suffi à le tuer, mais il se leva en chancelant, fit craquer son cou de façon brutale pour remettre sa colonne vertébrale brisée en place et roula des épaules. Mais il ne revint pas vers moi.

Au lieu de cela, il m'étudia avec une expression de joie grandissante.

— Ah. Alors c'est toi qui m'as attiré ici, petite reine.

— Je ne vois pas du tout de quoi vous voulez parler.

— Ne feins pas l'ignorance, cela ne te va pas.

Son regard s'attarda sur ma marque, celle qui signifiait « Propriété du Jeu ».

— As-tu idée de ce que ça cache ? J'en doute.

— Faites-vous partie de l'équipe adverse ?

Quand il éclata de rire, on aurait dit le tonnerre.

— Nous ne choisissons pas tous de jouer. Certains préfèrent regarder… et faire des paris. Je pense que je vais parier sur combien de temps tu vas vivre.

— Avez-vous un quelconque lien avec Allison ?

Il secoua la tête.

— Mais tu le sais déjà. Tu me testes ?

— Qu’est-ce que vous êtes ?

— Ton espèce a rêvé de moi, alors je suis arrivé. Je vais te laisser le découvrir.

Il passa près de moi en sifflant, si joyeusement que je dus refréner l’envie de lui jeter quelque chose dans le dos. Au niveau de la porte, il s’arrêta et ajouta :

— Si je ne reviens pas, ne va pas t’imaginer que cela a un rapport avec toi. Dis-toi plutôt que j’ai obtenu ce pour quoi j’étais venu.

Comme j’aurais été folle de le croire sur parole, je suivis M. Love dehors. Les couloirs étaient déserts, on n’entendait que les bruits de nos chaussures. Il avait l’air si normal dans son pardessus, son porte-documents dans une main ; encore une fois, je ne pouvais pas croire ce que mes yeux me montraient. L’immortel (ou quoi qu’il soit) se dirigea vers les grilles sans regarder derrière lui. Il avançait d’un bon pas sur l’allée et je lui courus après.

Au-dessus de nos têtes, le ciel était gris avec des nuages menaçants. De grosses gouttes s’écrasèrent sur mon visage, et même si je ne détournai le regard qu’une seconde, quand je fixai de nouveau le portail, il avait disparu. Il n’y avait qu’un énorme oiseau noir qui planait au-dessus des arbres. Avec ses petits yeux brillants, quand il piqua vers moi, les serres en avant, je me débattis avec mon sac. Son cri rauque ressemblait presque à un rire.

— Eh bien, c’était juste, dit Davina qui courait vers moi. Ce corbeau est enragé ou quoi ? Franchement, cette école est de plus en plus bizarre chaque jour, et ma mère va piquer une crise quand elle va apprendre pour Nicole. J’aurai de la chance si elle ne décide pas de me cloîtrer à la maison.

— Ce serait peut-être plus sûr.

— C’est indiscutable.

Elle ouvrit un parapluie rouge.

Tandis que je m’abritais avec elle, les nuages se déversèrent, éclaboussant mes jambes nues et trempant mes chaussures et mes chaussettes. La pluie fut rapidement associée au vent.

Davina frissonna.

— Bon sang, je déteste le mois de novembre. Tu veux venir un peu à la maison ? On pourrait faire nos devoirs ensemble.

— Si ma mère est d'accord.

C'était difficile de rester assez près d'elle pour ne pas être trempée tout en passant un coup de fil, mais j'y parvins, et le temps que nous arrivions à la station, j'avais la permission de rester chez elle jusqu'à dix-sept heures.

Dans le métro, elle ne dit pas grand-chose, mais c'était un mécanisme de défense ; mieux valait ne pas attirer l'attention. On ne savait jamais quand des pervers pouvaient prendre un contact visuel accidentel pour un encouragement… et comme nous étions toutes les deux jeunes et jolies, le danger était doublé. Après ça, tandis que nous marchions vers sa maison, la pluie se calma un peu. Davina passa la première et ouvrit la porte d'entrée ; il n'y avait personne chez elle, ce qui expliquait pourquoi elle avait voulu que je vienne. Après les événements de l'école, je n'étais pas enthousiaste à l'idée de ressasser mes pensées non plus.

Elle laissa son sac à dos près de la porte et se dirigea vers la cuisine.

— Je pourrais faire du thé ou du chocolat chaud instantané.

— J'ai le pressentiment que tu veux une boisson chaude.

— Un bon chocolat, décida-t-elle.

Au bout de cinq minutes, la bouilloire sifflait. Nous remuions le chocolat après y avoir ajouté des marshmallows. La maison de Davina était chaude et accueillante, avec plein d'objets d'artisanat comme des coussins et couvertures faits main. Il était évident qu'elle ne venait pas d'une famille riche, mais je me sentais plus à l'aise ici que dans la demeure ultramoderne de Jen. Après avoir fini nos tasses, elle m'invita dans sa chambre et ferma la porte derrière nous.

— Je ne suis peut-être pas très rapide, mais je suis presque sûre d'avoir assemblé les pièces du puzzle.

— On ne travaille pas ?

Quoi qu'elle pense savoir, ça ne serait pas bon.

— Tu étais complètement effondrée quand on a quitté la fête de Cameron. Et puis, quelques jours plus tard, on découvre que personne ne l'a vu depuis ce soir-là. Qu'est-ce que tu as vu, Edie ?

— Tu ne me croirais pas si je te le disais.

— Essaie.

J'étais peut-être parano, mais il fallait d'abord que je vérifie quelque chose.

— Montre-moi ton nombril.

Davina haussa un sourcil, mais elle releva son chemisier pour dévoiler son ventre.

— C'est un truc comme pour lire l'avenir dans les feuilles de thé ou quoi ?

J'émis un petit rire nerveux. *Mince*. Je la mis donc au courant en lui expliquant comment Nicole avait attaqué Allison, la coupure refermée et le fait qu'elle n'avait pas de nombril… puis M. love qui s'en était pris à moi. Je prétendis n'avoir aucune idée du lien qui existait entre ces éléments. Pour sa sécurité, j'omis tout ce qui avait trait au jeu ; j'avais peur que trop d'informations fassent d'elle une cible, et il ne me restait plus qu'une faveur. Impossible de protéger quelqu'un comme je l'avais fait pour Vi, à mon grand désarroi.

— Cette histoire est complètement dingue, dit-elle finalement. Tu m'avais dit que tu pensais que M. Love cachait quelque chose, mais ça…

— Je sais…

— Ne le prends pas mal, mais est-ce que je peux voir *ton* nombril ?

Je ris doucement en le lui montrant ; la situation semblait moins sinistre si nous riions. Même si je ne pouvais pas tout lui raconter, cette conversation me remonta le moral. Aucune solution ne fut trouvée, mais je me sentais moins seule. À seize heures quinze, je me levai pour partir.

— Tu sais que je suis là pour te soutenir à l'école, hein ?

— Oui. Merci.

— On se voit demain, sauf si tout a brûlé là-bas. Ce qui ne me surprendrait même pas.

Je marchai d'un pas rapide pour essayer d'arriver à la station avant qu'il ne se remette à pleuvoir. Il faisait plus sombre que tout à l'heure, ce qui présageait d'un orage encore plus fort. Je croisai peu de piétons dans le quartier de Davina et sur le trajet de six pâtés de maisons jusqu'à la station de métro. Quelques oiseaux avaient fait leur nid sur les rebords des immeubles ; d'autres étaient perchés sur les fils électriques et m'observaient presser le pas. Peut-être que c'était dans mon imagination, mais ils tournaient la tête en me suivant du regard.

Je parcourus le reste du trajet en courant.

Dans le métro, ça allait mieux, jusqu'à ce que je remarque les ombres qui suivaient le wagon, des vrilles d'obscurité qui suintaient des murs de briques. Chaque fois que nous quittions une station, elles grossissaient et se rapprochaient, jusqu'à être repoussées par la lumière éclatante des néons à l'arrêt suivant. Je descendis un peu plus tôt que je ne l'aurais dû. Pluie ou pas, je rentrerais à pied à partir d'ici.

L'accalmie dura juste assez longtemps pour que j'atteigne ma rue, puis le ciel déversa des seaux d'eau sur moi, et pas seulement de la pluie, mais aussi de la grêle. Les grêlons me mitraillaient, laissant des traces rouges sur ma peau, et j'arrivai devant ma porte à bout de souffle. En m'engouffrant dans le hall, je faillis rentrer dans M. Lewis qui avait un marteau à la main. Il l'expliqua en parlant de fer à cheval et de carillon.

— Quoi ?

— Je peux en trouver un, me dit-il. Un vieux, c'est mieux, un qui aurait rouillé et se serait renforcé avec les années.

J'avais mis un carillon, mais le gestionnaire me l'a fait enlever.

— Un carillon ?

— Pour éloigner les anciens, me rappela-t-il sur un ton agacé.

— Pourquoi pouvez-vous les voir ?

Personne d'autre ne pouvait les voir s'il ne faisait pas partie du jeu.

— Ceux qui sont proches de la mort peuvent voir au-delà du voile mortuaire.

Cela ne m'aidait pas beaucoup, et je devinai qu'il le lut sur ma tête. Alors il tenta d'être plus clair :

— Cancer des poumons de stade quatre. Je n'ai plus longtemps à vivre.

— Je suis désolée.

Il haussa les épaules comme si c'était le cadet de ses soucis.

— J'ai un mezouzah ici. Je ne sais pas s'il sera efficace. Le rabbin à la synagogue s'est peut-être moqué de moi.

— Merci d'essayer de nous protéger.

Le vieil homme me sourit.

— Qu'aurais-je d'autre à faire ?

Tandis que je montais, il fixa le petit étui en marmonnant des trucs sur le fait que j'aie eu besoin de précision. Ma mère était là puisque c'était son tour de me « garder ». Je rentrai juste avant dix-sept heures, prouvant qu'on pouvait me faire confiance. Elle me sourit en posant son crayon. Je voyais bien qu'elle essayait sincèrement de construire une meilleure relation avec moi, et j'adorais qu'elle fasse cet effort.

— Comment s'est passée ta journée à l'école ?

Si je ne lui dis pas, Blackbriar la mettra au courant.

— Effrayante, répondis-je.

Puis je lui racontai comment une élève obsédée avait attaqué une autre fille à cause d'un prof mignon. Ses yeux s'écarquillèrent et elle retira ses lunettes, les essuyant inconsciemment avec son pull tandis qu'elle m'écoutait.

— Voilà pourquoi il y a du sang sur ma veste, conclus-je. Ce n'est pas le mien.

— C'est horrible ! Ce trimestre a vraiment été… tragique. Je me demande bien ce qui a changé ?

À sa tête, elle n'était pas loin de lancer une expérience de groupe pour déterminer pourquoi Blackbriar n'était plus le havre de paix sûr pour lequel elle payait.

— J'aimerais bien le savoir.

Ce n'était pas entièrement un mensonge.

— Tu vas bien ? Est-ce que tu as besoin de parler à quelqu'un ?

Quelle ironie qu'elle n'arrête pas de me dire ça cette année.

— Ça va.

Puis je me retirai dans ma chambre, soi-disant pour faire mes devoirs. Elle avait dû mettre mon père au courant parce qu'il fut particulièrement soucieux quand je sortis pour le dîner. Ils essayèrent tous les deux d'être plus disponibles émotionnellement parlant ; cela n'était pas facile car leur état naturel était d'être entièrement absorbés dans leurs recherches, et je savourais la certitude qu'ils m'aimaient vraiment, même s'ils n'étaient parfois pas très doués pour le montrer.

Dès que j'y pensai, mon poignet s'enflamma. *Alors il vaut mieux que je pense que mes parents se fichent de moi ?* Pourquoi cela influencerait mon avenir, je n'en savais rien. Comme toujours, je portais un sweat dans la maison. Puisque mes parents préféraient ne pas avoir une trop grosse facture de chauffage, ils ne se posaient pas de questions. En été, cela risquait de me causer des problèmes.

Plus tard, je n'eus pas envie de parler à Vi, alors je lui envoyai un mail plutôt que de me connecter pour notre conversation habituelle. J'allai me coucher tôt, perturbée par la chaleur dans mon bras. La sensation était similaire à celle que j'avais eue quand Davina et moi nous étions rendues dans le New Hampshire. Je finis par plonger dans un sommeil troublé, hanté par des cauchemars mettant en scène l'homme décharné.

Je me réveillai en sursaut, mais je n'étais pas dans mon lit. Je me trouvais dans la cuisine, un couteau dans la main droite. Un petit filet de sang coulait de mon abdomen, avec une coupure nette dans le haut de mon pyjama. Avec un cri étouffé, je lâchai l'arme dans l'évier, la rinçai, puis m'agitai, consciente que j'avais besoin d'aide, mais il n'y avait personne pour me sauver. Si j'appelais Kian, il essaierait de négocier pour ma sécurité, et je ne pourrais pas supporter qu'il sacrifie autre chose pour moi.

Je suis seule.

Dans la salle de bains, je relevai mon T-shirt pour inspecter la coupure. *Pas très profonde. Superficielle.* Ce qu'impliquait cette blessure m'effraya plus que l'entaille en elle-même. *C'est un avertissement. Ils* peuvent *t'atteindre*. Il me fallut faire preuve d'un calme exceptionnel pour me soigner et poser un pansement. En me souvenant de la fille dans le miroir, je ne m'attardai pas dans cette pièce de peur de ce que je pourrais y voir. Me retirer dans ma chambre ne me permit pas de me sentir mieux… juste piégée, sans nulle part où m'enfuir.

Claquant des dents, je montai le chauffage. Sur les vitres embuées, des gouttes coulaient comme des larmes, puis une par une, des traces de mains apparurent, comme si quelque chose était tapi hors de ma vue, patientant pour entrer. Je l'imaginai en train de m'observer pendant que je dormais. Un petit cri m'échappa tandis que je m'approchais en m'attendant à voir la petite fille, mais il n'y avait que de la brume. Je touchai la vitre froide et découvris que ce que je craignais le plus était vrai.

Les traces de mains étaient à l'extérieur.

26

L'APPRÉHENSION DU MAL

Le lendemain, des agents firent une descente sur Blackbriar et interrogèrent certains d'entre nous, mais finalement, ils conclurent que Nicole était déséquilibrée et que ce n'était pas la faute de l'école. Allison porta un bandage quelques jours, et j'étais la seule à savoir qu'elle n'en avait pas besoin. Trois jours après l'incident, le directeur annonça que M. Love avait démissionné, mais que ce n'était pas dû à des méfaits de sa part. On nous encouragea à rédiger des cartes d'adieu qu'ils lui auraient fait parvenir.

La professeure à la retraite qui prit sa place portait plus d'attention à la pelote de laine dans son sac qu'à nous. Cela me convenait ; je pouvais profiter d'une heure de libre. L'administration promit qu'il y aurait un remplaçant permanent après les vacances d'hiver. J'espérais qu'il serait humain ; cela me semblait être une attente raisonnable pour un enseignant.

Avec Thanksgiving, j'allais avoir un week-end de quatre jours. Kian passa me prendre et je montai dans sa voiture en disant au revoir à Davina. Je me rendais compte que j'avais eu ma revanche : la bande des Intouchables avait volé en éclats. Il s'avérait qu'Allison n'était pas humaine et que le reste du groupe était mort ou avait disparu. Tout cela pesait sur ma conscience. *Fais attention à ce que tu souhaites. Cela pourrait s'exaucer.* Et je détestais le fait de pouvoir oublier ma culpabilité, même pour un instant.

— Tu as l'air perturbée, dit Kian en faisant démarrer la voiture.

Il écouta ce que j'avais sur le cœur, puis secoua la tête.

— Ne t'en veux pas. Rien de ce que tu as fait n'est à l'origine de tout ça.

— Vraiment ? Si j'étais morte…

— Ne dis pas ça. Je te l'interdis.

— Quoi ?

— De parler comme si tu n'étais rien. Pour moi, le monde serait insupportable sans toi.

Son aplomb eut l'effet d'un baume apaisant sur ma culpabilité.

— C'est aussi ce que je ressens pour toi, dis-je doucement.

Et c'était ce qui rendait ses secrets encore plus douloureux, puisqu'il semblait vraiment distant, déterminé à me protéger plutôt que d'être avec moi.

Sa bouche esquissa un sourire dont le meilleur qualificatif serait « divin ».

— Tant que tu es là, je peux supporter n'importe quoi.

— Tu ne devrais pas avoir à le faire.

Il ignora mes propos, s'introduisant dans la circulation pour rejoindre notre quartier. Depuis qu'il vivait près de chez moi, je me sentais moins coupable de l'utiliser comme chauffeur. Ce n'était pas comme s'il travaillait près de Blackbriar, mais j'appréciais la manière dont les autres filles le regardaient quand elles le voyaient m'attendre. Parfois, je craignais qu'il ne soit qu'une illusion ou une hallucination qui disparaîtrait inévitablement quand je me réveillerais. Bien sûr, cela signifiait que toutes ces choses horribles, tous ces démons et tous ces monstres n'étaient qu'un mauvais rêve aussi ? Peut-être que je pourrais survivre à la perte de Kian.

Peut-être.

J'avais mal au cœur rien que d'y penser. Comme s'il le sentit, il tendit le bras et couvrit ma main avec la sienne. Je portai soudain sa paume à mes lèvres et l'embrassai. Ses doigts se refermèrent convulsivement et il me jeta un regard pénétrant.

— Pendant que je conduis ? Vraiment ?

Mon Dieu, ce regard me faisait recroqueviller les orteils.

— Désolée. Je vais être sage.

Je trouvai un sujet qui ne le distrairait pas.

— Quelle est ta couleur préférée ?

— Quelle question surprenante. Pourquoi veux-tu le savoir ?

— Réponds-moi.

— Bleu.

Cette réponse me fit sourire.

— Moi aussi.

Quand il se gara devant l'immeuble de grès brun, il se pencha vers moi pour me donner un baiser qui battait tous les records en termes de sensualité et menaçait d'enflammer mon uniforme. *Peut-être que c'est un génie*, pensais-je, étourdie, tandis qu'il glissait ses mains dans mes cheveux. Il avait un goût sucré et frais, tout ce que je désirais, regroupé dans une seule et même personne. J'aurais pu lui grimper dessus là, tout de suite. *Vilaines hormones, vilaines*. Intellectuellement, je comprenais que nos phéromones se rencontraient et que nos compositions chimiques devaient être compatibles… et c'était tout. En tant que femme, tout ce que je voulais, c'était lui. Alors je dis à mon cerveau de la fermer et nous nous embrassâmes pendant dix minutes, jusqu'à ce qu'il soit à bout de souffle et que je tremble.

— Je peux monter ?

Cette question me ravit. Il y avait peut-être encore de l'espoir pour nous, ensemble.

— Ma mère est probablement là, l'avertis-je.

Sourire contrit.

— D'accord. Encore juste une minute alors.

Oh. Waouh. Je ne pus retenir un petit sourire.

— Avec plaisir.

Cinq minutes plus tard, nous sortîmes de la voiture et nous dirigeâmes vers l'entrée. Je remarquai aussitôt que le mezouzah avait disparu. Comme la fois précédente, il ne restait plus que le clou. Un frisson me parcourut tandis que je montais l'escalier au trot, Kian sur mes talons. Il posa une main dans le creux de mon dos pendant que j'enfonçais ma clé, mais…

La porte était entrouverte.

Mon sang se glaça.

— Laisse-moi entrer le premier.

Kian essaya de passer devant moi, mais je secouai la tête.

— Nous entrerons ensemble ou pas du tout, affirmai-je. Peut-être qu'elle vient juste de rentrer.

— Ma mère laissait la porte entrouverte quand elle portait des courses.

À son ton, il savait que c'était peu probable.

Pourtant, je ne pus m'empêcher de me raccrocher à cet espoir. Dans ma tête, je comptai jusqu'à trois avant de pousser la porte. Étant donné la disposition de l'appartement, j'avais une vue dégagée sur le salon et la cuisine, où je vis les pieds de ma mère, immobiles sur le carrelage. Kian tenta de me retenir, mais je me dégageai et courus vers elle, le souffle court alors que j'étouffais un hurlement. Des sacs en tissu recyclé étaient éparpillés tout autour d'elle, avec des œufs cassés et des bouteilles de jus de fruits qui se mêlaient à du sang – oh mon Dieu, tellement de sang… Je me décomposai. Kian m'attrapa. Quand il me traîna hors de l'appartement, je ne luttai pas. Dans ma tête, les cris résonnaient en boucle.

Il l'a emportée. L'homme au sac est venu. Il a pris sa tête.

Je n'étais qu'à moitié consciente quand Kian frappa à la porte de M. Lewis et lui demanda d'appeler le 911. Le vieil homme s'exécuta aussitôt et Kian me fit sortir de l'immeuble avant de me prendre sur ses genoux sur le perron. Il me berçait et je le serrais, mais je n'arrivais pas à pleurer. J'avais l'impression que tout était serré et sec ; la folie bouillait dans mon esprit. *L'homme au sac prendra votre cervelle, préparera sa soupe dans votre crâne, puis vous boira jusqu'à la dernière goutte.* M. Lewis sortit une couverture et Kian m'enveloppa dedans. La polaire ne parvint pas à chasser le froid.

Je ne réagissais pas. Je n'y arrivais pas. De l'autre côté de la rue, je vis le vieil homme avec son sac qui était bombé et semblait peser lourd. Près de lui se tenaient les deux enfants aux yeux noirs. La robe de la petite fille était couverte de sang. Je me libérai et bondis avant de courir vers eux. Ils disparurent sous mes yeux alors que les pneus de voitures crissaient et attiraient mon attention vers la rue. Kian me tira sur le trottoir, tremblante, pendant que le conducteur m'injuriait.

— C'était…

Kian me serra dans ses bras.

Je n'écoutais pas.

— Kian… les as-tu vus ?

Il regarda par-dessus mon épaule.

— Qui ?

— Peu importe.

C'était le chaos dans ma tête ; je n'arrivais pas à réfléchir.

— Quel est le numéro de ton père, Edie ?

Je haussai les épaules, hébétée et tremblante.

Kian retira délicatement mon sac à dos de mon épaule. Il fouilla en silence dans la poche de devant jusqu'à ce qu'il trouve mon téléphone. Après quelques clics, il parlait à mon père. Sa voix était un grommellement bas et je ne compris aucun mot. *Brouhaha, va-t'en. Je ne peux pas croire que c'est réel. Je ne le croirai jamais. Ce n'est pas ma vie.*

— Je suis prête à t'abandonner.

L'admettre me rendait triste, mais si garder Kian voulait dire ça, alors le cauchemar devait prendre fin.

— Le rêve est terminé maintenant. Je dois me réveiller.

Fini le coma. Retour à la réalité. Retour à ma vie de fille laide sans amis, sans petit copain. Mais j'aurai encore ma maman.

— Mon Dieu, Edie, murmura-t-il.

« Je suis désolé », chuchota le vent. Je sentis une présence triste et familière tout autour de moi, faisant dresser mes poils sur mes bras. Les yeux secs, je fixai la rue dans laquelle j'avais vécu toute ma vie.

— Cameron ?

Mais il n'y avait qu'un journal froissé qui voletait sur le trottoir. Et Kian était toujours là, me tenant dans ses bras, avec le visage d'un ange et une noirceur sombre dans les yeux. Au loin, les sirènes hurlaient en se rapprochant de nous.

Quand j'avais dit que je voulais que ça s'arrête, j'avais imaginé être assise dans un lit d'hôpital, une intraveineuse dans le bras, mes deux parents à mon chevet. *Tu as essayé de te suicider. Tu as échoué. Tu es dans le coma. Réveille-toi maintenant. Réveille-toi.*

— Elle est en état de choc, dit M. Lewis.

— Pourriez-vous lui préparer du thé bien chaud ? Avec plein de sucre.

— Bien sûr.

Le vieil homme s'éloigna.

Quelques minutes plus tard, peut-être des heures, Kian mit un mug chaud dans ma main. Je bus le thé parce qu'il était là. Je n'arrivais pas à me réveiller ; il n'y avait pas d'issue, pas de voie sans policiers qui tendaient du scotch sur ma porte d'entrée. Deux agents arrivèrent, puis une ambulance, mais c'était bien trop tard. Ils emportèrent son corps couvert d'un drap.

— Nous devons vous poser quelques questions, dit gentiment le plus âgé des policiers.

Je le fixai. Il n'y avait pas de sifflement. Allison n'avait pas non plus fait réagir mes oreilles défectueuses. J'éprouvais un désir irrationnel de leur demander à tous de me montrer leurs nombrils. Une autre mort et je ne peux toujours pas dire la vérité. *À moins que si. Peut-être que ça n'a plus d'importance.* J'ouvris la bouche, mais Kian me serra la main. Il me conseilla avec ses yeux de ne pas ouvrir cette boîte de folie pour éviter de la répandre sur tous les gentils humains. Je comprenais maintenant pourquoi il l'avait dit comme ça : c'était ce qu'on appelait des gens qui marchaient avec des œillères. J'avais peut-être commencé ma vie comme ça, mais je n'avais plus le sentiment de faire partie de cette communauté.

Il a pris sa tête. Pourquoi est-ce que je n'arrive pas à pleurer ?

— D'accord, dis-je enfin.

— Son père devrait bientôt arriver, intervint Kian. Peut-être devriez-vous l'attendre.

— Est-elle mineure ?

Il acquiesça.

— Elle aura dix-huit ans en février.

— Alors nous allons sécuriser la scène et attendre que les inspecteurs arrivent.

Le plus jeune suivit son partenaire en haut, nous laissant sur les marches.

Dix minutes plus tard, mon père arriva en trombe, essoufflé. Je n'avais jamais vu son visage prendre cette teinte auparavant. Il se pencha en avant quelques secondes, les mains sur les genoux, avant de retrouver son souffle pour demander :

— Edith ?

Toutes les questions étaient incluses dans celle-là. Kian relâcha son étreinte, mais je ne descendis pas de ses genoux. C'était ma mère qui avait demandé si elle pouvait me prendre dans ses bras ; moi, je n'avais pas réussi à faire le premier pas. Mon père était échevelé et ses lunettes étaient pleines de buée. Il les retira pour pouvoir mieux nous voir.

— Maman est morte, dis-je.

Trois mots, aussi lourds que de l'osmium.

— Oh mon Dieu, chérie.

À sa tête, je devinais qu'il ne savait pas quoi dire, quoi demander, et mes paroles étaient prises dans un nœud gordien.

— Vous êtes Alan Kramer ? demanda un homme en costume froissé qui se tenait devant l'immeuble, avec un air grave mais déterminé.

— Oui.

— S'il vous plaît, venez avec nous. Nous avons quelques questions pour votre fille.

Au final, ils demandèrent à Kian et moi plusieurs fois exactement ce que nous avions vu. Nous racontâmes l'histoire séparément et ensemble. Non, nous n'avions vu personne fuir la scène. Oui, nous étions tous les deux en cours avant de venir à la maison. Kian était passé me prendre à Blackbriar ; nous étions rentrés directement. Je résistai à la tentation de donner aux inspecteurs la description de l'homme au sac. Il était tard quand nous eûmes terminé, et notre appartement était une scène de crime.

— On va… prendre une chambre d'hôtel, dit Papa. On pourrait passer dans un magasin acheter le minimum vital, comme des pyjamas et des brosses à dents…

Kian l'interrompit :

— Vous êtes les bienvenus chez moi. Je dormirai sur le canapé.

Il semblait avoir plus de vingt ans à cet instant, mais l'âge était plus qu'une chronologie. Je n'avais pas la force de douter de lui, alors je me contentai de le serrer fort. Je me tournai vers mon père.

— Si ça te va, je préférerais.

— D'accord.

C'était si étrange de sa part d'accepter sans réfléchir, comme si ma mère était la raison de sa réserve.

Kian nous conduisit à son appartement et se gara à

quelques pâtés de maisons. Sur le trajet, je passai dans un petit magasin. Ils avaient des affaires de toilette et je trouvai des T-shirts et des shorts pour dormir. Je posai ces quelques articles dans le panier de mon père sans rien dire et il paya. Heureusement, personne n'eut envie de manger parce que Kian n'avait que des nouilles instantanées et une boîte de thé. Il nous en prépara un mug chacun, mais mon père semblait tout aussi traumatisé que moi.

Il ne nous fit pas de sermon sur le fait de nous coucher trop tard ou que je ne pouvais pas faire confiance à Kian. Au lieu de cela, il m'embrassa sur la joue et se rendit dans la chambre d'ami où il ferma doucement la porte. Perdue, je m'écroulai sur le sofa.

— Ce n'est pas un rêve, dis-je à Kian.

Il secoua tristement la tête.

Le barrage rompit. Les larmes se mirent à couler à flots sur mes joues tandis que la peine pour ma mère grandissait dans ma poitrine. Je me souvins de notre dernier déjeuner ensemble. Des roulés au homard. *Je crois qu'on devrait porter un toast. À de nouveaux débuts.* Désormais, comme la bande des Intouchables, elle n'était plus là, mais…

Je n'avais jamais souhaité ça. Jamais. Jamais.

Maman, non.

J'avais protégé Vi plutôt que ma mère ; cela avait été mon choix. Mais tout ce temps, j'avais pensé que l'homme au sac et les affreux enfants me traquaient *moi*. Si j'avais su, j'aurais utilisé ma faveur pour m'assurer qu'elle était en sécurité. *Je suis désolée, Maman.* Je les imaginai taper à notre porte, après l'échec des mesures de protection de M. Lewis, cachant leurs apparences cauchemardesques sous une illusion de normalité. *Maman les aurait invités à entrer.* Mais si je l'avais prévenue, elle ne m'aurait pas crue.

Elle ne portait jamais de maquillage parce qu'elle ne se sentait pas jolie. Alors pourquoi essayer ? Si je n'avais pas appris à mieux la connaître, je n'aurais jamais appris ça… ni l'histoire du fer à friser avec ma grand-mère. Ma mère avait toujours des taches d'encre sur ses pulls. Elle…

… est morte dans une mare de sang. A-t-elle souffert ? Ou cela a-t-il été rapide ?

Elle ne m'apprendrait jamais ce qu'elle savait en électricité. Je ne lui montrerais jamais comment mettre son visage en valeur avec le maquillage minéral que nous avions acheté ensemble. *Je ne peux pas, je ne peux pas, je ne peux pas…* Kian passa ses bras autour de moi, mais il n'essaya pas de contenir mes sanglots. Il me frotta le dos, me caressa les cheveux et me laissa pleurer jusqu'à ce que je ne puisse plus respirer.

— Ils ne trouveront jamais. L'affaire sera classée non élucidée et quelqu'un rangera le dossier.

— Tu as dit…

Sa voix se cassa.

— Que tu étais prête à m'abandonner. S'il y avait quelque chose à faire, si je pouvais, j'échangerais ma place avec la sienne pour toi.

Un violent frisson me parcourut de la tête aux pieds.

— Idiot. Pas d'échange, pas de pacte. Je vous veux tous les deux. Je ne veux pas de ça, Kian. Je ne *peux* pas vivre ça. Je veux que ça se finisse. Je ne veux plus jouer à ce jeu.

— On ne peut pas revenir en arrière, dit-il comme si je ne le savais pas déjà.

Mais peut-être que dans notre monde, certaines réalités étaient sujettes à mutation, et la mort serait une sorte de porte battante.

— Parfois, reprit-il, les gens utilisent leurs faveurs pour ramener les êtres aimés, mais… c'est toujours une erreur. Je suis vraiment désolé.

Oh.

— Y a-t-il un moyen de le faire payer ?

Ces mots sortirent avant que je ne puisse les arrêter, avant que mon cerveau ne puisse se souvenir que c'était ma quête de vengeance qui m'avait amenée ici.

— Qui ?

— Le vieil homme au sac.

Je réalisai alors que je ne lui en avais jamais parlé. Il était au courant pour l'homme décharné, mais j'avais gardé pour moi l'existence de ce monstre.

Cela risquait de faire empirer les choses, mais je lui racontai tout. *Trop tard, beaucoup trop tard.* Mes muscles se contractèrent tandis que je m'attendais à ce qu'il me crie dessus et me dise que c'était ma faute. Mais son visage pâlit. Il couvrit ma main avec la sienne, le regard grave.

— Si Dwyer l'a envoyé, tu ne pouvais rien y faire. Me le dire n'aurait rien changé. Ça me fait mal de l'admettre, mais j'ai cédé ma dernière pièce en te protégeant.

Il ne parlait pas d'argent, bien sûr, mais de la dernière chose qu'un immortel voudrait de lui, quoi que ce soit.

— J'aurais aimé pouvoir protéger ta mère aussi, mais ça ne fonctionne pas comme ça.

Une personne, une faveur, je sais. J'espère que tu n'as pas vendu ton âme pour moi. Cela signifierait qu'il ne pourrait pas échapper à ses maîtres, même dans la mort. *Je ne veux pas être les pierres dans tes poches, qui t'emporteraient vers le fond. Oh, Kian, ne me laisse pas te noyer.*

Ce serait possible. Et tu me laisserais faire.

— Ne me regarde pas comme ça, me supplia-t-il.

— Me lirais-tu quelque chose ?

En étudiant son appartement, je vis qu'il avait suivi mes conseils. Tout ce qu'il avait emporté de son ancienne vie, il l'avait rangé : des livres sur les étagères, son journal avec un beau stylo et ses deux petits trophées posés sur le téléviseur. Malgré le chagrin qui me brisait le cœur encore et encore, cela permit presque à mes larmes de sécher.

Presque.

— Comme quoi ?

— Un autre poème. Quelque chose de beau.

— Il y en a un que j'ai écrit pour un concours. Il est moins… émotionnel, il traite plus de jolis thèmes et images. Peut-être celui-là ?

— Si tu l'as écrit, je veux l'entendre.

Respirer était pénible avec ce poids sur la poitrine. J'avais mal comme si je m'étais battue contre une avalanche et avais perdu. Quelque part, le vieil homme au sac avait la tête de ma mère et le vent parlait avec la voix de Cameron.

C'est la folie. Non. C'est Boston.

L'hystérie tapait contre la paroi de verre que j'avais dressée autour de ce calme fragile. Je ne la laissai pas entrer. Kian attrapa son carnet, puis s'installa tandis que je me blottissais contre lui. D'un geste leste, il ouvrit une page déjà marquée.

— Ma mère l'adorait.

— Je suis sûre que je vais l'aimer aussi.

— Il s'intitule : *Phoenix*.

— Arrête de parler et lis.

Il souffla. La manière dont il remuait m'indiquait qu'il était nerveux. Pour une raison inconnue, son trac me calma. Ce fut plus facile de respirer. Je fermai les yeux, laissant sa voix m'imprégner.

Ocre, Sienne, beauté décelée
Rage de l'automne, dans le ciel
De jeunes filles élancées versent des larmes teintées,
De leur tenue simple se détache une pointe de dentelle.
Air piquant, chargé de pommes, enrichi par l'hiver.
Pour une fille en fugue la complainte d'une mère,
Accusant le crépuscule des cieux,
La brume en deuil sous nos bottes, un baiser vaporeux.
Et comment pourrais-je démêler ces différents sentiers ?
Humain que ces aïeux qui ne tendent pas
la main ont humilié,
Nous résistons et respirons

En nous souvenant de cet oiseau coloré
Voletant dans ces branches sombres,
En nous souvenant de sa conviction pour voyager :
Il doit s'envoler ou succomber.

— Magnifique. J'adore. Ça parle du feuillage qui change de couleur à l'automne, dis-je. Et à quel point tu voulais être libre.

Il acquiesça en fermant le cahier.

— Maintenant, je sais que c'est une illusion. Personne ne l'est vraiment. Il y a des dettes à payer, des obligations à respecter.

Je croisai son regard, sûre d'une seule chose.

— Ce n'est pas vrai. Quand le moment sera venu, nous devrons faire comme cet oiseau. Nous envoler ou succomber, Kian. Promets-le-moi.

Il préféra m'embrasser plutôt que me répondre, mais si je devais le traîner sur la falaise avec moi, il en serait ainsi. *Quoi que cela nous coûte, nous nous envolerons.*

27

CE QUI A DISPARU DEVIENT RÉALITÉ

Pas de repos pendant ces quatre jours. Mon père s'occupa des formalités et Kian essaya d'organiser Thanksgiving avec des tranches de dinde sous vide et de la purée en flocons, achetées dans un commerce de proximité. Accompagnées de petit pois en boîte et de pain blanc avec du beurre, ce fut le repas le plus triste que chacun de nous ait essayé de manger. Je ne pleurai pas jusqu'à ce qu'il sorte le dessert le plus bizarre que j'aie jamais vu : une sorte de gâteau sec avec des couches de pudding. Je me cachai alors dans la chambre d'ami jusqu'à ce que je me calme parce que c'était mon père qui aurait dû faire la cuisine pendant que ma mère mettait la table.

Kian tapa légèrement à la porte.

— Je suis désolé. J'ai essayé.

— Ce n'est pas le repas le problème. Tu n'avais pas prévu d'avoir des invités pour Thanksgiving.

Ni jamais, vu l'état de ses placards.

— Je vais habituellement chez mon oncle et ma tante.

— Ils ne s'inquiètent pas pour toi ?

— Je leur ai dit que j'allais chez ma petite amie. Je crois que ma tante était… soulagée.

Je fronçai les sourcils et essuyai mes larmes.

— Pourquoi ?

— Je lui rappelle le scandale. Elle n'a jamais apprécié mon père et elle détestait que je sois chez elle. Pour mon oncle, elle faisait comme si j'étais le bienvenu, mais…

Il haussa les épaules avant de reprendre :

— Elle n'était pas triste quand j'ai eu mon diplôme et que j'ai déménagé à Boston.

— Pourquoi es-tu venu ici ?

— Wedderburn m'a appelé, dit-il simplement.

J'essayai de m'imaginer obtenir mon diplôme, puis apprendre que le pacte que j'avais conclu n'avait plus aucune valeur, et que l'avenir brillant qu'ils prévoyaient n'était plus d'actualité. Ainsi, je pourrais m'attendre à passer les soixante prochaines années dans la servitude. C'était comme être un espion, sauf qu'il n'y avait pas la satisfaction de savoir que vous risquiez votre vie pour le bien. C'était de l'obéissance aveugle sans espoir de s'échapper ou de comprendre.

— Comment ça s'est passé ? demandai-je.

— À ce moment-là, je m'en fichais. Lors de ma dernière année, quand Tanya est morte, j'étais abasourdi. Et je suis resté comme ça jusqu'à la première fois où je t'ai vue.

Je baissai la tête.

— Si tu dis ce genre de choses, je vais éclater en un million de morceaux et tu vas devoir les ramasser à la balayette.

Il s'assit sur le lit près de moi, mais j'étais consciente que mon père était dans l'autre chambre. S'il entrait, je ne voulais pas qu'il s'imagine… quoi que ce soit. Alors je me levai.

— Salon ?

— Ça me va. Je peux mettre un DVD.

— Tu as *Casablanca* ? Comme ça, si je pleure, je dirai que c'est à cause du film.

— Pas de problème.

Nous nous installâmes pour regarder le film et au milieu, mon père se joignit à nous. Je devinai qu'il avait pleuré lui aussi, mais personne ne le fit remarquer.

Le week-end passa lentement. Je ratai quelques jours d'école pour les funérailles de ma mère. Toute l'université y assista, ce qui était gentil pour mon père, mais moins pour moi à cause de toutes ces étreintes que je reçus de la part d'étrangers. Mes yeux restèrent secs ce jour-là ; j'avais versé toutes les larmes de mon corps chez Kian. Je détestais la nouvelle robe noire que j'avais achetée, mais je la portai avec des collants noirs parce que *tout* était noir. Sauf le soleil. Il eut le culot de briller, après des jours de pluie, et je détestais ça aussi.

Davina et sa mère vinrent à la cérémonie ; je leur en étais reconnaissante, mais cela me rappela aussi qu'elle avait encore une mère. Cela remua le couteau dans la plaie, encore et encore, jusqu'à ce que garder le sourire me demande un effort incommensurable. J'imaginai qu'il avait été gravé sur mon visage, avec du sang qui coulait de ma bouche, et mes joues me faisaient mal. J'étreignis un autre inconnu.

Kian me tint la main pendant les prières, les chants et les discours. Je la serrai fort quand le pasteur commença à parler de la vie après la mort. Nous n'avions jamais été une famille religieuse et ma mère aurait bien ri en l'entendant dire qu'elle était rentrée chez elle. Je n'écoutai rien jusqu'à ce que Kian me tire par le bras pour m'informer qu'il était temps de me lever pour lui faire mes adieux. Pour des raisons évidentes, le cercueil était fermé et des photos d'elle étaient posées sur le couvercle.

Comme pour Brittany.

Mon père attrapa mon autre main et ils m'accompagnèrent tandis que nous approchions du cercueil. Il était de très bonne qualité ; c'était mon père qui l'avait choisi. Je passai ma main sur la boîte qui contenait ce qui restait de ma mère. À côté de moi, mon père m'imita et Kian fit un pas en arrière pour nous laisser nous recueillir. Puis nous prîmes place près de la porte, pour que les personnes qui portaient le cercueil puissent accomplir leur tâche.

Kian nous conduisit au cimetière. Dieu sait ce que mon père et moi aurions fait sans lui. Prendre un taxi semblait irrespectueux ; tout comme utiliser les transports en commun. Une heure plus tard, il y eut de nouvelles paroles, d'autres prières et une poignée de terre lâchée. *Elle est vraiment partie*. Quelqu'un mit une fleur dans ma main et je la jetai dans la tombe. Je trébuchai sur le tapis vert censé ressembler à de l'herbe pour que le trou béant ne soit pas trop choquant.

Les gens disaient : « C'était une belle cérémonie » en passant les uns derrière les autres.

J'acquiesçais, mais ne les voyais pas. Ils avaient tous le visage de l'homme au sac. Papa et moi restâmes jusqu'à ce que tout le monde soit parti. La pierre tombale de maman était là, mais rien n'était gravé dessus. Cela semblait si inadapté.

— On devrait y aller, dit finalement Papa. On pourra revenir quand la gravure aura été faite. Laisse des fleurs pour elle.

— Elle détestait les fleurs coupées, balbutiai-je.

C'était vrai. Je me souvenais qu'elle disait que c'était cruel de les couper et les mettre dans des vases, gâchant leur beauté. *Il vaut mieux les laisser s'épanouir et mourir, comme elles sont supposées le faire*. Cela signifiait-il que ma mère croyait au destin ? Je regrettais ne pas lui avoir parlé du pacte, de ma place sur la ligne du temps, mais j'avais honte de ma faiblesse, j'étais rongée par la culpabilité. À présent, c'était trop tard. Je me rappelais, encore et encore, que c'était une scientifique, et que si je lui avais tout raconté, elle serait restée sur ses gardes ; elle m'aurait placée dans un hôpital psychiatrique, si bien que j'aurais été enfermée et qu'elle serait quand même morte.

— Quelle phrase avez-vous choisie ? demanda Kian.

Mon père se tourna vers lui, probablement heureux qu'il lui offre une distraction, tandis que nous marchions vers la voiture.

— « Notre mort n'est pas une fin si nous pouvons vivre à travers nos enfants. »

Ma gorge se serra. Je reconnus aussitôt cette citation ; je lisais Einstein de manière obsessive depuis que j'étais petite. Les larmes coulèrent alors que Kian passait ses bras autour de mes épaules. Je fermai les yeux avec force jusqu'à ce que l'envie de sangloter passe.

— C'est parfait, murmurai-je. Elle aurait adoré.

Papa ne pouvait pas sourire. Il essaya. Ses propres larmes brillaient à travers les verres de ses lunettes. Il les retira et les essuya sur la manche de son manteau.

— Je ne sais pas ce qu'on va faire sans elle. Tout… va s'effriter.

— Alors nous ramasserons les morceaux et réparerons tout ça. J'apprendrai.

Mais ce n'est pas elle qui me l'enseignera. Tous les moments que nous aurions pu passer ensemble, ils ont disparu maintenant.

— Une équipe de nettoyage va venir pour… tout nettoyer.

Pour faire disparaître son sang. Papa poursuivit :

— La police a évacué l'appartement, mais on ne peut pas y vivre. J'ai demandé autour de moi, et nous… j'ai… un collègue à l'université qui connaît quelqu'un qui accepterait de nous sous-louer un appartement, à quelques centaines de mètres de l'ancien. Je sais que ce n'est pas l'idéal, mais…

— Non, ça ira. Il faut qu'on fasse nos cartons ?

— M. Lewis a proposé de nous aider. Si cela ne dérange pas Kian, on pourrait y passer pour récupérer nos affaires et…

Il hésita. Il était clair qu'il ne savait pas comment appeler ce déménagement. C'était quelque chose que ni lui ni moi ne voulions.

— Vous installer ? proposa Kian.

J'aurais pu l'embrasser.

— Ça te dérange ?

— Bien sûr que non. Et je peux passer prendre à manger si vous avez faim.

Papa secoua la tête, mais même si je n'avais pas *envie* de manger, nous en avions tous les deux besoin. Alors je dis :

— Ce serait bien.

Rien ne l'est. Le soleil brilla jusqu'à son coucher où des volutes violettes ornèrent l'horizon parsemé des lumières de la ville. Tandis que je descendais de la banquette arrière devant notre immeuble, le vent murmura : « Je suis désolé. » La voix de Cameron, à mon épaule, me fit me retourner brusquement, mais je ne le vis pas. Il n'y avait que M. Lewis qui nous attendait sur le palier. Mon père partit avec Kian pendant que j'ouvrais le coffre. Nous le remplîmes avec nos vêtements, mais pas ceux de Maman, les recherches de mon père et des livres que M. Lewis pensait que je voudrais lire. Le reste pouvait attendre.

— À quelle adresse allons-nous ? demanda Kian.

Papa lui répondit avec une voix voilée et nous prîmes la route, laissant notre ancienne vie derrière nous. Le nouvel immeuble était en brique rouge, avec des lignes droites et monotones, sans bords de fenêtres remplis de fleurs d'automne. Je n'en étais pas très sûre, mais je pensais qu'on était en décembre. Les jours précédant les funérailles de ma mère, j'avais perdu toute notion du temps que ce soit pour les repas et le sommeil. Enfin, surtout pour le sommeil.

L'appartement se situait au rez-de-chaussée. Nous avions un joli patio clôturé avec deux chambres, décorées comme une location classique, c'est-à-dire avec beaucoup de beige et de marron. Les photos sur les murs ressemblaient à des crottes abstraites. Kian nous aida à décharger la voiture, puis il repartit pour aller chercher à manger et ramena des nouilles sautées. Comme les deux autres, je mangeai en silence. Aucun mot n'était adapté à tout ça.

— J'ai du travail, finit par dire mon père. Reste aussi longtemps que tu le voudras, ajouta-t-il pour Kian.

Je supposai qu'il lui faisait confiance maintenant. Alors moi aussi. Il aurait pu nous abandonner, me laisser gérer les retombées toute seule. J'aurais eu bien plus de mal à m'en sortir sans lui pour faciliter ces moments difficiles et faire ce que je ne pouvais pas faire. S'il n'avait pas été là, mon père serait mort de faim.

— Très bien. Merci, monsieur.

Papa secoua la tête.

— Merci à toi.

Puis il se rendit dans la plus petite des deux chambres et ferma la porte. D'abord, je ne compris pas pourquoi j'avais la grande chambre jusqu'à ce que je réalise qu'elle avait un lit immense. *Il ne veut pas dormir seul* là-dedans. J'aurais aimé avoir avec mon père le genre de relations qui me permettait de courir vers lui pour le serrer si fort dans mes bras qu'il aurait eu mal aux côtes, mais nous avions toujours été distants, comme des étrangers.

Kian et moi regardâmes un documentaire sur les abeilles, mais vers vingt et une heures, il se leva.

— Je n'ai pas envie de partir, mais je pense qu'il le faut.

— C'est bon. Ça va aller pour moi.

C'était un énorme mensonge, mais je devais m'en sortir toute seule. Je m'étais bien assez appuyée sur lui ces deux dernières semaines.

— Tu comptes aller en cours demain ?

— Ouais. Je ne veux pas passer la journée seule ici. Connaissant mon père, il va se retrancher au labo pour se concentrer sur son travail.

— Peut-être que ce n'est pas une mauvaise chose.

Peut-être, si tu oublies tous les autres aspects de ta vie. Craignant que mon père nous entende, comme les murs n'étaient pas particulièrement épais, je ne le dis pas à haute voix. Je raccompagnai Kian jusqu'à la porte et tendis le cou pour l'embrasser. Mon cœur n'y était pas, mais il ne sembla pas le prendre personnellement et effleura mon front avec ses lèvres.

— Si tu as besoin de quoi que ce soit, envoie-moi un message. Je serai là en deux secondes. Et je le pense quand je dis quoi que ce soit, Edie.

Son ton était si grave, si sérieux, que cela me fit sourire.

Mon cœur se fissura légèrement tandis que la tendresse se répandait. Je n'avais plus aucun espoir de résister ou me protéger d'une peine future. Il était la seule étoile dans mon firmament, brillant dans la nuit la plus sombre, pour que je puisse trouver mon chemin.

— Je m'en souviendrai. Merci.

Après son départ, le nouvel appartement me parut très calme. Je n'étais pas habituée aux bruits de cet endroit, le ronronnement du réfrigérateur ou le craquement des voisins qui marchaient à l'étage. Après avoir tourné le verrou et mis la chaîne, je me retirai dans ma chambre qui était du genre de celles où les adultes se disputent, se battent et se plaignent avec amertume des cendres de leurs ambitions déçues. Je n'avais jamais dormi dans un lit de princesse plus de quelques jours quand nous étions en voyage.

— Alors tout ça est à moi, hein ?

Et voilà, tu parles toute seule.

Je n'avais pas parlé à Vi depuis que c'était arrivé, et ses mails indiquaient qu'elle était proche de la panique. Même si c'était la dernière chose que j'avais envie de faire, je la contactai via Skype. Elle décrocha au deuxième bip, échevelée, le visage froissé d'inquiétude.

— Tu vas bien ?

— Non, répondis-je.

Avec les mots les plus simples possibles, je lui racontai. *Maintenant, c'est réel. Je dois vivre avec.*

— Oh mon Dieu, Edie, je suis vraiment désolée. Laisse-moi en parler à mes parents. Je suis sûre qu'ils me laisseraient venir à Boston pour le week-end. Je ne sais pas ce que je peux faire, mais je veux vraiment être avec toi.

Les larmes coulèrent. Je n'avais aucun contrôle sur elles, juste une valve de débordement cassée. J'étais tellement tentée de dire oui, mais la voir me ferait encore plus mal. Vi pourrait être là, saine et sauve, et pas ma mère. J'aurais pu utiliser une faveur pour la sauver, mais je ne savais pas qu'il le fallait. Ne comprenant pas pleinement jusqu'où les joueurs pousseraient le jeu… c'était bien là mon erreur, et je devais vivre avec.

Je pris une profonde inspiration et secouai la tête.

— Non, pas pour le moment. La situation est vraiment délicate.

— Tu es sûre ?

— Ouais. Je ne crois pas que mon père pourrait supporter d'avoir de la visite.

— Oh, je vois. J'aurais dû y penser.

— Je dois y aller.

— D'accord. Appelle-moi si tu as besoin de quoi que ce soit.

— Merci. J'y penserai.

Il était tôt, mais j'allai me coucher après avoir parlé à Vi. Le nouvel appartement me permit de dormir sans rêver, et le matin, la culpabilité s'abattit sur moi. Je ratai mon jet de dé pour renforcer mon endurance et pleurai sous la douche en essayant de ne pas faire trop de bruit pour que mon père ne m'entende pas. Après m'être à peu près ressaisie, j'enfilai mon uniforme et le trouvai déjà dans la cuisine. Pas de porridge ce matin… nous n'en mangerions probablement plus jamais, parce que c'était le petit déjeuner préféré de ma mère : avoine concassée, bien consistante, saupoudrée de sucre roux, de noix écrasée, de beurre et de raisins secs. Il me servit un sandwich avec un œuf au plat à la place, et je le mangeai, surtout parce qu'il devait être sorti pour faire quelques courses chez l'épicier du coin avant même que je ne sois réveillée.

— Merci, dis-je.

— Passe une bonne journée à l'école.

Nous savions tous les deux que c'était peu probable, mais je ne remis pas en question sa détermination à faire semblant, sinon, nous risquions de nous mettre à pleurer et de retourner nous coucher. Même si cela semblait une solution attirante, comme stratégie à long terme, c'était peu recommandé. Je passai la porte et marchai en traînant les pieds jusqu'à la station de métro qui se trouvait dix minutes plus loin qu'avant. La torpeur s'effaçait peu à peu, si bien que la mort de ma mère lancinait comme la douleur d'une dent pourrie.

Les professeurs me ménagèrent. Tout comme le corps étudiant. À part Davina, c'était comme s'il y avait autour de moi un cercle de tristesse qui tenait tout le monde à l'écart. Nous nous assîmes seules au déjeuner et elle déploya de gros efforts pour me remonter le moral. Je souriais aux bons moments, mais je me doutais qu'elle savait que ça ne marchait pas. J'appréciais sa tentative, mais fus toutefois soulagée quand elle renonça. La perte qu'elle avait connue était moins récente, mais je voyais Russ dans ses yeux, comme le fantôme de ce qui aurait dû être.

— Tu veux te soûler ? demanda-t-elle tandis que nous quittions le lycée.

— Je ne pense pas que ça aiderait. On se verra ce week-end, d'accord ? Merci d'être venue à la cérémonie au fait. C'était important de te voir.

— Tu aurais fait la même chose pour moi.

Elle se dirigea vers le métro pendant que je cherchais Kian.

Bizarrement, je ne le trouvai pas. J'attendis cinq minutes, puis reçus un message.

Je suis vraiment désolé. Je ne peux pas aujourd'hui. J'ai quelque chose à faire.

Ce message me hérissa. Il était si protecteur que je ne pouvais pas imaginer autre chose qu'une question de vie ou de mort pour le détourner de moi. Ce devait être Wedderburn… ou l'homme mystérieux avec qui Kian avait conclu un pacte pour me protéger. À cet instant, je pris ma décision sur un coup de tête et me rendis au centre-ville plutôt que de rentrer directement à la maison. Sur le trajet, j'envoyai un message à mon père pour qu'il ne s'inquiète pas.

Je suis avec Kian. Je serai de retour pour le dîner.

La mort de Maman avait enterré ses inquiétudes sur le fait de pouvoir me faire confiance. Ou alors peut-être que s'il ne me croyait pas, peut-être qu'il avait l'impression qu'il n'avait plus rien à perdre. Quelle que soit la raison, il répondit :

Je rapporte du japonais. Tu aimes le yakimeshi, *hein ?*

Je souris en répondant :

Oui.

***

Je passai les portes de Wedderburn, Mawer & Graf en trombe et trouvai Iris dans le hall, travaillant à la réception. Aujourd'hui, tout était rouge et noir, et plus orange comme la dernière fois. Et comme l'avait prédit Kian, sa tenue avait changé pour y être assortie. Des cheveux cramoisis tombaient sur ses épaules et ses yeux brillaient comme des onyx. Je ne pense pas que l'éclat de prédateur que je vis en eux était le fruit de mon imagination.

— Vous avez rendez-vous ?

— Non. Mais veuillez demander si M. Wedderburn a le temps de me parler.

Le titre honorifique me brûla la langue, vu que j'aurais préféré l'appeler le connard ou le salaud.

— Veuillez vous asseoir pendant que je m'en occupe.

Sa désapprobation était évidente et elle me fit attendre pendant une demi-heure. Puis elle finit par dire :

— Vous avez de la chance, mademoiselle. Il va vous recevoir tout de suite.

— Vous n'imaginez pas ma joie.

Je n'étais jamais montée seule et je n'avais pas de badge d'employé ou d'habilitation de sécurité, alors elle tapota sur son clavier, puis me tendit un morceau de papier.

— Ne le perdez pas.

Son ton sous-entendait que j'étais une imbécile qui en aurait été capable.

Je l'ignorai et me dirigeai vers l'ascenseur avant de m'énerver. Me souvenant ce qu'avait fait Kian la dernière fois, j'entrai le code et appuyai sur le numéro de l'étage. L'ascenseur l'accepta et me voilà partie. Le mouvement fit remonter mon estomac dans ma gorge, si bien qu'en plus d'avoir froid, j'avais la nausée quand j'arrivai à l'étage de Wedderburn. Je pensais trouver Kian dans son bureau, mais quand j'entrai, seul l'homme de glace m'attendait.

Dans un geste qui craqua comme des glaçons qui tombent dans la neige, il contourna son bureau pour me saluer. Il avait l'air… jovial, et c'était l'une des pires choses que j'aie jamais vues.

— Avant de commencer, Edie, laissez-moi vous présenter mes condoléances.

C'était un coup inattendu. Je compris qu'il gardait un œil sur moi pour surveiller son investissement. Mais je détestais savoir qu'il m'avait vue m'effondrer complètement. Les larmes que j'avais versées pour ma mère n'appartenaient qu'à moi et moi seule. Je me redressai, refusant de le laisser m'atteindre.

— Savez-vous qui a fait ça ?

Ce n'était pas la raison de ma venue à vrai dire, mais en posant la question, j'attendais de voir comment il répondrait.

— C'est tragique, mais parfois des choses horribles arrivent. « À quoi sert la beauté mortelle ? »

Il monta une épaule dans un haussement sinistre et plein de craquements.

— Extrait d'un poème qui, je crois, traite de la façon dont l'homme doit dépérir. C'est triste pour vous, je n'en doute pas, mais parfois, c'est simplement… le destin.

— Vous voulez dire que c'était juste son heure ?

Mon ton débordait de scepticisme. Si je n'avais rien su du vieil homme au sac et de ses horribles enfants, je l'aurais peut-être cru sur parole.

— Je suis peut-être affreusement vieux, dit Wedderburn sur un ton menaçant, mais je ne prétends pas tout savoir. Par exemple… où est votre bien-aimé cet après-midi ?

28

QUE TU SOIS MAUDIT

Kian déboula par la porte avec un air paniqué, comme si Wedderburn était en train de me faire quelque chose d'innommable.

— Je suis là, dit-il, à bout de souffle.

Je me retournai, consciente que nous nous trouvions dans une situation délicate. Sans être sûre d'où il venait, je ne pouvais même pas mentir pour le couvrir. Et Wedderburn le savait. Je tendis toutefois la main et Kian la prit. Ses doigts étaient excessivement froids et ils tremblaient dans ma main.

— Désolé de vous déranger. Tu as terminé, Edie ?

La manière insistante dont il me tirait par la main m'indiquait que oui.

En venant au quartier général, j'avais l'intention de poser des questions sur Kian, mais maintenant qu'il était ici, c'était impossible. Alors j'acquiesçai.

— Merci pour vos gentils mots à propos de ma mère.

Wedderburn nous congédia d'un signe de tête et Kian me traîna hors du bureau et jusqu'à l'ascenseur. Je ne l'avais jamais vu dans un tel état, prêt à s'effondrer, et je ne montrai aucune résistance quand il me fit passer devant Iris pour rejoindre sa voiture. Il n'était pas garé dans le parking souterrain ; nous traversâmes plusieurs pâtés de maisons à la hâte et il ne répondrait à aucune de mes questions avant que nous soyons dans la Mustang.

— Isole-la, exigeai-je.

Par chance, il obtempéra, sinon, nous aurions eu notre première vraie dispute. Je notai dans un coin de ma tête de lui demander où il s'était procuré une nouvelle boîte de ce produit, mais il y avait des sujets plus importants à aborder. Il tremblait si violemment que je n'étais pas sûre de devoir le laisser conduire, mais quand je le fis remarquer, Kian secoua la tête.

— Je dois t'amener loin d'ici. Donne-moi cinq minutes.

Mon inquiétude grandit avec son silence, mais finalement, il se gara sur le côté et appuya sa tête contre le volant. Perplexe et me sentant impuissante, je lui frottai le dos. C'était la personne la plus entêtée que je connaisse, et la seule solution était d'attendre qu'il veuille se livrer à moi. Quelques minutes plus tard, il se redressa et chercha quelque chose dans sa veste avant de me passer une liasse de papiers sans rien dire.

— Qu'est-ce que c'est ?

— Ça ira plus vite si tu les lis.

— D'accord. Mais après ça, il va falloir que tu me donnes de sérieuses explications.

— Promis.

Ces feuilles ressemblaient à des documents officiels, tamponnées et codées selon un système que je ne reconnaissais pas. Les mots, eux, étaient clairs ; c'était un contrat, ordonnant la mort de Mildred Kramer, signé de la main de K. Wedderburn en ayant S. Mawer pour témoin. Je le relus trois fois, mais je ne comprenais pas.

— Pourquoi ?

Kian me tendit un autre document intitulé « Acquisitions ». Je compris alors pourquoi il avait été aussi pressé que nous sortions du bâtiment. Quand il avait dit qu'il avait quelque chose à faire, il parlait de recherches pour moi. La terreur me noua l'estomac tandis que je parcourais le dossier. La majeure partie était difficile à interpréter, faisant référence à des remous et des courants, mais cette phrase semblait on ne peut plus claire :

Dans la ligne de vie optimale d'Edith Kramer, sa mère meurt. Elle travaille alors avec son père pour accomplir le projet. Toutes les recherches montrent que l'issue repose sur cet événement clé.

— Le voyage dans le temps, dis-je soudain sûre de moi. C'était le projet sur lequel travaillaient ma mère et mon père quand elle…

Je ne pus terminer la phrase.

Mais Kian acquiesçait.

— Je pense que tu as raison.

— Mais… cela n'a aucun sens. Ils utilisent déjà une technologie que mon père et moi sommes en train de développer. Comment peuvent-ils utiliser quelque chose que je n'ai pas encore inventé ?

— Wedderburn a passé un marché avec un immortel qui a des pouvoirs temporels. D'après ce que j'ai entendu dire, ça lui a coûté très cher, alors il voulait posséder sa propre méthode pour jouer avec la ligne du temps.

— Alors il est allé dans le futur, a volé notre technologie et l'a ramenée pour pouvoir l'utiliser dans le jeu.

— C'est à peu près ça. Et maintenant, il doit s'assurer que tu restes sur la bonne voie, sinon, toute sa version de l'univers sera effacée.

— Ça ne me met pas du tout la pression.

Maintenant, je tremblais aussi.

— Ce n'est pas comme si ce serait la fin du monde, Edie. Pas pour les autres. Les choses risqueraient juste de… changer, comme si on faisait deux pas à droite.

— Après tout ce mystère, c'est un soulagement de savoir

ce qui m'attend. Mais… pour s'assurer de gagner et que je reste une pièce viable dans la partie, Wedderburn a fait tuer ma mère.

Je serrai le poing.

— Et après, il me dit qu'il est désolé.

Il me regarda comme s'il voulait me prendre dans ses bras, mais craignait ma réaction.

— Je n'en savais rien, je te le jure.

— Je sais. Tu es un pion, comme moi.

Là, il secoua la tête.

— Même pas. Plus maintenant.

— Que veux-tu dire par là ?

— L'autre soir, tu as dit que tu ne pouvais pas le supporter. Je sais combien tu voulais t'en sortir. Tu te souviens quand je t'ai dit que Raoul avait volé un artefact avant de disparaître ?

— Ouais.

Plus calme, Kian fit redémarrer la voiture.

— Je t'ai menti, Edie.

— À quel propos ?

Comme je ne pouvais pas le regarder, je préférai garder les yeux rivés sur le tableau de bord. Peut-être qu'il valait mieux que je ne sache pas ; je ne pouvais pas perdre mon grand amour, pas maintenant.

— Tu te souviens quand je t'ai dit que je prenais ces cours dans l'espoir de trouver un moyen de gagner ma liberté ? C'était des conneries. Je n'ai toujours cherché qu'une solution… pour toi.

— Je n'aime pas la tournure que ça prend.

— Dans mon cours de Religion et magie, le professeur a mentionné une icône protectrice. La majorité de la classe dort pendant ses digressions, mais j'ai pris des notes. Puis j'ai fait des recherches dans la base de données chez WM&G.

— Tu as trouvé quelque chose ?

Kian acquiesça.

— J'ai essayé de te l'avoir. Cela t'aurait permis de suivre

les traces de Raoul, mais… j'ai échoué. La sécurité était trop importante, alors je me suis contenté d'emporter ces documents. Quand Wedderburn le découvrira…

— Il saura que tu ne lui es pas loyal. Oh mon Dieu, qu'est-ce que tu as fait ?

Cela me rendait folle parce que je ne savais pas quelle autre émotion pouvait servir ; certainement pas le tsunami de peur qui m'envahissait.

— Ce ne sera pas avant demain, je pense, quand il aura les rapports. Ça aurait valu le coup si j'avais réussi. Je suis désolé.

Je jetai un nouveau coup d'œil au document, mais il n'y avait rien sur ce qui était arrivé à la bande des Intouchables. Apparemment, Wedderburn m'avait prise au mot quand j'avais refusé sa proposition. Peut-être que Kian avait raison quand il avait suggéré que Dwyer essayait de me rendre folle en blessant les personnes de mon entourage. En tout cas, il n'y avait rien dans ces papiers pour confirmer ou rejeter cette hypothèse.

— Alors… il ne nous reste plus qu'une nuit ensemble. Une seule.

— Tu m'as donné bien plus que je ne l'avais jamais espéré, dit-il doucement.

Il devait y avoir un moyen de sortir de ce labyrinthe, mais mon cerveau n'utilisait pas toutes ses capacités. Je restai silencieuse alors que nous nous approchions de chez moi. *Comment pourrais-je monter, manger japonais avec mon père et agir comme si tout allait bien ?* J'avais envie de pleurer, de casser des trucs et de hurler jusqu'à ce que je n'aie plus de voix.

— Tu n'as plus de raison de me cacher des choses, marmonnai-je. Alors qu'as-tu promis en échange de ma sécurité ? Et qui est le troisième joueur ?

Il sourit.

— Tu es vraiment obstinée. J'adore ce trait de caractère

chez toi. Essaie de ne pas être triste vis-à-vis de la situation avec Wedderburn.

Quelles paroles stupides alors que sa mort est imminente.

— Je n'ai plus le temps, de toute façon, ajouta-t-il.

— Kian ! Pour la dernière fois, qu'as-tu promis ? Et à qui ?

— Ma vie, répondit-il simplement. Quand j'ai conclu le pacte avec le Présage, il m'a donné jusqu'à mon vingt et unième anniversaire. Six mois avec toi, ça valait le coup d'être heureux pendant tout ce temps en sachant que tout irait bien pour toi quand je ne serais plus là.

— Vu comme tu es sérieux en disant ça, le monde a de la chance que tu ne serves jamais la Cour suprême parce que tu es définitivement la personne la plus stupide de cette planète. Comment ça marche ? Si Wedderburn t'exécute, cela ne causera-t-il pas de problème avec ce Présage ?

Cet imbécile afficha un grand sourire.

— J'espère bien.

— Ce n'est pas amusant ! Tout n'ira pas bien pour moi s'il t'arrive quelque chose. Tu ne le comprends pas ?

Le regard pesant qu'il m'adressa disait « quand » et pas « si », mais je ne pouvais pas le supporter.

— Je n'abandonnerai pas. Je me suis promis que je ne baisserai plus jamais les bras. Il doit y avoir quelque chose que je puisse faire.

— Même si tu pouvais me protéger de Wedderburn, mon heure sera venue dans six mois.

— Si tu ne la fermes pas, je vais vraiment te mettre mon poing dans la figure. Laisse-moi réfléchir.

Mais aucune réponse ne me vint. Kian avait creusé une tombe et le lendemain matin, Wedderburn l'y enterrerait. Quand il s'arrêta devant mon appartement, il était presque dix-huit heures, et j'avais bien du mal à retenir mes larmes. Je ne voulais pas descendre de la voiture, mais je ne pouvais pas inquiéter mon père non plus. *Tu es tout ce qu'il lui reste.*

— Voilà le plan, dis-je. Je vais dîner avec lui, puis aller dans ma chambre comme d'habitude. Je t'enverrai un message.

— Tu peux m'appeler si tu veux. Je pense que nous avons atteint ce stade dans notre relation.

— Arrête.

Je détestais qu'il puisse sourire, mais le fait qu'il avait dressé des barrières tout autour de moi, comme il l'avait promis, semblait le satisfaire. *Et il donne sa vie pour toi.*

Kian, non.

— Désolé de t'avoir coupée. Tu m'enverras un message… ?

— Et tu apparaîtras. Je veux passer la nuit chez toi, mais je ne veux pas que mon père pique une crise. Tu pourras me ramener dans ma chambre au petit matin.

S'il pensait que j'irais à l'école, il était fou. Je resterais juste assez longtemps pour m'assurer que mon père était parti travailler. Quoi qu'il arrive avec Wedderburn, j'accompagnerais Kian, et nous pourrions affronter cette épreuve ensemble. Il y avait forcément un moyen pour que j'arrange la situation.

— Si j'étais une meilleure personne, je dirais non. Mais je ne veux pas passer ma dernière nuit seul.

Cette fois, je me penchai pour l'embrasser et faire taire ces mots qui s'immisçaient dans mon cœur jusqu'à ce que je ne puisse plus rien ressentir que de la souffrance. *Ce n'est pas en train d'arriver. Ce n'est pas réel.* Mais comme avec la mort de ma mère, je ne me réveillai pas. Je sortis de la voiture et me rendis dans notre appartement, où je mangeai du *yakimeshi* et fis semblant de ne pas dépérir de l'intérieur.

Papa parla de son travail et chaque pause inconsciente m'indiquait qu'il attendait que ma mère intervienne pour réagir à ses théories. Je fis de mon mieux pour prendre sa place, mais je n'étais pas sûre d'y arriver. Il semblait improbable que je puisse un jour inventer quelque chose qui permettrait le voyage dans le temps. Vers vingt et une heures, mon père alla dans sa chambre et ferma la porte. Ce fut mon tour d'en faire de même.

Je m'enfermai dans la suite parentale et appelai Kian.

— Viens me chercher.

Il le fit.

Des souvenirs doux amers m'assaillaient, comme la première fois où nous avions voyagé ensemble de cette manière. Ce soir, nous pouvions aller n'importe où, qui nous punirait ?

— Y a-t-il quelque chose que tu aimerais voir ? Un endroit où tu aimerais aller ? Rien ne peut nous en empêcher maintenant.

À ma grande surprise, il secoua la tête.

— Je veux juste être avec toi. Je m'enfuirais si je pensais que cela servirait à quelque chose, mais ils peuvent me traquer avec la montre. Ça ne s'arrêtera que si je meurs ou si Wedderburn me l'enlève.

— On pourrait arrêter ton cœur.

Je ne plaisantais qu'à moitié.

Bizarrement, il sembla réfléchir à mon idée avant de secouer la tête.

— Si tu n'arrives pas à me ranimer, cela te rongera. Tu ne peux pas être celle qui me tuera, Edie.

— Je sais, murmurai-je. Mais je ne peux pas laisser tomber non plus.

— Ta détermination à me sauver est incroyable, fantastique. Viens ici.

Nous entremêlâmes nos doigts et il me guida jusqu'à sa chambre.

Le lit avait été fait soigneusement avec une couette à rayures bleu marine et blanches et des oreillers posés contre la tête de lit. Je n'hésitai pas quand Kian me fit asseoir avec lui. Chaque partie de mon corps voulait être près de lui, encore plus près. Mais il ne m'embrassa pas, comme s'il craignait que j'interprète mal ses intentions.

— C'est là que tu me dis que ton dernier souhait est de ne pas mourir vierge ?

C'était la pire blague que je pouvais faire, mais si je n'essayais pas d'alléger l'atmosphère, j'aurais passé les huit prochaines heures à pleurer.

Je ne peux pas lui faire ça. Je vais utiliser ce temps pour réfléchir et lui changer les idées.

— Qu'est-ce qui te fait penser que ce serait le cas ?

— Oups. Je croyais que tu avais dit que tu ne sortais pas avec des filles.

Ses lèvres affichèrent une expression bizarre.

— Tu penses que les gens doivent avoir une relation pour s'envoyer en l'air ? C'est mignon.

— Peut-être que tu n'es pas le droïde que je cherche.

Il m'embrassa sur le haut de la tête.

— J'aimerais pouvoir dire que je ne l'ai jamais fait, mais…

— Ce n'est pas grave.

— Tu peux me poser la question.

— Est-ce que je veux savoir ?

— Tu es la seule à pouvoir le savoir.

— Alors je suppose que… oui. Raconte-moi. Mais pas où, quand ni combien de fois.

Il m'installa contre son torse et alluma la télé, juste pour avoir un bruit de fond. J'aimais sa chambre plus que la mienne.

— J'ai relâché mon attention. Avant, j'étais super nerveux, et après, c'est devenu si naturel. Pour mon premier rapport sexuel, je ne connaissais la fille que depuis quatre heures.

— Et je parie que c'était magique, dis-je sur un ton sec.

— Elle était ivre et j'étais pressé. Si elle avait plus de souvenirs, je doute qu'elle serait revenue.

— Ne le prends pas mal, mais c'est plutôt moche.

— Je sais. C'est pour ça que je ne l'ai pas refait.

— Est-ce pour cette raison que tu n'as pas pressé les choses entre nous ?

Kian m'avait fait comprendre à plusieurs reprises qu'il me désirait et que ce n'était pas facile de s'arrêter.

— Non. J'ai pensé que tu me dirais quand ce serait le bon moment. Avant de conclure le pacte pour te protéger, j'avais tout mon temps.

J'envisageai de lui poser des questions sur le Présage, mais était-ce important ? Une urgence à la fois, et Wedderburn constituait le problème le plus pressant. Quand je l'aurais sorti de cette affaire, alors nous attaquerions le point suivant. Kian avait peut-être déjà accepté qu'il allait mourir, mais je ferais *n'importe quoi* pour le sauver. Trop de personnes étaient déjà mortes à cause de moi.

Une partie de moi voulait coucher avec lui, mais avec toute cette noirceur qui nous menaçait et la mort de ma mère encore récente, je ne m'en remettrais jamais si c'était ma première fois. Alors je ne le lui proposai pas. Le sexe devrait être associé à l'amour ou au plaisir, pas à la tristesse. À moins d'écouter mon père, auquel cas on ne devrait le faire que si cela devait sauver la Terre d'une météorite. Ou un truc dans le genre.

— Je ne peux pas…

— Je ne le ferais pas, m'interrompit-il. Même si tu disais oui.

— Est-ce qu'on peut faire un câlin ?

— J'espère qu'on ira jusque-là.

Son sourire atteignit ses yeux pour la première fois depuis des mois. C'était ça, la raison de sa distance émotionnelle ; maintenant que je savais jusqu'où il était allé pour moi, Kian pouvait être de nouveau lui-même.

Kian se mit sur le côté et je m'installai face à lui. C'était différent des baisers dans la voiture ou des moments furtifs sur le canapé. Il posa sa main sur mon visage tandis que je baissais les yeux. Des éclats de verre entraient et sortaient de mon cœur alors que je réalisais que c'était lui qui m'avait donné mon premier baiser et que je pourrais bien lui donner son dernier. Sa bouche effleura la mienne, une fois, deux fois. Je passai mes mains dans ses cheveux. Il renforça son baiser, de plus en plus, un doux désir grandissant entre nous, plus que des produits chimiques, plus que de la chimie.

Il passa ses mains dans mon dos pour me rapprocher de lui. Ses muscles semblaient à la fois fins et puissants sous mes mains. Coucher ensemble était une mauvaise idée, mais s'il continuait à me toucher, je voudrais bientôt lui accorder ma plus belle erreur. Comme si la même chose lui traversait l'esprit, il enfouit son visage dans le creux entre mon cou et mon épaule, sa respiration sortant par bouffées chaudes.

— J'ai mal, parvint-il à dire. Tellement j'ai envie de toi.

— Je sais.

Je ressentais la même douleur, qui était de plus en plus forte à chaque caresse de sa bouche.

Les mains tremblantes, il me serra contre lui. J'enroulai mes jambes autour de lui, ne sachant qu'à moitié ce que j'étais en train de faire.

— Arrête. Edie, arrête.

Mais ni lui ni moi ne nous arrêtâmes. C'était trop bon.

— D'accord. D'accord, marmonna Kian en essayant de calmer le jeu, mais je ne le lâchai pas.

— Ça. Pas de sexe, juste ça.

Et je bougeai pour lui montrer ce que je voulais, ce que je pouvais accepter.

Nous portions encore nos vêtements et mon désir pour lui m'empêchait de respirer. Il gémit en montant sur moi, finissant par céder. Cela ne lui suffirait peut-être pas, mais à moi… si. Définitivement. Je bougeai et fis des va-et-vient jusqu'à ce que je frissonne de manière incontrôlable, sans arriver à croire que ça pouvait être aussi merveilleux alors que j'avais encore tous mes vêtements. Sa bouche était plaquée sur la mienne et il était penché sur moi, me respirant. Un à-coup, un autre, rapide et convulsif.

— Mon Dieu.

Il déposait des baisers partout sur mon visage.

— Je te fais une promesse. Quand j'aurai dix-huit ans. Nous réviserons ce sujet.

Ne pas coucher avec lui était ma façon de garder l'espoir et de prouver que je n'acceptais pas son destin.

Nous restâmes blottis l'un contre l'autre jusqu'à ce qu'il faille se laver. Pour moi, ce n'était pas un problème, mais il prit une douche et se changea. Sa tête quand il sortit de la salle de bains était impayable. Je débordais d'amour, même si la science affirmerait que ce n'était que la conséquence des endorphines.

« Si les gens tombent amoureux, ce n'est pas à cause de la gravité. » Une autre phrase d'Einstein, l'une de mes préférées… et jusqu'à cet instant, je ne savais absolument pas ce qu'elle voulait dire.

— Tu as l'air contente de toi, marmonna-t-il.

— Il y a une tonne de raisons pour lesquelles je ne devrais pas l'être… mais à cet instant, elles semblent toutes très très loin.

— Je vois ce que tu veux dire.

Il grimpa sur le lit, pieds nus, et me serra contre sa poitrine, l'endroit que je préférais au monde.

Tandis que j'écoutais les battements de son cœur, une solution titilla mon cerveau, mais j'étais épuisée. L'épiphanie dansait à la lisière de mon esprit, refusant de coopérer. Kian passa ses doigts dans mes cheveux en suivant un cycle qui me fit frissonner. J'embrassai son épaule ; il émit un bruit délicieux.

— C'était trop ? demandai-je.

— Je n'aurais pas dû t'inciter à faire ça… mais c'était parfait. Mais toi, tu vas bien ?

— Aucun regret virginal de mon côté. Hé…

— Hmm ?

— Comme nous avons regardé *Casablanca* l'autre soir,

est-ce qu'on peut regarder *Les Enchaînés* maintenant ? Tu as dit que c'était ton autre film préféré.

Manifestement content que je m'en sois souvenue, Kian se leva et mit le DVD.

— Profite, demande n'importe quoi. Il m'est impossible de te refuser quoi que ce soit ce soir.

Ne meurs pas. Ne me quitte pas.

Mais il s'agissait de faveurs cruelles, qui ne faisaient pas partie de ces aptitudes. Et telles étaient les clauses du contrat, non ? *Les faveurs demandées en retour seront toujours à ta portée*. La révélation brilla comme une ampoule neuve, puis elle clignota avant de s'éteindre. *Mince. Tu es censée être intelligente. Trouver comment l'aider. Il est dans ce merdier parce que te protéger compte énormément pour lui*. Et je ne pouvais même pas lui faire une crise pour ça.

— Juste le film.

— Tu trouves probablement que je suis bizarre d'aimer les classiques, non ?

— Non. Mais je suis curieuse de savoir ce qui a déclenché cette passion.

— Notre gouvernante, répondit-il, ce qui me surprit. Le samedi soir, elle regardait toujours les programmes de la nuit, et j'étais un gamin solitaire. D'abord, c'était surtout pour avoir le plaisir de rester éveillé bien après l'heure normale du coucher, mais j'ai fini par aimer les classiques autant qu'elle.

— Tu es toujours en contact avec elle ?

Il secoua la tête, et sans qu'il le dise, je réalisai qu'elle était partie. Pas comme sa mère, qui enchaînait les cures de désintox. Mais partie. Comme ma mère. Au lieu de dire quelque chose de stupide, maladroit ou insensible, je me décalai pour qu'il puisse s'asseoir à côté de moi. Le matelas s'enfonça.

Kian passa un bras autour de moi et appuya sur le bouton « Play » de la télécommande. Ingrid Bergman apparut glorieuse alors que Cary Grant était indéchiffrable et charmant. Ils étaient tous les deux indéniablement glamours, peut-être parce que je ne savais pas qu'ils trichaient ou entretenaient secrètement une dépendance. À côté de moi, Kian souriait, plongé dans le film, mais régulièrement, il embrassait ma tempe, me rappelant que nous étions ensemble.

Tu es mon grand amour, pensai-je. *Pour toujours.* Dans l'avenir, j'aimerais peut-être quelqu'un d'autre, si le pire devait arriver. Mais ce serait toujours Kian, et je garderais ces moments comme un dragon une pile d'or étincelant. Nous regardâmes son film préféré jusqu'à ce que mes paupières soient trop lourdes, et je sombrai avant de savoir si Devlin aimait Alicia.

Au fond de mon cœur, je savais que oui, même s'il n'avait jamais prononcé les mots.

29

UN SACRIFICE POUR L'AMOUR

Je me réveillai seule.

Je sus immédiatement que ce n'était pas normal et l'effroi me noua l'estomac. Je sortis du lit de Kian et courus jusqu'au salon. L'appréhension se transforma en nausée et je tremblais tandis que j'avançais doucement vers la note collée sur la porte. Les perspectives dans la pièce semblaient avoir disparu, si bien que le papier devint de plus en plus gros jusqu'à ce qu'il paraisse plus grand que la porte, comme s'il était si lourd qu'il pouvait l'emporter dans un trou qui les aurait tous les deux avalés. En clignant des yeux à plusieurs reprises, les larmes qui rendaient floue la belle écriture de Kian me laissèrent comprendre son message. Je le détestais avant même de le lire. Mais il fallait que je sache ce qu'il contenait et ce qui constituait des au revoir adéquats selon Kian.

Edie,
Je n'étais pas vraiment vivant avant de te rencontrer. C'est amusant de voir comment le printemps suit toujours l'hiver, même quand on a abandonné tout espoir de revoir le soleil. Mais il se lève. « Pourquoi le soleil se lève ? Les étoiles ne sont-elles que des trous d'épingles dans le rideau de la nuit ? »

En lisant cette citation d'*Highlander*, je retins un sanglot et c'était comme s'il savait que je réagirais comme ça.

Ne pleure pas pour moi, mais j'espère que tu te souviendras que nous faisions une belle équipe et que tu as toujours été belle à mes yeux. Depuis le début, tu as compté pour moi, même quand j'essayais d'appliquer leurs règles. Alors fais-moi une dernière faveur, si j'ai le droit de te demander quelque chose : vis pour moi. L'avenir s'ouvre à toi et sans moi, tu accompliras des choses remarquables. Je ne veux pas voir ton potentiel gâché et que tu sois l'esclave de Wedderburn. Je préférerais mourir.
Il y a autre chose que je t'ai caché, un document que je ne t'ai pas montré hier soir. Il n'y a aucun avenir où tu termines le travail de ta mère si tu es avec moi. Je suis le sacrifice qui doit être fait. Et je l'accepte.
Tu réussiras. Tu rembourseras les faveurs. Puis ta vie t'appartiendra. Et c'est tout ce qui compte pour moi maintenant. Mon heure est venue, d'une manière ou d'une autre, alors laisse-moi choisir comment je m'en vais. J'ai toujours, toujours voulu être ton héros.
Kian.

Mon cœur se fissura complètement, menaçant de déverser une rivière de larmes. *Tu es déjà mon chevalier en voiture rouge rutilante. Comment peux-tu l'ignorer ?*

— Non, dis-je à voix haute. Non, espèce de martyr de pacotille, je ne l'accepte pas.

La rage me donna de la force ; je courus dans la salle de bains et attrapai mon sac. Mon téléphone portable tomba de la poche de devant. Tandis que je me penchais pour le ramasser, il sonna. Je reconnus le numéro de Vi, et je savais qu'elle devait s'inquiéter. Cela faisait deux jours que nous n'avions pas parlé.

M'approchant déjà de la porte d'entrée, je décrochai.

— Quoi de neuf ?

— Tu vas bien ?

— Ton sens d'araignée sonne ?

Astuce classique pour détourner les questions puisque je ne voulais pas l'inquiéter. Elle savait peu de choses sur ma vraie vie, mais cela me faisait chaud au cœur qu'elle s'en soucie. Mon manteau d'hiver rouge était suspendu dans le placard de l'entrée ; je l'enfilai et sortis de l'immeuble de Kian.

— Je ne sais pas, c'est juste que… je m'inquiète pour toi.

Elle avait l'air perplexe, comme si elle ne pouvait pas l'expliquer.

— Tu étais vraiment très calme la dernière fois qu'on a discuté. Avec ta mère et tout le reste… peut-être que tu devrais passer les vacances avec moi ?

Les gens devraient plus souvent suivre leurs instincts. Tu as raison d'avoir un drôle de pressentiment, Vi.

— Je ne peux pas laisser mon père.

— Amène-le avec toi. J'en ai déjà parlé à mes parents. Il pourra dormir dans le salon et on mettra un lit de camp pour toi dans ma chambre. Ce sera parfait. Allez.

— Peut-être.

Je ne pouvais pas lui dire la vérité alors que je courais vers ce qui risquait d'être ma perte. Tôt le samedi matin, je n'eus pas à jouer des coudes, puisqu'il n'y avait que quelques coureurs, des mères sans enfants et des gens qui prenaient de l'avance pour les courses de Noël. En me faufilant entre les autres piétons, je courus vers la station.

— Merci. Je… je veux juste que tu saches que ton amitié est très importante pour moi.

C'était le genre de choses qu'on disait dans des adieux comme ceux que Kian m'avait écrits.

— Tu commences à me faire flipper. Tu as l'air très sérieuse et… fataliste.

— Ce n'est pas mon intention. Écoute, Vi, je ne peux pas

discuter là. Je dois me rendre quelque part et je vais bientôt descendre dans le métro.

— D'accord. Tu me rappelles plus tard ?

— Bien sûr.

Si je suis vivante.

Au moins, je manquerais à Vi si cette mission de sauvetage tournait mal. Probablement à Davina aussi. Et mon père, mon Dieu, je ne pouvais même pas penser à mon père. Les mains tremblantes, je lui envoyai un message. Le jour se levait à peine, alors il n'était probablement pas encore levé, mais il devrait trouver mon idée d'aller courir si tôt rassurante.

Je ne veux pas le laisser seul. Je suis censée l'aider. Avenir optimal, mon cul !

Enfin, je rédigeai un message pour Davina, rien de grandiloquent. Juste : « Merci d'être mon amie ». Ce qui risquait de lui faire peur, mais… je connaissais les risques d'affronter Wedderburn et d'interrompre le geste honorable que Kian avait prévu. J'espérais arriver là-bas assez vite pour faire… quelque chose. Quoi, je n'en savais rien ; je n'étais pas encore fixée sur ce point. La tension et l'appréhension me causaient des élancements dans la tête. Apparemment, trop de chocs et de chagrin altéraient les fonctions cognitives, parce que je ne me sentais pas au mieux de ma forme.

Le trajet jusqu'au centre-ville me sembla interminable et les tunnels étaient pleins d'ombres animées qui ondulaient derrière le train. De longs doigts noirs s'approchaient lentement de moi, mais je fixai les lumières au plafond, les laissant m'aveugler jusqu'à ce que mes yeux voient des points. *Je ne laisserai pas entrer les ténèbres. Je ne suis pas folle.* Je ne réalisai que je marmonnais que lorsque le vieil homme près de moi changea de place pour s'installer à quelques sièges de là, mais je me fichais bien de ce que pouvaient penser les autres. L'homme décharné me regarda sortir du wagon en trombe, traverser le quai et prendre les escaliers, mais il ne fit rien pour m'arrêter. Seule l'odeur de la corruption pénétra mes narines tandis que je passais devant lui à toute allure. Il était trop tôt ce samedi matin pour que les hommes d'affaires soient de sortie, mais il y avait des agents de service en uniforme et des sans-abri qui essayaient de se protéger du froid. Certains d'entre eux levèrent la tête quand je passai en courant, fixant un point juste par-dessus mon épaule jusqu'à ce que j'aie envie de crier.

Je n'ai pas assez de souffle pour hurler. Continue d'avancer.

Iris était derrière le bureau dans le hall, rouge sang, aussi terrifiante que d'habitude.

— Quel plaisir de vous revoir, Mlle Kramer. Avez-vous rendez-vous ?

— Wedderburn voudra me voir, dis-je en espérant que c'était vrai.

Elle ne me crut pas, bien sûr ; elle appela pour vérifier mes dires. D'une certaine façon, c'était rassurant de voir que même les créatures surnaturelles se raccrochaient au protocole et aux procédures.

Je n'arrive pas trop tard. Non.

À ma grande surprise, Wedderburn avait dû lui demander de mettre le haut-parleur. Sa voix retentit dans l'interphone.

— Oui, envoyez-la-moi. Il y a quelque chose que je veux qu'elle voie.

Si c'est le cadavre de Kian… cette cruauté insouciante me détruirait. Mais c'était la spécialité de Wedderburn. *La glace se fiche de qui elle blesse.* Mes genoux tremblaient, mais je les bloquai et m'appuyai contre le bureau.

Kian, crétin, je n'ai pas besoin d'un héros. Je veux juste toi.

Avec un air renfrogné, Iris griffonna un code. Comme la fois précédente, elle m'avertit :

— Cela vous conduira au bon étage et nulle part ailleurs. Il ne fonctionnera qu'une seule fois.

L'ascenseur était tellement silencieux que c'en était sinistre ; pas de petite musique aujourd'hui, mais il alla tellement vite que j'entendis l'air tout autour, comme si j'avais été aspirée dans une gueule monstrueuse. Je m'attendais presque à ce que des dents apparaissent et me broient comme un insecte dans une boîte. Finalement, la cabine s'arrêta et je sortis. Wedderburn parcourut le couloir vers moi ; c'était inhabituel. Je ne l'avais jamais vu hors de son bureau. Quand je réalisai que Kian n'était pas avec lui, j'étouffai un flot de questions pleines de verve.

— Comme c'est charmant de votre part d'être venue, dit-il. Je commençais à craindre que vous ne vous réveilliez pas à temps et que nous devions débuter sans vous.

Sans rien ajouter de plus, il me guida vers son bureau et ouvrit la porte en grand. Je dus me contrôler en découvrant Kian dans une mare de sang ; mon cerveau s'y était préparé et le docteur Oppenheimer murmurait à mon oreille : « L'optimiste pense que c'est le meilleur des mondes. Le pessimiste craint que ce soit vrai. » Mais c'était le meilleur des mondes. Kian se retourna, vivant, respirant… respirant en me lançant un regard noir… mais *vivant*. Sa mâchoire se contracta et ses yeux lancèrent des éclairs furieux, avec un mélange féroce de peur et de colère.

Wedderburn ferma la porte derrière lui avec un petit coup retenu. Le mécontentement émanait de lui comme la gelée sur les feuilles en hiver. Il fit les cent pas, si bien que ses mouvements me rappelèrent le balancement de la lame d'un piège à déclenchement. Tôt ou tard, le couperet tomberait.

— Vous êtes ici pour être témoin de son jugement ? demanda-t-il. C'est courageux de votre part.

— Pas exactement, commençai-je à dire.

Mais Wedderburn ne m'écoutait pas.

— Il n'y a aucun doute. Kian Riley est à votre service désormais, plus au mien. Et un outil auquel on ne peut plus faire confiance pour son usage est irrévocablement cassé et doit être jeté.

Merde. Je savais exactement ce que cela voulait dire.

Désespérée, je tentai :

— Il n'est pas à mon service. Il est *attaché* à moi. Mais vous ne pouvez certainement pas comprendre la différence.

— Je lui ai donné un ordre… et il ne l'a pas suivi. Au lieu de cela, il vous a raconté tout mon plan et a essayé de vous aider à vous échapper, en utilisant *mes* ressources. J'ai le rapport ici.

Avec une irritation glaciale, il tapota sur le papier sur son bureau.

— C'est… de la déloyauté. Je lui ai sauvé la vie, vous savez.

Kian ne dit pas un mot pour sa défense. À en voir ses épaules, il était prêt à accepter les conséquences. Même si je ne lui en voulais pas, il portait le poids de ce que la bande des Intouchables m'avait fait, le dernier jour avant les vacances d'hiver, et il regrettait de ne pas avoir donné sa vie pour moi à cette époque. J'avais du mal à respirer à cause de la douleur qui me serrait la poitrine. J'avais déjà bien trop perdu.

Wedderburn se tourna vers son bureau et appuya sur un bouton. Une tonalité retentit, puis une voix inhumaine dit :

— Que voulez-vous ?

— Envoyez le clown.

Au début, je crus qu'il s'agissait d'une blague horrible et macabre, encore un des jeux diaboliques de Wedderburn, jusqu'à ce que la porte s'ouvre brusquement et qu'un clown apparaisse dans l'encadrement. Je plissai les yeux pour étudier le « maquillage » étalé, puis réalisai que la peau craquelée et effritée était marquée d'une immense bouche rouge avec un ovale blanc autour. La chose avait un nez bulbeux et teinté en rouge ainsi que des cheveux frisés orange qui partaient dans toutes les directions. Des vêtements trop larges et des chaussures géantes venaient s'ajouter à ce portrait dérangeant, mais ce n'était même pas le pire. Dans sa main, il portait une valise noire, et quand Wedderburn lui fit un signe de tête, il l'ouvrit, révélant un assortiment de couteaux étincelants de toutes tailles et formes ; courbés, droits, dentelés, certains qui ressemblaient plus à des scalpels, d'autres à des outils pour écorcher ou découper les os.

— Lequel ?

Quand l'espèce de clown parla, il révéla des dents jaunes acérées et une longue langue rose qui sortit pour humecter sa bouche tandis qu'il regardait tour à tour Kian et moi.

Wedderburn pencha la tête avec un craquement glacial. Kian resta silencieux, imperturbable face à la mort. En fait, un léger sourire étirait même ses lèvres, comme s'il était content de faire ça pour moi. Sauf que cela ne résoudrait rien et je voulais qu'il soit auprès de moi, et pas en tant que martyr dont je pourrais serrer la photo en pleurant.

— Attendez, lâchai-je.

— Vous n'avez aucune carte en main, dit Wedderburn.

Je fus illuminée par une inspiration soudaine ; l'épiphanie se transformait enfin en certitude.

— C'est faux.

Les yeux de Kian s'écarquillèrent et il secoua la tête de manière frénétique. Il essaya de m'interrompre, mais le clown ne le laissa pas faire.

Tu me connais bien. Mais tu ne m'arrêteras pas.

— Je suis prête à formuler ma dernière faveur. Puisque Kian n'est pas autorisé à la satisfaire, vu que vous l'avez renié, alors cette tâche vous revient, c'est bien ça ?

Wedderburn riva sur moi un regard énigmatique en faisant craquer ses doigts.

— Exact.

J'hésitai en pensant à mon père et à Davina qui pourraient avoir besoin de protection à un moment ou un autre. Mais ce n'était que des peut-être. Là, il s'agissait de la mort imminente et définitive de Kian. Je ne pouvais pas le regarder mourir alors que j'avais le pouvoir de le sauver. Pour quelqu'un comme moi, il ne pouvait y avoir qu'un seul choix.

— Edie, non. Laisse-moi partir. C'est mieux comme ça. Si

tu es avec moi, tu n'accompliras jamais ce que tu es censée faire et tu seras liée par contrat. Je t'ai dit dans le message…

— Alors je veux que Kian soit libre, maintenant et pour toujours, véritablement libre, inattaquable par n'importe quel immortel dans le jeu. Pas d'entourloupes, pas d'ombres sur sa ligne de vie. *Libre*.

Tandis que je parlais, Wedderburn fit un signe de la tête et une dernière ligne apparut en bas du symbole infini sur mon poignet. Comme pour les deux premières, je ressentis une brûlure comme si quelqu'un appuyait un fer à souder contre ma peau. Puis la douleur s'estompa. *Aussitôt demandé, aussitôt exécuté, maintenant, Kian et moi avons des marques assorties.* Je serrai le poing gauche et attrapai Kian avec la main droite. À sa tête, on aurait dit que j'étais morte pour lui, mais que je ne le savais pas. Il vint pourtant à mes côtés et entremêla ses doigts aux miens.

— Vos services ne seront pas requis, dis-je à l'espèce de clown.

— Aujourd'hui, me corrigea-t-il. Au final, on fait toujours appel à moi.

— Vous pouvez partir.

Wedderburn ne regarda pas son bourreau sortir. Au lieu de cela, son attention était portée sur moi. C'était incroyable, mais il souriait.

— Vous venez de me faire gagner une grande somme d'argent, Mlle Kramer, ainsi que beaucoup de prestige.

Je me figeai.

— De quoi parlez-vous ?

— Du début à la fin, vous vous êtes comportée exactement comme je l'avais prédit. Un garçon charmant, une romance interdite… Cette issue était inévitable. Pour une fille intelligente, vous m'avez déçu sur plusieurs niveaux. Sur d'autres ? Votre interprétation était magnifique.

— Parce que vous vouliez que je dépense toutes mes faveurs. Et je l'ai fait.

J'en prenais soudainement conscience et un chagrin brûlant m'envahit, mais je ne pouvais pas laisser Kian mourir.

— C'était mon but depuis le début. Si vous pensez que je me soucie de savoir comment vous les utilisiez, alors vous n'avez rien compris à ma stratégie. À présent, très chère, vous êtes précisément où je voulais vous trouver.

Il se tourna vers Kian.

— Cela ne résout pas ton problème avec le Présage, si ? Vu qu'il ne participe pas au jeu. Mais… cela ne me regarde pas. Je vais récupérer ta montre maintenant, si cela ne te dérange pas.

La créature des glaces approcha une baguette de métal du bracelet et l'objet tomba comme un insecte mort. Je frissonnai.

— Vous pouvez partir, tous les deux.

— Attendez, protesta Kian.

Wedderburn lui adressa un sourire horrible.

— Profite de ta liberté. Je m'assurerai que les autres sachent que tu ne fais plus partie du jeu et que tu ne peux plus être utilisé pour des tâches auxiliaires non plus. Va-t'en. Sois humain.

Il associa tout le mépris du monde à ce dernier mot.

Je tirai sur la main de Kian.

— Sortons d'ici.

Ce n'était peut-être pas une victoire, seulement un sursis, mais je me mis presque à courir pour sortir du bureau et n'arrêtai pas de trembler jusqu'à ce que nous soyons dans le hall. Iris contourna le bureau pour nous bloquer le passage ; elle ne souriait pas. La réceptionniste tendit la main comme si elle attendait quelque chose.

— J'ai été informée que vous n'êtes plus employé ici, M. Riley. J'ai besoin de votre carte d'accès. Vos codes de sécurité ainsi que vos autorisations sont annulés sur-le-champ. J'ai aussi reçu l'ordre de vous informer que si vous

vous montrez sur cette propriété sans une invitation écrite de la part de l'un des associés, je dois vous faire arrêter.

— Je comprends, dit Kian en fouillant dans son portefeuille pour lui donner son badge.

Il semblait hébété tandis que nous sortions dans la lumière blafarde de l'hiver. Les gens marchaient d'un pas pressé, leur col de manteau remonté et leurs écharpes cachant la moitié basse de leur visage. Je n'avais jamais remarqué à quel point tout le monde se ressemble en manteau noir, comme une nuée de corbeaux voletant dans la même direction. Certains d'entre eux tapotaient sur leur téléphone en avançant, ce qui me fit encore plus penser à des oiseaux en train de picorer.

Je le guidai vers la station de métro puisqu'il n'avait pas mentionné que sa voiture était garée quelque part dans le coin. Je supposai qu'il ne l'avait pas prise puisqu'il ne s'attendait pas à en avoir besoin pour repartir.

— Allons chez toi.

Cela le réveilla et il riva ses yeux verts furieux sur moi.

— Qu'est-ce que tu as fichu ?

— Ce que je pouvais faire de mieux. Il n'y avait pas d'autre moyen de te sauver.

— Maintenant, tu es à la merci de Wedderburn. Crois-moi, ce n'est pas une position enviable. Edie, tu pourrais finir…

— Piégée. Je sais. Mais peut-être pas. Je refuse de croire que la personne avec qui je sors ait un impact aussi important sur mon avenir. D'ailleurs, je m'en fiche. Le plus important, c'est qu'ils ne peuvent plus te faire de mal ou te contrôler.

— Ça n'a absolument rien à voir.

— Pour moi, si.

— Merde, marmonna-t-il.

Puis, alors que les gens passaient autour de nous, il me tira dans ses bras et frotta sa joue contre le haut de ma tête.

— Tu n'as donc pas compris comment ça fonctionne ? J'étais censé te sauver.

— D'après qui ? J'avais le droit d'utiliser mes faveurs

pour ce qui me tenait le plus à cœur. Et Kian… j'ai besoin de toi à mes côtés.

— Juste quand je crois que je ne peux pas t'aimer plus…

— Tu… m'aimes ?

— Mon Dieu, oui. Je suis tellement accro… et maintenant, je ne te suis plus d'aucune utilité. Tu es toujours dans la partie, en quoi te serait utile un petit ami humain et maladroit ?

— Je suis humaine aussi, lui rappelai-je. Et… je ferais n'importe quoi pour toi. En fait, je viens de le faire. Au cas où tu ne l'aies pas compris… je t'aime aussi.

— Mais je suis un boulet, Edie. Ceux qui participent au jeu ne peuvent pas me toucher, mais les immortels sont vicieux. Ils pourraient faire appel à des non-participants, comme le Présage, et maintenant qu'ils savent que je suis ton talon d'Achille…

— Alors j'enfilerai des bottes pour leur mettre des coups de pied au cul…

Kian posa sa main sur ma nuque et se pencha. Ses lèvres effleurèrent les miennes, une fois, deux fois, puis il remonta vers ma joue et mon oreille. Je ressentis son souffle chaud, puis il embrassa le côté de mon cou. C'était mieux que ce à quoi je m'attendais : un baiser tendre comme un bouton de rose et en même temps, pas trop intime pour ne pas attirer l'attention des passants. Je le regardai, la gorge serrée.

— Waouh.

— Tu as parlé d'aller chez moi ?

— Oui.

Il fit glisser ses mains le long de mes bras et tourna nos poignets pour regarder les marques assorties.

— Je ne sais pas ce qui nous attend, mais je serai là avec toi.

— C'est tout ce que je veux.

— Tu es un miracle, dit-il doucement.

— Einstein a dit un truc du genre : « Il y a deux façons de vivre : comme si rien n'était un miracle ou comme si tout l'était. » Et le fait que je sois vivante ? C'est un miracle. Si je t'ai aidé, c'est d'abord parce que tu m'as sauvée en premier.

Kian prit mon visage entre ses mains.

— Quand je suis prêt à abandonner, tu es là pour me remettre sur mes pieds.

J'ouvris la bouche, mais il le dit avant moi :

— Je sais. Tout ira bien. Tant qu'il y a de la vie, il y a de l'espoir.

Je ne me berçais pas d'illusions. Dwyer & Fell contesterait ma place dans la ligne du temps… essaierait de me faire dérailler pendant que Wedderburn comploterait, intriguerait et protégerait sa reine. À la fin du prochain semestre, je pourrais finir liée par contrat… ou même pire. L'homme décharné était toujours là, ainsi que le vieil homme au sac, les enfants aux yeux noirs, le clown bourreau et certainement d'autres monstres que je n'avais pas encore rencontrés. Comme Kian, j'avais utilisé toutes mes faveurs trop vite et cela risquait de se retourner contre moi.

À cet instant, cela m'était égal. Je souris tandis qu'une autre citation d'Einstein me traversait l'esprit, mon nouveau credo. « Vous devez apprendre les règles du jeu et ensuite jouer mieux que tous les autres. »

C'est ce que je ferai.

Alors que je suivais Kian vers la station, la neige se mit à tomber, cadeau de Wedderburn pour m'informer que j'étais toujours à sa portée. La main de Kian était chaude autour de la mienne, son poignet nu sans la montre qui avait été son maître. Un vent froid glissa sur moi ; je me retournai et levai les yeux vers la monstruosité de verre et d'acier où le dieu du froid pénétrant se cachait du monde moderne, comme tant d'autres choses anciennes et terribles. Et je murmurai :

— Que le match commence.

NOTE DE L'AUTEUR

J'ai toujours été fascinée par les phénomènes anthropologiques, par la manière dont certains archétypes divins pénètrent des civilisations dans des régions géographiques diverses. Les humains ont inventé des histoires similaires pour expliquer le monde naturel d'un temps infini. Les légendes urbaines m'intriguent de la même façon : des contes transmis de bouche à oreille, passant par les téléphones et les forums, jusqu'à ce que les gens soient convaincus qu'un jeune couple a vraiment été tué dans les bois par un homme avec un crochet à la place de la main et que vous pouvez en fait invoquer des choses dans un miroir. La peur est une émotion viscérale, impossible à bannir de la vie moderne. Au fond de notre cœur, nous sommes toujours des créatures primitives qui parent les attaques du malin avec des tisons enflammés.

Ce qui m'amène à cette idée : imaginez un monde où, si assez de gens y croyaient, les cauchemars devenaient réalité. La délicieuse atrocité de ce principe m'a travaillée jusqu'à ce que je combine tous ces facteurs et écrive *Danger mortel.* Je me suis régalée à faire des recherches sur les différentes mythologies et à créer des personnages basés sur de vieilles légendes, comme Wedderburn. Je suis sûre que vous vous posez tous des questions sur le Présage, que vous apprendrez à mieux connaître dans la suite. J'ai aussi parcouru Internet, à la recherche d'un trésor, et c'est là que j'ai découvert Slenderman. L'homme décharné en est *ma* version, née grâce à tous ceux qui lisent des histoires et les répètent comme si elles étaient réelles. J'ai trouvé tant de choses effrayantes qu'elles ne tiendraient pas toutes dans un livre, alors vous allez encore être choqué et retenir votre souffle dans l'avenir. Le Jeu des Immortels est désordonné et alambiqué, plein de monstres et de magie, de science et de sacrifice. J'espère que vous l'appréciez autant que moi, bien que les enjeux soient énormes et que personne ne soit en sécurité.

De certaines façons, c'est un livre profondément personnel. Confession : j'ai été à la place d'Edie, une paria bizarre et ne trouvant pas sa place moi-même. Moi aussi, je me suis retrouvée sur ce rebord émotionnel et me suis demandée si cela gênerait quelqu'un si je mourais. Une grande partie de ses pensées ont d'abord été les miennes et le désespoir ne devrait jamais être pris à la légère. S'il vous plaît, comprenez que le suicide n'est pas une fin à la douleur, il ne fait qu'en créer davantage. Si vous êtes dans cette situation, je vous en prie, cherchez de l'aide. Si vous n'avez personne à qui parler dans votre entourage, il y a des gens qui vous écouteront : suicidepreventionlifeline.org. Je m'en suis sortie seule, mais ce n'est pas la meilleure solution, et je veux mieux que ça pour vous tous. Chers lecteurs, quoi que vous traversiez, ce n'est pas votre faute, et le temps peut apaiser votre peine, si vous vous battez. La tristesse passe, même quand vous pensez qu'il n'y a pas d'espoir. Mais vous devez être tenace ; ne laissez personne vous priver de votre lumière intérieure. Vous êtes importants. Vous comptez. Et si vous abandonnez avant d'avoir commencé, le monde en sera amoindri. Je suis heureuse de ne pas avoir laissé les brutes gagner. Je suis heureuse d'être toujours là, à écrire des histoires pour vous tous. Merci de les lire.

REMERCIEMENTS

Merci à Laura Bradford qui me laisse avancer avec mon cœur. Je peux me montrer impulsive, mais elle n'essaie jamais de me détourner de la direction vers laquelle je cours. C'est pour ça que nous travaillons si bien ensemble, parce que j'ai besoin de cette liberté, sinon, je perds la joie.

Ensuite, je dois exprimer ma reconnaissance extrême envers ma fantastique éditrice, Liz Szabla, de ne pas me demander de prendre des gants. Parfois, mes livres font mal, mais c'est ce qu'ils sont censés faire. Elle est aussi forte pour garantir que les mots compliqués qu'il y a dans ma tête soient clairement retranscrits sur le papier pour les lecteurs. J'adore tout le monde chez Feiwel and Friends ; toute l'équipe fait un travail génial de la couverture au design intérieur, du marketing aux ventes et à la programmation des événements. Jon, Jean, Rich, Elizabeth, Anna, Molly, Mary, Courtney, Allison, Kathryn, Ksenia, Ashley, Dave, Nicole… il y a encore plus de personnes incroyables qui me poussent vers la réussite et j'aimerais leur faire un câlin à chacun. Votre travail rend le mien possible, alors je vous remercie du fond du cœur.

Gloire à ma jolie relectrice, Anne Heausler, et ma correctrice, Fedora Chen. Grâce à leurs talents, mes livres sont impeccables, ce que je n'obtiendrais pas seule. Merci à toutes les deux !

Maintenant, je vais dérouler la liste de ceux qui m'ont aidée pour *Mortal Danger*, qui m'ont encouragée ou qui ont répondu à mes questions : Rachel Caine, Lish McBride, Donna J. Herren, Leigh Bardugo, Bree Bridges, Yasmine Galenorn, Marie Rutkoski, Lauren Dane, Robin LaFevers, Megan Hart et Vivian Arend. Il y a aussi les deux groupes d'auteurs qui me permettent de ne pas devenir folle et je ne peux oublier Karen Alderman et Majda Čolak, mes deux bêta lectrices. Vous avez tous contribué à ma réussite, et je vous adore.

Mon mari et mes enfants… Ils m'écoutent divaguer, puis me proposent des câlins, du thé et des solutions pour mes problèmes d'intrigue. Je ne pourrais rien faire sans eux. Vous entendez ça, ma famille chérie ? Vous êtes les meilleurs.

Mes lecteurs, il n'y a plus que vous et moi. Je pense à vous en train de savourer mes histoires et je trépigne de jubilation. C'est tout ce que j'ai toujours voulu, et chaque fois que vous mettez vos espoirs en moi en ouvrant l'un de mes livres, vous exaucez mes rêves. Alors, de tout mon cœur, je vous remercie.

Achevé d'imprimer en mai 2017
sur les presses de la Nouvelle Imprimerie Laballery
58500 Clamecy

Dépôt légal : juin 2017
N° d'impression : 705349

Imprimé en France

La **N**ouvelle **I**mprimerie **L**aballery est titulaire de la marque Imprim'Vert®